La Rose de Fer

Aux Éditions J'ai lu

LE LOUP DES MERS

1 – La femme aux yeux de tigre
N° 13262

MARSHA
CANHAM

LE LOUP DES MERS – 2

La Rose de Fer

*Traduit de l'anglais (États-Unis)
par François Delpeuch*

J'AI LU

J'AI LU
POUR elle

Titre original
THE IRON ROSE

Ce livre est dédié à ma famille élargie,
Marcia et Jim Giddings, Bob et Gaile Brockman,
Doug et Marlyn Podd, Beverly Amborski.

Prologue

Août 1614

Comme elle avait souvent entendu son père le dire juste avant l'abordage : c'était un beau jour pour mourir. Le soleil était un iris d'un blanc incandescent dans un ciel si bleu et si limpide qu'il était difficile de le regarder longtemps. Regarder en l'air, même pour une fraction de seconde, n'était d'ailleurs pas une option, car en un clin d'œil il y eut un nouvel éclair d'acier froid, un autre choc tandis que les deux lames se heurtaient avant de glisser l'une contre l'autre sur toute leur longueur dans une gerbe d'étincelles bleutées.

Juliet commençait à sentir son poignet s'engourdir. Elle contint la poussée enragée de son adversaire aussi longtemps qu'elle le put avant de rompre, volter et s'accroupir d'un mouvement fluide, laissant l'instinct prendre le pas sur la force brute qui lui faisait défaut. Une deuxième ombre menaça ses arrières, silhouette au visage ensanglanté et au regard meurtrier. La jeune femme jura et bondit sur le côté, avant de se retrouver coincée entre un espar enflammé et le gros fût d'un canon de vingt-quatre livres. Les deux Espagnols, voyant qu'elle était acculée contre le bastingage, se rapprochèrent avec des rictus mauvais. L'un d'eux grommela quelque chose en s'attrapant les parties. L'autre s'esclaffa et approuva son camarade en léchant le bout de ses doigts crasseux.

L'épée de Juliet jaillit dans un arc éblouissant. Le second Espagnol vit ses doigts sauter de sa main et ricocher sur le pont, où ils laissèrent des éclaboussures rouges. Pendant qu'il était occupé à trouver son souffle pour hurler, elle cingla le visage de son comparse, dont elle agrandit le sourire d'une oreille à l'autre, lui tranchant la jugulaire au passage. Comme il s'effondrait vers l'avant, elle l'écarta d'un coup de botte, puis sauta gracieusement par-dessus son cadavre tandis qu'un autre attaquant prenait sa place.

Juliet leva son épée, son corps mince se raidissant pour encaisser le coup. L'impact ébranla ses bras et se propagea dans ses épaules, la projetant contre le plat-bord. La sauvagerie de l'assaut lui arracha un grognement, mais elle réussit à le soutenir suffisamment longtemps pour plonger la main gauche vers sa ceinture et dégainer sa dague. La lame faisait vingt centimètres de long et était aussi pointue qu'une aiguille ; elle pénétra le pourpoint en cuir de l'Espagnol aussi aisément qu'une tranche de lard.

Juliet recouvrait à peine son équilibre quand un reflet de soleil attira son attention sur un casque d'acier. L'arquebusier, hors de portée de son épée, calait tranquillement son arme sur un espar brisé. La mèche fumait déjà et la bouche évasée du canon était braquée sur la jeune femme.

Coincée contre le bastingage, Juliet regarda le doigt de l'arquebusier presser la détente qui libérait le serpentin. Elle vit ce dernier s'abattre sur le bassinet pour embraser l'amorce. La poudre s'enflamma avec un petit nuage de fumée, mettant le feu à la charge dont l'explosion projeta la balle de fer de soixante grammes dans le fût du canon.

Surgie de nulle part, une apparition de velours lavande et de dentelle argentée vint s'interposer. Un revers d'épée écarta l'arquebuse au moment où le coup partait, et la balle se perdit dans les airs. Aussitôt après, la dague de l'inconnu trouvait le point faible de l'armure de l'Espagnol, entre la cuirasse d'acier et le bord du casque. L'homme bascula en avant dans un geyser de sang rouge et brillant. Avec un grand sourire, le sauveur de la jeune femme se tourna vers elle et, rengainant sa dague à la poignée incrustée de joyaux, lui tendit une main gantée pour l'aider à s'écarter du plat-bord.

— Ça va, mon garçon ?

Juliet se retrouva sous le feu du regard bleu le plus foncé et le plus profond qu'elle ait jamais vu – un feu en partie adouci par l'ombre d'un élégant chapeau à large bord, incliné sur le côté et surmonté d'un panache de plumes teintes de la même nuance mauve que le pourpoint.

— Mon garçon ?

Au lieu de répondre, la jeune femme sortit un pistolet de sa bandoulière et pressa la détente avant même que le visage de l'inconnu puisse exprimer la moindre surprise. Le coup frôla son épaule, pour aller percuter le torse d'un Espagnol qui était sur le point de massacrer l'un des hommes de Juliet, à l'autre bout du pont.

Les yeux bleu nuit suivirent la trajectoire de la balle, avant de revenir se poser sur la jeune femme. Le grand sourire réapparut sur les lèvres de l'étranger, révélant une rangée de dents d'un blanc éblouissant, entre une moustache fine et un bouc impeccablement taillé.

— Joli coup. Et je peux constater que vous allez on ne peut mieux.

Il porta une main au bord de son chapeau pour la saluer, dégaina sa belle dague et sauta par-dessus la rambarde du gaillard d'arrière – ou ce qu'il en restait – pour rejoindre la bagarre qui faisait rage sur le pont. Il avait à peine quitté le champ de vision d'une Juliet passablement ébahie qu'une assourdissante explosion projetait cette dernière en arrière.

Elle détourna le visage sous le souffle chargé de débris qui balaya le pont. Une colonne de flammes s'éleva vers les cieux, et le cri des hommes frappés par la déflagration parut achever de démoraliser les Espagnols. Par deux ou trois, les soldats en cuirasse lâchèrent leurs armes ou les brandirent en signe de reddition. Quelques-uns tombèrent à genoux, tandis que d'autres levaient leurs mains jointes pour implorer grâce.

Juliet courut vers la rambarde. Le centre du galion était dévasté et le pont principal jonché de cadavres d'un gaillard à l'autre. L'explosion ne provenait cependant pas des réserves de poudre du navire espagnol, comme elle l'avait craint au départ, mais du petit bateau anglais arrimé au flanc du galion par des grappins.

C'était l'attaque d'un vaisseau marchand anglais par l'équipage espagnol qui avait permis au navire de Juliet, le *Rose de Fer*, d'émerger par surprise du banc de fumée généré par le combat. Il était arrivé toutes voiles dehors pour mitrailler le flanc du galion de plusieurs bordées. Au signal « À l'abordage », les corsaires étaient montés sur le navire espagnol pour se jeter à leur tour dans la bataille. L'équipage du vaisseau anglais, près de rendre les armes, avait pu ainsi se ressaisir et, malgré la différence de taille, d'armement et de personnel entre le navire ibérique et les deux plus modestes embarcations anglaises, c'étaient finalement les Espagnols qui étaient en train de capituler !

1

— Nous avons eu de la chance cette fois-ci, ma petite. Une sacrée foutue chance. Sans l'effet de surprise, les mortiers de ce monstre nous auraient éventrés comme ils ont réduit en charpie le vaisseau anglais. Oui, c'était un pari diablement risqué, et j'ai encore du mal à croire que nous ayons réussi !

Nathan Crisp était le second du *Rose de Fer*. Son mètre cinquante de hauteur mettait ses yeux au niveau du menton de Juliet, mais il avait la carrure d'un bouledogue et pouvait soulever sans effort un homme bien plus grand que lui. Il savait à peu près tout ce qu'il y avait à savoir de la mer, des canons et de la navigation et, bien qu'il eût par moments l'abord rugueux d'une bernique, Juliet lui vouait une confiance aveugle.

— Le navire anglais est donc si endommagé que cela ?

Crisp secoua la tête.

— Je ne suis pas encore monté à son bord pour m'en assurer, mais il est fichtrement enfoncé dans l'eau et n'a l'air de tenir que grâce aux filins qui l'arriment à ce maudit galion. L'explosion a ouvert les soutes et pulvérisé le pont supérieur.

Juliet inspecta la ligne brumeuse de l'horizon.

— Nous n'avons que quelques heures de jour devant nous, et encore beaucoup à faire avant de repartir. Où crois-tu que se cache le capitaine de cette baleine ?

— Il s'est carapaté dans l'entrepont dès qu'il a vu ses hommes jeter leur épée.

Les yeux de Juliet, d'un bleu pâle argenté, se pailletèrent d'éclats sombres.

— Enfer et damnation ! Il va certainement vouloir se débarrasser de son journal de bord et de la liste des marchandises avant que nous puissions mettre la main dessus.

L'écoutille menant à la cabine du capitaine était fermée de l'intérieur, mais il suffit de quelques coups de hache pour démantibuler les ferrures.

Ses deux pistolets braqués devant elle, Juliet ouvrit la marche dans la coursive étroite qui s'enfonçait sous le gaillard d'arrière. Comme sur la plupart des galions espagnols, les quartiers du commandant occupaient toute la largeur de la poupe. Juliet s'écarta pour laisser Crisp défoncer l'épaisse porte de chêne qui en défendait l'accès.

La cabine du capitaine croulait sous une profusion de velours cramoisi et de mobilier doré. Deux officiers se tenaient près d'un secrétaire. Le *capitán de mar*, que signalaient son plastron orné de passementeries et sa large fraise, se tamponnait le front avec un mouchoir tandis que le militaire à son côté fourrait dans un sac de toile des papiers et registres qui devaient être auparavant enfermés dans le secrétaire. L'officier présentait une cuirasse bosselée par la bataille et un visage strié de suie sous le bord de son casque conique.

Juliet pointa ses pistolets vers la poitrine du capitaine. Crisp l'imita avec un sourire carnassier qui dévoila des dents plus ou moins régulières.

— Je vois que tu connais bien tes ennemis, ma petite, murmura-t-il avant de s'adresser d'une voix plus forte aux deux Espagnols. Qu'est-ce qu'on manigance par ici ? Devons-nous vous remercier de vous être empressés de rassembler pour nous vos papiers importants ? Ou faudrait-il plutôt voir dans votre hâte l'envie de nous cacher quelque chose ?

Le capitaine était lourdement bâti, avec une bedaine aussi ronde qu'une barrique et des jambes aussi épaisses qu'un tronc d'arbre. Sa face rubiconde luisait de sueur tandis qu'il se mettait à marmonner des paroles indistinctes à son second.

Crisp se renfrogna, connaissant juste assez d'espagnol pour demander à un ennemi de lâcher son arme s'il ne voulait pas aller nourrir les requins.

Ce fut au tour de Juliet de sourire, avant de s'exprimer dans un castillan parfait.

— Si votre second effectue ne serait-ce qu'un pas vers la galerie pour jeter ce sac par-dessus bord, comme vous venez de le lui ordonner, *señor capitán general*, je lui explose la tête. Et la vôtre avec, précisa-t-elle en braquant chacun de ses pistolets vers sa cible.

L'interpellé la jaugea du regard, manifestement surpris par sa maîtrise de leur langue, et lâcha une goutte de sueur sur son bureau. Il arborait un petit hématome au front, et la jeune femme songea que ce devait être à cause de ce coup reçu à la tête qu'il continuait à la fixer sans réagir. L'officier à son côté redressa vivement la tête, exposant un instant son visage, jusqu'alors protégé par la visière de son casque, à la clarté qui se déversait par la fenêtre brisée donnant sur la galerie à l'arrière du bateau.

Il avait des petits yeux rapprochés et perdus dans l'ombre d'orbites creuses. La colère pinçait ses lèvres en une fine ligne. Il les desserra à peine pour répondre à Juliet, dans un anglais tout aussi irréprochable que l'espagnol de la jeune femme.

— Vous osez proférer des menaces ! Savez-vous au moins à qui vous vous adressez avec une telle impudence ?

— Je ne doute pas que vous allez m'en informer.

— Vous avez le toupet d'imposer votre présence à don Diego Flores Cinquanto de Aquayo, déclara l'officier.

— Aquayo, murmura-t-elle.

Elle fouilla sa mémoire à la recherche de ce nom – tout en remerciant silencieusement son éducation qui lui avait permis de connaître par cœur chaque navire croisant dans les Caraïbes – et finit par opérer le rapprochement.

— Alors nous devons être sur le *Santo Domingo*, dit-elle.

Elle s'efforçait de maîtriser sa voix comme sa respiration, mais n'en sentit pas moins le sang affluer à ses tempes. Elle perçut également l'inspiration sèche de Nathan et devina qu'il avait failli avaler la chique de tabac qu'il avait l'habitude de mâcher pendant les combats. Le *Santo Domingo* était l'un des plus grands et des meilleurs vaisseaux de guerre de la flotte de Sa Majesté catholique en Nouvelle-Espagne. Avec ses huit cents tonneaux et ses cinquante-deux canons de fort calibre, il était réputé invincible et insubmersible. Ses exploits étaient d'ailleurs à la hauteur de sa réputation, avec la capture ou la destruction d'au moins quatorze navires de trois nations parmi les corsaires qui écumaient la région.

— Vous êtes bien loin de Vera Cruz, fit Juliet calmement. J'aurais pensé qu'après avoir escorté le nouveau vice-roi d'Hispaniola à San Juan de Ulúa, vous seriez resté là-bas pour célébrer avec lui sa nomination.

— Vous êtes bien renseignée, admit Aquayo, les yeux plissés.

Juliet accueillit le compliment d'un bref hochement de tête.

— Nous soudoyons assez grassement vos fonctionnaires portuaires pour l'être. Quant à mes menaces, *señor*, reprit Juliet en reportant son attention sur le militaire qui avait insensiblement rapproché sa main de la crosse d'un pistolet dissimulé sous la table, je puis vous assurer qu'elles n'ont rien de vain. À cette distance, ma balle devrait vous arracher une bonne moitié du crâne, même si je rate le milieu de votre front d'un centimètre ou deux.

— Et je peux vous assurer de mon côté que, jusqu'à présent, je ne l'ai jamais vue manquer sa cible, renchérit sèchement Crisp. Aussi, à moins que vous ne souhaitiez offenser votre commandant en aspergeant ses passementeries avec des bouts de votre cervelle, je vous suggère de déposer doucement ce sac sur le plancher et de vous écarter lentement du bureau.

L'officier plissa les yeux, comme s'il soupesait ses chances d'atteindre son pistolet et de s'en servir avant d'être abattu.

— Vous devez être celle qu'on appelle la *Rosa de Hierro*, murmura-t-il. La Rose de Fer.

— Tel est le nom de mon vaisseau, *señor*. Ceux qui y servent me donnent le titre de capitaine.

— Pour moi, vous n'êtes qu'une *puta*, cracha l'officier. Et j'aurai grand plaisir, un jour prochain, à vous écarter les cuisses et à encourager mes hommes à vous punir du désagrément que vous venez de nous occasionner.

Juliet pinça les lèvres.

— Je suis certaine que leurs efforts me lasseraient, *señor*, tout comme vous me lassez vous-même en ce moment.

— Cela ne m'étonne pas de la catin que vous êtes. Dans votre famille, on l'est de mère en fille.

L'expression de Juliet ne changea pas, mais ses yeux prirent un reflet glacé qu'avaient appris à redouter tous ceux qui avaient été amenés à la côtoyer et qui tenaient un tant soit peu à la vie.

— Vous connaissez donc ma mère, *señor* ?

Un rictus hautain tordit la bouche de l'officier.

— Nous aussi sommes bien renseignés, *puta*, même si la réputation de cette traînée est connue d'une rive de l'Atlantique à l'autre.

Le sourire de l'Espagnol ne perdit rien de son insolence tandis que Juliet ajustait la visée de ses pistolets. Elle effleura leur détente d'une caresse de l'index et la poudre s'enflamma, déclenchant une double explosion qui amena Aquayo à se couvrir la tête de ses bras croisés et à s'effondrer sur le plancher en criant.

— M'insulter est une chose, *señor*, articula posément la jeune femme en regardant l'officier reculer vers la cloison de la cabine, hébété. Mais insulter ma mère adorée... eh bien, c'est une tout autre histoire.

Une fois les journaux et documents transférés sur le *Rose de Fer*, Juliet accompagna Crisp à bord du vaisseau anglais pour évaluer ses dommages. Au vrai, il n'y avait pas grand-chose à évaluer : le navire marchand avait perdu ses mâts, son platbord n'était plus qu'un alignement d'échardes, et les quelques membrures du pont supérieur qui avaient échappé aux boulets espagnols ne tiendraient pas longtemps sous la chaleur de l'incendie qui faisait rage dans ses soutes. Des cadavres étaient éparpillés un peu partout, gisant dans les filets de sang qui balayaient le plancher en fonction des mouvements du vaisseau.

— Combien de temps avant qu'il sombre ? s'enquit Juliet à voix basse.

— Il avale l'eau de mer plus vite que les dix pompes du bord ne parviennent à la recracher. Nog est en train de vérifier ça, mais il pense que le bateau a été touché en dessous de la ligne de flottaison. J'ai comme l'impression que les Espagnols n'avaient pas trop envie de le ramener à La Havane. Ni de laisser des témoins derrière eux.

Juliet hocha lugubrement la tête.

— À combien estimes-tu le nombre de survivants ?

— J'en ai compté moins de quarante capables de tenir debout tout seuls, répondit-il. Et parmi eux se trouvent seulement deux officiers. À cela s'ajoutent une trentaine souffrant de blessures plus sérieuses, et deux fois plus qui mourront si nous tentons de les déplacer. Je n'ai pas encore effectué ce décompte chez les Espagnols, mais nous avons nous-mêmes essuyé assez peu de pertes, avec une douzaine de blessés et un unique décès.

— Qui cela ?

— Billy Crab. Il a pris une balle de mousquet dans le crâne.

Un rouquin avec plein de taches de rousseur... Juliet connaissait suffisamment les membres de son équipage pour être affectée par la perte de chacun d'eux.

— Qui commande sur ce navire ? lança Crisp, haussant la voix pour être entendu par-dessus le crépitement de l'incendie.

— Je suppose que c'est moi, désormais, répondit l'un des deux officiers évoqués par le second de Juliet.

Il émergea en claudiquant de la fumée environnante. Il était jeune et ne devait pas avoir plus de vingt-cinq ans, mais il était clair qu'il n'en était pas à son premier combat. Un méplat de chair fondue, lisse et brillant, déformait tout le côté gauche de son visage, depuis le bas de la tempe jusqu'au bord de son col amidonné. Son oreille n'était plus qu'une masse de chair rose et sa joue, quand il parlait, raidie par le tissu cicatriciel, donnait à sa bouche un angle bizarre.

Juliet avait déjà vu des défigurations plus hideuses et se souciait moins de l'apparence de l'officier que de son caractère. Le galion était un grand navire.

L'officier s'adressa spontanément à Nathan, se redressant pour le saluer.

— Lieutenant John Beck, de la Marine royale de Sa Majesté.

— Quel est ce vaisseau ? demanda Crisp.

— L'*Argus*, commandé par feu le capitaine Angus Macleod – Dieu ait son âme.

— Pourrions-nous savoir ce qui vous a valu la colère des Espagnols ?

Les narines de Beck palpitèrent.

— Mais rien du tout, monsieur ! Nous transportons simplement du courrier à destination de New Providence. Nous n'avons rien fait pour susciter l'attaque de ce galion, ni même pour attirer son attention. Nous sortions à peine de la tempête quand il a surgi à l'horizon et nous a pris en chasse.

Il s'interrompit pour essuyer d'un revers de main un filet de sang qui lui coulait dans les yeux. Il cilla ensuite à plusieurs reprises, et parut remarquer pour la première fois le pantalon de toile écru de Crisp, sa chemise blanche sans apprêt ainsi que les deux cartouchières en cuir qui se croisaient sur son torse, portant un assortiment de pistolets et de couteaux.

— Pourrions-nous, à notre tour, nous hasarder à supposer que vous n'êtes pas au service du roi, monsieur ?

— Vous le pourriez, en effet. Mais si vous en déduisez que notre capitaine arbore le drapeau noir, vous vous méprendriez. Car un pirate aurait plutôt laissé le galion vous couler avant de venir ramasser vos restes.

Ces paroles n'étaient guère rassurantes mais Beck les prit avec courtoisie.

— À ce propos, dit-il, je vous prie d'accepter ma reconnaissance et celle de mon équipage – et celle de la Couronne, par la même occasion – pour avoir osé vous porter à notre secours malgré le risque d'être anéantis. J'éprouve la plus grande admiration pour votre capitaine, que j'espère avoir l'honneur de rencontrer bientôt.

Crisp fit passer la chique de tabac qu'il était en train de mâcher d'une joue à l'autre.

— Cet honneur, vous pouvez l'avoir dès maintenant, lieutenant… Beck, c'est bien ça ?

Il se tourna vers Juliet qu'il désigna de la main.

— Je vous présente le capitaine Dante.

Le regard de Beck se reporta avec lenteur vers la haute et fine silhouette qui se dressait près de Crisp. Le capitaine du *Rose de Fer* avait noué ses cheveux châtain foncé en une épaisse natte qu'enveloppait un bandana bleu. Son visage était maculé de crasse et sa chemise naguère d'un blanc immaculé était tachée de sang et de poudre. Deux cartouchières semblables à celles de son second étaient pendues à ses épaules et contenaient tout un arsenal de pistolets, de dagues, de poires à poudre et de sacs de balles. Bien que sa chemise soit trop lâche pour laisser deviner les contours de son buste, son pantalon de moleskine épousait assez étroitement ses hanches et ses jambes pour ne rien cacher de leur forme particulière.

— Bonté divine ! Mais vous êtes une femme !

— Il me semble en effet ne pas avoir changé de sexe durant la bataille, convint Juliet en réprimant un sourire.

— Une femme à la tête d'un navire ? D'un navire corsaire, qui plus est ?

Elle croisa les bras sur sa poitrine et répondit à l'incrédulité de l'Anglais par un regard acéré à la Dante.

Beck ravala sa surprise et se remit au garde-à-vous.

— Premier lieutenant Jonathan Grenville Beck de la Marine royale de Sa Majesté. À votre service, capitaine Dan...

Il se tut soudain et afficha un air plus éberlué que jamais.

— Dante ? souffla-t-il. Vous n'êtes quand même pas... le Cygne noir ?

Juliet poussa un soupir agacé et lança un coup d'œil à Crisp.

— Vraiment, ça suffit. Voilà que je suis prise pour un cygne noir, après avoir été confondue avec une rose de fer ! Suis-je donc si difficilement identifiable ?

Nathan Crisp lui adressa un haussement de sourcil.

— À vrai dire, un bon décrassage ne te ferait pas de mal.

— Je vous en prie, intervint Beck. Je… je ne voulais offenser personne. Le nom d'Isabeau Dante est connu de toute la flotte. En fait, il est presque aussi légendaire que celui de…

Il se tut de nouveau, manifestement ébranlé.

— Vous… ne seriez pas liée au corsaire Simon Dante ?

Il semblait presque espérer qu'elle lui réponde par la négative – ce qui était naturellement impossible.

— C'est mon père, dit-elle.

— Votre… ? Oh… mon… Dieu.

Le lieutenant blêmit et parut sur le point de défaillir. Crisp lui assena une robuste claque sur l'épaule.

— Bah ! Elle est moins redoutable qu'elle n'en a l'air, mon garçon, du moins tant que vous ne lui tapez pas sur les nerfs. Ce n'est pas pour rien que certains lui donnent parfois le nom de son navire – ses ennemis, en particulier.

Juliet décocha un regard glacial à Crisp et indiqua le pont d'un geste du menton.

— Vous feriez mieux de veiller sur vos hommes, monsieur Beck. Votre vaisseau est en train de sombrer. Il faut qu'ils quittent l'*Argus* au plus vite.

— Oui. Oui, bien sûr. Que… Quel sort réservez-vous à l'équipage du galion ?

— Vous en souciez-vous ?

La moitié indemne du visage de Beck se tendit alors qu'il considérait l'épave qu'était devenu son navire.

— Ils nous ont attaqués sans raison et nous auraient coulés. Est-ce que je me soucie de leur sort ? Non. Dieu me pardonne, mais non.

— Alors retournez vaquer à vos obligations, lieutenant, et laissez-nous régler ce genre de détails.

Il soutint le regard intense de Juliet un moment, puis la gratifia d'une courbette exécutée avec raideur, avant de s'éloigner.

Juliet le regarda s'éloigner en boitant et pinça les lèvres.

— Un navire courrier ? Que diable fait un navire courrier de la Marine royale dans ces eaux ?

Crisp se dirigea vers les cabines de poupe.

— Les officiers de Sa Majesté sont presque aussi zélés que les Espagnols à noter leurs moindres déplacements ainsi que leur destination et la nature de leur mission. Je vais voir si je ne peux pas récupérer les registres du bord ainsi que leurs cartes. Va donc m'attendre sur le *Rose*.

Il disparut derrière le mur de fumée vomi par l'incendie, tandis que Juliet promenait un dernier regard autour d'elle. Une tache de couleur attira son attention. Deux corps emmêlés reposaient au milieu d'un tas de vestiges noircis, au pied du grand mât. Celui du dessus portait un pourpoint de velours lavande, et près de lui était posé un chapeau à large bord qui rappela à la jeune femme l'élégant qui l'avait sauvée d'un coup d'arquebuse sur le pont du navire espagnol.

Il semblait mort, sans doute victime de l'explosion des soutes, car tout ce qui se trouvait autour de lui avait été roussi par la déflagration. Des plaques carbonisées fumaient par endroits sur le velours de son costume, au niveau des épaules et des fesses. Il avait sur l'occiput une bosse de la taille d'un œuf de goéland, et un mince filet de sang coulait d'une de ses oreilles. Le splendide panache de son chapeau avait été réduit à un faisceau de tiges noircies et sa ravissante dague incrustée de joyaux gisait non loin de lui, étincelant au milieu des décombres.

Il était étalé face contre terre, les bras en croix. Au-dessus de ses épaules – qui étaient singulièrement larges –, ses traits étaient voilés par les boucles d'une chevelure châtain. Ses habits étaient réellement de la meilleure qualité. La dentelle de son jabot et de ses manchettes valait presque autant que les boucles en argent massif de ses souliers. Son pourpoint matelassé était soutaché d'or et présentait une taille haute dans le dos ainsi que – si la mémoire de la jeune femme ne la trompait pas – un plastron en V très prononcé sur le devant. Les manches de l'habit étaient moulantes, avec des rembourrages aux épaules brodés de galons dorés. Les jambes de l'inconnu, longues et bien galbées, étaient recouvertes par une culotte en forme de cloche qui se prolongeait par des bas de soie dignes d'un prince.

Juliet reporta son attention sur la dague et songea qu'il serait dommage d'abandonner un objet aussi précieux. En outre, il ne lui déplaisait pas de garder un souvenir de l'étranger.

Elle franchit un espar brisé et tendait la main vers la lame quand des doigts se refermèrent sur son poignet.

Finalement, l'élégant n'était pas si mort que ça. Il était même parfaitement vivant et la foudroyait du regard.

— Est-il dans vos habitudes de voler ceux qui vous sauvent, mon garçon ?

Elle tenta de se dégager.

— Je vous croyais mort.

Sans cesser de lui tenir le bras, il secoua la tête pour s'éclaircir les idées. À en juger par le sang qui coulait de son oreille, il devait entendre un concert de cloches, et ce geste eut pour effet de projeter quelques gouttes écarlates sur le pont.

— Doux Jésus ! grommela-t-il en la relâchant brusquement pour porter la main à sa nuque.

Il tâta précautionneusement la bosse à l'arrière de son crâne et gémit de nouveau. Une plainte émanant du corps écrasé sous le sien lui répondit en écho.

— Beacom ?

Il leva un bras enveloppé de velours lavande pour fixer ce qui se trouvait en dessous.

— Bonté divine, que faites-vous là ?

— J'attends que vous vous leviez, Votre Grâce, murmura une voix rauque. Et j'espère que, dans votre infinie mansuétude, vous m'aiderez à en faire autant.

— Ce sera bien volontiers, dès que j'aurai retrouvé l'usage de mes membres… Eh ! Vous, là, mon garçon, arrêtez donc de reluquer cette dague, qui de toute façon ne vous appartient pas, et prêtez-nous assistance.

Juliet haussa un sourcil et regarda autour d'elle, mais il n'y avait personne d'autre à proximité. Ignorant la main qu'il lui tendait, elle se campa au-dessus de ses hanches et saisit à pleines poignées le velours de son pourpoint mauve pour lui soulever le buste et le maintenir en l'air, tandis que l'homme coincé sous lui se dégageait en se tortillant.

Une fois l'opération effectuée, Juliet laissa l'aristocrate retomber sur le pont, pendant que le dénommé Beacom époussetait ses vêtements.

— Merci mille fois, mon bon monsieur, articula-t-il en agitant les mains avec gratitude. Sa Grâce, le duc, s'est montrée fort peu disposée à répondre à mes tentatives pour le réveiller, et je commençais à craindre d'être asphyxié.

Contrastant avec la tenue colorée de son maître, Beacom était vêtu de la tête aux pieds d'un noir austère et cérémonieux. Il avait le visage long et osseux à l'instar de sa silhouette, et ses dents, quand il parlait, s'entrechoquaient comme des castagnettes.

— J'ai désormais repris mes esprits, déclara le duc en se mettant à genoux. Aidez-moi, Beacom.

Juliet regarda avec un certain amusement l'intéressé cesser soudain de rajuster son caban, pour se tourner avec un petit cri vers son maître qui semblait sur le point de repiquer du nez vers le pont.

— Arriverez-vous à tenir sur vos jambes, milord ?

— Autant qu'un nouveau-né, grommela le duc. En fait, c'est ce plancher qui n'arrête pas de tourner comme un maudit derviche !

Beacom n'avait pas vraiment l'air vaillant lui-même mais, avec force ahanements et grognements, il parvint plus ou moins à remettre le duc debout. Dès que ce dernier fut capable de garder seul son équilibre, il entreprit de sonder maladroitement les épaisseurs de velours et de dentelle brûlées, à la recherche d'éventuelles blessures.

Juliet observait maintenant le duc avec curiosité. À part son père qui avait été adoubé chevalier par la reine Élisabeth, c'était le premier aristocrate anglais qu'elle rencontrait. Son visage, quand il l'eut dégagé des longues mèches de cheveux qui le masquaient, ne lui parut ni pincé ni falot, comme elle s'y attendait. Il avait un long nez à la courbure régalienne et des yeux profondément enfoncés dans leurs orbites, que protégeaient des cils du même châtain flamboyant que ses cheveux. Ses sourcils fournis et droits se rejoignaient presque, et une fine moustache surmontait sa lèvre supérieure d'une ligne quasi parfaite, tandis qu'un bouc soigneusement taillé adoucissait ses mâchoires carrées. Elle se rappelait lui avoir vu une dentition complète, régulière et blanche – une rareté parmi les gens de mer – et aussi, sur cette même bouche qu'il pinçait pour réprimer la douleur, un sourire qui lui avait laissé un souvenir éblouissant.

En dépit de ses manchettes et de son jabot en dentelle, de ses bas de soie et de sa culotte bouffante, il arborait une épée de grande qualité, le genre de lame qu'on ne gardait pas à la hanche uniquement pour la parade. Elle reposait à cet instant sur le pont, à quelques pas de là. Juliet alla la ramasser, tandis que Beacom continuait à s'agiter autour de son maître.

— Je ne distingue aucune perforation sérieuse, milord. Encore heureux que nous n'étions pas plus proches du lieu de l'explosion !

Le duc se renfrogna sous un nouvel accès de souffrance.

— Vous m'excuserez, Beacom, d'attendre pour m'en réjouir que les démons qui dansent la gigue dans mon crâne se calment un peu.

— À votre place, je n'attendrais pas trop, intervint Juliet en tendant à Beacom l'épée ainsi que la dague incrustée de joyaux. Vous seriez tous deux avisés de quitter ce vaisseau avant qu'il coule.

Elle se tourna vers le valet.

— Allez-vous réussir à vous occuper de lui tout seul, ou vous faut-il de l'aide ?

Beacom émit un reniflement indigné.

— Je suis parfaitement capable de mettre Sa Grâce en sécurité. Nous aurons cependant besoin d'assistance pour nos bagages. Si vous pouvez nous accorder encore un instant, jeune homme, vous aurez droit à une pièce.

— Une pièce ? répéta Juliet en écarquillant les yeux. En or ou en argent ?

— Bien plus que ce que vous gagnerez à…

Le domestique s'interrompit pour pousser un nouveau glapissement tandis que le pont s'inclinait sous leurs pieds. La proue de l'*Argus* venait de s'enfoncer un peu plus dans les eaux, projetant maître et valet contre la base du grand mât. Des entrailles du navire s'élevèrent des craquements, accompagnés d'un grondement qu'on aurait dit poussé par un monstre issu des profondeurs. Les hommes se précipitèrent vers la passerelle tandis que Nathan Crisp jaillissait d'une écoutille dans un nuage de vapeur. Il portait des cartes et des portulans, ainsi qu'un épais registre relié de cuir et fermé par une sangle rouge.

— L'explosion a laissé dans la coque une brèche aussi grosse que le trou de balle de Lucifer ! s'écria-t-il. La quille est brisée, et l'*Argus* ne va pas pouvoir tenir la tête hors de l'eau plus d'une minute ou deux. Nous ferions mieux de le détacher du galion avant qu'il l'entraîne par le fond.

Juliet se tourna vers Beacom.

— Libre à vous d'aller vous immerger dans l'entrepont et d'y risquer votre vie pour récupérer le bol de rasage en argent de milord, mais à votre place, je me dépêcherais de quitter cette épave *tout de suite*.

— Eh bien, je..., commença à protester le valet.

Il émit un hoquet de frayeur en sentant l'*Argus* pencher un peu plus. Une volée de coups de hache annonça la rupture des amarres qui solidarisaient les deux vaisseaux, suivis par le staccato vibrant des écoutes qui se détendaient l'une après l'autre.

— Oui, oui, vous avez naturellement raison, reprit Beacom. Nous partons sur-le-champ. Allons, milord, venez... *Milord !*

Le duc était toujours adossé au mât brisé. Il fixait Juliet d'un air un peu égaré, la bouche entrouverte, et commençait à glisser sur les planches du pont, entraînant son domestique avec lui.

Avec un juron, la jeune femme passa l'autre bras de l'aristocrate sur ses épaules et aida Beacom à le rapprocher du bastingage où des marins du *Rose de Fer*, suspendus à de solides filets de transbordement, tendaient la main aux survivants de l'*Argus* pour leur permettre de monter à bord du *Santo Domingo*.

Juliet attendit le tout dernier moment avant de donner le signal de trancher le reste des amarres. Un cordage enroulé autour du bras, elle se laissa ensuite hisser par la masse du galion qui, libéré du poids de l'*Argus*, reprit aussitôt son assiette. Laissé à la dérive, le vaisseau anglais parut résister aux vagues générées par la masse oscillante du *Santo Domingo*, mais cette impression ne dura qu'un moment. Moins d'une minute plus tard, dans le sifflement des eaux bouillonnantes et les gémissements assourdis des blessés qui n'avaient pu être évacués, le navire anglais achevait de plonger dans l'abîme, disparaissant au milieu d'un large cercle d'espars brisés et de voiles embrasées.

2

Juliet ne perdit ni temps ni énergie en finasseries. Les prisonniers espagnols furent ligotés les uns aux autres par les poignets et les chevilles. Il y avait plus de trois cents captifs entassés sur deux ponts et, même s'ils s'étaient rendus, leur nombre était plus de deux fois supérieur à celui des marins du *Rose de Fer* et des survivants de l'*Argus* réunis.

La priorité absolue de Juliet fut de s'assurer qu'il ne restait aucune poche rebelle cachée dans les tréfonds du navire ennemi. Dix arquebusiers déterminés pouvaient transformer la défaite des leurs en victoire. Elle dépêcha donc des escouades dans chacun des quatre entreponts du galion. Celles-ci débusquèrent une vingtaine d'Espagnols supplémentaires qui vinrent grossir les rangs de leurs camarades.

Nathan Crisp dirigeait une de ces escouades, chargée de fouiller les soutes, et ce qu'il y découvrit lui fit avaler sa chique. Les cales du *Santo Domingo* étaient remplies de caisses de lingots d'argent portant le sceau du trésor de Vera Cruz. Quatre tonneaux renfermaient par ailleurs des perles aussi grosses que l'ongle du pouce. Il y avait également des sacs entiers d'émeraudes brutes en provenance de Carthagène des Indes, des coffres débordant d'or des mines du Pérou, ainsi que des ballots d'épices et de caoutchouc en telles quantités que l'euphorie ressentie tout d'abord par Juliet et Nathan céda la place à la consternation quand ils estimèrent les jours nécessaires au transfert de tout ce butin sur le *Rose* – sans compter que le navire corsaire risquait fort de couler sous ce fardeau !

Certes, il arrivait que des vaisseaux de guerre transportent des cargaisons de prix, mais il n'en restait pas moins étrange qu'un navire doté de la puissance de feu et de la réputation du *Santo Domingo* ait ses cales aussi remplies. Cela impliquait qu'il devait être renvoyé en Espagne avec le convoi de septembre. Deux fois par an, au printemps et à l'automne, des galions chargés de trésors se retrouvaient ainsi à La Havane. Ils venaient de Vera Cruz au Mexique, de Nombre de Dios au Panamá ainsi que de Maracaibo, de Carthagène et de Barranquilla sur la côte nord du Pérou et de la Colombie. Ces vaisseaux marchands voyageaient de port en port le long des territoires espagnols du Nouveau Monde, tout autour du vaste golfe des Caraïbes, jusque dans les Antilles et les îles de l'est, avant de se rassembler à La Havane en une seule et même flotte qui traversait l'Atlantique pour regagner la mère patrie.

À La Havane les rejoignait une armada de navires de guerre qui avaient pour seule et unique mission de les escorter d'une rive de l'océan à l'autre.

Quel que soit le coup du sort qui avait mis le *Santo Domingo* sur le chemin de Juliet, elle ne voulait pas perdre ni le navire ni l'immense trésor qu'il transportait. En conséquence, il était impératif de débarquer l'équipage espagnol et de quitter ces eaux le plus tôt possible. Sitôt ébruitée, la rumeur de la capture du galion se répandrait dans les îles comme une traînée de poudre, entraînant un renforcement des patrouilles ainsi qu'une augmentation de la prime déjà ahurissante promise pour la capture de tout corsaire portant le nom de Dante.

Pendant plus de vingt-cinq ans, le Loup des Mers, Simon Dante, avait été le fléau des routes maritimes espagnoles. Il avait combattu aux côtés de sir Francis Drake et été l'un des redoutables corsaires d'Élisabeth qui défendaient les côtes anglaises contre l'Armada espagnole. Ces hauts faits auraient pu lui valoir gloire, honneurs, titres et domaines, mais il s'était contenté de lettres de marque signées par la reine l'autorisant à harceler, saisir et piller les embarcations de toute nation ennemie – formule qui, dans les Indes occidentales, désignait essentiellement les vaisseaux espagnols.

Son épouse, Isabeau Spence Dante, était le rejeton d'un géant au poil roux qui avait appris à sa fille à tirer au canon dès ses douze ans et à négocier le passage du cap Horn avant son vingtième anniversaire. Les cartes et portulans d'Isabeau étaient prisés par les capitaines de toute nationalité voguant sur les eaux du globe, et on la connaissait sous le surnom de Cygne noir, en référence au symbole élégant dont elle paraphait ses œuvres.

Le *Cygne noir* était aussi le nom du navire que Simon Dante avait donné en cadeau de mariage à sa femme. Elle lui avait rendu la faveur, neuf mois après, avec un premier fils, Jonas. Un second garçon, Gabriel, était né dans les trois ans qui avaient suivi, puis Juliet dix mois plus tard. Aucun des trois enfants du Cygne noir et du Loup des Mers n'avait montré le moindre désir de se trouver ailleurs que sur le pont d'un vaisseau et, vu leur ascendance, il n'était guère étonnant qu'ils aient fini par devenir à leur tour de magnifiques épines dans le flanc des Espagnols.

Tous les trois avaient conquis de haute lutte le droit de commander leur propre navire. Armé de douze couleuvrines tirant des boulets de trente-deux livres et de huit demi-couleuvrines de vingt-quatre livres, le *Rose de Fer* avait été offert à Juliet pour son vingtième anniversaire. Savoir que son capitaine était une femme n'amoindrissait en rien la terreur qu'inspirait aux équipages étrangers la vue de ses voiles à l'horizon. La plupart des embarcations le croisant, même les mieux armées, avaient tendance à prendre aussitôt la fuite, car la présence du *Rose de Fer* dans le sillage d'une de ses proies signifiait généralement que ses navires jumeaux, le *Tribut* et le *Valeur*, faisaient également partie de la fête. Et malheur au commandant arrogant qui se serait cru capable de tenir à distance les trois louveteaux, car il était fréquent que leur géniteur en personne, Simon Dante, les accompagne à bord de son *Vengeur*.

Cette fois-là, cependant, Juliet était seule et n'avait sorti le *Rose de Fer* que pour tester son nouveau gouvernail. Elle avait été du reste la première surprise, en émergeant d'une tempête tropicale, de tomber sur une bataille navale. Au début, elle avait pris le bruit de la canonnade pour un écho du tonnerre, mais quand la pluie avait cessé et que la brume s'était levée, la vigie avait repéré le *Santo Domingo* en train de s'acharner sur l'*Argus*.

Et voilà qu'elle était maintenant en possession d'un trésor faramineux, de trois cents prisonniers ainsi que d'un énorme vaisseau de huit cents tonneaux – gains inespérés qui, en cet instant, ne la réjouissaient guère.

— Loftus vient de me confirmer que nous nous trouvions à moins d'une demi-journée de l'île de Guanahana, déclara-t-elle en désignant son timonier du regard.

— Nous n'avons aucun ami là-bas, remarqua Crisp en se renfrognant.

— Certes, mais en chemin nous croiserons cette petite île, répliqua-t-elle en montrant du doigt un point noir sur la carte qu'elle avait déroulée. Nous pouvons y débarquer les Espagnols. Une fois débarrassés d'eux, nous aurons tout loisir de réfléchir à ce que nous voulons faire du reste de la cargaison : prendre le risque de l'amener directement à Pigeon Cay ou en décharger une partie sur le trajet, dans l'idée de venir la reprendre plus tard avec Jonas et Gabriel pour couvrir nos arrières.

Nathan comprit, à l'expression de son capitaine, que la deuxième option n'en était pas vraiment une, la jeune femme entretenant avec ses frères une rivalité toute aussi forte que l'affection qu'elle leur vouait. Il soupira en secouant la tête.

— Nous allons devoir localiser cette île dans le noir. Comment diable comptes-tu repérer cette crotte de mouche en pleine nuit ?

— On se débrouillera. De toute façon, à moins que tu ne sois prêt à passer quarante-huit heures dans le nid-de-pie pour trouver un autre site, nous n'avons guère le choix.

— Nous pourrions les passer tous par-dessus bord, grommela-t-il. Ils auraient moins d'égards pour nous, à notre place.

— Ce serait en effet une solution… mais elle ne résoudrait pas l'autre petit problème que nous avons sur les bras.

— Parce qu'il n'y en a qu'un seul autre ? rétorqua-t-il avec un reniflement incrédule. Tu es aussi douée que ton père pour les euphémismes, ma petite !

— Que faisons-nous de l'équipage anglais ? Nous n'allons quand même pas les abandonner sur la même île que les Espagnols. Ils finiraient par être tués ou enchaînés à vie aux bancs de nage d'une galère. Le plus proche des ports susceptibles de les accueillir est à au moins une semaine d'ici, or nous avons déjà accumulé trop de retard sur notre programme.

— Les Français seraient sans doute prêts à nous les prendre.

— Quitte à les livrer ensuite aux Espagnols en échange de passe-droits commerciaux…

— Puis-je émettre une suggestion, capitaine ?

Juliet et Crisp se tournèrent vers le lieutenant Beck qui les avait rejoints. Voilà quelque temps qu'ils l'entendaient arpenter le pont, rassemblant sans doute son courage pour venir les aborder.

— Vous avez besoin de quelque chose, lieutenant ? s'enquit Juliet. Y a-t-il un service que nous pourrions rendre à vos hommes ?

— Vous nous avez déjà témoigné une exceptionnelle générosité, capitaine. Au vrai, je pensais plutôt à un moyen de vous remercier.

— Je vous écoute.

— Eh bien, commença-t-il en joignant les mains dans son dos, les pieds légèrement écartés, j'ai le sentiment que vous avez gagné plus que vous ne l'escomptiez en vous portant à notre rescousse. Ne serait-ce que ce galion. Il faut, au bas mot, un équipage de soixante-dix hommes pour manipuler sa voilure et lui faire garder son cap, et plus encore si d'aventure il venait à croiser un navire ennemi. De combien d'hommes disposez-vous qui ne seraient pas nécessaires aux manœuvres sur votre propre vaisseau ? Non. Non, finalement, se reprit-il en levant la main, ne me répondez pas. Je ne voudrais surtout pas qu'on me reproche d'essayer de vous soutirer des informations. Mon propos, en l'occurrence, est juste de souligner que votre équipage, quoique parfaitement compétent pour s'occuper d'une seule embarcation, aurait du mal à en gérer deux à la fois. Vous avez évoqué la possibilité de remorquer le galion et je suis sûr que ce serait réalisable pendant un jour ou deux, si le temps se maintient et si la mer est calme. Il vous reste aussi l'option de le couler, mais c'est un gros navire et une prise fort respectable, et même si je ne puis qu'estimer la valeur qu'il aurait pour votre famille, je devine que vous préféreriez éviter de recourir à une telle extrémité.

Crisp croisa les bras sur sa poitrine, les sourcils froncés.

— Aimez-vous donc tant que ça vous entendre parler, mon garçon ?

— Je vous demande pardon ?

— Où voulez-vous en venir, au juste ?

— Où je veux en venir ? Eh bien, comme je le disais, je souhaite que mes hommes et moi-même vous rendions service, dans la mesure de nos capacités. Chacun de nous est formé pour régler voiles et écoutes, servir des canons et même utiliser des pompes si cela s'avère nécessaire. C'est, si je puis me permettre de le dire, un des nombreux avantages de notre marine nationale sur celle des Français ou des Espagnols. Un artilleur espagnol n'est entraîné qu'au tir ; il ne saurait, par exemple, prendre un ris, même si sa vie en dépendait.

— Vous vous proposez donc de nous aider à emmener le *Santo Domingo* en lieu sûr ?

— J'ai sous mes ordres cinquante-deux marins aptes au service, qui n'ont aucune envie de se retrouver abandonnés au milieu de l'océan avec de satanés Espagnols, monsieur, répondit l'officier anglais avant de se tourner vers Juliet. En bref, nous sommes à votre disposition, capitaine.

La jeune femme étudia le visage déformé de son interlocuteur et décréta en son for intérieur qu'elle aimait bien le lieutenant Jonathan Beck. C'était un homme intègre qui leur était manifestement reconnaissant, à elle-même comme à son équipage, d'avoir sauvé sa vie ainsi que celle de ses hommes. Pouvait-elle se fier à lui pour autant ? Étant donné les compétences de navigateur dont il venait de faire état, ne lui serait-il pas aisé de retracer leur course ? D'en noter les repères ? De calculer selon le soleil ou les étoiles la position de leur destination ? Pigeon Cay était unique pour plusieurs raisons, et chacune de ces singularités permettait de l'identifier à quiconque connaissait la région. En outre, elle savait la tête de son père mise à prix pour dix mille doublons d'or, ce qui représentait un pactole pour un militaire auquel son roi ne versait qu'un shilling par mois.

— Capitaine, ajouta-t-il en percevant son hésitation, j'ai bien conscience du soin mis par votre père à cacher l'emplacement de son port d'attache dans les îles. Vous avez ma parole d'officier de la Marine royale de Sa Majesté que personne ne trahira votre secret.

Juliet avait veillé à ne pas trop montrer ses émotions jusqu'alors, mais ne put s'empêcher d'échanger un coup d'œil avec son second. Nathan Crisp haussa les épaules.

— À toi de décider, articula-t-il. C'est bien pour ça que tu es le capitaine, non ? Moi, je me contente d'obéir aux ordres.

— Si seulement c'était tout le temps vrai, répliqua-t-elle sèchement. Bon, très bien, lieutenant, j'accepte votre offre et me fie à votre parole. Quant à vos hommes, je mesure bien ce qu'il leur en coûtera de garder le silence une fois de retour à Londres. Aussi, ajouta-t-elle en haussant l'un de ses sourcils auburn, à tous ceux qui accepteront d'intégrer mon équipage, même provisoirement, et s'engageront par écrit, je suis prête à donner une part du butin acquis aujourd'hui, sitôt que nous l'aurons compté.

Beck desserra les lèvres pour protester, avant de refermer la bouche. S'enrôler sur un navire corsaire, alors qu'on faisait partie de la Marine anglaise, équivalait à une désertion, laquelle était punie de mort. En réalité, cela revenait à faire d'eux des hors-la-loi, et l'approbation de cet accord par un officier s'assimilait à un acte de mutinerie, de félonie, de flibusterie.

D'un autre côté, il était à peu près certain que la somme promise garantirait le silence de ses soldats. À l'heure qu'il était, aucun d'entre eux ne pouvait ignorer la valeur de la cargaison du *Santo Domingo*, et pour ces marins dont la plupart avaient été enrôlés de force, même un dixième de part du butin représenterait plus qu'ils ne pourraient gagner en douze vies.

— Je soumettrai votre proposition à chacun de mes hommes, dit-il en plissant les paupières pour considérer le capitaine du *Rose de Fer* avec un respect renouvelé. Mais pour ce qui me concerne, je n'y vois aucune objection.

Juliet lui tendit la main.

— En ce cas, bienvenu à bord, monsieur Beck.

Il allait sceller leur accord, quand il recula le bras en poussant un soupir contrarié.

— Tout bien réfléchi, il se pourrait qu'il y ait malgré tout un petit empêchement.

Juliet retira sa main à son tour et la posa sur le pommeau de son épée.

— À savoir ?

— La présence ici même de Varian St. Clare, Sa Grâce le duc de Harrow. Sans avoir le privilège d'en connaître la raison, je l'ai vu monter à bord avec des documents portant le sceau royal. Il ne sert pas sous mes ordres. Je ne puis donc parler en son nom et, puisqu'il m'est impossible d'engager la parole de Sa Grâce, je ne peux non plus… Enfin, en d'autres termes…

— C'est bon, vous êtes assez clair comme ça, le coupa Crisp. Nous avons saisi le fond de votre pensée.

— À ce propos, où se trouve le duc ? s'enquit Juliet avec lassitude.

Crisp indiqua leur navire du menton.

— Nous l'avons pris à notre bord, comme tu l'avais ordonné.

— J'ai vraiment ordonné ça ?… Mouais, c'est possible. Et les documents dont vous venez de parler ? reprit la jeune femme à l'adresse du lieutenant. Vous avez une idée de leur contenu ? Et de l'endroit où ils sont actuellement ?

Beck jeta un coup d'œil par-dessus le bastingage, comme s'il pouvait distinguer l'épave de l'*Argus* au fond de l'océan.

— Je suppose qu'ils gisent là-dessous avec le reste des papiers du commandant, car il me semble que Sa Grâce en avait confié la garde au capitaine Macleod.

Juliet échangea un nouveau coup d'œil avec Crisp.

— En ce cas, la solution à notre problème me paraît toute trouvée, monsieur Beck. Vos hommes et vous-même demeurerez à bord du *Santo Domingo*, sous les ordres de M. Loftus, tandis que le duc restera sur le *Rose de Fer*... et dans l'ignorance de notre accord. Si les vents et le temps nous sont favorables, le *Santo Domingo* devrait être à l'abri dans trois jours, et vous toucherez votre part du butin avant d'être transportés vers le port britannique le plus proche.

Le lieutenant Beck se mit au garde-à-vous.

— Marché conclu, capitaine. Je vais transmettre la nouvelle à mes hommes, et nous pourrons commencer à nous rendre utiles.

Elle sourit.

— Faites d'abord panser cette plaie au front, ou vous allez perdre tout votre sang et ne me serez plus d'aucune utilité.

Beck eut un franc sourire, le premier depuis qu'ils avaient quitté l'*Argus*.

Quand il fut parti, la jeune femme se tourna vers Crisp et préféra prévenir ses éventuelles objections.

— Sitôt en vue de l'île, nous inviterons M. Beck et ses marins à s'enfermer dans l'entrepont.

— Et tu es vraiment prête à leur donner une part entière du butin ?

— Ils la méritent. Sans eux, nous n'aurions pu venir à bout du *Santo Domingo*. Et puis, tu as vu tout ce que renferment les cales du galion, Nathan : nous pouvons nous montrer un peu généreux.

Son second émit un grognement dubitatif.

— Je persiste à penser que tu ferais mieux de jeter tout ce joli monde à la flotte. Ça nous épargnerait bien du tintouin.

Juliet suivit son regard qui s'était braqué sur le groupe de prisonniers espagnols. On avait épargné au capitaine Aquayo et à ses officiers l'ignominie d'être ficelés les uns aux autres, pour les rassembler en poupe sous bonne garde. Malgré le jour déclinant, Juliet n'eut aucune difficulté à repérer la paire d'yeux noirs dont le regard perçant ne l'avait pas quittée depuis qu'elle et Nathan étaient montés sur le gaillard d'avant.

Les tirs de la jeune femme avaient tranché la moitié inférieure des oreilles de l'officier, les balles de plomb ayant frôlé son visage de si près qu'elles avaient laissé des traînées sanglantes sur ses joues. Le lobe droit avait été coupé net tandis que le gauche était un moment resté suspendu par un fil de chair, jusqu'à ce qu'il l'arrache d'un geste rageur. Il avait désormais la tête bandée d'un pansement qui ne laissait guère visibles que ses yeux brûlant d'un feu vengeur.

— Il aurait probablement mieux valu que tu abattes ce salopard au lieu de lui chatouiller les esgourdes, ajouta Crisp avec humeur.

— Peut-être mais au moins, comme ça, il se souviendra de moi chaque fois qu'il se regardera dans le miroir.

— J'ai la très nette impression que, de toute façon, tu n'es pas près de quitter ses pensées, ma petite.

3

Varian St. Clare poussa un râle d'agonisant et se força à tourner la tête vers la lumière qui enflammait le dessous de ses paupières. Sa bouche était comme tapissée d'une fourrure aigre, et sa langue était si gonflée qu'elle lui semblait sur le point d'éclater. Sa tête l'élançait, ses oreilles n'arrêtaient pas de tinter, et quiconque aurait le toupet de parler ou de rire à proximité recevrait une balle dès qu'il aurait remis la main sur son pistolet !

Il palpa sa taille et ne rencontra que sa peau nue. Il passa les doigts sur ses crêtes iliaques, puis sur la surface dure de son ventre, les remontant sur son torse jusqu'à ce qu'il perçoive les battements de son cœur sous son sternum.

Il était donc vivant. Il ignorait cependant s'il devait s'en réjouir.

Il était également déshabillé de la tête aux pieds et recouvert d'une mince couverture rêche. Sitôt après ce premier constat, d'autres sensations se signalèrent à son attention, en particulier une brûlure sur le côté de sa fesse gauche. La douleur mêlée à des relents âcres de soufre l'incita à entrouvrir un œil.

S'attendant à moitié à se découvrir au milieu d'un brasier attisé par des démons moqueurs et grimaçants, il jeta un regard prudent entre ses cils.

Il ne se trouvait pas en enfer. Il n'était pas non plus à bord de l'*Argus*. Il avait souvent visité la cabine du capitaine Macleod et celle-ci, avec sa grande roue de laiton suspendue au plafond, ne lui était en rien familière.

Il ouvrit plus grand les yeux. L'endroit était en partie plongé dans l'obscurité. Une lanterne pendait pourtant à chacune des poignées de la roue en cuivre mais une seule était allumée, projetant un filet de fumée vers le plafond déjà couvert d'une épaisse couche noire. Impossible de dire si c'était le jour ou la nuit : des morceaux de toile occultaient la rangée de fenêtres qui occupait toute la cloison du fond.

Un reflet métallique attira son attention sur les croisillons des portes grillagées d'une bibliothèque, que flanquait un buffet aux étagères garnies d'un impressionnant arsenal de pistolets et de poires à poudre. Ces deux meubles semblaient les seuls éléments étonnants de la pièce qu'occupaient par ailleurs un énorme bureau, une chaise, un buffet ainsi qu'une petite commode de toilette composée d'un coffre percé et d'une table adjacente. Le lit sur lequel il était étendu n'était qu'une sorte de couchette dont le matelas tout mince était à peine aussi large que sa carrure.

Mais il n'était pas seul dans cette cabine.

Beacom était assis sur un banc au pied de la couchette, la nuque tellement ployée que son menton touchait sa poitrine. Devant le bureau se tenaient deux hommes. L'un d'eux étudiait une carte tout en écrivant des annotations, sous le regard de l'autre qui hochait la tête de temps en temps, comme pour l'approuver. Court sur pattes et râblé, il avait un faciès de bouledogue en train de mâcher une pleine bouchée de frelons. Son compagnon penché sur la carte était plus grand et portait un bandana bleu délavé, dont dépassait une natte auburn lui retombant jusqu'au milieu du dos.

Un souvenir transperça la migraine qui embrumait l'esprit de Varian, le replongeant dans l'ardeur du combat naval. Il se rappelait avoir vu ce gamin au bandana bleu acculé contre le garde-corps par des Espagnols. Le garçon savait manifestement se défendre et maniait son épée avec la dextérité d'un maître d'armes. Varian n'avait jugé nécessaire d'intervenir qu'en voyant un arquebusier le viser en traître.

Il se souvenait d'être ensuite retourné sur l'*Argus* pour retrouver Beacom, juste avant que le pont explose sous leurs pieds. Après cela... sa mémoire n'était plus qu'un tissu d'images disparates et décousues. Il y était question d'une dague, du bateau qui coulait, et de ce même garçon.

Celui-ci avait une curieuse manière de s'exprimer. Son apparence présentait aussi des traits singuliers...

Varian reporta son attention sur la silhouette élancée devant le bureau et détailla la rondeur des hanches sous la culotte de peau moulante, l'entrejambe que ne tendait aucun renflement et qui ne comportait pas non plus de braguette.

Il remonta les yeux vers le visage sous le bandana bleu et obtint confirmation de ses soupçons : en fait, le « garçon » n'en était pas un. Elle avait le front penché en avant sous la concentration, si bien que la lumière tombait sur le haut de sa tête, laissant la majeure partie de ses traits dans l'obscurité, mais le peu qu'il en voyait suffisait à le renseigner. Le garçon était une fille – cette même fille qu'il avait vue combattre sur le pont du galion.

Il fixa l'épée de Tolède qui pendait à sa taille. C'était une arme aussi splendide que sa propre lame, laquelle avait été forgée par un artisan de renom.

— Loué soit le Seigneur ! s'exclama Beacom en venant s'interposer entre lui et la lampe, lui masquant du même coup les deux personnes penchées sur le bureau. Sa Grâce le duc revient à lui !

Varian essaya de parler, mais sa gorge ne semblait pouvoir émettre qu'un coassement rauque.

— Capitaine ! s'écria Beacom en joignant les mains en un geste de supplique. Auriez-vous l'extrême bonté de m'autoriser à lui administrer un verre de vin ? Sa Grâce me paraît en avoir infiniment besoin.

— Servez-vous donc, répondit le compagnon trapu de la jeune femme en désignant le buffet.

— Mille mercis, monsieur. Votre amabilité est sans égale.

L'intéressé accueillit le compliment avec un grognement, avant de retourner à ses cartes.

Un instant plus tard, Varian sentait quelques gouttes de vin doux mouiller ses lèvres. Il laissa le breuvage remplir sa bouche, couler le long de sa gorge, et ce qu'il ne recracha pas dans une quinte de toux, il l'engloutit avec une vive gratitude. Sitôt la coupe vidée, il clappa de la langue pour en réclamer plus. On conseilla à Beacom de temporiser.

— À moins que vous ne vouliez qu'il vomisse tout, expliqua une voix féminine, attendez quelques minutes avant de le resservir. S'il arrive déjà à garder la première rasade, il sera toujours temps de lui en donner une autre. Il a pris un sale coup sur la tête et si son crâne est fêlé ou sa cervelle tuméfiée, vous aurez seulement gâché cet excellent malaga.

— Mon crâne est en parfait état, mentit Varian d'une voix blanche. Où diable suis-je ? Et où est passé le capitaine Macleod ?

— Le capitaine Macleod est mort, Votre Grâce, se hâta de répondre son valet. Quant à l'*Argus*, je crains qu'il ne soit perdu au fond des mers. Je l'ai vu couler de mes propres yeux.

— Couler, dites-vous ?

Varian se renfrogna et s'efforça de rassembler ses souvenirs.

— Nous avons été attaqués par un infâme vaisseau espagnol, rapporta Beacom. Vous avez été blessé par l'explosion de la réserve de poudre de l'*Argus*. Vous vous êtes cogné la tête contre un espar après avoir été projeté dans les airs par le souffle de la déflagration et, euh…

Il se pencha vers lui en prenant une voix de conspirateur.

— Votre épaule et votre fesse gauche ont été sévèrement contusionnées. Jusqu'à l'os, si je puis me permettre. Le capitaine a appliqué sur vos blessures une pommade à l'odeur méphitique composée, si je ne m'abuse, d'huile de camphre et de térébenthine qui est censée engourdir votre chair et vous aider à guérir plus vite.

— Oui, eh bien, je suis maintenant totalement dégourdi ! lâcha Varian entre ses dents. Et je vous prie de me dire où nous sommes, et qui diable est cette femme qui ose régenter ma consommation de vin !

La tête auburn se releva sous la lumière de la lampe. Le bandana bleu pâle, soudain éclairé, se détacha vivement sur le fond sombre de la cabine.

— Vous vous trouvez à bord de mon navire ainsi que dans mon lit, et vous me devez obéissance comme à n'importe quel capitaine.

— Capitaine ?

— Capitaine.

— *Votre* navire ?

— Mon navire, acquiesça-t-elle avec un hochement de tête. Le *Rose de Fer*.

Varian ferma les yeux pour mieux se concentrer. Il trouvait aussi grotesque qu'invraisemblable qu'une femme soit capitaine, surtout d'un vaisseau qui venait de défier un Léviathan des mers tel que le galion espagnol.

— Si ces conditions d'hébergement vous déplaisent, ajouta-t-elle sur un ton acide qui lui fit rouvrir les yeux, je peux toujours demander à M. Crisp ici présent de vous installer un hamac dans un placard à voiles, pour votre domestique et vous-même.

Comme la migraine qui lui martelait les tempes ne lui permettait guère de goûter le sarcasme, Varian décida de savourer plutôt l'arrière-goût du vin – qui était du reste un excellent cru, bien supérieur à la piquette dont raffolait le capitaine de l'*Argus* et qu'il ingérait par tonnelets entiers.

— Vous dites que cette cabine est la vôtre ?

— En effet.

— Je suppose en ce cas que c'est également la plus confortable de ce navire, et je vous remercie de votre hospitalité.

La fille leva la tête une nouvelle fois ainsi qu'un de ses sourcils, avant de reposer sur le bureau le morceau de fusain qu'elle tenait à la main et de regarder Beacom, lequel se recroquevilla aussitôt contre la paroi.

— Votre valet nous a appris que vous étiez duc.

— Le douzième duc de Harrow, plus précisément. Varian St. Clare, à votre service, mademoiselle… ?

— Capitaine, rectifia-t-elle. Capitaine Dante. Douzième duc, dites-vous ?

— Nous n'avons pas tendance à faire de vieux os dans la famille, rétorqua-t-il. Dante ?

Bien qu'il eût juste murmuré ce mot, il déclencha un martèlement si violent à l'intérieur de sa tête qu'il dut serrer les dents pour réprimer un frisson.

— Seriez-vous en train de prétendre que le fameux pirate connu sous le nom de Loup des Mers n'est qu'une simple femme ?

Cette question et la façon dont il l'avait formulée incitèrent la fille à contourner carrément la table à cartes, provoquant l'effroi de Beacom dont le visage arbora une série de mimiques labiales et sourcilières probablement destinées à dissuader son maître de mettre à l'épreuve la patience de leur hôtesse. Celle-ci traversa la pièce pour se rapprocher du lit. Quand elle jeta un coup d'œil en direction du domestique, il cessa immédiatement ses grimaces frénétiques et feignit de regarder le plafond, mais elle n'eut pas plus tôt détourné son attention de lui qu'il joignit les mains dans une prière muette pour inciter Varian à surveiller ses propos.

— Je ne prétends rien du tout, milord. Je m'appelle Juliet Dante, et celui que vous qualifiez peu obligeamment de pirate n'est autre que mon père, Simon Dante.

— Votre *père* ?

— À l'en croire, confirma-t-elle d'une voix égale. Et je n'ai aucune raison de douter de sa parole.

— Mon propos a naturellement dépassé ma pensée, repartit Varian en portant une main à sa tempe pour la masser. Vous avouerez qu'il est peu commun de voir une femme comme vous commander un navire.

— Il semblerait en effet que vous autres Anglais ayez du mal à appréhender cette notion, répliqua-t-elle. Cela étant, j'aimerais savoir ce que vous entendez par « une femme comme vous ». Quel genre de personne cette expression est-elle censée désigner, au juste ?

Il cessa de se frotter le front et prit le temps de la dévisager. Ce furent ses yeux qui l'avertirent – des yeux dont l'éclat fit se dresser les poils de sa nuque. Non seulement ils étaient d'un extraordinaire bleu argenté, mais ils étaient plantés dans les siens et l'invitaient clairement à n'expliciter son insulte que s'il n'avait absolument aucun désir de voir le soleil se lever le lendemain matin. Ces yeux étaient placés de part et d'autre d'un nez qui semblait avoir été cassé jadis, car l'extrémité déviait légèrement sur le côté. De manière générale, les traits de la jeune femme, sous la crasse qui les recouvrait, présentaient un mélange de caractéristiques qui, depuis son regard mobile et expressif jusqu'à son menton ferme, tendaient à indiquer qu'il valait mieux ne pas lui chercher noise.

Il était clair, en tout cas, qu'elle n'avait rien d'une oie blanche.

— Une personne aussi jeune que vous, précisa-t-il avec circonspection. Je voulais dire qu'il n'est pas fréquent d'assumer de telles responsabilités à votre âge. Je ne souhaitais nullement vous manquer de respect, croyez-le bien.

Cette piètre tentative suscita l'ébauche d'un sourire sur les lèvres de la jeune femme.

— En ce cas, pour vous éviter une nouvelle déconvenue, apprenez que le monsieur près du bureau est mon second, Nathan Crisp, et qu'il est aussi vieux que Belzébuth.

— Même pas de moitié ! protesta l'intéressé.

Varian étudiait toujours le visage de la fille. Il avait lu tous les documents relatifs aux Dante avant son départ d'Angleterre et compulsé tous les rapports écrits à leur sujet en anglais, en français, en néerlandais et même en espagnol, y compris ceux remontant à trente années auparavant. Or s'il savait que les deux fils du corsaire avaient embrassé la carrière de leur père, il n'avait trouvé mention nulle part d'une fille du Loup des Mers. Et en plus, elle commandait son propre navire !

Il dut tiquer malgré lui à cette pensée car, sans prévenir, elle tendit une main qu'elle posa sur son front. Ses longs doigts étaient frais, et il continua à sentir leur contact bien après qu'elle les eut retirés.

— Vous n'avez pas de fièvre et vous n'avez pas rendu votre vin. J'ai l'impression qu'à part le tintement dans votre oreille gauche, votre commotion ne vous laissera pas de séquelles.

— Comment savez-vous que j'ai l'oreille gauche qui tinte ?

Elle tendit de nouveau la main vers lui, cette fois pour gratter une trace de sang séché sur son cou.

— Vous étiez plutôt proche de l'explosion. Vous avez de la chance de ne pas avoir complètement perdu l'ouïe.

— D'après Beacom, c'est vous qui m'avez soigné. Seriez-vous le chirurgien de ce vaisseau, en plus d'en être le capitaine ?

— La nécessité impose de savoir un peu tout faire sur le *Rose de Fer*. Malheureusement, nous n'avons pas le luxe de disposer des services d'un chirurgien. Comme notre charpentier est familier avec le maniement de la scie et de la vrille, c'est lui qui s'occupe des blessures graves. Si vous aviez été victime d'une entaille, ce serait le maître voilier qui vous aurait recousu, mais une fêlure de la boîte crânienne et quelques bleus au derrière ne méritaient guère de soins intensifs, en dépit, ajouta-t-elle en foudroyant Beacom du regard, des jérémiades incessantes de votre domestique.

Varian tenta d'esquisser un sourire – ou plutôt le genre de rictus qui, sans lui coûter trop d'effort, montrait le plus possible de dents blanches et bien plantées.

— Je vous prie de pardonner le zèle de mon valet. Il a servi mon père et mon frère aîné avant moi, et obéit en toute chose à des principes particulièrement rigides auxquels, dans son esprit, chacun doit se conformer, moi compris. J'ai eu deux frères, crut-il bon de préciser alors qu'elle ne lui avait rien demandé, mais aucun d'eux n'a été assez avisé pour fournir un héritier à la famille avant de décéder, ce qui m'a condamné à devenir bien malgré moi le douzième duc de Harrow. C'est une charge exigeante et assommante au possible, mais il me faut l'assumer au mieux de mes capacités.

Il marqua une pause et en profita pour adoucir son sourire et lui donner un petit côté séducteur qui manquait rarement d'attendrir ses interlocutrices.

— À propos de capacités, capitaine, reprit-il, permettez-moi de vous féliciter pour les talents de bretteur que vous avez montrés sur le galion. Je ne connais pas dix escrimeurs qui se seraient mieux comportés que vous dans ces circonstances.

— Je ne me bats pas pour la galerie, milord, mais seulement pour survivre un jour de plus à mes ennemis.

— Il n'empêche que pour une femme…

Il s'interrompit et ressentit de nouveau un choc au cœur en subissant le feu glacé des yeux de la corsaire.

— Pour une *jeune* femme comme vous, corrigea-t-il lentement, une lame moins lourde serait peut-être plus indiquée. Votre épaule gauche a tendance à s'affaisser et un adversaire attentif pourrait en tirer avantage.

Elle eut un haussement de sourcils.

— À vous entendre, votre domaine d'expertise ne se limiterait pas au choix du panache à assortir à la dentelle de vos costumes ?

Beacom laissa échapper un hoquet étranglé.

— Bonté divine, madame ! Sa Grâce le duc de Harrow est l'une des plus fines lames de toute l'Angleterre ! Sa réputation s'étend dans les meilleures salles d'armes d'Europe. Son épée, madame, lui a été offerte et remise en mains propres par Sa Très Gracieuse Majesté le roi Jacques, qui y a d'ailleurs fait appel à plusieurs reprises pour défendre la Couronne, Sa Grâce étant un ancien capitaine de la garde royale, ainsi qu'un loyal et…

Varian lança à son valet un regard qui coupa net son panégyrique. Beacom articula encore quelques mots en silence, avant de fermer la bouche.

Mais ce qui venait d'être dit ne pouvait être dédit, et Varian vit Juliet Dante incliner légèrement la tête de côté.

— Ainsi donc, énonça-t-elle en croisant les bras sur sa poitrine, sourcils froncés, nous voici en compagnie d'un confident du roi Jacques et ancien capitaine de la garde-robe de Sa Majesté.

— De... de la *garde*, madame, ne put s'empêcher de rectifier Beacom en levant un doigt. Ca... capitaine de la *garde* du roi.

— Monsieur Crisp, articula Juliet sans quitter St. Clare des yeux. Si ce misérable petit bonhomme ajoute un seul mot, emmenez-le sur la galerie et jetez-le par-dessus bord.

— Avec plaisir, répondit Crisp dans un grand sourire. Il pourra même rejoindre les Espagnols à la nage, si le cœur lui en dit.

Varian afficha un air outré.

— Vous avez jeté à l'eau les prisonniers du galion ?

— Façon de parler, repartit la jeune femme avec désinvolture. Nous les avons débarqués à une centaine de mètres d'une petite île, sur un banc de sable. À part ça, qu'est-ce qui vous amène dans les Caraïbes ?

— Des affaires qui ne vous concernent pas, rétorqua sèchement Varian.

Elle esquissa un geste vers la poignée de son épée.

— Le lieutenant Beck prétend que l'*Argus* transportait du courrier à destination de New Providence. Curieux choix d'embarcation pour un duc anglais... À moins, bien sûr, que vous ne soyez venu nous apporter des exemplaires de la nouvelle bible du roi, dans l'espoir de purifier nos âmes païennes et racheter nos déprédations.

Crisp s'esclaffa tandis que Varian la fixait un regard peu amène.

— Certains pourraient vivre comme une aventure la traversée de l'océan dans une coque de noix prenant l'eau, madame, mais je puis vous assurer avoir eu pour ma part le sentiment de connaître un avant-goût de l'enfer.

— Alors pourquoi avoir effectué ce trajet ? Et abstenez-vous d'insulter mon intelligence en niant que vous êtes un énième larbin du roi venu nous débiter des déclarations de paix.

— Je ne suis le larbin de personne, madame.

— Ni moi la dupe de personne, monsieur. Voilà cinq ans que le roi nous accable de volées d'émissaires réclamant la même chose : que nous cessions d'attaquer les navires espagnols et quittions les Caraïbes. Ils – et je parle au pluriel, car je présume que cette idée ne vient pas entièrement du roi, qui n'a jamais refusé le pourcentage que nous lui reversons sur nos prises – ils ont donc l'air de croire que si nous cessons de harceler les Espagnols, Philippe III sera heureux d'ouvrir ses ports aux marchands anglais. Le dernier de ces bouffons bardés de papiers scellés nous a même menacés de nous retirer nos lettres de course ! Menace qui, comme vous pouvez l'imaginer, nous a tous transis d'effroi...

Malgré le mépris qui imprégnait ces paroles, Varian ne pouvait s'empêcher d'être fasciné par le personnage. Le bleu clair de ses iris était parsemé d'étincelles azur qui donnaient une tout autre expression à son regard. À la place de l'indifférence et du dédain amusés qui s'y lisaient quelques instants plus tôt, se creusaient des profondeurs de colère et de passion qui lui coupaient presque le souffle. Cette ardeur avait également gagné son visage, assombrissant son hâle déjà prononcé.

— Alors ?

Il cilla.

— Alors… quoi ?

— Croyez-vous réellement que l'Espagne respecterait le moindre traité signé avec l'Angleterre ? Surtout après que votre propre navire a été attaqué par un galion, sans aucune provocation de votre part ? C'est impossible, n'est-ce pas ? Voilà cent ans que les Espagnols nous livrent ici une guerre sans merci, et l'envoi par votre roi et ses ministres d'un duc tout chamarré, censé nous délivrer une nouvelle salve de menaces geignardes, n'y changera rien…

Varian sentit sa migraine se remettre à flamber. La jeune femme avait tout pour l'emporter dans cette joute verbale : il était blessé, nu comme un ver, allongé sur un lit et sans autre possibilité que de subir sa diatribe méprisante. Cependant, en dépit de la hargne qu'elle mettait dans ses paroles, sous les traces de suie et de sang séché qui maculaient ses traits ainsi que ses vêtements, elle n'en était pas moins une femme, sacré bon sang, et il n'avait pas encore connu de fille d'Ève qu'il ne pût enjôler avec un sourire ou des mots doux. Jusqu'à présent, du moins, car celle-ci semblait totalement insensible à ses charmes. Déjà elle n'avait pas peur de lui, ni ne paraissait le moins du monde impressionnée par son titre ou sa fonction d'émissaire royal.

Ces pensées durent transparaître sur son visage, car elle se pencha vers lui en souriant.

— Eh oui, milord, vous n'êtes plus à Londres, au milieu des courtisans de Sa Majesté. Vous n'avez ni ami ni relation à bord de ce navire, aucun pouvoir, aucune autorité, nulle influence prévalant sur celle du plus humble de mes matelots. Je suis la seule à commander sur le *Rose de Fer*. J'en suis la reine, la duchesse, la comtesse, la souveraine unique et incontestée. Moi seule décide ici si nous allons vous garder comme invité... ou vous jeter en pâture au premier banc de requins que nous croiserons. Vous me devez la vie depuis que je vous ai sauvé des Espagnols, qui étaient prêts à vous laisser couler pour éliminer tout témoin de leur forfait. Soyez assuré que je n'aurais aucun scrupule à vous la reprendre.

Varian sonda le regard d'une froideur implacable qui le toisait et n'y découvrit aucune raison de mettre en doute sa parole.

Pas plus que Juliet Dante, il n'était du genre à s'effaroucher comme une oie blanche, mais rien dans son expérience ne l'avait préparé à cette confrontation avec une Amazone aux yeux bleus, et il se sentit rougir malgré lui.

Voyant qu'il avait saisi son propos, la jeune femme tourna les talons et rejoignit le bureau. Crisp, dont Varian avait déjà saisi la nature taciturne, lui adressa le petit sourire supérieur qu'on adresse aux enfants qui viennent d'être remis à leur place.

Le duc inspira lentement, posément. Le vin qu'il avait apprécié tout à l'heure gargouillait maintenant dans son estomac et lui remontait en bulles aigres à la gorge.

— Veuillez m'excuser, capitaine, mais puis-je au moins savoir où nous sommes et où nous allons ?

Juliet lui répondit sans relever les yeux de ses cartes.

— Vous vous trouvez à vingt lieues environ de l'endroit où nous vous avons récupéré, et vous vous rendez là où nous vous emmenons.

— Envisageriez-vous par hasard de me retenir en otage et de réclamer une rançon pour ma libération ? Si tel est votre projet, sachez que le roi n'est pas très... généreux. Je doute qu'il accepte de débourser une fortune pour moi.

— Si j'avais le temps de vous déposer dans un port britannique, croyez bien que je le ferais, monsieur, et gratuitement par-dessus le marché.

— En ce cas, capitaine Dante, je vous serais infiniment reconnaissant de me conduire auprès de votre père.

— Je vous demande pardon ?

— J'ai dit...

— Je vous ai parfaitement entendu. Il m'avait aussi semblé vous entendre affirmer que vous n'étiez pas un larbin du roi.

— Ce n'est pas en tant que *larbin* que j'ai été envoyé au milieu de nulle part pour rencontrer votre géniteur.

— Et que lui voulez-vous ?

— Je n'ai pas la liberté de vous le révéler pour l'instant. Je peux cependant vous dire que si l'*Argus* avait atteint New Providence comme prévu, et si j'avais pu m'entretenir ensuite avec – par exemple – le capitaine David Smith, le capitaine Frederick Mounts ou n'importe quel autre corsaire éminent de la région, j'aurais eu le sentiment d'avoir accompli ma mission et aurais pu retourner chez moi la conscience tranquille. Que ce soit vous qui m'ayez sauvé et que vous vous trouviez être la fille de

Simon Dante, à savoir l'un des hommes que le roi m'avait précisément demandé de rencontrer, est juste une coïncidence qui, je l'admets, est incroyablement commode.

— Je ne crois pas aux coïncidences, monsieur.

— Moi non plus. Il n'empêche que notre rencontre en est une et qu'il ne tient qu'à nous d'en profiter... ou non. À vous de décider, *capitaine*.

Elle se tenait de nouveau sous la lampe, son bandana vivement éclairé et des mèches rebelles de sa chevelure cuivrée formant comme un buisson ardent autour de son visage. L'atmosphère de la cabine était aussi calme et silencieuse qu'avant un coup de tonnerre – tellement silencieuse que Varian pouvait entendre les genoux de Beacom s'entrechoquer.

— Londres, murmura enfin Juliet. Il paraît que cette ville empeste plus que la sentine d'un vaisseau négrier, et que ses habitants jettent leurs ordures sur la tête de leurs voisins qui circulent en bas de chez eux. J'ai aussi entendu dire que le roi, ajouta-t-elle avec l'ombre d'un sourire sans joie, adore la compagnie de jolis messieurs en plumes et velours lavande.

Varian s'abstint de relever la provocation. Il se haussa néanmoins sur les coudes, ce qui fit glisser la couverture sur son torse... et lui valut la toute première réaction authentiquement féminine de la part de la corsaire, dont le regard s'attarda sur sa poitrine – une poitrine musclée des plus viriles qui ne méritait pas l'allusion insultante qu'elle venait de lui lancer. Il ne tarda cependant pas à payer le prix de cette fanfaronnade en éprouvant un regain de migraine, doublé d'un violent vertige. Il parvint toutefois à garder le buste droit et à ne pas s'écrouler sur la couchette.

— Emmenez-moi auprès de votre père, répéta-t-il entre ses dents. S'il décide ensuite de m'éliminer, tant pis : j'aurai au moins accompli mon devoir.

Crisp émit un reniflement moqueur.

— Les requins apprécieront : il paraît que les larbins zélés ont meilleur goût.

Un lent sourire se dessina sur les lèvres de Juliet. Elle referma sèchement son compas et entreprit de rouler les cartes.

— Très bien, milord, vous avez gagné votre audience – non par votre éloquence, mais parce que nous sommes pressés par le temps. Si le vent se maintient, nous pourrons franchir vingt lieues de plus avant minuit et toucher terre d'ici vendredi au plus tard, c'est-à-dire dans trois jours. En attendant, je suis certaine que M. Crisp saura bien vous dégoter une chemise et un jupon pour préserver votre pudeur.

— Pourquoi ne pas me rendre simplement mes affaires ? Beacom ?

Le domestique tourna vers lui un visage cireux où les yeux menaçaient de sortir de leurs orbites.

— Je crains que ce ne soit impossible, Votre Grâce. Tout ce que vous portiez a été soit brûlé de manière irrémédiable, soit découpé pour permettre l'accès à vos blessures.

— Tout ? Absolument *tous* mes habits ?

— Mê-même vos de-dessous, milord, bafouilla le valet.

— Et mes bagages ? Mes malles ? Mes livres… Mes *papiers* ?

— Di-disparus, Votre Grâce. L'intégralité de vos affaires a sombré avec l'*Argus*. À l'ex… à l'exception de votre épée, qui se trouve ici même, répondit le domestique en s'effaçant pour lui montrer sa lame pendue dans son fourreau à une patère. Et de vos chaussures.

— Ouais, et aussi ravissante soit votre tenue actuelle, ajouta Crisp en gloussant, j'éviterais à votre place de me balader ainsi en dehors de cette cabine, ou vous n'allez pas tarder à vous retrouver à quatre pattes dans une coursive, avec le derrière en l'air et les cuisses bien écartées – si vous voyez ce que je veux dire...

— Il n'ira nulle part pour le moment, monsieur Crisp, intervint Juliet sur un ton égal. Nous avons tous beaucoup de travail à faire avant de toucher terre, et il n'est pas question que des passagers distraient les hommes de leur devoir.

Varian la regarda ranger les rouleaux de cartes dans les logements cylindriques qui leur étaient réservés sur le côté de la table. Sa natte de feu sombre lui barra le cou quand elle se pencha en avant, et Varian éprouva l'envie brusque de la suivre des doigts pour refermer les mains sur la gorge de la jeune femme et lui faire ravaler ses insolences. Mais cette pulsion passa, et quand elle lui lança un dernier coup d'œil avant de quitter la cabine avec son second, elle ne vit rien d'autre sur son visage que le sourire soumis qu'il y avait plaqué.

Sitôt la porte refermée derrière eux, Beacom pivota d'un bloc et saisit la couverture à pleine poignée pour la malaxer avec angoisse entre ses mains, manquant de l'arracher de la couchette.

— Oh, bonté divine, milord ! Je nous ai crus perdus ! Nous sommes entre les griffes de redoutables pirates ! Nous sommes leurs otages, leurs prisonniers ! Nous sommes complètement réduits à leur merci ! Nous allons être jetés à l'eau après avoir été fouettés et marqués au fer rouge ! On va nous couper la langue et servir nos entrailles aux requins ! Comment avez-vous pu provoquer sa colère avec une indifférence aussi téméraire ? Pourquoi ne pas l'avoir suppliée de nous relâcher dans le port le plus proche ?

Varian repoussa la couverture et passa les jambes par-dessus le lit. Ce mouvement réveilla la douleur de ses blessures, mais il était trop irrité pour y prêter attention.

— Fouettés, marqués au fer rouge *et* jetés aux requins ? Votre pessimisme me navre, Beacom.

— Il n'est pas sans raison, Votre Grâce. N'avons-nous pas été abreuvés, durant les six semaines de la traversée, du récit des hauts faits de l'espèce de loup-garou dont elle se targue d'être le rejeton ? N'avons-nous pas eu la chair de poule en apprenant tous les actes de violence et de torture attribuées à Simon Dante et les siens ? Vous avez pu voir de vos propres yeux et entendre de vos propres oreilles le peu de cas qu'elle fait de la considération due à ses supérieurs.

— Pour l'amener à plier le genou devant l'autorité, il ne faudrait rien moins qu'un solide coup sur la tête… Où diable est passé le malaga ?

Beacom lui désigna le vin d'une main qui serrait encore un gros bourrelet de couverture. Varian se traîna dans le plus simple appareil jusqu'au buffet et remplit sa coupe. Il l'engloutit en trois gorgées avant de se verser une deuxième rasade.

— Ressaisissez-vous, mon vieux, lança-t-il à Beacom. En dépit de la frayeur que Simon Dante peut inspirer aux braves gens comme à ses ennemis, il reste l'homme du roi. Des pinailleurs pourraient objecter qu'il était avant tout celui de la reine, mais il bat pavillon anglais. Quant à sa fille…

Il s'interrompit pour avaler une nouvelle dose de malaga.

— Malgré ses manières dédaigneuses, n'est-elle pas venue à notre secours en prenant un risque considérable pour elle-même et son équipage ? Vous avez vu comme moi la taille de ce maudit vaisseau espagnol. Nos boulets rebondissaient sur sa coque comme des moucherons sur le plastron d'un hidalgo. Amenez-moi donc une autre bouteille, voulez-vous ? Et, pour l'amour du ciel, cessez de trembler ou vous allez finir par râper vos habits jusqu'à la corde !

Il y avait de l'acier dans la voix de Varian et aussi dans son corps, de l'acier qui tendait sa large carrure, les méplats fermes de son ventre ainsi que ses longues jambes nerveuses.

Bien que terrifié à l'idée de se servir dans la réserve de spiritueux de l'intraitable Juliet Dante, Beacom connaissait bien le caractère de son maître et, en cet instant, il n'aurait su dire lequel des deux lui inspirait le plus de crainte.

Il lâcha la couverture et s'approcha à pas comptés de la bibliothèque. Celle-ci ne renfermait qu'une seule bouteille, qui s'avéra contenir un liquide ambré dont il remplit la coupe que lui tendait Varian.

— Oh, flûte ! On dirait qu'il a tourné, Votre Grâce.

Varian porta la coupe à son nez et, pour la première fois depuis qu'il avait repris conscience, un sourire sincère étira ses lèvres.

— Du tout, mon bon Beacom. Il est plutôt mûr à point. C'est du rhum, expliqua-t-il avec un clin d'œil enthousiaste avant d'en prendre une gorgée. Aussi goûteux que s'il avait été distillé par des anges !

— Certes, Votre Grâce, mais prenez garde à ne pas en abuser. Vous n'avez rien mangé depuis douze heures.

Dédaignant l'avertissement de son valet, Varian vida la coupe d'un trait. Il eut le temps, pendant dix secondes, de sentir l'eau-de-vie tropicale lui chauffer agréablement l'œsophage, puis son corps s'ankylosa brutalement de la taille aux pieds et ses genoux plièrent sous son poids comme s'ils étaient en papier. Il aurait rudement heurté le plancher si Beacom ne l'avait pris sous les bras.

— Je vous tiens, Votre Grâce, murmura le domestique en peinant à garder lui-même son équilibre. Puis-je vous aider à regagner votre lit ?

Incapable de parler, Varian ne put que hocher la tête. Quand il fut de retour sur la couchette, il se permit d'avaler une goulée d'air frais, ce qui eut pour effet d'accentuer son vertige et de transformer la chaleur de l'alcool dans sa gorge en brasier dévorant.

Sitôt son maître assis, Beacom s'empressa d'aller remplir la coupe à l'aiguière en étain posée près de la bassine, sur la table de toilette. Varian dut ingérer deux grandes rasades d'eau avant de pouvoir s'allonger de nouveau. Il avait encore le tournis, et sa peau le picotait.

— Elle se bat comme un homme, coassa-t-il. Elle sent comme une poissarde et siffle son rhum comme le dernier des fripons. Une créature délicate, vraiment, ce capitaine Dante – quand du moins elle ne dévalise par les galions espagnols avec son équipage de forbans.

— Ou ne tranche pas la gorge de ses invités avant de les livrer aux requins.

Varian se sentit gagné par les brumes de l'inconscience.

— Si elle me jette maintenant à l'eau, mon bon Beacom, elle risque de rendre malades ces pauvres bêtes... Bonne nuit.

4

Juliet grimpait aux haubans aussi agilement que n'importe lequel de ses hommes. Le sommet du grand mât était son sanctuaire. Une fois là-haut, elle pouvait s'imaginer perchée sur le toit du monde. Lorsque le navire était plongé dans la brume, il lui semblait flotter sur un nuage, et en pleine journée, avec le vent qui fouettait ses cheveux et les transformait en rubans sombres et soyeux, elle avait l'impression grisante de voler.

Ce soir-là, le ciel était couvert de traînées nuageuses qui prenaient des teintes bleuâtres et irisées en croisant le sentier argenté tracé par la lune sur les flots. Une forte brise annonciatrice de tempête soufflait de l'ouest, mêlée de fragrances épicées en provenance des îles. Une partie d'elle-même ne souhaitait pas rentrer tout de suite à la maison. Elle n'était pas particulièrement pressée d'expliquer à son père comment un simple essai en mer avait pu se transformer en sauvetage d'un équipage anglais, doublé de la capture d'un galion espagnol. Elle espérait seulement que la vue du *Santo Domingo* dans le sillage du *Rose de Fer* le rendrait plus indulgent.

Malheureusement, l'effet bénéfique de cette prise sur l'humeur de Simon Dante serait sans doute altéré par la présence d'un émissaire royal. Peut-être Crisp avait-il raison, après tout. Peut-être auraient-ils dû faire descendre le duc et son valet dans la chaloupe qui avait débarqué les Espagnols.

Hélas, le *Rose de Fer* n'avait déjà que trop tardé à rejoindre son port d'attache, et Simon Dante devait grimper tous les jours au sommet de l'île pour essayer d'apercevoir sa voilure à l'horizon. Ils allaient cependant devoir prendre une route détournée pour regagner Pigeon Cay, et suivre un grand arc par le sud pour s'assurer qu'aucun ennemi n'était à leurs trousses.

Pigeon Cay était la forteresse de son père depuis ces trente dernières années et, bien que les Espagnols n'aient cessé de la chercher durant tout ce temps, aucun n'avait été capable de découvrir la base secrète du Loup des Mers. Sur chaque galion capturé, les Dante épluchaient soigneusement cartes et portulans, mais nul document ne portait pour l'instant l'emplacement exact de leur îlot – lequel, de loin, ressemblait à n'importe quel ancien cratère de volcan parmi tous ceux qui parsemaient la mer des Caraïbes. Journaux, messages et courrier en provenance d'Angleterre leur étaient de temps à autre adressés à New Providence, dans les Bahamas, où ils allaient les retirer en toute discrétion. Et une fois par an, ils envoyaient au roi un navire chargé de la part qui lui revenait sur leurs prises. Jonas et Gabriel avaient tous deux profité d'un de ces voyages pour se rendre à Londres. Mais Juliet n'était toujours pas tentée de troquer la chaleur du soleil et le bon air marin contre le brouillard, la poussière de charbon et la pluie.

C'était le grand-père adoré de la jeune femme, Jonas Spence, qui avait organisé ces traversées, jusqu'à sa mort survenue quatre ans auparavant. Juliet chérissait cet abominable vieux phoque et regrettait de n'avoir pas connu la vie de corsaire à son époque, quand il n'y avait guère que quelques héros au service de la reine Élisabeth – tels sir Francis Drake, John Hawkins et Frobisher – pour défendre les intérêts de la Couronne britannique sur les eaux de l'Atlantique. Sans le courage, la témérité de ces hommes, l'Angleterre n'aurait jamais pu déjouer les tentatives d'invasion de l'Armada.

Philippe II avait bien essayé, deux ans après l'aventure avortée de sa grande armée et de nouveau dix ans après, de rassembler suffisamment de navires de guerre pour menacer encore une fois les côtes anglaises, aucune de ces escadres n'avait quitté son port d'attache. L'accession de Philippe III au trône d'Espagne avait été marquée par une reprise assez nette de la construction navale, censée contrecarrer l'influence grandissante de la marine britannique. Les *zabras* de quarante canons avaient été remplacés par des monstres de cinquante-quatre canons tel le *Santo Domingo*. Et même si les transports de fonds entre les Amériques et l'Espagne avaient diminué au fil des ans, le nombre des vaisseaux leur servant d'escortes avait pour sa part augmenté afin que leur sécurité soit renforcée.

Sécurité que des hommes comme Simon Dante, David Smith et Frederick Mounts avaient naturellement à cœur de compromettre.

De la bande initiale de corsaires menée par Drake, seul Simon Dante demeurait encore actif dans les Caraïbes, et il continuait à déjouer les efforts acharnés des traqueurs espagnols pour le débusquer et le neutraliser, si bien que la prime promise pour la capture du « Pirata Lobo » – mort ou vif – avait suffisamment grossi pour intéresser désormais d'autres chasseurs de têtes. Sans véritablement croire que Varian St. Clare soit venu ici pour une autre raison que le mandat dont l'avait chargé le roi, et même si elle voyait mal un assassin voyager en compagnie d'un serviteur qui se pâmait dès qu'il apercevait un couteau, Juliet n'en était pas moins agacée par les cachotteries du duc.

Après réflexion, elle avait conclu que l'emmener à Pigeon Cay et laisser son père s'occuper de lui serait un moindre mal. Elle avait toutefois veillé à le décourager de s'aventurer trop loin de sa cabine et, à cette fin, avait taillé délibérément ses habits en pièces, pour ne lui laisser qu'une simple couverture en guise de vêtement et son orgueil en lambeaux – orgueil déjà bien entamé, apparemment, par le fait de se savoir à la merci d'une « simple femme ».

Juliet tiqua et jeta un morceau d'étoupe dans l'obscurité.

Une simple femme... Voilà longtemps qu'on ne lui avait fait le reproche de son sexe.

On ne vivait par sur une île qui se trouvait à proximité des voies maritimes espagnoles sans apprendre dès le plus jeune âge à se défendre avec une épée, un couteau et un mousquet. Ainsi que son père le lui avait enseigné dès qu'elle avait été capable de soulever une arme, si les mortels pouvaient se fier à Dieu pour prendre leur âme en charge dans l'autre monde, il ne tenait qu'à leurs compétences dans le maniement de l'acier et de la poudre de ne pas Le rejoindre trop tôt.

C'était cependant la mère de la jeune femme qui avait peaufiné son apprentissage. Isabeau aimait lui répéter que la moindre fraction de seconde perdue pouvait non seulement lui coûter la vie, mais aussi aux hommes sous ses ordres. Et qu'en dépit du prestige de sa famille, aucun marin ne suivrait une femme que la vue du sang ferait défaillir ou qui montrerait une quelconque faiblesse dans les moments cruciaux.

Juliet avait tout fait pour se conformer à ces règles, ce qui au final lui avait valu le respect indéfectible de ses marins, un respect qu'ils imposaient en retour à tous les hommes qui l'approchaient. Et ceux qui la prenaient encore pour une proie facile, parce qu'elle était jeune et parce qu'elle était femme, apprenaient vite à leurs dépens qu'elle méritait ce respect. Ce qui ne voulait pas dire qu'elle était dénuée de toute expérience intime dans ses rapports avec l'autre sexe. Voilà plusieurs années qu'elle avait perdu sa virginité, mais cela avait été de son fait et avec un partenaire qu'elle avait elle-même choisi.

Ce premier amant s'appelait Dominique du Lac. Grand Français aux yeux verts, à la langue bien pendue et aux mains caressantes, il n'était pas particulièrement beau mais savait la faire rire. Il lui avait cueilli des fleurs qu'il avait tressées dans ses cheveux et avait tenu à lui enseigner par le menu comment s'habillaient les demoiselles de son pays. Après quoi, avec le même soin scrupuleux, il lui avait montré comment se dévêtir, vêtement après vêtement, jusqu'à ce qu'ils se retrouvent tous les deux nus et empressés de soulager la tension érotique qu'il avait habilement créée.

Dominique était mort le mois suivant d'un accès de fièvre jaune, mais dans le court laps de temps qu'ils avaient partagé, il lui avait appris des choses merveilleuses sur son propre corps, l'initiant à des plaisirs et suscitant des désirs dont elle ne pouvait longtemps faire le deuil.

Il y avait donc eu d'autres hommes après Dominique, trois en tout, chacun estimable à sa façon. Bien qu'aucun d'eux n'ait provoqué dans son cœur les palpitations dont parlent les poètes, ils lui avaient apporté des joies dont elle avait profité sans réserve. Sa dernière aventure sentimentale datait de plus d'un an et s'était achevée comme s'achèvent souvent les amourettes des marins soumis aux exigences de leur seule et unique maîtresse, la mer – avec la brusquerie d'un coup de mousquet. En vérité, voilà des mois qu'elle n'avait rencontré un mâle éveillant en elle un semblant d'intérêt. Peut-être était-ce pour cela qu'elle avait senti son sang s'échauffer quand elle avait tailladé le dernier vêtement du duc pour le découvrir dans toute la gloire de sa nudité ?

Crisp avait évidemment protesté contre l'installation de leur invité dans sa cabine, mais le fait était qu'elle contenait le seul lit digne de ce nom à bord – et encore était-il d'un confort spartiate. Du reste, la nuit, la jeune femme préférait généralement dormir dans un hamac suspendu en travers de la galerie de poupe, bercée par le froufrou des vagues.

Elle devait reconnaître qu'elle était intriguée par le personnage. Elle avait entendu dire que les aristocrates anglais étaient aussi mous et fluets que leurs épouses, or celui-ci était grand et énergique, avec un torse et des épaules bien développés, une chair ferme et des muscles solides au toucher. La toison qui recouvrait sa poitrine, épaisse et soyeuse, se rétrécissait sur son abdomen en un ruban de la largeur d'un doigt avant de s'épanouir en buisson à la jonction des cuisses.

Son regard s'était attardé sur cette partie de son anatomie un peu plus longtemps que nécessaire, car l'homme avait été généreusement pourvu par la nature. La nudité était monnaie courante à bord d'un navire, et elle avait vu bien des attributs masculins de toute forme et de toute taille. L'appendice le plus impressionnant appartenait à Lucifer, le chef artilleur de son père. Sans pouvoir rivaliser avec lui, la virilité de Sa Grâce présentait des dimensions qui avaient éveillé un petit picotement à la base de son échine.

Un toussotement outragé du domestique l'avait incitée à remonter le drap sur le corps de son invité, mais pas avant d'avoir noté que les muscles de ses cuisses avaient l'air aussi durs que du chêne, ce qui signalait une passion pour l'équitation autant que pour l'escrime.

Ses hématomes se résorberaient d'ici un jour ou deux, et il pouvait s'estimer heureux que ses habits aient été assez épais pour empêcher une grave brûlure. La bosse sur son occiput était plus inquiétante, car il n'y avait aucun moyen de savoir si elle n'était pas le symptôme d'une fracture crânienne. Elle avait déjà vu des hommes sortir apparemment indemnes d'une bataille, et tomber raides morts plusieurs jours plus tard en saignant du nez et des oreilles.

Sa noblesse ne l'impressionnait absolument pas et ne lui vaudrait aucun traitement de faveur. La lignée de Simon Dante remontait à des temps reculés où l'Angleterre était encore dominée par les Saxons. Si Varian St. Clare tenait à sa peau, il serait bien inspiré de refréner son arrogance une fois à Pigeon Cay, et de ne pas regarder de haut ses interlocuteurs.

Juliet se mit à arpenter la vergue avec une souplesse de chat, mettant à l'épreuve son sens de l'équilibre sous les mouvements du navire. Sans rien pour se retenir ni freiner sa chute en cas de faux pas, elle se livrait à un jeu dangereux, que son second ne manquerait pas de lui reprocher s'il l'apercevait. La plupart des gabiers parcouraient ainsi les vergues sur toute leur longueur plusieurs fois par jour, mais ils n'étaient pas la fille de Simon Dante, et ramener leur cadavre démantibulé ne provoquerait qu'un claquement de langue navré de la part de leur commandant.

Une fois au bout de la vergue, elle pivota gracieusement sur la pointe des pieds pour repartir en sens inverse. Une douzaine de mètres plus bas, le pont était plongé dans l'obscurité car ils naviguaient tous feux éteints. Au large, par une nuit sans étoile, il suffisait d'une lueur aussi ténue que celle émanant du fourneau d'une pipe pour être repéré à des milles à la ronde. Elle avait même ordonné que les fenêtres de sa cabine soient occultées par d'épaisses bâches peintes en noir.

Des bribes de conversations montaient jusqu'à elle mais, dans l'ensemble, l'équipage préférait se reposer. Comme la nuit était chaude, la majeure partie des marins du *Rose* avaient accroché leur hamac sur le pont. Du haut du grand mât, sur le fond sombre du plancher, leur forme blanchâtre et fuselée ressemblait au cocon des vers à soie.

Le vaisseau étant profilé pour la course, il avait été nécessaire de réduire sa voilure pour l'empêcher de trop distancer le lourd *Santo Domingo*. Juliet parvenait à peine à discerner les voiles du galion dans le sillage du navire corsaire. Ailleurs, l'océan étendait la surface uniformément noire de ses flots, où brasillait de loin en loin un panache d'écume brièvement éclairé par la lumière tamisée de la lune. En fermant les yeux, la jeune femme parvenait à différencier le chuintement de la houle sous l'étrave, du grincement du gréement et du faible bourdonnement de la brise tendant la voilure. Il lui semblait entendre le navire respirer et son cœur battre dans les pulsations rythmiques qui ébranlaient le grand mât. Elle connaissait le *Rose de Fer* aussi intimement que son propre corps, et la moindre anicroche dans son fonctionnement pouvait la réveiller la nuit en sursaut.

Le vaisseau plongea dans le creux d'une vague, et Juliet compensa le tangage en écartant les bras. Elle avait le pied preste et sûr, et ce ne fut pas sans regret qu'elle redescendit le long des haubans, s'arrêtant à mi-hauteur pour tendre une écoute un peu lâche. Lorsqu'elle toucha enfin le pont, un grognement sourd résonna derrière elle.

— Vous avez bien conscience, n'est-ce pas, que votre chute signerait notre mort à tous sur ce navire ? Votre père pendrait chacun de nous haut et court – du moins, ceux qui auraient survécu au passage dans la cale que ne manqueraient pas de nous infliger vos frères, après que votre mère nous aurait émasculés avec des pinces chauffées à blanc et forcés à faire griller nos propres roustons.

Juliet sourit face au visage renfrogné du charpentier du bord, Nog Kelly – Kelly le Taquet, surnom qu'il devait au nombre de fois où un espar était venu buter sur son crâne. Ces coups répétés, qui auraient fini par enfoncer la tête de n'importe quel autre homme, lui embrouillaient simplement la cervelle sur le moment, puis il secouait la tête et reprenait son travail comme si de rien n'était. Bien qu'il évoquât un mastiff perpétuellement excité, il aboyait beaucoup plus qu'il ne mordait. Car aussi remonté fût-il par une mâle indignation, comme maintenant, il était aisé de le réduire à l'état d'écolier rougissant avec une repartie adéquatement obscène ou, plus simplement, en lui rappelant l'épouse acariâtre qui l'attendait au port.

— Les roustons rôtis, murmura-t-elle, sont considérés comme un mets raffiné sur certaines de ces îles, même si je n'y ai pas encore personnellement goûté.

— Cette menace vous fait peut-être rire, capitaine, mais les hommes à bord du *Rose* la prennent très au sérieux.

— J'entends bien, mais pensez à la liberté de mouvement que vous gagneriez, sans avoir tout le temps ce bourrelet de chair entre les jambes…

Elle le laissa réfléchir pour rejoindre Nathan qui les avait écoutés sans rien dire, adossé au garde-corps.

— Nog a raison, tu sais. Tu prends trop de risques. Tu n'as pourtant plus rien à nous prouver, ma petite. Nous t'avons vue trancher des gorges et monter aux haubans en plein ouragan.

Il marqua une pause pour lever un regard sombre vers la mâture.

— Ou encore, danser sur une vergue au beau milieu de la nuit.

— Et si je ne voulais rien prouver, Nate ? Et si je prenais juste du plaisir à faire tout ça ?

— Alors tu serais aussi cinglée que ta maman, et il faudrait s'en remettre aux saints pour sauver ton âme.

— Insinuerais-tu que l'âme de ma mère aurait besoin d'être sauvée ?

— Du tout. Elle a ton père pour lui mettre du plomb dans la tête. Cela dit, comme il est aussi cinglé qu'elle, je pense que tous les deux sont maudits par avance.

Elle s'esclaffa.

— J'espère que tu n'es pas en train de suggérer qu'il me faudrait un honnête homme pour me garder dans le droit chemin.

— Non plus, répondit Crisp avec un reniflement moqueur. Je pense qu'il te faudrait un homme *foutrement* honnête pour y parvenir. Et encore perdrait-il sans doute sa propre âme dans l'affaire. Comme l'autre cloche là-bas, précisa-t-il en désignant le charpentier de sa pipe éteinte. Il en pince pour toi depuis des années, et regarde un peu dans quel état ça l'a mis : même plus fichu de pisser droit dès que tu lui glisses un mot gentil. Je te garantis qu'il va marcher sur trois pattes la nuit durant, à l'idée de te voir rôtir et déguster ses petites histoires.

À l'inverse de Nog Kelly, Nathan avait rarement sa langue dans sa poche, quel que soit le sujet.

— À propos d'histoires, que penses-tu de celles du duc ?

Le second gratta le chaume qui lui piquetait le menton.

— Eh bien, je dois avouer que je ne les ai pas regardées aussi attentivement que toi, mais je suppose qu'elles sont aussi imposantes que le reste de sa personne.

— Ce n'est pas ce que je voulais dire, lâcha-t-elle dans un soupir.

— Ah bon ? répliqua Crisp en ricanant. De toute façon, j'ai peur qu'il ne soit juste une source de pépins. C'est un beau parleur, qui a toujours réponse à tout. Et je suis sûr qu'il manigance quelque chose contre ton père, tu peux me croire. Simon ne va pas te remercier de l'avoir amené à Cay.

Il se pencha par-dessus la rambarde pour cracher dans la mer.

— Je pense aussi qu'il va te donner une bonne fessée, pour te punir de t'être attaquée à un aussi gros vaisseau de guerre espagnol.

Le silence se prolongea pendant dix bonnes secondes, avant que le sentiment de triomphe qu'ils avaient réussi à réprimer des heures durant finisse par éclater. Juliet lança un rire tonitruant, juste avant que Crisp arrache son bonnet pour en fouetter le garde-corps avec des hululements de joie.

— Tu imagines un peu, ma petite ? Le satané *Santo Domingo* ! La prétendue terreur de l'océan – et nous l'avons capturé ! Par le Christ sur la Croix, je suis sûr que Sa Très Catholique Majesté Philippe de mes fesses d'Espagne va en faire une crise et rouvrir les tribunaux de l'Inquisition pour l'occasion !

— Mais crois-tu que père sera content ?

— Content ? répéta Crisp, avant de s'interrompre comme pour y réfléchir plus sérieusement. Il va en être tellement émoustillé qu'il te laissera voguer à tribord de son vaisseau la prochaine fois qu'il partira en course !

— Vraiment ?

Juliet ne contint plus son bonheur et partit d'un nouvel éclat de rire qui, cette fois, transforma entièrement son visage. Ses mâchoires s'étaient détendues, son profil adouci, et ses yeux étincelaient au clair de lune.

Elle aurait aimé ouvrir grand les bras pour administrer une accolade à son second, mais elle avait conscience que leurs rapports, pour familiers qu'ils soient, comportaient certaines limites. Elle se contenta donc d'anticiper avec délectation l'ahurissement – et l'envie – de ses frères. Leur plus belle prise jusqu'alors était une paire de navires pleins de boucaniers puants, capturés au large de la Colombie.

— Jonas et Gabriel vont en être verts de jalousie. Absolument *verts*.

— Ah, ça, il est sûr que cette prise d'exception va leur rester en travers de la gorge. Il va falloir ensuite que tu surveilles tes arrières et que tu prennes garde de ne pas sortir seule la nuit.

Juliet redevint sérieuse et fronça les sourcils.

— Tu ne crois tout de même pas qu'ils oseraient... ?

— Comme dit le proverbe, un homme averti en vaut deux. Et c'est aussi valable pour les femmes.

Juliet haussa les épaules.

— La saison des courses approche. Ils seront trop occupés à préparer leur navire pour se livrer à ce genre d'enfantillages.

— Rappelle-toi : ils t'ont peinte en bleu, la dernière fois que tu les as vexés. Ces deux-là ne sont jamais trop occupés pour faire des farces, tu le sais aussi bien que moi.

Elle dévisagea Crisp à la lueur spectrale de la lune.

— Tu te rends bien compte qu'avec le *Santo Domingo*, nous détenons désormais six vaisseaux ? Ce ne sont pas seulement les transports de fonds espagnols qui vont avoir des raisons de craindre le Loup des Mers. Nous avons dorénavant une puissance de feu qui nous permettrait d'attaquer Carthagène, Maracaibo, voire le Panamá !

— Holà ! Minute, ma petite. Il ne s'agirait pas d'avoir les yeux plus gros que le ventre. Maracaibo, dis-tu ? Carthagène ? Le *Panamá* ?

— Grâce à cette prise, aucun comptoir ni aucune colonie espagnole ne pourra nous résister. Je suis certaine que Jonas et Gabriel partageront mon avis...

— Ça ne m'étonnerait pas de leur part, hélas, admit Crisp. Maintenant, crois-tu que les Espagnols manqueraient de navires à opposer aux nôtres ?

— Ça pourrait au moins les inciter à ne plus traquer père comme une bête sauvage.

— Ce qui ne le calmerait nullement à leur égard, tu le sais aussi bien que moi. C'est un Espagnol qui lui a laissé ces cicatrices sur le dos, et c'est encore un satané papiste ibérique qui a coûté un bras à ta mère. Non, ma petite, ton père a une kyrielle de griefs envers les hidalgos. Mais il y a quand même une sacrée différence entre harceler des transports de fonds au large et constituer une flotte pour attaquer des ports bien protégés.

Le second s'interrompit, le temps de fourrer sa pipe vide dans sa bouche.

— Une telle action d'éclat n'a pas été osée depuis que Drake s'en est pris à Maracaibo, il y a près de quarante ans de cela, et depuis lors ils ont renforcé leurs défenses terrestres, étoffé leurs garnisons de plusieurs centaines de milliers de soldats et bâti des vaisseaux comme le *Santo Domingo* pour surveiller les voies maritimes et en tenir éloignés les chiens sauvages comme nous.

Juliet était assez avisée pour ne pas chercher à discuter avec Crisp, surtout quand ce dernier serrait si fort le tuyau de sa pipe entre ses dents qu'il semblait sur le point de le casser. Simon Dante avait passé cinq ans enchaîné à l'un des bancs de nage d'une galère, et si ses cicatrices ne suffisaient pas à lui rappeler la haine qu'il vouait aux Espagnols, il n'avait qu'à regarder la manche vide qui pendant sous le coude gauche de son épouse pour s'en souvenir.

L'incident s'était passé cinq ans auparavant. Simon Dante avait emmené ses navires, le *Vengeur* et le *Cygne noir,* dans une course au large du détroit de Floride. Épaulé par Isabeau qui commandait le *Cygne,* il avait épié un convoi et jeté son dévolu sur deux petits vaisseaux qui paraissaient plus lents que les autres. Le navire des Indes occidentales qui les flanquait louvoyait comme s'il avait des problèmes de gouvernail.

En fait, si le navire de guerre avait l'air d'être à la peine, c'était à cause du poids des soixante-quatre canons qu'il transportait sur trois ponts, le plus bas étant peint en noir pour dissimuler les rangées de ses sabords fermés. Et s'il lambinait à l'arrière du convoi, c'était précisément pour attirer la convoitise d'éventuels corsaires.

Isabeau n'avait jamais été du genre à refuser une confrontation et, comme le *Vengeur* de son mari était en train de contourner le galion pour l'attaquer par la poupe, elle n'avait vu aucune raison de ne pas se ruer à la rencontre de ce dernier. Ce ne fut qu'une fois à portée des canons de l'Espagnol que celui-ci abaissa les sabords de son pont le plus bas et qu'elle comprit le piège qu'on lui avait tendu. Avant qu'elle puisse se dégager, les artilleurs espagnols lâchèrent une effroyable bordée qui hacha menu la majeure partie de la voilure du *Cygne,* brisa le sommet de deux de ses mâts et mitrailla son pont supérieur, réduisant le vaisseau d'Isabeau à l'impuissance, avant de se jeter sur lui dans l'intention manifeste de l'éperonner par le travers.

Simon Dante eut tout juste le temps de venir interposer son *Vengeur* entre le *Cygne* et le navire espagnol, qu'il se mit à pilonner de toutes ses pièces, permettant ainsi au *Cygne noir* de dériver à l'écart du combat. Après avoir découragé l'ennemi mais subi lui-même de lourdes avaries, Simon accompagna Isabeau vers des eaux plus sûres. Ce ne fut cependant pas avant plusieurs heures que les deux vaisseaux purent se mettre bord à bord et échanger des nouvelles.

Simon apprit alors que son épouse avait été gravement blessée. Un boulet espagnol s'était désintégré sous l'impact, projetant des fragments de métal brûlant qui avaient tué trois marins du *Cygne* et arraché à moitié l'avant-bras gauche d'Isabeau. En dépit des efforts acharnés des chirurgiens des deux navires, il fut nécessaire d'amputer l'os et les chairs endommagés pour éviter que la gangrène ne s'installe. Pour comble de malheur, les blessures infligées au *Cygne noir* s'avérèrent fatales, et le beau vaisseau corsaire dut être abandonné avant la fin de la journée.

Isabeau fut plus affectée par la perte de son navire que par celle de son avant-bras, et même si elle n'hésita pas à reprendre la mer, elle ne réclama plus jamais le commandement d'un vaisseau. D'ailleurs, ce fut elle qui insista pour que le *Rose de Fer* soit attribué à Juliet.

Depuis ce moment, la jeune femme faisait son possible pour se montrer digne de la confiance de sa mère. Celle de Simon avait été plus difficile à conquérir. Chaque fois qu'elle partait sur le *Rose de Fer,* elle distinguait au fond des prunelles de son père un reflet de l'horreur indicible qui altérait ses traits lorsqu'il avait ramené sa femme blessée à la maison.

Les talents de navigateur de Juliet et son esprit combatif valaient bien ceux de n'importe quel homme. Et si son père avait encore besoin qu'on lui confirme que sa fille avait retenu ses leçons, la preuve s'en trouvait actuellement derrière eux, docile et soumise, le pavillon anglais flottant à son mât de misaine.

— Cet Espagnol, Aquayo…, murmura-t-elle en plissant le front. Il nous a félicités d'être bien renseignés.

— En effet, admit Crisp. Et alors ?

— Le *Santo Domingo* a été envoyé dans les Caraïbes pour patrouiller le long des voies maritimes entre Carthagène et La Havane, et en tenir éloignés les voyous comme nous. Il est curieux, en ce cas, poursuivit-elle en pensant tout haut, que nous ayons déniché dans ses cales des lingots d'argent frappés au sceau de Vera Cruz, à côté de perles de l'île Margarita et d'émeraudes en provenance de Barranquilla. Je trouve même encore plus bizarre que tous ces trésors aient été accumulés à bord d'un vaisseau de patrouille.

Crisp poussa un long soupir.

— Je suppose que les documents du bord éclairciront cette énigme. Malheureusement, je ne sais pas lire l'espagnol, aussi me permettras-tu de te laisser ce plaisir et d'aller me chercher une grosse assiette de biscuits, ainsi qu'un morceau de mouton froid et une bonne chope de bière.

— Tu le mérites. Tous les hommes le méritent. Mets donc en perce un tonneau de rhum supplémentaire.

Crisp porta une main à sa chevelure en désordre.
— Tout de suite, capitaine. Dès que j'aurai établi les quarts et réglé la voilure. On dirait qu'un grain approche, et si Loftus n'arrive pas à pousser un peu plus son gros rafiot, on va finir par se faire rattraper par la tempête.

5

Une heure plus tard, Juliet était encore penchée sur les documents récupérés sur le *Santo Domingo* – et n'y avait pas trouvé la raison expliquant la présence, dans les soutes d'un navire de guerre, de marchandises issues de trois régions bien distinctes de l'Amérique espagnole. Elle y apprit toutefois le nom de l'officier dont elle avait raccourci les oreilles. Cristóbal Nufio Espinosa y Recalde. Il était inscrit au titre de *capitán del navio*, autrement dit commandant militaire du vaisseau, second direct du *capitán de mar*, Diego Flores de Aquayo.

Ce qui intrigua la jeune femme, c'était qu'un mois plus tôt – et elle n'avait aucune raison de remettre en cause l'exactitude des rapports que leur avait communiqués à ce sujet le complice de son père, Geoffrey Pitt –, Recalde dirigeait la garnison de Nombre de Dios où se trouvait le principal port pour le Panamá et le Pérou, coincé contre un marais purulent auquel il était quasiment impossible d'accéder par des moyens conventionnels. Francis Drake avait pillé ce comptoir par deux fois durant sa carrière d'écumeur des mers. La deuxième fois, moins d'un an après la première, il avait capturé le convoi de marchandises provenant de l'autre côté de l'isthme du Pérou ; or les mules qui le composaient étaient chargées d'une telle quantité d'or et d'argent qu'il avait dû en abandonner la moitié dans les marais.

Depuis lors, le vice-roi de Nouvelle-Espagne avait tenu à ce que les officiers les plus cruels et les plus tyranniques soient affectés à Nombre de Dios. Ils y avaient la charge d'un rassemblement de scélérats choisis un peu partout dans l'Amérique espagnole pour leur caractère brutal et sanguinaire.

En tant que *capitán del navio*, Recalde devait avoir dirigé l'attaque sur l'*Argus*. Aquayo n'était pour ainsi dire qu'un homme de paille, un noble ayant reçu le commandement du *Santo Domingo* au titre de faveur royale – alors que Recalde, lui, avait été nommé à son poste pour des compétences qu'il avait montrées à la tête de la garnison de Nombre de Dios.

Comme quoi, Nathan n'avait peut-être pas tort. Il aurait mieux valu qu'elle partage le sang-froid de son frère Jonas qui, à sa place, aurait abattu Recalde d'une balle entre les yeux.

Elle se frotta les tempes en soupirant et retira son bandana pour éponger la sueur sur sa nuque. L'atmosphère de la cabine était étouffante. Elle considéra la silhouette allongée sur sa couchette. Son invité n'avait ni bougé ni émis le moindre son depuis son retour dans ses quartiers.

Elle versa dans sa coupe le reste de rhum contenu dans la bouteille et jeta un œil au second corps endormi. Beacom gisait sur le plancher comme un cadavre, les mains croisées sur la poitrine, les talons joints et la pointe des pieds vers le haut.

— Fichus Anglais, grommela-t-elle.

Prenant sa coupe, elle repoussa le pan de toile qui masquait la porte de la galerie et ouvrit celle-ci.

Elle sentit presque aussitôt la chaleur de la pièce être aspirée à l'extérieur et tira un peu plus le battant pour écouter le bruit des vagues qui ourlaient le sillage du vaisseau. Le couvert nuageux s'était épaissi et masquait complètement le ciel, tandis que le vent avait considérablement fraîchi. La pénombre empêchait de bien distinguer le *Santo Domingo* mais le galion était tout de même visible, silhouette obscure se découpant par moments contre le ciel de suie.

Pendant un instant, Juliet revit en pensée le vaisseau espagnol fondre sur l'*Argus* endommagé, ses canons déversant un tel déluge de flammes et de fumée que les deux navires avaient été rapidement noyés sous un nuage jaune. Crisp l'avait crue folle lorsqu'elle avait lancé le *Rose de Fer* dans la bataille. En fait, elle avait eu l'impression de revivre la situation tragique subie par sa mère cinq ans auparavant, sur le pont dévasté du *Cygne noir*, quand celle-ci avait assisté, impuissante, à l'attaque d'un galion qui avait manifestement juré sa perte.

Sans le coup du sort qui, sous la forme d'une blessure au pied, l'avait à l'époque retenue à Pigeon Cay, la jeune femme se serait elle-même trouvée à bord du navire de sa mère. Bien sûr, sa présence aux côtés d'Isabeau n'aurait sans doute rien changé à l'issue dramatique, mais elle demeurait accablée par le remords de n'avoir pas été à son poste, sur le gaillard d'arrière du *Cygne*.

Elle ferma les yeux et s'efforça de calmer le tremblement de ses mains.

Dans les années qui avaient suivi, elle s'était montrée l'égale de n'importe quel homme. Son équipage avait salué son intrépidité et compté sur elle pour leur apporter la victoire dans les circonstances les plus défavorables, sans rien savoir du doute torturant qui la fouaillait chaque fois qu'elle appelait les artilleurs à leur poste. Ils la croyaient aussi solide que l'acier de leurs canons, prête à relever tous les défis.

Ses marins ne la voyaient jamais après les combats, dans les petites heures de la nuit où elle frémissait de tous ses membres, la poitrine si comprimée qu'elle pouvait à peine respirer.

Elle porta la coupe à ses lèvres et parvint à juguler suffisamment ses frissons pour lamper les dernières gouttes de rhum. Mais cela ne lui suffit pas et, la bouche toujours emplie de relents de poudre et de sang, elle gagna le bureau pour reprendre un peu d'alcool. Renversant la bouteille au-dessus de sa coupe, elle s'aperçut qu'elle était vide. Étouffant un juron, elle se dirigeait vers la bibliothèque pour en sortir une autre bouteille, quand son genou heurta la chaise au passage. Elle l'écarta d'un violent coup de pied et, comme la chaise ne se brisait pas sous l'impact, elle le souleva par ses deux pieds avant et l'écrasa contre le mur, séparant le dossier de l'assise dans une volée d'échardes. Emportée par la colère, elle se jeta ensuite sur les documents et journaux du *Santo Domingo* qu'elle envoya valser dans les airs, répandant une pluie de papiers sur le plancher.

Varian, qui avait connu un sommeil intermittent la majeure partie de la soirée, s'était réveillé dès le retour de Juliet dans la cabine. Comme la jeune femme semblait avoir décidé de travailler à son bureau, il avait choisi lui-même de rester tourné vers la paroi et de faire semblant de dormir.

Il lui fut toutefois impossible d'ignorer le fracas de la chaise brisée, ainsi que les jurons orduriers dont la corsaire accompagna son mouvement d'humeur.

— La prochaine fois que vous voudrez fracasser des meubles, auriez-vous au moins l'obligeance de me prévenir ?

Juliet poussa un hoquet de stupeur et fixa la forme pâle sur le lit. Elle demeura ainsi une bonne minute sans parler, ce qui donna à Varian le temps de rouler sur le dos sans risquer d'attraper un nouveau vertige.

— Je... je vous croyais endormi, bredouilla-t-elle.

— C'est censé me réconforter ?

— Votre confort, répliqua-t-elle en plissant les yeux, est le cadet de mes soucis. Et je suppose que j'ai également troublé *votre* repos ? ajouta-t-elle à l'intention de Beacom en le foudroyant du regard.

— Oh, non ! Non, madame, du tout.

— Bien. Dans ce cas, vous ne verrez pas d'inconvénient à aller me chercher une autre bouteille de rhum, vu que ma réserve semble avoir été dévalisée.

Le domestique s'empressa de se mettre debout.

— Naturellement, capitaine. Où puis-je en trouver ?

— À la cambuse. Demandez Johnny Boy, il vous montrera où se trouve ma cave personnelle.

— La... cambuse ?

— À l'entrepont du dessous, juste à l'aplomb de cette cabine.

Beacom regarda son maître, qui hocha imperceptiblement la tête en lui désignant la porte du menton. Quand elle se fut refermée derrière lui, Varian considéra avec un air soucieux les morceaux de chaise qui jonchaient le plancher jusque près du lit.

— Bravo, capitaine. La plupart des femmes prétendent ne pas avoir la force de soulever un siège, et encore moins de le réduire en morceaux.

— Je suppose que je peux rencontrer notre Seigneur l'âme sereine, maintenant que vous m'avez distinguée des créatures délicates de votre connaissance.

— Ma chère capitaine Dante, croyez bien que vous vous êtes distinguée à mes yeux dès notre première rencontre sur le *Santo Domingo*.

— Même si j'étais en fâcheuse posture ?

— Même ainsi, madame.

— Soyez assuré que je vous ai également remarqué à cette occasion, milord.

Il haussa un de ses sourcils bruns.

— Vraiment ?

— Comme je vous le dis. C'était la première fois que je voyais une nuance de mauve aussi recherchée sur un homme.

— Ah… Je suppose que j'ai eu tort d'espérer un compliment sur mes prouesses de combattant ?

— Vous avez réussi à vous faire assommer par une explosion. Faut-il vous applaudir pour cela ?

La clarté de la lampe nimbait les épaules de la jeune femme d'un halo jaune. Elle avait ôté son épais pourpoint de cuir et ne portait plus qu'une chemise de batiste qui ne cachait guère la forme de ses seins ni la finesse de sa taille.

Pour une friponne des mers mal dégrossie, elle avait l'air scandaleusement bien proportionnée.

Fort heureusement, elle finit par sortir du cercle de lumière qui rendait sa chemise presque transparente et, avec des grimaces indiquant qu'elle était assez humaine pour avoir gardé quelques courbatures des événements récents, elle mit un genou à terre et entreprit de ramasser les documents éparpillés sur le plancher.

Son éducation poussa Varian à soulever un pan de la couverture pour la rejoindre, mais un aperçu de sa nudité l'en dissuada promptement.

— Je vous aiderais volontiers, capitaine, si la décence m'y autorisait.

Elle écarta ses excuses d'un geste de la main et posa une première liasse de papiers sur la table à cartes. Pour réunir la seconde, il lui fallut s'étirer et, se sentant basculer en avant, elle dut tendre une main pour garder son équilibre. À la fin, cédant à la pesanteur, elle s'assit sur le plancher et s'adossa au bureau. Remarquant sa coupe qui avait valsé avec le reste, elle la récupéra et la renversa avec un soupir, pour montrer qu'elle était vide.

— Je vous félicite également pour votre résistance, capitaine, murmura Varian avec un sourire en coin. J'ai eu l'occasion de goûter à votre rhum, et il m'a littéralement fauché les pattes.

Elle garda une jambe pliée, mais étendit l'autre devant elle.

— Je ne sais si je dois réellement prendre ces paroles pour un compliment, vu le ton ironique sur lequel vous les prononcez.

— Je n'avais pas l'intention de me moquer de vous, je vous assure. Et si j'ai pu paraître ingrat, je vous prie une nouvelle fois de m'en excuser. Au vrai, je ne suis guère habitué à me réveiller dans un lit inconnu, nu comme un ver et oint d'huile de camphre.

— Tiens donc ? J'aurais cru qu'un homme comme vous était plutôt coutumier de ce genre de choses – l'huile de camphre mise à part, bien sûr.

— L'huile a ses mérites, du moins celles qui ont un parfum agréable qui ne vous donne pas l'impression de vous roussir les poils du nez. Et qu'entendez-vous au juste par « un homme comme moi », je vous prie ?

— Un aristocrate prétentieux et capricieux, qui se croit supérieur aux autres.

— Et vous disiez ne pas vous fier à *mes* compliments, madame ?

— Parce que vous prenez cette définition pour un compliment ? répliqua-t-elle avec un rire bas. Dans ce cas, je n'ai rien d'autre à ajouter.

Elle appuya la tête contre la table à cartes et ferma les yeux. Varian en profita pour la dévisager à la clarté de la lampe. Sous son bandana bleu, elle cachait une ligne d'implantation des cheveux en forme de cœur qui encadrait ses traits d'un délicat fouillis de boucles auburn. Sa carnation, comparée à celle des ladies de sa connaissance qui n'hésitaient pas à s'attaquer aux moindres taches de rousseur à grand renfort de mercure et de poudre de riz, présentait un hâle si profond qu'il aurait scandalisé toutes les mères de bonne famille. Fruit d'une exposition constante à la mer et au soleil, son bronzage semblait cependant parfaitement accordé à son caractère en acier trempé et, une fois de plus, il se prit à se demander quelle allure elle aurait avec les cheveux détachés et la silhouette moulée dans de la soie.

Il détourna ses pensées de cette pente dangereuse pour essayer de trouver un sujet de conversation qui n'offrirait pas à la jeune femme le prétexte d'une nouvelle joute verbale.

— Vous avez évoqué l'existence de deux frères...

— Votre mémoire est remarquable.

— Pas de mari ?

Elle tourna légèrement la tête vers lui pour le scruter entre ses cils.

— Que diable ferais-je d'un mari ?

— Un camarade ? Une source de réconfort ?

— Je dispose déjà de toute la camaraderie et du réconfort dont j'ai besoin.

— Ah.

— Ah, fit-elle en singeant à la perfection son interjection réprobatrice.

Elle s'esclaffa de nouveau.

— J'ai toujours trouvé étrange que les hommes n'aient jamais aucun scrupule à prendre le plaisir qui s'offre à eux mais que, lorsque les femmes les imitent, elles soient aussitôt taxées de traînées et de catins.

Varian ouvrit la bouche… avant de la refermer dans un claquement de mâchoire.

Juliet sourit et se cala plus confortablement contre le bureau.

— Je vois que je vous ai choqué encore une fois. Changeons de sujet, voulez-vous ? Vous avez laissé entendre que personne ne paierait votre rançon. N'avez-vous donc aucun parent qui vous attend chez vous ? Pas d'épouse ? Aucun héritier en layette ? Pas de frère pour prendre votre place dans la succession, si d'aventure vous étiez fauché par une nouvelle explosion ?

— Pas d'épouse, non, du moins pas encore, répondit-il nonchalamment. Je suppose que ma mère me pleurerait un moment, mais ce moment passerait bien vite et elle se préoccuperait plutôt des moyens de préserver sa pension de veuve. Quant à mes frères, ils n'étaient que deux. L'un s'est noyé en voulant traverser à cheval un fleuve en crue, et l'autre a été tué l'année dernière.

Même si la jeune femme n'était pas vraiment intéressée par les détails de la vie de Varian St. Clare, elle avait noté le ton amer qui altérait sa voix et ne put s'empêcher d'en être intriguée.

— Curieuse façon de formuler les choses. Pourquoi pas : « Il est mort l'année dernière » ?

— Parce qu'il s'est engagé dans un duel stupide pour une question d'honneur, qui aurait pu facilement être réglée si les deux parties s'étaient rencontrées pour en parler et dissiper le malentendu.

— Vous préférez les mots à l'action, n'est-ce pas ?

— J'ai tendance à privilégier la logique plutôt que la folie. Leur sujet de dispute était une femme.

Juliet esquissa un sourire.

— Et depuis ce temps, vous vous méfiez du sexe opposé ? Serait-ce donc par peur d'être ensorcelé par quelque jeune mégère en soie parfumée que vous avez choisi de vous exiler ici ?

Ses yeux sombres se plissèrent légèrement sous la moquerie, mais il n'en rendit pas moins son sourire à la jeune femme.

— C'est tout le contraire, en fait : juste avant mon départ, j'ai promis de m'engager.

— Comment peut-on « promettre » de s'engager ? On s'engage ou non, un point c'est tout. C'est déjà une forme de promesse en soi, non ?

Le sourire de Varian se fit un peu désabusé.

— Vous trouvez Beacom assommant ? Vous n'avez pas eu à supporter une soirée entière avec la duchesse douairière de Harrow. Dans mon cas, ce fut sept années de soirées, ceci depuis mon vingt et unième anniversaire. C'est l'une des raisons pour lesquelles je suis resté militaire. Cela me donnait une excuse pour esquiver ses efforts d'entremetteuse.

— Mais vous y avez finalement succombé ?

— Après la mort de mon frère survenue l'année dernière, je n'avais plus trop le choix. J'ai été informé, en termes dépourvus de toute ambiguïté, qu'il me fallait un héritier, et me trouver seul dans la même pièce que ma chère maman équivalait à être planté dans le plus simple appareil devant une rangée de canons en tenant une cible peinte devant moi, sauf qu'en l'occurrence les munitions consistaient en une ribambelle de jeunes dames ayant l'âge, la fortune et la position sociale requis.

— Vous avez laissé votre mère vous imposer votre promise ?

— Ce genre d'alliance arrangée dans l'intérêt des deux partis n'est pas si rare que ça.

— Ah. Ainsi, votre promise – ou plutôt celle qui doit le devenir, si j'ai bien compris…

Varian hocha la tête.

— Votre future fiancée, donc, reprit Juliet, est… riche ?

L'aristocrate fronça les sourcils.

— Dans une famille aussi vieille que la mienne, il est certaines considérations qui privent du luxe de pouvoir se fier aux seules apparences – ou aux seuls sentiments qu'elles peuvent inspirer.

— Certes, mais l'aimez-vous ?

— Je ne crois franchement pas que cela vous regarde.

— C'est pourtant une question simple : aimez-vous la femme que vous allez épouser ?

— Elle est issue d'une lignée parfaitement respectable.

— Et en possession de toutes ses dents ? Doux Jésus, vous avez l'air de vous choisir une femme comme vous choisiriez une pouliche pour vos étalons !

— Veuillez me frapper de l'autre côté du crâne avec un maillet, madame, avant de prétendre que vous croyez à l'amour.

Elle regarda un moment par la fenêtre, tout en réfléchissant à sa réponse. On ne vivait pas en compagnie de Simon et Isabeau Dante sans ajouter foi un minimum à cette croyance. Après toutes ces années, il leur était toujours impossible de rester dans une même pièce sans que la fièvre qu'ils s'inspiraient l'un à l'autre transparaisse dans leurs regards.

Elle sourit.

— Je veux que l'homme que j'épouserai se sente dans ses petits souliers chaque fois que je poserai les yeux sur lui. Je veux qu'il soit paralysé par ma seule présence et qu'il craigne que le moindre mouvement de ma part n'ébranle le monde autour de lui.

— Crainte parfaitement compréhensible, remarqua-t-il en désignant les morceaux de la chaise cassée.

— Et si c'est l'homme de ma vie, peu m'importe qu'il soit roi ou mendiant.

— Mais mieux vaut qu'il soit roi, à en juger par l'éclat de ce que vous tenez entre les mains.

Elle baissa les yeux sur sa coupe. Une inclinaison de son poignet piégea la lueur de la lampe dans les joyaux qui entouraient le bord du gobelet, la renvoyant en reflets irisés sur la paroi de la cabine.

— Salaire d'une dure journée de travail, riposta-t-elle calmement. Il s'agit en fait d'un petit tribut prélevé sur les affaires personnelles de don Alonzo Perez, capitaine du *San Ambrosio*. Nous avons capturé ce vaisseau au large d'Hispaniola l'hiver dernier. Il était vermoulu au-delà de toute réparation, mais sa cargaison nous a rapporté vingt mille escudos. J'ai gardé cette coupe, de même que je garde un souvenir de chacune de nos prises.

D'une nouvelle torsion du poignet, elle indiqua l'armoire grillagée renfermant tout un assortiment d'armes qui semblaient de la meilleure qualité. La plupart étaient des pistolets à rouet, certains de conception manifestement française avec des incrustations de nacre, la majorité arborant les dorures complexes du style italien. Une paire en particulier retint l'attention de Varian, qui comportait un double mécanisme de mise à feu, à la fois par mèche et par rouet, actionné par une seule queue de détente. Symbolisant cette alliance technique, un couple nu s'enlaçait sur la crosse en noyer. Il reconnut immédiatement cet ornement, même si l'arme était assez éloignée de lui, du simple fait que ces pistolets lui appartenaient. La dernière fois qu'il les avait vus, c'était sur lui-même, pendant qu'il se battait avec l'équipage de l'*Argus* contre celui du *Santo Domingo*.

— Nom de nom ! Mes bresciens !

Julie suivit la direction indiquée par son index accusateur.

— J'en doute, monsieur, étant donné que ce sont les miens.

— Certainement pas, madame. Ils ont été fabriqués pour moi par Lazzarino Cominazzo en personne !

— Si ma mémoire ne me trompe pas, je les ai pris sur un boucanier du nom de Jorge Fillarento. Je suppose que l'armurier qui a conçu cette paire en a exécuté une autre.

— Un simple coup d'œil me suffira pour vérifier qu'ils sont à moi.

— Pas besoin de le vérifier, rétorqua-t-elle. Je sais très bien d'où ils viennent pour ma part.

Contrarié au point d'en oublier sa nudité, Varian repoussa la couverture pour passer les jambes par-dessus le bord de la couchette. Ses hématomes à la hanche et à l'épaule lui firent aspirer l'air sèchement quand il se redressa, mais il surmonta la douleur pour rejoindre l'armoire à grandes enjambées. Le meuble n'étant pas fermé, il put en retirer l'un des élégants pistolets de duel. Lorsqu'il en présenta la platine à la clarté de la lampe, il fut surpris de ne pas y découvrir gravé le blason des Harrow, mais trois initiales inconnues qui déployaient dans l'épaisseur du métal leurs fioritures.

— Ce n'est pas possible…, murmura-t-il.

Il ouvrit les doigts pour examiner la crosse en noyer, qui comportait bien le couple entrelacé et dont la femme arquait reins et nuque comme si elle était au paroxysme de l'orgasme.

— Toutes mes excuses, capitaine. J'étais certain que mes armes étaient uniques.

Juliet, toujours assise sur le plancher, s'aperçut que ses yeux étaient au niveau des parties de l'Anglais. Elle n'ignorait, bien sûr, plus rien de son anatomie intime depuis qu'elle avait examiné ses blessures, mais force lui était d'admettre que le jeu de la gravité rendait encore plus impressionnants ses attributs que lorsqu'il était couché. Ses cuisses comportaient également des muscles propres à attirer l'attention. À cette distance réduite, elle pouvait distinguer les sillons qui se creusaient entre ses tendons au niveau de la hanche, ainsi que la légère toison de poils brun clair qui épousait le galbe de ses mollets.

— Tous les Anglais sont-ils donc attachés à ce que pas un seul rayon de soleil ne s'immisce sous leur col ? Je crois bien n'avoir jamais vu de corps aussi pâle que le vôtre, ni une telle épaisseur de vêtements aussi près de l'équateur. Votre urticaire bénéficierait grandement d'une exposition à l'air pendant un jour ou deux.

Surpris, Varian suivit le regard de la jeune femme. La rougeur qu'elle appelait son « urticaire » était malencontreusement située sur le pourtour de sa virilité ainsi que sous ses bras. Le savon, comme Beacom avait eu l'effroi de le découvrir, ne se mélangeait pas à l'eau de mer, et puisque celle-ci était malheureusement la seule eau autorisée pour les lessives durant les six semaines de la traversée de l'Atlantique, le linge ducal avait fini par s'imprégner d'un résidu saumâtre irritant pour la peau. Le problème s'était encore aggravé avec la chaleur et le soleil des Tropiques. La plupart des marins de la région travaillaient pieds nus, habillés d'amples chemises et de pantalons bouffants.

Privé de la possibilité de revêtir des tenues aussi barbares, Varian avait dû garder bas et hauts-de-chausses rembourrés, pourpoints matelassés à la dernière mode, caban et cape – et se consoler des horribles démangeaisons que cet accoutrement lui infligeait en pensant à la prestance qu'il lui conférait. L'idée de déambuler en chemise sur un navire lui paraissait tout aussi incongrue que le spectacle qu'il devait offrir en ce moment même à la jeune femme – laquelle, de son côté, étudiait ses parties avec une curiosité dont l'impudeur, hélas, réveillait sa chair malgré lui.

Comme il n'était guère dans les habitudes de Varian St. Clare de subir un examen aussi attentif, il s'empressa de ranger le pistolet sur son présentoir dans l'armoire grillagée et se dirigea vers la couchette. Le sourire de Juliet se mua en gloussement, puis en rire. Sans réfléchir, il pivota sur lui-même, se pencha vers la jeune femme et la saisit par les bras pour l'obliger à se lever.

Il n'eut pas le temps de décider de la conduite à tenir ensuite car, en dépit de la quantité de rhum qu'elle avait ingurgitée, la corsaire gardait des réflexes mortellement aiguisés. Elle dégaina un couteau dont elle plaça la pointe sous sa gorge avant même qu'il ait terminé de la remettre sur ses pieds.

— Je tiens à vous informer, articula-t-elle d'une voix aussi glaciale que la lame qui effleurait sa jugulaire, que peu d'hommes sont autorisés à me toucher sans y avoir été invités. Et qu'encore moins ont survécu après m'avoir traitée de voleuse.

Varian redressa le menton sous la pression de l'acier et relâcha les bras de la jeune femme, avant d'écarter lentement les mains.

— Veuillez pardonner mon impertinence. Ces armes sont identiques aux miennes. Ma réaction en les voyant fut spontanée, et je me suis déjà excusé de ma méprise – chose que je fais rarement, sachez-le, et encore plus rarement auprès de quelqu'un trop imbibé d'alcool pour l'apprécier.

— Vraiment ? murmura-t-elle en plissant les paupières.

— Comme je vous le dis, madame. Quant aux conséquences de mes actes, ajouta-t-il en serrant les dents et en abaissant le menton avec un regard de défi, je me demande si je n'aurais pas plus à regretter un *refus* de ma part à répondre à votre invitation.

Juliet le dévisagea un moment. Prétendre qu'elle pourrait inviter ce gandin à la toucher de manière intime était d'une telle insolence que son couteau faillit s'enfoncer tout seul dans la chair du présomptueux. Au lieu de quoi, elle caressa la gorge de ce dernier du bout de la lame, depuis son menton jusqu'à son sternum, avant de suivre le sillon de poils sombres qui traversait son ventre plat. Quand l'acier froid se fut glissé sous sa virilité, juste au-dessus des bourses, elle l'inclina afin de soulever la verge du duc, qui se trouva ainsi posée sur la lame comme sur un plateau.

Durant tout ce temps, Sa Grâce ne tiqua même pas.

— Vous montrez plus de courage que je ne vous en supposais, milord, lui confia-t-elle à voix basse.

— Et vous, plus de forfanterie, capitaine. Surtout avec l'avantage que vous confère cette arme.

Juliet émit un soupir. Retirant la lame, elle l'expédia à travers la pièce d'une torsion experte du poignet, l'envoyant se planter dans le jambage de la porte. Dans le même mouvement, elle leva une de ses bottes pour l'abattre sur le pied nu de son invité. Puis, sans lui laisser le temps de réagir, elle lui prit la main et tordit son pouce en arrière, jusqu'à presque le déboîter.

La douleur fusa le long du bras de Varian, le courbant en deux. La jeune femme repoussa encore plus son doigt, et il se retrouva bientôt à genoux devant elle.

Se penchant vers lui, Juliet approcha ses lèvres des boucles soyeuses qui lui couvraient l'oreille.

— Je n'ai plus de couteau, milord. Mes paroles respirent-elles encore selon vous l'alcool et la forfanterie ?

Il découvrit les dents et, refoulant la souffrance, crocheta du bras l'arrière de la jambe droite de la corsaire qu'il tira brusquement vers lui, la déséquilibrant. Une seconde traction fit tomber cette dernière sur le plancher, avec une telle violence qu'elle dut lâcher sa main.

À peine avait-il repris son souffle qu'elle roula sur le dos et pivota sur les coudes avant de refermer l'étau de ses jambes autour de sa gorge, écrasant sa trachée et retenant prisonnier dans ses poumons le peu d'air qu'il avait inspiré. Il voulut desserrer sa prise, mais les cuisses de Juliet Dante avaient la dureté du métal et contrecarraient chacune de ses tentatives pour se libérer.

Il sentit ses yeux sortir de leurs orbites tandis que de grosses taches noires commençaient à danser dans son champ de vision et que son cœur se mettait à cogner follement dans sa poitrine. Il relâcha son étreinte sur les cuisses de la corsaire et s'apprêtait à taper sur le plancher pour signifier sa reddition, quand un coup fut frappé à la porte de la cabine.

En réponse au juron craché par la jeune femme, le battant s'ouvrit sur un garçon efflanqué qui ne devait pas avoir plus de douze ou treize ans, et qui tenait d'une main un plateau en bois et de l'autre un cruchon.

Il hésita un moment sur le seuil, mais s'il trouva singulier le spectacle de son capitaine en train d'étrangler entre ses jambes un homme nu sur le plancher de sa cabine, il n'en laissa rien paraître.

— Le drôle de petit bonhomme est venu chercher du rhum pour vous, et M. Crisp a pensé que vous voudriez peut-être de quoi manger avec, annonça-t-il. Je vous dépose le tout sur la table à cartes ?

— Oui. Merci, Johnny Boy, haleta Juliet. Prends-toi donc un morceau de fromage, pour ta peine.

— Bien, capitaine. Merci, capitaine. M. Crisp m'a également demandé de vous prévenir que nous allons devoir prendre les ris parce que le « gros rafiot qu'on traîne » n'arrive pas à suivre.

Tout en prononçant ces paroles, il sortit un couteau de sa ceinture et se tailla un beau quartier dans la roue de fromage disposée sur le plateau. Il en prit un morceau et fourra le reste sous sa chemise.

— Il m'a dit aussi de vous dire que le vent a tourné et que la mer devient mauvaise. Nous devrions essuyer un coup de tabac avant demain matin.

Juliet jura de nouveau. Elle libéra Varian de l'étau de ses jambes et se remit debout, laissant celui-ci étalé comme un poisson sur le plancher, la bouche ouverte pour chercher de l'air.

— Quelle distance nous sépare désormais du *Santo Domingo* ?

— On ne pourrait même plus l'atteindre avec un long canon bourré d'une double charge et d'un boulet creux.

Ce qui équivalait à un demi-mille, voire plus – en d'autres termes, un écart beaucoup trop grand en cas de tempête.

— Va avertir M. Crisp que j'arrive.

Les joues gonflées par le morceau de fromage, Johnny Boy demanda si elle n'avait pas besoin d'autre chose.

— Un hamac pour Sa Seigneurie. Il dormira désormais ailleurs.

Le garçon cessa de mastiquer et haussa un sourcil.

— Où est-ce qu'on va le mettre ?

— On n'a qu'à vider un des placards à voiles. Ça devrait suffire.

Le garçon considéra tour à tour Varian et Juliet, avant de pouffer.

— D'accord, capitaine. Va pour le placard à voiles.

Entendant un choc sourd sur le plancher alors que Johnny se dirigeait vers la porte, Varian roula sur le ventre en grimaçant et regarda à travers le voile de cheveux qui lui retombait sur le visage. Le garçon était unijambiste. Son genou droit était prolongé par une prothèse en bois. Ce genre d'infirmité n'était pas rare chez les marins, la médecine à bord se résumant le plus souvent au maniement du couteau et de la scie. Ce qui retint l'attention de Varian fut la forme donnée à la jambe de bois : elle avait été sculptée pour ressembler à un serpent dont la gueule ouverte semblait avaler le moignon du garçon. L'illusion était complétée par des yeux en verre et une rangée de dents acérées.

Le duc gémit et referma les paupières. Son pouce était disloqué, sa main le brûlait comme s'il l'avait posée sur des charbons ardents, et sa gorge commençait tout juste à se desserrer.

Juliet arracha sa dague au montant de la porte et vint s'accroupir devant St. Clare. Elle ne pouvait voir ses traits sous les mèches brunes que soulevait de temps à autre sa respiration. De la pointe de sa lame, elle écarta le rideau de boucles soyeuses et attendit qu'un des iris bleu nuit se lève vers elle.

— La prochaine fois, Votre Grâce, vous réfléchirez peut-être à deux fois avant de lancer des défis.

Elle baissa les yeux sur la main qu'il tenait serrée contre sa poitrine et clappa de la langue avec une expression compatissante.

— Je parie que ça fait un mal de chien. Dois-je vous remettre le pouce en place, ou pouvez-vous vous en charger tout seul ?

Il émit un sifflement assourdi entre ses dents blanches et régulières, tout en imprimant une violente torsion à son pouce. L'os du doigt retrouva son logement dans un craquement mou et, même si un frisson secoua le bras de l'aristocrate, il soutint constamment le regard de la jeune femme pendant l'opération.

— Tout comme vous, madame, articula-t-il d'une voix vibrant de rage rentrée, j'apprécierais que vous ne me touchiez pas sans mon autorisation expresse.

Elle laissa les cheveux de St. Clare retomber sur son visage et porta son regard sur la rondeur ferme de son derrière.

— Voilà une réponse qui pourrait presque être interprétée comme un nouveau défi.

Il inspira profondément avant de répondre.

— N'allez surtout pas vous imaginer cela, car je préférerais encore susciter l'intérêt d'une harpie édentée avec le ventre sur les genoux.

Juliet se permit un grand sourire.

— Eh bien, si tel est votre idéal féminin, il vaut peut-être mieux que je garde pour moi d'éventuelles pensées sensuelles.

— Je vous en serais reconnaissant jusqu'au-delà de la mort.

— Qui ne surviendra pas trop vite, j'espère. Vous m'avez donné l'idée que vous pourriez valoir une rançon. Votre future promise, par exemple : que serait-elle prête à sacrifier pour vous retrouver sain et sauf, et...

Elle parcourut une nouvelle fois son corps musclé du regard.

— … indemne des attentions dépravées d'une écumeuse des mers ?

Derrière les mèches qui masquaient de nouveau les traits du duc, elle crut voir ses prunelles étinceler.

— À moins, reprit-elle en se penchant vers son oreille, que je n'aie plus à gagner en essayant de vous conquérir par mes charmes.

— Je n'ai pas grand-chose à redouter de ce côté-là, cracha-t-il.

Juliet posa les mains sur ses genoux pour se redresser.

— Vautrez-vous dans le mépris tant que vous le pouvez, milord, car vous n'avez pas encore rencontré mon père. Vous me trouvez prompte à prendre la mouche ? Ne vous avisez pas de trop lui montrer vos narines, ou il vous coupera le nez d'un revers de lame.

6

Malgré quelques bourrasques occasionnelles, le vent démentit la prédiction de Nathan Crisp en restant relativement modéré durant la nuit. Au matin, cependant, le ciel avait tourné au gris métallique et la houle s'était creusée au point d'asperger par intermittence le pont d'écume verdâtre. Un gros rouleau de nuages noirs les talonnait vers l'ouest, et si le *Rose de Fer* aurait pu facilement distancer la tempête en déployant ses voiles, il n'en allait pas de même pour le galion. Comme pour aggraver encore les défauts inhérents au gréement en carré auquel les Espagnols demeuraient attachés, alors qu'il soumettait leurs navires aux caprices du vent, leurs architectes s'obstinaient à alourdir ceux-ci d'immenses châteaux de proue et de poupe, imposants édifices en bois qui, en plus de les ralentir, les rendaient instables par mauvais temps.

Pour Juliet, néanmoins, il était hors de question de laisser le vent et la mer la spolier de cette prise exceptionnelle.

— Qu'on arrime fermement tout ce qui n'est pas déjà cloué ou attaché, monsieur Crisp. Nous sommes bons pour une sacrée saucée.

Elle abaissa sa longue-vue et considéra en cillant la masse bouillonnante des nuages.

— C'était trop beau pour durer, hein ?

Nathan poussa un juron et gagna la proue en lançant des ordres à la cantonade.

Une fourche éclatante de lumière zébra les nuées. Juliet compta les secondes que mit le tonnerre pour leur parvenir. Comme le son se propageait à environ une lieue toutes les trois secondes, elle en déduisit que la foudre était tombée à quatre lieues de leur position. Le vent froid et humide secouait les haubans, changeant constamment de direction et faisant claquer les voiles dans la mâture avec un bruit de canonnade.

Hormis les marins affectés aux cabestans, la majorité de l'équipage s'était terrée dans les entreponts. Les artilleurs avaient vérifié que les couleuvrines étaient bien arrimées, les sabords étanches et la bouche des canons scellée à la cire. Les barils de poudre avaient été mis à l'abri, et les centaines de boulets enfermés dans leurs caissons.

Juliet surveillait la progression de l'orage depuis le gaillard d'arrière, les pieds écartés pour compenser le tangage du *Rose de Fer* d'une vague à l'autre. Elle avait noué serré son bandana sur le front pour empêcher ses cheveux de lui tomber dans les yeux, mais des mèches s'en échappaient constamment et voletaient autour de sa tête, à la manière des serpents hérissant le crâne de Méduse.

Une silhouette sculpturale qui, pour sa part, devait certainement la prendre pour une gorgone, se tenait au milieu du pont, les mains agrippées au plat-bord, le visage tourné vers les flots. La jeune femme avait été surprise de voir le duc de Harrow s'aventurer à l'air libre par ce temps. En fait, elle était étonnée de le voir tout court, surtout dans la tenue qui était la sienne – une chemise de toile grossière et un pantalon court qui ne lui allaient guère et qui, par-dessus le marché, n'avaient pas l'air très propres.

La chemise était tendue à craquer sur ses épaules et son col, que ne fermait aucun lacet, s'ouvrait largement sous la pression de ses pectoraux. Quant au pantalon, ses coutures semblaient mises à rude épreuve et la jeune femme craignait de le voir se fendre si jamais Sa Grâce devait se courber précipitamment. Avec ses souliers à boucles d'argent – le seul de ses effets personnels qui ait survécu au naufrage de l'*Argus* – son accoutrement avait un côté comique.

Elle ne l'avait pas revu depuis l'incident dans sa cabine, ni ne s'était souciée de savoir dans quel placard Johnny Boy avait choisi de le loger. Elle avait seulement noté que sa couchette était vide lorsqu'elle était venue s'y effondrer peu après minuit.

Juliet éprouva un de ses rares accès de remords en observant le duc. Elle était presque prête à admettre qu'elle avait consommé un peu trop de rhum la veille, et que sa réaction avait été exagérée. Au vrai, quand il lui avait saisi les bras pour la soulever, elle avait surtout été prise de court – d'autant qu'elle venait justement de se demander ce que ça lui ferait d'avoir cette chair nue pressée contre elle. Son couteau s'était retrouvé spontanément dans sa main. Après quoi, naturellement, plus aucun retour en arrière n'avait été possible.

Depuis le gaillard d'arrière, elle n'arrivait pas à distinguer ses traits. De son côté, il ne semblait guère s'intéresser à elle – ce qui revenait plus ou moins à agiter un morceau de viande fraîche devant le museau d'un requin. Elle venait de poser un pied sur la première marche de l'escalier descendant vers le pont principal, quand le ciel gronda et que le vent retomba brusquement, tandis que le ventre des nuages s'allumait d'une inconcevable lueur verte.

Dans le silence irréel qui suivit, Varian leva les yeux et retint son souffle. Des embrasements de lumière orangée hérissaient le sommet des mâts ainsi que les extrémités des vergues. On aurait dit de petits éclairs jouant dans la mâture et se poursuivant d'espar en espar avec des sifflements crépitants.

— La plupart des marins ont une peur superstitieuse du feu de Saint-Elme, expliqua Juliet d'une voix détachée. Ils croient que celui qui reçoit cette clarté sur son visage est condamné à succomber dans la journée.

Varian détourna à contrecœur son regard des lueurs dansantes. Avant de cesser, le vent avait plaqué ses cheveux sur ses joues et sa gorge, où les retenait le chaume d'une barbe de deux jours.

— J'avais entendu parler de ce phénomène, mais c'est la première fois que je le vois de mes propres yeux.

Juliet leva la tête vers le chatoiement qui s'estompait déjà.

— Vous n'êtes donc pas superstitieuse vous-même ? s'enquit-il.

— Dans certains cas, si. Par exemple, je n'entamerais jamais un voyage un vendredi ni n'embarquerais de chat noir. J'ai aussi la coiffe d'un nouveau-né pendue dans ma cabine, et je n'appareille jamais sans verser du bon vin sur le pont pour nous porter chance. Cela étant, comme le pire malheur est paraît-il d'avoir une femme à bord, je suis plus sceptique que la majorité des marins.

— Un connaisseur m'a pourtant affirmé, à Londres, que les pires grains se dissipent si une femme se tient nue sur le pont.

— C'est bien pourquoi les figures de proue représentent le plus souvent des femmes nues. Maintenant, j'aurais plutôt tendance à vous conseiller de vous réfugier dans l'entrepont, poursuivit-elle en sentant une grosse goutte de pluie s'écraser sur sa joue, car je n'ai aucune intention de me déshabiller, et le vent d'une tempête tropicale peut bousculer comme un jouet d'enfant quiconque n'a pas le pied marin.

— Merci, capitaine, intervint Beacom en passant la tête par-dessus la large carrure de son maître. Je m'apprêtais justement à émettre la même suggestion.

— Une bonne bourrasque peut aussi s'avérer revigorante, rétorqua Varian sur un ton de défi.

— À vous de décider, concéda Juliet, mais si vous êtes emporté par une vague, ne comptez pas sur moi pour aller vous repêcher.

Beacom laissa échapper un gémissement étranglé, tandis que Varian se contentait d'accueillir l'avertissement avec une inclinaison du buste, avant de reporter son regard sur la mer en furie.

— Revigorante ? répéta le domestique avec incrédulité, sitôt que la jeune femme fut retournée sur le gaillard d'arrière. Aussi revigorante que la tempête que nous avons rencontrée au niveau des Canaries ?

Varian se renfrogna à ce souvenir. Le coup de tabac qui les avait malmenés pendant quatre jours et cinq nuits les avaient tellement accablés du mal de mer qu'ils se seraient volontiers pendus. Cependant, il avait conscience que Juliet Dante venait de lui lancer un subtil défi : s'il flanchait maintenant, alors que la douleur lancinante à son pouce lui rappelait sans cesse qu'elle avait déjà affirmé sa domination sur lui, cela reviendrait à admettre qu'il était moins endurci qu'elle.

— Redescendez donc si vous le souhaitez, lança-t-il à son valet tout en plissant les yeux sous l'averse. Je compte pour ma part rester ici quelques minutes encore.

Les quelques minutes devinrent dix, pendant lesquelles la partie la plus noire du couvert nuageux vint s'installer juste au-dessus de leurs têtes, lâchant des tombereaux de pluie qui s'abattaient sur eux comme des aiguilles acérées. Mais, à la fin, Varian eut le sentiment d'avoir sauvé son honneur.

Alors qu'ils retournaient vers l'écoutille, Beacom claquant des dents trop fort pour pouvoir exprimer sa gratitude, ils eurent l'impression de sentir le plancher se déplacer sous leurs pieds. Le navire parut se soulever d'un coup sur le côté, projetant les deux hommes contre la base du grand mât. Étourdis par le choc, ils n'eurent que le temps de rentrer la tête dans les épaules avant qu'un épais mur d'eau s'écrase sur le pont et les balaie contre le bastingage. Comme le vaisseau retrouvait son assiette, ils roulèrent en sens inverse, Beacom partant dans une glissade qui lui fit percuter la rambarde opposée.

Avec un juron, Varian se précipita à sa rescousse et réussit à attraper un de ses bras pour le ramener vers l'écoutille. Au-dessus d'eux, sur le gaillard d'arrière, Juliet criait des ordres au timonier qui était courbé sur la barre, les cheveux à l'horizontale sous le vent. Une nouvelle vague le cacha à la vue des deux hommes et, l'instant d'après, la barre était vide et le marin projeté contre le garde-corps, retenu au dernier moment par une longueur de corde passée autour de sa taille.

— Votre Grâce ! supplia Beacom en se pendant au bras de son maître.

Mais Varian ne pouvait plus bouger. Les éléments se déchaînaient, limitant son champ de vision à quelques pas devant lui. Il voulut chasser les embruns qui lui voilaient le regard, mais tout demeurait flou. Il n'arrivait même plus à distinguer Juliet, les trombes d'eau de pluie et de mer lui masquant désormais tout le gaillard d'arrière.

La jeune femme n'y était peut-être même plus.

Un brusque coup de tonnerre lui fit relever la tête vers le mât de misaine, dont le sommet venait d'être touché par la foudre. Les zébrures de l'éclair semblèrent rester en suspens dans les airs un instant, avant de retomber en une fontaine d'étincelles rouge vif qui aspergea les marins qui manipulaient les écoutes de la voilure. Déjà affaibli par la bataille contre le *Santo Domingo*, le haut du mât se rompit et une portion de trois mètres de long chut sur le côté, avant d'être retenue par un écheveau de drisses et d'écoutes au bout duquel elle se mit à osciller.

— Votre Grâce, par pitié, il faut nous mettre à l'abri ! s'écria Beacom, au comble de la panique.

Varian eut un geste agacé à l'adresse de son domestique, avant de reporter son attention vers le gaillard d'arrière. La vue étant momentanément dégagée, il put apercevoir le timonier à quatre pattes, la face ensanglantée par une coupure au front que lui avait laissée le choc avec la rambarde.

Juliet, en revanche, n'était visible nulle part. Inquiet, Varian regarda de tous côtés, avant de repérer la jeune femme à tribord, en train d'essayer de monter aux haubans du mât de misaine.

D'abord il ne comprit pas ce qui la poussait à entreprendre cette action insensée, puis il regarda en l'air et vit le garçon à la jambe de bois, pendu la tête en bas à une échelle de corde, la cheville prise dans un cordage. Il oscillait d'un bord à l'autre sous les mouvements de la houle et, à chaque va-et-vient, se rapprochait dangereusement du mât.

Se courbant pour résister aux bourrasques, Varian traversa le pont et rejoignit Juliet juste au moment où une vague monstrueuse prenait de nouveau le navire par le travers. Agrippant d'une main la taille de la jeune femme, il se raidit contre le bastingage, le temps que le vaisseau reprenne son assise.

Des écoutes tranchées par la rupture du mât fouettaient l'air autour d'eux. Varian entendit Juliet lui hurler quelque chose, qu'il ne comprit pas. Le nez et la bouche remplis d'écume et les cheveux plaqués sur le crâne, il se tournait vers elle pour mieux l'entendre quand l'extrémité d'un cordage vint lui cingler la face.

La morsure du coup lui brouilla la vue et faillit lui faire louper Johnny Boy qui revenait vers eux. Il voulut saisir au vol la main que leur tendait le garçon, mais s'aperçut qu'il n'était pas assez proche de sa trajectoire et qu'il devait monter sur les haubans. Repoussant Juliet, il posa un pied sur le plat-bord et se hissa sur les échelons. Jetant un coup d'œil derrière lui, il eut à peine le temps d'assurer sa position avant que la vague suivante frappe le vaisseau. Comme il secouait la tête pour chasser l'eau de mer de ses yeux, le cordage revint lui frapper la joue. Avec un juron, il parvint à en capturer l'extrémité et à l'enrouler autour de son poignet – ce qui, ainsi qu'il le comprit trop tard, était sans doute l'initiative la moins intelligente qu'il pouvait prendre.

Comme le navire plongeait dans un creux de la houle, l'écoute entraîna Varian telle la corde d'un pendule, l'arrachant aux haubans et le plaçant dans la même situation périlleuse que le garçon qu'il voulait sauver. Les deux malheureux se croisèrent au plus bas de leurs trajectoires respectives, avant de repartir en sens inverse. Comme St. Clare était plus lourd et suspendu à une corde plus longue, il franchit la rambarde et se retrouva momentanément en train de planer au-dessus de l'abîme liquide fouetté par la tempête.

À son retour, cependant, il eut l'idée d'écarter le bras et put enfin attraper Johnny Boy, les immobilisant ainsi tous les deux. Juste avant que le mouvement du navire les fasse repartir, cette fois-ci unis l'un à l'autre, et alors que l'écoute nouée à son poignet lui cisaillait les chairs et que son épaule lui donnait l'impression d'être sur le point de se disloquer, il poussa violemment le garçon vers les haubans auxquels Juliet était montée et vit avec soulagement la jeune femme s'emparer de Johnny.

Une seconde plus tard, il se balançait une nouvelle fois au-dessus du vide et atteignit l'apogée de sa courbe avec une telle brusquerie qu'il sentit l'écoute commencer à se desserrer autour de son poignet. Alors qu'il joignait une main à l'autre pour mieux étreindre le cordage, la crête d'une vague lui happa les pieds, le projetant vers le vaisseau. À l'instant où elle se brisait sur le pont, sa vision se dégagea pour lui montrer le mât de misaine qui se précipitait vers lui. Comme il se raidissait en prévision de l'impact, des mains lui saisirent les chevilles tandis qu'une voix lui hurlait de lâcher cette « garce » d'écoute. Il s'était à peine exécuté qu'il fut ceinturé au niveau des épaules et des cuisses, et jeté sans ménagement dans l'ouverture d'une écoutille.

Il atterrit sous le gaillard d'avant, à côté de Johnny Boy. Nathan et Juliet les toisèrent tous deux un instant, avant de repasser par l'écoutille dont ils refermèrent le panneau derrière eux.

Une autre silhouette sombre se tenait dans la coursive.

— Sainte-Marie mère de Dieu ! s'exclama Beacom. Je vous ai cru perdu, Votre Grâce ! Quelle folie a pu vous inspirer l'idée de vous risquer dans les haubans par cette tempête ?

Varian avait les dents trop serrées pour lui répondre, et Johnny Boy s'était déjà éclipsé dans la pénombre de l'entrepont. Prenant la main que lui tendait son valet, il se mit d'abord à genoux, puis debout. Beacom lui offrit son épaule pour le soutenir, mais il la refusa et se mit à arpenter d'une démarche chancelante l'obscurité pour retrouver le placard exigu dans lequel il avait été relégué avec son valet, la veille au soir.

Après avoir ouvert trois petites portes qui déversèrent sur lui un tas de toiles, de briques à pont et d'espars, il s'engagea en jurant dans une étroite coursive qui menait vers la poupe. La cabine du capitaine était vide, et plus ou moins sèche. Il demeura un moment planté sur le seuil, dégoulinant d'eau comme un chien mouillé, ses habits d'emprunt imbibés d'écume et de pluie lui collant à la peau tels des lambeaux de parchemin détrempés.

— Votre Grâce… ?

L'épaule et la hanche en capilotade après cette épreuve qui avait réveillé la douleur de ses précédentes blessures, il baissa les yeux sur sa chemise et la vit maculée d'une grosse tache écarlate. Il se rappela alors les coups de fouet dont l'avait cinglé la corde et, portant une main à son visage pour le palper, ne put retenir un hoquet consterné.

— Votre Grâce... ?

Varian pivota vers son domestique et lui claqua la porte au nez. Puis, sans se soucier des protestations de Beacom ni des coups qu'il frappait à la porte, il tira le verrou, laissant son valet dans la coursive.

La tempête malmena le *Rose de Fer* deux heures de plus avant de s'apaiser. Vers la fin de l'après-midi, la pluie cessa enfin mais le vent demeura fort, longtemps après que le tonnerre et les éclairs eurent été chassés vers le nord. Comme souvent à la suite d'un orage tropical, le ciel s'éclaircit au crépuscule pour offrir un aperçu du coucher de soleil qui sombrait, telle une boule de cuivre en fusion, dans les flots agités.

Un des marins du mât de misaine était mort, un autre avait été projeté par-dessus bord. Le pont supérieur était jonché de débris qui, pour l'instant, laissaient indifférents ceux qui scrutaient l'horizon depuis le gaillard d'arrière.

Le *Santo Domingo* n'était visible nulle part dans la pénombre qui s'abattait sur la mer. Juliet envoya ses meilleures vigies dans le nid-de-pie et refusa de quitter le poste de pilotage ou même de céder la longue-vue, jusqu'à ce qu'une vague lueur soit enfin repérée, très loin en arrière de leur position. Elle ordonna aussitôt de mettre en panne et, par mesure de précaution, demanda aux artilleurs de préparer leurs pièces, au cas où la lueur en question ne proviendrait pas de l'embarcation amie. Une autre heure angoissante s'écoula avant que le navire se soit suffisamment rapproché pour qu'ils puissent l'identifier comme le *Santo Domingo*.

Le galion avait été rudement secoué par la tempête, mais son équipage anglais avait réussi à le maintenir à flot et, mieux encore, à lui faire garder son cap. Quand le *Santo Domingo* se fut arrêté à quelques encablures du *Rose*, un détachement de corsaires mené par Nathan Crisp alla en chaloupe prêter main-forte aux soldats de Sa Majesté, Juliet préférant ne plus prendre aucun risque de perdre sa prise avant qu'ils aient atteint Pigeon Cay.

Puis ils repartirent de concert en direction du sud-est, et ce ne fut qu'à ce moment-là que la jeune femme s'octroya la liberté de descendre se changer. Elle avait entre-temps permis au coq de rallumer ses fourneaux, et elle ne savait ce qui la tentait le plus en cet instant : un bol de ragoût de mouton bien chaud ou une copieuse rasade de rhum.

Le moment de choisir fut retardé par la vue de Beacom qui se tenait avec un air pitoyable devant la porte de sa cabine.

— Que diable faites-vous ici ? Où est votre maître ?

— À… l'intérieur, madame, répondit le domestique en se tordant les mains. J'ai tout tenté pour le faire sortir, mais…

— Il est là-dedans ? Dans ma cabine ?

— Oui, madame, j'en ai bien peur. Et… je crains aussi qu'il n'ait tiré le verrou.

Juliet écarquilla les yeux. S'approchant du battant, elle saisit la poignée et la secoua. Comme rien ne se passait, elle recula d'un pas et donna un coup de pied dans le bas de la porte.

— Vous avez deux secondes pour ouvrir, milord, ou je fais sauter ces fichus gonds à coups de pistolet !

N'obtenant aucune réponse, et sachant fort bien que ses armes étaient en réalité enfermées avec le duc, elle jura et frappa une nouvelle fois le battant du pied, assez fort pour lui arracher des échardes.

Elle s'apprêtait à l'enfoncer d'un coup d'épaule quand elle entendit le cliquetis du verrou qu'on tirait et le glissement de la clenche se libérant. La porte s'entrouvrit d'un demi-centimètre. Elle la repoussa avec une telle hargne qu'elle alla cogner la paroi contiguë.

Elle s'avança dans la cabine, les yeux étincelant de paillettes d'un bleu vif.

— Vous ne manquez pas de toupet ! Comment osez-vous vous introduire ici et...

Elle s'arrêta net, le souffle coupé. Varian St. Clare se dressait devant elle en chancelant, sa chemise écarlate depuis le haut du buste jusqu'à la ceinture et son pantalon imbibé de rouge jusqu'aux genoux. Il avait le regard si sombre que ses yeux ressemblaient à des trous creusés au fer rouge dans son crâne – crâne dont l'os était d'ailleurs visible entre les lèvres de la coupure qui lui ouvrait le côté de la joue.

Une bouteille roulait sur le plancher près de la couchette, au rythme des oscillations du navire. La coupe qui pendait à la main de l'aristocrate laissa échapper quelques gouttes par terre tandis qu'il reculait d'un pas mal assuré.

— On dirait que vous appréciez de plus en plus mon rhum, déclara-t-elle d'une voix posée.

Il se tint coi un moment, puis porta une main au lambeau de chair qui lui battait le côté du visage.

— Je me suis découvert un penchant de plus en plus prononcé pour ses effets, à mesure que m'étaient révélées les joyeusetés de ce paradis tropical.

Juliet tourna la tête vers Beacom.

— Allez vite me chercher le maître voilier, murmura-t-elle. Non, attendez : il n'est pas à bord, sacré bon sang !

Comme Varian penchait dangereusement vers la jeune femme, elle s'empressa de le soutenir avant qu'il les fasse tomber tous les deux. Il émit un bruit de gorge, suivi d'un rot qui empestait l'alcool de canne à sucre.

— Vomissez-moi dessus, milord, et vous ne survivrez pas à cette journée, le prévint-elle dans un grognement.

— Est-ce une menace ou une promesse ?

— Les deux.

Elle jeta un regard furieux au domestique pardessus son épaule.

— Ne restez donc pas planté là ! Aidez-moi à l'étendre sur la couchette.

Le valet agita fébrilement les mains, avant de voler à son secours. Ensemble, ils parvinrent à conduire le duc jusqu'au lit, où ils le forcèrent à s'allonger. Juliet alla ensuite verser un peu d'eau dans la bassine de toilette émaillée et trouva des linges relativement propres. Pendant que Beacom nettoyait le sang qui maculait le visage et la gorge de son maître, elle fouilla dans son coffre de marine et en sortit une petite boîte à couture en or, qu'elle s'était appropriée sur une prise depuis longtemps oubliée.

Quand elle revint près de la couchette, Varian avait fermé les yeux et posé un bras sur son front.

— Est-il évanoui ? demanda-t-elle au valet.

— Du tout, répondit Varian à la place de ce dernier. Et pourtant, ce n'est pas l'envie qui m'en manque.

— Il aurait mieux valu que vous le soyez, répliqua-t-elle en sortant une aiguille de la boîte. Préférez-vous attendre, ou vous sentez-vous la force d'endurer quelques piqûres ?

— Cela dépend de la personne qui va me les administrer.

— Malheureusement, vous n'avez pas trop le choix. Le maître voilier est à bord du *Santo Domingo*, et comme vous m'avez formellement interdit de vous toucher sans votre invitation expresse, il ne reste plus que Beacom pour vous recoudre.

Joignant le geste à la parole, elle tendit l'aiguille au domestique, dont le teint prit aussitôt une couleur de cendre froide, et qui gémit assez épouvantablement pour inciter Varian à rouvrir les paupières.

— Oh, par pitié, lâcha celui-ci en soupirant, touchez-moi, tuez-moi ou recousez ma joue à mon pied, peu m'importe.

— Bah ! fit-elle d'une voix plus douce. Vous étiez bien trop mignon, de toute façon. Une balafre va donner du caractère à votre visage.

D'un geste du menton, elle demanda à Beacom de rapprocher un siège, puis alluma une lampe qu'elle confia au valet pour qu'il éclaire ses doigts pendant qu'elle enfilait une longueur de soie dans le chas de l'aiguille.

— Pour tout vous avouer, il m'est déjà arrivé de coudre deux doigts ensemble – par mégarde, naturellement. Leurs plaies étaient si nombreuses et compliquées qu'il était quasi impossible de savoir où se terminait l'un et où commençait l'autre.

Varian déglutit avec un bruit audible.

— Peut-être ferais-je bien de reprendre un peu de rhum.

— Comme vous voulez, mais ne bougez pas. Et si vous avez envie de hurler, prévenez-moi auparavant, pour que je ne risque pas de vous éborgner avec l'aiguille.

Une inspiration frémissante enfla son torse. Les muscles de sa gorge se raidirent et ses poings se serrèrent tandis que la jeune femme remontait doucement le pan de chair sur sa joue et commençait à en recoudre les bords à petits coups rapides.

— Encore heureux que vous ayez autant saigné. Cela a bien nettoyé la plaie et devrait faciliter la guérison. De plus, la cicatrice suit la ligne de vos cheveux et ne devrait guère être visible... à une centaine de pas.

Les yeux bleu nuit s'ouvrirent et découvrirent ceux de Juliet à quelques centimètres de son visage.

— Sincèrement, reprit-elle en passant le fil de soie à travers la peau froncée, vous ne vous en tirez pas trop mal. Vous auriez pu perdre l'œil. Ou l'oreille.

Elle travailla quelques minutes en silence avec un air concentré, la pointe de la langue à la commissure des lèvres. Quand elle eut terminé, elle se redressa et considéra son œuvre en fronçant les sourcils.

— Qu'en pensez-vous, monsieur Beacom ? La future promise de Sa Seigneurie ne va-t-elle pas être immédiatement séduite par une balafre aussi magnifiquement recousue ? Pour l'amour du ciel, mon gars, vous pouvez regarder maintenant : c'est fini !

Beacom entrouvrit l'un de ses yeux noisette, puis l'autre.

— Eh bien, murmura-t-il en souriant presque. Franchement, Votre Grâce, le capitaine ne vous a pas menti : la cicatrice suit la limite de vos cheveux et les points sont aussi fins que ceux qu'on voit sur une robe de soie.

Après avoir rangé aiguille et fil dans la boîte à couture, Juliet alla remettre celle-ci dans le coffre de marine. Quand elle revint près du lit, elle tenait un linge imbibé d'une substance nauséabonde, ainsi qu'un petit pot enveloppé de toile cirée.

— Pensez-vous pouvoir retrouver seul le chemin de la cambuse, monsieur Beacom ? Le coq devrait avoir réchauffé un peu de ragoût pour remplir l'estomac des hommes, et le mien est si vide que je le sens frotter contre mon échine. Il devrait également avoir des biscuits. Et du fromage. Prenez donc aussi une pinte de bière pendant que vous y êtes, et des tranches de bœuf froid. Bref : dites au cuistot que son capitaine meurt de faim. Il saura quoi faire.

Beacom regarda son maître, mais n'attendit pas cette fois-ci son assentiment pour quitter la cabine. Juliet reprit sa place sur le siège près de la couchette.

— Ça va piquer un peu, prévint-elle en appliquant sur la joue de Varian le linge humide.

Elle l'y maintint si longtemps que Varian crut sentir ses poumons sur le point d'exploser sous la pression du cri qu'il réprimait. Quand enfin l'horrible brûlure s'atténua, il avait à moitié dessoûlé et la jeune femme avait reporté son attention sur sa main – la gauche, celle dont elle avait déboîté le pouce la veille au soir et qui portait maintenant, sur la paume ainsi qu'autour du poignet, de vilaines traces rouges laissées par le frottement de la corde.

Elle plongea deux doigts dans le pot dont elle retira une noix de pommade visqueuse. Malgré son odeur méphitique, l'onguent soulagea la douleur de sa main écorchée dès qu'il entra en contact avec sa peau.

— C'était de la folie, murmura-t-elle enfin. Surtout dans des souliers à boucles d'argent.

Les yeux sombres la dévisagèrent un moment en silence.

— Comment va le garçon ?

— Il a été salement secoué, mais ça va. Il a surtout honte de s'être laissé piéger comme un lapin par un lacet. Ce qui ne l'empêche pas de vous être infiniment reconnaissant. Vous pouvez désormais être sûr qu'il y aura toujours quelqu'un pour protéger vos arrières sur ce bateau.

— Y compris contre vous ?

— Je ne vous ai jamais pris en traître, très cher.

— Effectivement, admit-il.

Préférant éviter son regard, elle concentra son attention sur son pouce qu'elle enduisit de baume, avant de masser doucement l'articulation tuméfiée.

— Vous avez eu de la chance que votre doigt ne se soit pas désarticulé de nouveau.

— J'aurais eu encore plus de chance s'il n'avait jamais été désarticulé.

Elle mordilla sa lèvre inférieure.

— Oui, eh bien... j'ai peut-être réagi un peu trop vivement hier soir. Hélas pour vous, vous avez choisi le mauvais moment pour mettre ma patience à l'épreuve.

— Bonté divine, murmura-t-il. Seraient-ce des excuses ?

Elle riva ses yeux dans les prunelles de l'Anglais et sentit une chaleur troublante naître à la racine de sa colonne vertébrale.

— Prenez ça comme vous voudrez.

— Excuses acceptées, s'empressa-t-il d'enchaîner. À condition toutefois que vous acceptiez les miennes.

— Les vôtres ? Et pour quoi ?

— Pour ne pas savoir tenir ma langue quand il le faut.

Cet accès de franchise suscita un début de sourire sur les lèvres de la jeune femme. Il provoqua également une seconde vague de chaleur dans son corps, plus forte que la première, dont l'origine se situait entre ses cuisses. Plus Varian la regardait, plus ce plaisir s'intensifiait, parcourant sa chair d'ondes délicieusement douces et voluptueuses.

— En un mot, milord, dites-moi un peu : qu'êtes-vous donc venu faire ici ? Qu'est-ce qui a pu vous inciter à quitter votre douillet foyer londonien, alors qu'en tant que douzième duc de Barrow, vous auriez pu engager n'importe quelle personne plus habituée aux rigueurs de la traversée pour effectuer cette mission à votre place ?

— Harrow, rectifia-t-il. Et je suppose que le roi m'a jugé apte à accomplir cette tâche.

— Qui est... ?

Il esquissa une moue entendue.

— Malgré les apparences, je n'ai pas bu autant que ça, capitaine.

— Quelle que soit la nature de votre mission, vous aurez probablement à la révéler en ma présence, de toute façon.

— Ce sera à votre père d'en décider.

La jeune femme poussa un soupir excédé.

— À condition que ça m'intéresse encore de l'apprendre...

— L'avenir nous le dira, n'est-ce pas ? Et si vous persistez à masser mon pouce, déboîtez-le carrément encore une fois, car cela ne saurait me faire plus mal qu'actuellement.

Elle se renfrogna et écarta les mains.

— J'espère que vous savez nager, très cher. Si père est à moitié aussi amusé que moi par votre sens de la repartie, vous pourriez en avoir besoin.

Le sourire de Varian oscillait entre incrédulité et perplexité. Ce dont il avait besoin en cet instant, c'était une autre rasade de rhum, car l'alcool était la seule chose qui avait atténué un tant soit peu ses souffrances au cours des deux derniers jours. Cela étant, il était de plus en plus intrigué par la polissonne à la langue acérée qui l'avait recueilli – et pas seulement par son esprit.

Plusieurs heures sous la pluie battante avaient enfin débarrassé son visage des dernières traces de la bataille contre les Espagnols. Ses cheveux, qui sortaient à moitié de sa natte, présentaient sous la clarté de la lampe une riche nuance auburn foncé. Leurs longues mèches, qui s'enroulaient à la base de son cou, attiraient l'œil vers le décolleté profond de la chemise, dont le tissu encore mouillé adhérait par endroits à des rondeurs qu'il aurait sans doute mieux valu continuer à simplement imaginer. Les formes en contre-jour et les ombres projetées qui avaient troublé Varian la veille au soir faisaient de nouveau battre lourdement son sang, et commençaient même à lui inspirer l'idée que Juliet Dante ne manquait pas d'une sorte de beauté.

Il se força à détourner le regard, contrarié par le tour que prenaient ses pensées. Si l'éprouvante traversée de l'Atlantique avait présenté un avantage, c'était bien l'absence de femme à bord. À cause de la fortune et du prestige de sa famille, il avait été accablé, pendant la majeure partie de ses vingt-huit années d'existence, par les attentions de chasseuses de maris qui ne manquaient jamais de se jeter au cou des meilleurs partis. Certes, dans sa prime jeunesse, cet intérêt l'avait flatté et lui avait permis d'avoir une connaissance intime du beau sexe. Mais après la mort de ses frères qui avait fait de lui le seul héritier de ses parents, la compétition acharnée dont il était l'enjeu avait connu un paroxysme presque indécent. Sa propre mère n'avait rien fait pour calmer cette agitation mais avait au contraire insisté, jour après jour, pour qu'il se décide à prendre femme et assurer la continuité des Harrow.

Le mépris avec lequel Juliet Dante lui avait lancé qu'il avait finalement succombé aux exigences de son rang n'était sans doute pas injustifié. La duchesse douairière ayant ramené le troupeau des prétendantes à trois candidates suffisamment pures pour porter sa semence, il avait au bout du compte accepté d'en choisir une. Toutes les trois avaient des manières impeccables et avaient reçu la même éducation irréprochable en vue d'une seule et unique tâche : devenir une épouse, une hôtesse et une châtelaine parfaites. Pour résumer, elles étaient la réplique exacte de sa propre mère : froides, composées, et belles comme des poupées.

Malgré tous ses efforts, il ne pouvait imaginer lady Margery Wrothwell, sa future fiancée, se présentant à lui décoiffée, dans une chemise trempée moulant une paire de seins qui semblaient le supplier de déchirer le vêtement pour les prendre dans ses paumes.

Il remua les jambes. Même s'il savait que l'excitation qui montait en lui était en grande partie le produit de ses divagations alcoolisées, il n'en était pas moins troublé. Le célibat dont il avait profité ces six dernières semaines avait ses inconvénients, et il se serait menti à lui-même s'il avait supposé avoir atteint un stade où la vision d'une poitrine le laisserait complètement indifférent.

Et puis, où diable était passé Beacom ?

Comme si elle avait lu dans son esprit, Juliet fixa la porte en grommelant la même question.

— Il se raconte dans la famille qu'il aurait un jour perdu son chemin dans Harrowgate Hall, alors même qu'il y servait depuis trente ans, expliqua Varian sur un ton détaché. Cela dit, vu que le manoir comporte soixante-cinq chambres à coucher – et Dieu seul sait combien d'autres pièces –, je dois avouer qu'il m'est arrivé de m'y égarer également une ou deux fois.

Elle le dévisagea comme s'il venait d'annoncer qu'il tombait de la lune.

— *Soixante-cinq* chambres ?

— Bon, j'exagère peut-être un peu, mais c'est malgré tout une très grande demeure.

— Et vous y vivez tout seul ?

— Avec une centaine de domestiques, oui.

Les sourcils froncés, elle repoussa sa chaise et alla remiser le pot d'onguent dans le coffre de marine. Elle y prit ensuite une culotte sèche ainsi qu'une chemise propre, en referma le couvercle et s'assit sur le meuble pour ôter ses bottes. Elle déboucla ensuite son ceinturon qu'elle laissa tomber sur le plancher et sortit les pans de sa chemise de sa culotte.

Varian l'observait d'un regard vague, perdu dans ses pensées. Il émergea brusquement de sa torpeur lorsque Juliet souleva sa chemise par-dessus sa tête, et écarquilla les yeux en la voyant s'attaquer aux lacets de sa culotte.

— Je vous demande pardon, capitaine, mais... qu'est-ce que vous faites ?

— Mes vêtements sont trempés. Il faut bien que j'en change.

— C'est parfaitement compréhensible, toutefois...

Elle suspendit son geste et se tourna vers lui, les mains sur les hanches. Cette fois, il n'y avait rien d'autre pour nourrir l'imagination de Varian que de la chair nue, et s'il avait été en position verticale, sa mâchoire béante serait retombée jusqu'aux genoux. La jeune femme avait une poitrine ronde et pleine qui présentait le même hâle que son visage et ses bras. Ses mamelons étaient à peine plus sombres que le reste de sa peau, et leurs pointes mutines ressemblaient à de petites framboises. Juliet Dante avait par ailleurs la taille fine et des hanches fermes que moulait le tissu noir de sa culotte.

Varian avait vu des silhouettes féminines de toutes les formes et de toutes les proportions, avec ou sans corset et dessous de soie, offertes avec élan, passion ou bien avec pudeur, mais ceci... cette façon totalement libre et naturelle de se montrer lui coupait littéralement le souffle.

Elle resta immobile une bonne dizaine de secondes, avant de laisser échapper ce rire bas et désarmant qui lui était familier et de pencher la tête avec l'air d'un chat reluquant une souris.

— N'avez-vous donc jamais vu de femme nue ?

— Si. Si, bien sûr, mais... je ne m'attendais pas à ce que vous vous déshabilliez devant moi.

— À moins que vous ne connaissiez une autre façon de procéder pour changer de vêtement, je crains qu'il ne vous faille endurer cette abominable vision.

La voyant glisser les pouces sous sa culotte en daim pour la faire glisser le long de ses hanches, il se força à tourner la tête vers la cloison. Rhum et tentation lui enflammaient le sang, le poussant à profiter du spectacle, mais il s'en abstint.

Il entendit la culotte tomber sur le plancher, puis la bassine se remplir. Il y eut un bruit d'éclaboussures indiquant qu'on trempait un linge dans l'eau avant de l'essorer, puis le chuintement du tissu mouillé sur la peau nue. Il ferma les paupières et serra les dents pour résister au désir qui montait à chaque passage du linge sur le corps de Juliet Dante. Hélas, il ne pouvait empêcher son imagination de lui représenter le fil d'humidité sur ses seins, ses cuisses, le doux vallon à leur jonction...

— Si vous retirez votre chemise et votre pantalon, déclara-t-elle sur le ton de la conversation, je peux demander à Johnny Boy de les laver. Ou de les remplacer par des habits plus adaptés. Je suis sûre qu'il vous trouvera mieux que cette culotte trop serrée et cette chemise qui semble avoir été taillée pour un gamin, même s'il doit pour cela rejoindre le *Santo Domingo* à la nage et vider les cabines des officiers de leur réserve de velours et de dentelles...

Varian réprima un grognement et roula sur le flanc pour cacher son trouble. Même dans cette position, hélas, la tension dans sa culotte surpassait de loin la douleur de sa hanche blessée, et ce fut dans un murmure étranglé qu'il reprit la parole.

— Dites au garçon de ne pas se mettre en quatre pour moi. Beacom peut s'occuper de ça. Merci néanmoins pour la proposition.

Juliet haussa les épaules et déplia la chemise propre d'une secousse.

— Comme vous voudrez. Mais si vous continuez à vous laisser comprimer par cette culotte, le désir de votre mère d'avoir un petit-fils risque d'être sérieusement compromis.

7

Varian fut réveillé par les ronflements trépidants de Beacom. Il faisait encore nuit, mais une lueur sourde filtrait derrière lui. Se retournant pour en distinguer l'origine, il vit qu'il s'agissait d'un reflet du clair de lune provenant des fenêtres de la galerie.

Bien que la mer se fût quelque peu calmée, le navire semblait toujours bondir d'une vague à l'autre tel un poulain fougueux. Juliet Dante devait être remontée sur le pont, une fois de plus. Dormait-elle jamais ? Au moins mangeait-elle, comme le prouvaient les restes d'un énorme plateau jonchant le bureau. Subsistaient de ces agapes une moitié de biscuit entamé, un quartier de fromage devenu cireux sur les bords et quelques morceaux de mouton marbrés de perles blanches de graisse refroidie.

Il prit conscience, tout en mâchant le bout de fromage, qu'il s'était finalement très peu restauré depuis son embarquement sur le *Rose de Fer*. En revanche, il n'avait pas lésiné sur la boisson.

Il tâta doucement la ligne de suture sur sa joue. La balafre était enflée et l'élançait sourdement. Son épaule lui faisait mal également et les brûlures laissées par la corde sur sa main, quoique assez peu douloureuses, empestaient le liniment. Il en aurait presque oublié la bosse à l'arrière de son crâne, si celle-ci ne s'était pas rappelée à son bon souvenir, l'incitant à remuer la tête d'avant en arrière pour soulager la pression qu'elle exerçait sur son occiput. Malgré la faible lumière, il pouvait distinguer les taches sombres sur sa chemise. Le tissu de coton était mouillé quand il avait reçu son sang, si bien que les gouttes écarlates s'étaient épanouies en de grosses corolles qui avaient fini par teindre tout le devant de la chemise.

Ignorant les élancements de sa main et de son épaule, il passa le vêtement par-dessus sa tête et le roula en boule. Il eut un moment envie de le jeter à Beacom, qui persistait à ronfler avec un entrain ulcérant. Réprimant son ressentiment, il posa la chemise sur la couchette et se traîna jusqu'à la table de toilette pour se laver le torse avec l'eau utilisée par la jeune femme un peu plus tôt. Sous l'orifice du coffre percé se devinait un vase de nuit. Varian en déduisit que le capitaine ne poussait pas son apparente indifférence à la promiscuité jusqu'à se soulager par-dessus le bastingage comme ses hommes. Il se servit de l'instrument pour se vider la vessie. Quand il eut terminé, le pot était presque plein. Il se tourna machinalement vers Beacom, qu'il faillit appeler.

Vider les pots de chambre était en dessous de sa condition, mais remise dans la perspective de toutes les épreuves qu'il avait récemment traversées, cette corvée était au fond anodine. Ouvrant la porte du coffre, il se saisit délicatement du vase de nuit pour le transporter jusqu'à la galerie de poupe. Le balcon courant le long de la cabine était tout juste assez large pour qu'on puisse y prendre l'air – et vider les pots de chambre.

Et aussi, apparemment, pour suspendre un hamac sous les étoiles.

À l'évidence, Juliet Dante se reposait la nuit. Elle était étendue dans le rectangle de toile, un bras levé au-dessus de la tête et l'autre étendu contre son flanc. Une de ses jambes était pliée ; l'autre pendait par-dessus le bord du hamac, ses orteils nus luisant comme des perles au clair de lune. Varian avait tenté de dormir dans l'un de ces engins la nuit précédente et était tombé deux fois avant d'en maîtriser l'usage. Le capitaine semblait pour sa part aussi à l'aise qu'un chaton dans son panier et se balançait doucement au gré de la houle.

Les mains crispées sur le pot émaillé, Varian savait qu'il aurait mieux fait de battre en retraite avant que la jeune femme se réveille et le surprenne dans cette activité subalterne, mais ses pieds paraissaient rivés au plancher. Ses yeux ne lui obéissaient guère davantage puisque, au lieu de contempler le ciel incroyablement pur ou le sillage phosphorescent laissé par le navire dans les eaux noires, ils s'attardaient sur l'arc pâle de la gorge de Juliet, avant de glisser vers l'entrebâillement de la chemise qui dévoilait ses seins.

Son effeuillage désinvolte l'avait déjà ébranlé un peu plus tôt, mais cette exhibition de chair sous la lune le secoua plus encore. Il ne se rappelait même plus quand il avait vu des orteils féminins pour la dernière fois, ou même un pied qui ne soit pas promptement caché sous des couvertures ou dans un chausson. Juliet Dante avait également des chevilles délicates. Et des mollets fins. Et des cuisses dont il avait déjà pu éprouver la vigueur.

— Ne vous a-t-on jamais appris qu'il est malpoli de reluquer ainsi le beau sexe, milord ?

La question murmurée lui fit relever le regard vers le visage de la corsaire. Celle-ci le contemplait avec un haussement de sourcil.

— Il y a une différence, énonça-t-il lentement, entre reluquer et… admirer.

— C'est donc ça que vous étiez en train de faire ? M'admirer ?

— Je ne suis pas un moine, madame.

— Encore heureux, marmonna-t-elle d'une voix rauque.

La clarté tombant du croissant de lune, qui donnait à sa peau un lustre pâle et velouté, soulignait en revanche la musculature de Varian, le renflement de ses pectoraux et la fermeté de son ventre. Cette vision procura à Juliet des émotions qui présentaient d'étranges ressemblances avec le feu de Saint-Elme dont ils avaient été témoins.

Elle s'était réveillée dès qu'il avait posé le pied sur la galerie. Un réflexe lui avait fait porter la main à la gaine du couteau accrochée à sa ceinture, mais quand elle avait vu qu'il s'agissait du douzième duc de Harrow s'apprêtant à vider un vase de nuit, elle s'était détendue et avait laissé sa main reposer contre sa hanche. Elle avait d'abord pensé qu'il rentrerait aussitôt dans la cabine pour retrouver son lit, mais comme il restait planté sur place à la caresser du regard, elle avait préféré cesser de feindre le sommeil avant qu'il se rende compte de l'effet de son « admiration » sur elle.

— Que penserait votre future promise, reprit-elle sur un ton amusé, si elle vous surprenait en train de contempler la poitrine d'une autre femme ?

Il ne répondit pas tout de suite. Le vent projetait ses cheveux sur son visage, laissant à peine deviner l'éclat de ses yeux.

— Vous ne vous laissez pas approcher facilement, n'est-ce pas ? demanda-t-il.

— Qu'est-ce qui vous fait croire que j'en aurais envie ?

— Rien, madame, je le reconnais.

— Mais votre corps ne semble pas l'entendre de cette oreille, remarqua-t-elle en désignant du regard le renflement qui tendait le devant de sa culotte.

— Je me plais à croire que mon esprit est plus fort que ma chair. Et je suppose qu'il en va de même pour vous...

Elle sourit et croisa les bras sous la nuque, ce qui eut pour effet d'ouvrir encore plus les pans de sa chemise.

— Vous « supposez » ? Seriez-vous en train de suggérer que je brûle de désir pour vous, milord ?

— Nullement... même si j'ai connu peu de femmes qui se dénudent devant un homme dans le seul but de se changer.

— Et moi, peu d'hommes qui manifestent un émoi aussi visible quand leurs intentions sont prétendument pures et innocentes.

— Pardonnez-moi de me répéter, mais je ne suis pas de bois. Exhibez vos seins et je les regarderai. Montrez-les au clair de lune et je les admirerai. Soyez cependant assurée que je sais refréner mes élans.

Elle s'esclaffa franchement.

— En vous munissant d'un pot de chambre, par exemple ?

Avec une rapidité qui étonna Juliet, il jeta le vase de nuit par-dessus bord et la rejoignit en une seule enjambée, avant de lui saisir le poignet et de le tordre pour lui faire lâcher sa dague. Puis, avec un reniflement satisfait, il empoigna le bord du hamac et le secoua avec assez de force pour l'en faire tomber.

Elle chut en vrac sur le plancher de la galerie. Quand elle se redressa, il était prêt à la cueillir. S'emparant de ses poignets, il les lui tordit dans le dos et les maintint d'une main de fer dans le creux de ses reins tout en la plaquant contre la rambarde. Portant encore sous le menton la trace de la lame dont elle l'avait menacé la veille, il semblait prendre un malin plaisir à presser le tranchant de sa propre dague contre sa gorge et lui administrer à son tour la caresse froide du métal.

— Prenez garde, *capitaine,* déclara-t-il sur un ton posé. Je tire toujours les leçons de mes erreurs, et je commets rarement deux fois la même.

— Belle démonstration de forfanterie, surtout avec l'avantage que vous confère cette arme, répliqua-t-elle en répétant mot pour mot sa bravade de la veille.

Le couteau rejoignit le vase de nuit par-dessus bord. Puis Varian se pressa contre la jeune femme et lui prit le menton dans le creux de la paume, les doigts posés sur l'endroit sensible juste en dessous de ses oreilles.

— Je n'ai plus de pot de chambre pour anéantir mes élans… ni les vôtres, madame, lâcha-t-il d'une voix sifflante, tout contre sa joue.

Elle émit un juron qui sortit dans un râle étranglé. Il souleva alors sa tête vers lui et plaqua un baiser torride sur sa bouche. Comme elle tentait de garder les lèvres fermées, il accentua la pression sous ses oreilles, juste à la naissance des mâchoires, lui arrachant un gémissement de douleur, et il plongea immédiatement la langue dans sa bouche entrouverte, usant sans vergogne de sa force pour lui imposer sa volonté.

Lorsqu'elle parvint à se libérer de son baiser, ce fut pour subir immédiatement un nouvel assaut de ses lèvres. Elle voulut lui donner un coup de pied, mais il enfonça un genou entre ses cuisses et la souleva contre le plat-bord, au risque de la faire basculer dans la mer.

Les pieds décollés du plancher, elle dut subir les caresses impitoyables de sa bouche et de sa langue, qui lui coupaient le souffle et sapaient ses résistances. Elle parvint néanmoins à libérer ses poignets et, dans un sursaut de rage et de fureur, agrippa les cheveux de l'aristocrate. Mais, au lieu de le repousser, elle maintint sa tête contre la sienne et entreprit de lui rendre baiser pour baiser.

Estomaqué par ce revirement inattendu, Varian voulut se dégager à son tour. Juliet resserra aussitôt sa prise sur ses boucles, avec une hargne et une vigueur qui achevèrent de le désarçonner. La jeune femme se servait de son corps pour le réduire à sa merci, plaquant ses seins contre son torse et frottant son bassin contre le sien. Déjà excité par ce qu'il pensait être une démonstration implacable de virilité, il s'aperçut effaré que la domination de la corsaire sur ses sens et sa personne augmentait encore son trouble et fouettait son désir avec une puissance inouïe, tant et si bien qu'à la fin ni l'un ni l'autre ne sut plus lequel des deux était l'agresseur ou la victime.

Ce fut cette incertitude qui incita Juliet à s'écarter enfin. Elle avait conscience d'avoir été trop longtemps privée de la chaleur d'un homme entre ses cuisses, mais elle savait également que son invité était le mauvais candidat pour soulager ses frustrations. Pour quelqu'un qui prétendait n'avoir aucune intention de la séduire, il y réussissait drôlement bien – trop bien, même. Elle avait les lèvres encore moites de ses baisers et sa chair n'était pas loin de la trahir. Ses membres étaient parcourus de frémissements et, si la main que Varian avait posée sur ses hanches s'était glissée quelques centimètres plus bas, ces frissons se seraient à coup sûr transformés en tremblements de volupté.

Cependant, en dépit de son excitation manifeste et de la lueur qui étincelait dans son regard, il ne chercha pas à la retenir pour prolonger leur étreinte.

— Vous me décevez, milord, lança-t-elle sèchement. Vous vous prétendez un bretteur émérite, or même un novice s'abstiendrait d'une botte qu'il se saurait incapable, par manque de vigueur ou de finesse, de mener à son terme.

Les bras le long du corps, il ne cessait de serrer et desserrer les poings, l'œil toujours animé d'un éclat féroce.

— C'était une réaction irréfléchie de ma part à une situation inédite, et je ne peux que vous exprimer mes plus profonds regrets d'y avoir cédé. Si j'ai pu vous donner une fausse image de moi-même…

— Du tout, coupa-t-elle. Je vous ai d'abord pris pour un salaud arrogant et fat, et rien depuis ne m'a amenée à changer d'opinion.

Elle s'essuya la bouche du dos de la main et s'écarta de la rambarde, avant de le contourner sans lui accorder le moindre regard. Elle était trop en colère contre elle-même aussi bien que contre lui pour demeurer un instant de plus en sa compagnie. Ses lèvres l'élançaient et ses seins palpitaient sourdement. Elle avait les jambes en coton et les bras agités de frissons de frustration si intenses qu'elle avait envie de monter sur le pont pour se jeter sur le premier matelot venu et le chevaucher jusqu'à ce qu'ils crient tous les deux grâce, et qu'elle le jette ensuite par-dessus bord avec les ordures des cuisines.

Au lieu de quoi, elle récupéra son pourpoint accroché à la patère, renfila ses bottes à la diable et quitta la cabine pour aller passer le reste de cette longue nuit sans sommeil dans son perchoir, au sommet du grand mât.

8

Le soleil avait dépassé le zénith depuis un bon moment quand le cri « Terre en vue ! » amena Juliet en toute hâte sur le gaillard d'avant. La tache violacée signalée à bâbord ne semblait guère plus qu'une mince verrue déformant à peine l'horizon mais, à mesure qu'ils s'en approchèrent, elle ne tarda pas à se séparer en cinq petites îles et l'équipage du *Rose de Fer* ne cacha plus son allégresse. Dans l'heure qui suivit, ordre fut donné de réduire la voilure. Le *Santo Domingo* fit de même dans leur sillage.

La raison de ce changement devint évidente quand ils franchirent une bande d'eau de mer bleu pâle. Un coup de sonde indiqua six brasses de fond, soit six fois l'envergure moyenne des bras d'un homme, ce qui représentait peu de profondeur par rapport à la centaine de brasses d'un bleu d'encre sur lesquels ils voguaient auparavant. Moins d'une lieue plus loin, l'eau prit une teinte turquoise vif qui, après deux cents mètres, se transforma en cobalt clair. En tout, pas moins de sept anneaux concentriques, chacun doté d'une nuance de bleu différente, entouraient le petit archipel. Le cercle le plus pâle surplombait un fond à moins de trois brasses, où se distinguaient sans peine des bancs de poissons paissant la flore du récif.

On pouvait aussi voir maintes épaves englouties, leurs capitaines ayant laissé la curiosité les pousser trop près de la barrière de corail sur laquelle ils avaient fini par éventrer leurs vaisseaux. L'un de ces navires en particulier, dont on ignorait aussi bien la provenance que le nom, gisait presque intact dans sa sépulture liquide, son unique mât pointé vers le sud-ouest. C'était le repère que la vigie cherchait depuis le nid-de-pie, et qu'elle signala avec un cri excité.

Juliet commanda calmement d'orienter le *Rose de Fer* dans la direction indiquée par le mât de l'épave. Après avoir relevé la vitesse du vent ainsi que son origine, elle retourna un sablier portant une série de marques. Deux hommes étaient aux sondes désormais, l'un rapportant régulièrement la profondeur tandis que l'autre laissait filer par la poupe une corde à nœuds lestée et mesurait le nombre de ces derniers qui défilaient à la minute. Le reste de l'équipage gardait le silence. Une moitié des hommes était suspendue dans les vergues, prêts à exécuter sur-le-champ les ordres de leur capitaine. L'autre moitié observait Juliet, qui était allée se jucher tout au bout du beaupré et qui communiquait par gestes avec le timonier resté sur le gaillard d'arrière. Elle avait beau connaître ces eaux comme sa poche, un seul chenal étroit permettait de traverser la barrière corallienne, un passage tortueux et compliqué qui exigeait la plus grande vigilance.

À l'instant même où le timonier annonçait la chute du dernier grain dans le sablier, Juliet lança à la cantonade qu'ils avaient quitté les hauts-fonds. En équilibre sur le beaupré, elle se retint aux haubans pour rejoindre Johnny Boy qui l'attendait avec la longue-vue sur le château de proue. Elle lui prit le tube de cuivre et de cuir, qu'elle ouvrit d'un coup sec avant de le braquer avec anxiété sur le *Santo Domingo*, qui venait de s'engager à son tour dans le chenal.

— Il vire aussi lourdement qu'une truie sur le point de mettre bas, grommela-t-elle.

— Le capitaine ne doit pas en mener large, commenta Johnny avec un sourire entendu.

Juliet se tourna et rajusta le point. Quatre des îles étaient des pitons rocheux d'origine volcanique aux falaises abruptes et inaccessibles, que couronnait une maigre végétation ainsi que quelques palmiers. Habitées principalement par des tortues et des lézards, elles étaient cernées d'une frange écumeuse et n'offraient aucun havre pour un navire de passage.

C'était la cinquième île, nichée en leur centre, qui abritait le secret le mieux gardé des Caraïbes. Elle avait plus ou moins la forme d'un C dont les branches se recroisaient et constituait jadis la crête d'un cratère de volcan. Un soulèvement du plancher océanique avait creusé une brèche dans le cercle rocheux et la mer, en s'y engouffrant, avait créé un port naturel caché du large par une enceinte en apparence impénétrable.

Simon Dante avait découvert cet endroit par hasard, une trentaine d'années auparavant, quand une tempête tropicale avait projeté son navire par-dessus le récif qui entourait l'archipel. Il lui avait fallu presque six mois pour réparer son bien-aimé *Virago* et repérer le chenal qui faisait communiquer le lagon avec l'océan, temps qu'il avait également mis à profit pour explorer chacune des cinq îles. Il avait baptisé la plus grande Pigeon Cay, du nom des volatiles que son second avait embarqués à bord et qui, sitôt libérés de leur cage, s'étaient dirigés tout droit vers la base du mur rocheux qui ceinturait le cratère, en direction d'un point précis qui s'avéra être la seule et unique entrée du lagon intérieur.

En dépit de la vue aiguisée de Juliet et de sa connaissance des lieux, elle était incapable de distinguer cette entrée avant d'avoir dépassé les deux premiers îlots. Elle s'imaginait cependant sans peine les sentinelles en train de donner l'alarme pour préparer les canons qui défendaient l'accès de l'île. Jamais elle n'avait entendu l'un d'eux tirer le moindre boulet, mais elle sourit en songeant à l'effarement qui avait dû saisir les artilleurs à la vue de l'énorme galion espagnol en train de négocier le passage du chenal.

— Si ce navire était le *Tribut*, murmura-t-elle, et si j'étais mon frère Jonas, je serais tentée de lâcher une bordée rien que pour leur donner une petite émotion.

— Vous seriez bien avisée de n'en rien faire, grommela Nog Kelly dans son dos, car j'ai l'impression que les artilleurs sont déjà en place et prêts à répliquer.

Juliet braqua la longue-vue vers le rebord qui courait à mi-hauteur de la falaise. Comme elle s'y attendait, elle aperçut un reflet de soleil sur du métal et en déduisit que la gueule de deux pièces de gros calibre avait été débarrassée du rideau de lianes qui les masquait jusqu'alors. Les sentinelles les avaient très certainement repérés depuis plusieurs lieues et, bien que la silhouette du *Rose de Fer* leur fût aussi familière que le dos de leurs mains, la présence dans son sillage d'un vaisseau ennemi aussi imposant et lourdement armé que le *Santo Domingo* avait dû au moins leur inspirer un semblant de prudence.

— Vous pensez que le capitaine Simon va être content du butin que vous lui ramenez ?

Juliet baissa un moment la longue-vue pour sourire à Johnny Boy.

— Le capitaine Simon va en être ravi. C'est le reste de notre prise qui va sans doute gonfler une veine ou deux sur son front.

Elle avait à peine articulé cette réponse qu'elle avisa Varian St. Clare sur le pont, accoudé au bastingage, et se renfrogna aussitôt.

— Qu'est-ce qu'il fait là ? J'avais ordonné qu'il ne sorte pas de son placard !

Johnny Boy laissa échapper un reniflement dubitatif.

— Même s'il connaît mieux la mer qu'il n'en a l'air, capitaine, il lui faudrait cent années pour retracer le chemin qu'on a suivi jusqu'ici.

La jeune femme foudroya le mousse du regard.

— Et d'où tiens-tu qu'il connaît mal la mer ?

— Quand je lui ai apporté ses biscuits et sa bière ce matin, il m'a demandé où nous nous trouvions. Je lui ai montré une carte de la région de la Tortue, et il a hoché la tête comme s'il reconnaissait le coin. J'ai ajouté qu'on était à dix degrés de l'équateur, et il a encore opiné.

— Et tu en déduis qu'il a gobé tes paroles ? Même en nous prétendant à deux cents lieues au nord de notre position actuelle, tu as pu commettre un impair que le capitaine Simon risque un jour de te reprocher. Je suppose que c'est toi aussi qui lui as procuré cette tenue ?

— Bah, ça ne m'a pas coûté grand-chose, capitaine. J'ai trouvé ces habits dans un des coffres qu'on a récupérés sur le galion, et je me suis dit que ça ne serait pas correct qu'il rencontre le capitaine Simon dans sa culotte déchirée et sa chemise couverte de sang. Il a maintenant l'allure d'un vrai duc, non ?

Une intuition – ou, plus probablement, le poids du regard bleu argenté qui était rivé dans son dos – incita Varian St. Clare à se retourner et à lever la tête vers le gaillard d'avant. Il était rasé de frais, et sa moustache comme son bouc avaient retrouvé des limites bien nettes. Sa chemise ensanglantée avait été remplacée par une autre de la meilleure qualité, dont les manchettes ainsi que le col étaient bordés de dentelle. Au lieu du pantalon de toile trop petit, il portait des chausses à la vénitienne vert bouteille, serrées au-dessus du genou par un galon de soie dorée. Des bas sombres, un chapeau à large bord – mais sans plume – crânement incliné sur la tête et un pourpoint de velours émeraude à la coupe cintrée achevaient de redonner à l'ancien naufragé son prestige d'émissaire royal. Sans ses hématomes et la série de points de suture qui suivaient le contour gauche de son visage, il aurait eu l'air de venir tout droit de la Cour.

Il la salua d'une profonde inclinaison du buste, sans quitter son regard. Elle ne l'avait pas croisé ni ne lui avait adressé la parole de la matinée, et préférait pour l'instant s'en abstenir. Elle sentait l'ardeur de leur étreinte nocturne couver encore sous sa peau et craignait, si elle s'approchait de lui, d'être tentée de le jeter par-dessus bord et le laisser terminer le voyage à la nage.

— Mon beau salaud, grommela-t-elle. Rira bien qui rira le dernier.

Elle reporta son attention sur le *Santo Domingo*. Le lourd galion semblait prendre un temps infini pour se sortir des méandres coralliens. Mais, une fois dans le lagon, il se lança aussitôt, à la suite du *Rose de Fer,* en direction de Pigeon Cay. Comme ils étaient en vue de la falaise, elle regarda de nouveau dans sa longue-vue et put identifier les petites mouchetures rassemblées près des canons.

Son père se dressait près de la pièce principale, haute silhouette qui semblait aussi à sa place à la tête d'une batterie défensive que sur le pont d'un navire. Près de lui, comme toujours, se tenait Geoffrey Pitt, un homme doté d'un savoir inestimable qui présentait l'allure et les manières raffinées d'un érudit, mais dont la fougue guerrière et les talents de stratège étaient à peine surpassés par ceux de Dante.

Dominant les deux comparses, brillait la tête chauve de l'immense Africain qui avait jadis été le compagnon d'infortune de Simon Dante sur le banc de nage d'une galère espagnole. Lucifer était le chef artilleur de Dante, et il n'était pas une arme à feu qu'il ne sût manier avec la plus effroyable précision.

Une quatrième silhouette se dressait à côté du trio, plus menue, et dont la manche gauche était raccourcie par un nœud sous le coude. Isabeau Dante s'était adaptée à la perte de son bras, tout comme Johnny Boy avait appris à vivre avec sa jambe de bois. Elle ne quémandait ni compassion ni traitement de faveur. En fait, au moment du départ de Juliet, elle travaillait avec son vieux second, Spit McCutcheon, à l'élaboration d'une prothèse qui lui permettrait de tenir une épée ou un pistolet.

— On hisse les pavillons, cap'taine ? s'enquit Kelly.

Elle hocha la tête, et l'un des marins hissa les fanions : d'abord le blason de Simon Dante, comte de Tourville ; puis un deuxième, noir et écarlate, représentant un chien-loup serrant une rose dorée entre ses dents ; et enfin un simple carré vert uni, signal convenu à l'avance pour rassurer les défenseurs de l'île et les informer qu'aucun Espagnol n'avait obligé le *Rose de Fer* à le mener à Pigeon Cay sous la menace des armes.

Sitôt les pavillons déployés au vent, les pièces d'artillerie reculèrent dans l'épaisseur de la falaise. Geoffrey Pitt ôta son chapeau pour l'agiter en l'air, ce que Juliet interpréta comme un signe de bon augure, bien que son père gardât de son côté une immobilité de statue, les jambes écartées et les mains dans le dos.

La cinquantaine bien sonnée, Simon Dante demeurait un fort bel homme. Il avait conservé un corps ferme et musclé et, en dépit des rides que lui avaient valu l'éducation de trois enfants et la compagnie d'une épouse au caractère bien trempé, son visage ne s'était guère altéré avec le temps. Ses yeux bleu argenté instillaient toujours la terreur dans le cœur de ses ennemis, et sa voix tonnante était encore capable d'imposer le silence à l'équipage le plus endurci. Ses traits ne trahissaient aucune émotion qu'il ne souhaitât révéler, et même si Juliet savait que ce géant au cœur immense l'aimait à la folie, elle n'en éprouvait pas moins de sourdes palpitations au creux du ventre. Un seul mot de reproche tombé des lèvres du Loup des Mers avait le pouvoir de pulvériser son courage, et la moindre lueur réprobatrice dans ses yeux lui fouaillait douloureusement les entrailles.

— Parez à la manœuvre, monsieur Anthony, ordonna-t-elle au timonier.

— À vos ordres, capitaine. Les gars ont tellement hâte de raconter leurs exploits qu'ils risquent de descendre les chaloupes avant même qu'on mouille l'ancre !

Juliet ne lui rendit pas son sourire.

— Ils auront tout le temps pour cela quand chacun aura terminé son travail. Je ne veux pas voir traîner le moindre bout de corde sur le pont ni une seule écoutille ouverte. Et tous les canons devront être graissés et bouchés avant qu'on songe à avaler la moindre goutte de rhum. Monsieur Kelly, ajouta-t-elle en se tournant vers le charpentier, vous m'aurez réparé le mât de misaine d'ici demain midi et dressé l'inventaire précis de tous les travaux à effectuer sur le *Santo Domingo*. Je tiens à ce qu'on le déleste de tout poids inutile. Je veux qu'il soit capable de filer à cinq nœuds de plus.

— Je pourrais virer ce qui reste de ses maudits châteaux de proue et de poupe ; cela devrait nous donner deux nœuds supplémentaires par vent arrière et rehausser la ligne de flottaison.

Juliet secoua la tête.

— Voyons déjà comment il se comporte avec le nouveau gréement et les voiles ballons dont nous avons parlé. Mieux vaut ne pas trop changer son apparence pour le moment. Il se pourrait qu'on ait un jour besoin d'un cheval de Troie.

— Hein ? On va transporter des chevaux, maintenant ? Par les entrailles de Gomorrhe, qu'avons-nous besoin de canassons à bord ?

Juliet soupira.

— Faites-moi juste confiance quand je vous dis que ce galion pourrait nous être utile en l'état.

— Le cap'taine Simon aura peut-être son mot à dire à ce sujet.

Juliet remonta la longue-vue à son œil.

— Le *Domingo* est à moi. C'est moi qui l'ai capturé et qui l'ai ramené à la maison. En conséquence, je peux en faire ce que je veux.

Kelly écarta les bras, paumes ouvertes, en signe de conciliation.

— Ce n'est pas moi qui dirai le contraire, cap'taine. Je pensais juste que vous pourriez en retirer un joli pactole en le vendant aux Portugais.

— Je n'en ai pas besoin.

Elle examina la couronne de vagues qui s'écrasaient au pied des falaises, notant le dessin d'écume et d'embruns qui suivait les courants agitant les flots. C'était l'heure où la marée refluait, favorisant les embarcations qui quittaient l'île plutôt que celles qui arrivaient, et il fallait garder constamment à l'œil les tourbillons qui se creusaient sur le trajet. Une fois passé le promontoire qui défendait l'accès au cratère, il était impératif de garder sa vitesse pour ne pas se laisser refouler vers le lagon extérieur. De part et d'autre du chenal, des hommes munis de cordes et de grappins se tenaient prêts à haler les navires si nécessaire. La jeune femme n'avait dû recourir à leurs services qu'à une seule occasion, quand son gouvernail avait été endommagé et qu'elle avait craint de ne pouvoir négocier les remous. Ses frères, en revanche, avaient dû être assistés de la sorte plus d'une fois, et elle mettait sa fierté à maintenir la vitesse du *Rose* jusqu'au dernier moment.

La plupart de ses hommes retenaient leur souffle en prévision de ces manœuvres d'approche. La moindre erreur pouvait projeter le navire sur l'une ou l'autre des parois de la faille coupant le cratère et, tandis qu'elle gagnait le poste de pilotage sur le gaillard d'arrière, tous les yeux se tournèrent vers la falaise et les gigantesques gerbes blafardes qui montaient à l'assaut de sa hauteur.

Varian St. Clare avait passé neuf ans sous les armes. Il avait été l'un des plus jeunes officiers à gagner ses galons de capitaine et avait été récompensé pour sa bravoure. Il avait servi comme capitaine de la garde royale, et s'était confronté au conspirateur Guy Fawkes qui avait tenté d'assassiner le roi et tous ses ministres en faisant sauter les bâtiments du Parlement. Avec un sang-froid confinant à l'inconscience, il s'était risqué dans une cave bourrée de barils de poudre et avait coupé sans ciller la mèche allumée par le fanatique… Or voilà qu'aujourd'hui il s'écartait prudemment du garde-corps en sentant des gouttes de sueur froide couler entre ses omoplates, tandis que le *Rose de Fer* se précipitait tout droit vers une falaise qui paraissait s'élever à deux cents mètres au-dessus des flots !

Il avait beau scruter cette immense barrière, il ne distinguait aucune ouverture dans le rocher, aucune entrée de caverne qui aurait pu accueillir le navire corsaire. Quant à l'insensée qui commandait ce dernier depuis le gaillard d'arrière, elle semblait plus intéressée par le vol des goélands au-dessus de leurs têtes que par la fureur des éléments qui fouettaient le pied de la falaise.

— Maintenant, monsieur Anthony ! lança-t-elle enfin. À droite toute, et carguez les voiles. Gardez seulement celle de misaine pour la manœuvre, et que les porteurs de gaffes se tiennent prêts.

Varian leva les yeux tandis que les ordres du capitaine étaient relayés jusque dans les hauteurs du vaisseau. Les marins suspendus entre ciel et mer entreprirent de replier les voiles et de les attacher aux vergues, où elles formèrent comme de grosses saucisses blanches. Sur le pont, des hommes s'alignèrent de chaque côté du navire en brandissant des perches en chêne.

Leur vitesse ne parut pas diminuer de façon notable pour autant. Le navire eut même l'air d'accélérer en se mettant en travers de la houle. Alors qu'une vague les entraînait vers un repli vertical de la falaise, Varian vit enfin l'ouverture que celui-ci dissimulait. Pendant un instant, il crut qu'ils allaient la dépasser et s'écraser contre les rochers. Il sentait déjà les embruns vaporisés par la falaise lui mouiller le visage.

Puis il leva de nouveau le regard vers la mâture et s'aperçut que les marins semblaient parfaitement à leur aise. Certains même s'esclaffaient, comme grisés par la manœuvre.

— Doux Jésus ! geignit Beacom en se cachant le visage avec les mains. Nous sommes perdus ! Nous allons être réduits en pièces ! Quelle pitié, après tout ce que nous avons enduré !

— Pour l'amour du ciel, Beacom, ouvrez donc les yeux, ou vous allez rater une extraordinaire démonstration de navigation ! répliqua Varian, comprenant soudain les intentions du capitaine.

Il revint près du bastingage. Juliet Dante avait choisi le moment idéal pour virer et imprimer à la course de son navire l'angle exact qui lui permettrait de l'insérer en douceur entre les deux promontoires. Une fois qu'ils eurent laissé derrière eux le tumulte des eaux qui battaient sans relâche le pied des falaises, l'utilité des gaffes se révéla aussitôt, la proue du *Rose de Fer* commençant à se rapprocher dangereusement d'une des parois. Mais le fier vaisseau répondait aux moindres sollicitations de la barre et poursuivit son chemin au milieu du chenal.

Les à-pics qui le flanquaient étaient couverts d'une végétation luxuriante qui se rejoignait au-dessus de leurs têtes, plongeant le passage dans la pénombre. Des galeries secrètes se cachaient sous les retombées de plantes grimpantes, abritant des sentinelles qui échangèrent avec leurs camarades du bord des saluts et des rires dont les échos se répercutèrent d'une paroi à l'autre. Malgré la diminution constante de leur vitesse, le navire continuait à filer sur son erre, et Varian avisa une clarté éblouissante au bout du tunnel de verdure. Une trentaine de mètres plus loin, ils débouchaient à l'air libre, et la vue qui s'offrit alors à lui n'était rien moins que stupéfiante.

Ils avaient pénétré dans une sorte de havre clos qui devait faire trois kilomètres dans sa plus grande largeur. À la différence de son aspect extérieur, l'intérieur du cratère était constitué de pentes douces moutonnant sous les frondaisons d'une jungle foisonnante où s'élevaient d'épais bosquets de palmiers. Des huttes et des cottages en pierre ponctuaient le rivage tandis que, dans les hauteurs du cirque, des troupeaux de moutons et de bovins paissaient placidement une herbe grasse. Citronniers et limettiers croissaient un peu partout et, à l'autre bout de la baie, une vaste étendue rocheuse servait de séchoir à sel, comme l'indiquait sa blancheur nacrée. Le soleil avait déjà disparu derrière le bord occidental du cratère, au pied duquel scintillaient lampes et lumignons, le long d'un débarcadère qui n'avait rien à envier aux quais de la Tamise.

Varian aperçut bientôt dans l'ombre de la falaise une ribambelle de cahutes, tavernes, entrepôts construits en planches, pontons et palans de déchargement. Il y avait même une route qui longeait le rivage et qu'encombraient voitures et carrioles, ainsi qu'une église dont le toit blanc tranchait sur le vert sombre de la jungle alentour.

Trois grands vaisseaux étaient à l'ancre près des quais. Deux d'entre eux semblaient avoir la même taille et le même tonnage que le *Rose de Fer*, tandis que le troisième, plus imposant, avait les flancs percés de deux fois plus de sabords.

— C'est le navire du capitaine Simon, lui apprit Johnny Boy en le rejoignant. Le *Vengeur*.

Varian était trop subjugué pour répondre autrement que par un simple hochement de tête. Comme le *Rose de Fer* le dépassait, il put admirer à loisir les lignes élancées du vaisseau qui avait semé l'effroi dans le cœur des capitaines espagnols depuis plus de deux décennies.

Son regard s'arrêta soudain sur la figure de proue du *Vengeur* : le visage présentait une ressemblance frappante avec celui de Juliet. Les cheveux sculptés s'étendaient de part et d'autre de l'étrave du navire et donnaient l'impression d'être soulevés par le vent. Le voile diaphane qui couvrait le personnage avait glissé sur son buste, révélant des seins de chêne qui étaient aussi parfaitement galbés que ceux que Varian avait tenus dans ses paumes l'autre nuit. La similitude entre la sculpture et la femme de chair s'arrêtait cependant sous la poitrine, le reste du corps étant celui d'un cygne dont les plumes étaient si finement exécutées qu'on aurait pu les croire empruntées à un oiseau réel, et dont les immenses ailes noires se déployaient sur les flancs du vaisseau.

— Et ça, c'est l'épouse du capitaine, m'dame Isabeau, énonça Johnny Boy sur un ton révérencieux. C'est le seul morceau qu'il a gardé du *Cygne noir* avant d'être obligé de le saborder. Et le navire là-bas, ajouta-t-il en désignant une fine embarcation à deux mâts, c'est le *Christiana*, commandé par M. Pitt – enfin, quand il sera fini, je veux dire. C'est lui-même qui l'a dessiné et ce sera le vaisseau le plus rapide de tous les océans ! Les deux autres plus loin sont le *Tribut* et le *Valeur*. Ils appartiennent au capitaine Jonas et au capitaine Gabriel.

Il y avait également une douzaine de pinasses amarrées aux pontons, embarcations à un seul mât qui servaient surtout aux transbordements. Elles n'étaient pas commandées par un capitaine en particulier, expliqua le mousse, car elles étaient conçues pour être démontées et stockées dans les soutes de navires plus importants. Ils dépassèrent également une flottille de chaloupes remplies d'hommes, qui attendaient l'arrivée du *Santo Domingo* pour le remorquer jusqu'à son mouillage.

Varian accueillait le bavardage du garçon en hochant la tête, mais son attention était attirée ailleurs. Plus haut sur la pente orientale du cratère qu'éclairaient encore les rayons du soleil, sur un replat couvert d'un fin gazon, se dressait un manoir aussi grand et élégant que n'importe quelle demeure de maître anglaise. Construit en pierre blanche et coiffé de tuiles en argile rouge, il était entouré sur ses deux niveaux d'une véranda à claire-voie. La route qui reliait la résidence au port sinuait comme un ruban à travers la végétation et, tandis que le *Rose* jetait l'ancre, deux petits nuages de poussière se mirent à dévaler la pente, soulevés par les sabots de chevaux lancés au galop vers les quais.

— Ce doit être le capitaine Jonas et le capitaine Gabriel, supputa Johnny Boy. Ce n'est pas pour rien qu'on les surnomme les Frères d'Enfer, alors faites gaffe à eux.

— J'essaierai de garder mes distances.

Le garçon ricana.

— C'était aussi votre plan avec le capitaine Juliet ?

Varian lui jeta un coup d'œil de côté et fut agacé par son sourire narquois.

— Quel âge as-tu, déjà ?

— Douze ans à la prochaine Saint-Michel, répondit-il du tac au tac. D'après ma maman, je suis né sous une bonne étoile. D'après M. Crisp, c'était juste une lanterne allumée dans les hauteurs.

— M. Crisp a du bon sens.

Le mousse haussa ses maigres épaules.

— Comme c'est mon père, il faut bien que je le croie, mais je préfère quand même la version de la bonne étoile.

— Crisp est ton père ?

— C'est bien ce que j'ai dit, non ?

— Loin de moi l'intention de t'offenser, repartit Varian en baissant les yeux sur sa prothèse sculptée, mais je trouve bizarre qu'un homme accepte de voir son fils prendre des risques qui lui ont déjà beaucoup coûté.

— Vous parlez de ma jambe ? Ouais, je reconnais que j'ai salement morflé sur ce coup-là. Mais c'était entièrement ma faute. J'ai posé une charge trop près d'un boutefeu allumé, et tout m'a explosé dans les pattes. C'est M. Kelly qui m'a fabriqué ma nouvelle jambe, ajouta-t-il fièrement en toquant sur la tête de serpent qui enveloppait son moignon. Et le capitaine Juliet m'a donné les émeraudes pour les yeux, m'dame Beau la nacre pour les écailles, et le capitaine Simon… un bon savon pour n'avoir pas fait plus attention ! Faut dire qu'à l'époque, je n'étais qu'un mioche de six ans. Mais j'en ai douze aujourd'hui, et le capitaine Juliet m'apprend à lire les cartes et à m'orienter en mer.

— Je suis sûr que tu feras un excellent navigateur plus tard.

— Une terreur des mers ! Voilà ce que je veux devenir.

Sur un ordre tombé du poste de pilotage, il se rapprocha du plat-bord et déverrouilla le volet de coupée. Plusieurs chaloupes s'étaient détachées du rivage et convergeaient vers eux. Celle qui transportait les frères Dante fut la première à les aborder. Varian s'écarta discrètement.

Les frères grimpèrent les marches fixées sur la coque du navire en criant le nom de leur sœur, avant de jaillir par la coupée. Ils avaient à peu près la même taille et la même morphologie, mais là s'arrêtait leur ressemblance. Grâce à la description de Johnny Boy, Varian put identifier Jonas Spence Dante à sa crinière flamboyante, dont les boucles retombaient sur ses larges épaules. Il avait la mâchoire carrée et les joues parsemées d'un chaume du même blond vénitien que ses sourcils et ses cils. Une cicatrice creusait le côté gauche de son menton et une autre dépassait du col de son pourpoint de cuir râpé.

Par contraste, le plus jeune des Frères d'Enfer, Gabriel, avait les traits d'un archange déchu. Une chevelure acajou encadrait un visage dominé par de grands yeux expressifs et une bouche au dessin sensuel qui aurait fait se pâmer les invitées de n'importe quel bal londonien. Son pourpoint était de brocart brodé et ses longues jambes étaient gainées d'une peau de chamois.

— Alors, où est-elle ? s'exclama Jonas.

Sous le large bord de son chapeau, des yeux couleur d'or bruni passèrent en revue l'équipage.

— Où est le capitaine de cette pitoyable caricature de navire ?

L'écoutille sous le gaillard d'avant s'ouvrit, livrant passage à Juliet Dante.

Varian regarda dans sa direction sous les vivats des marins et dut ciller pour s'assurer qu'il ne rêvait pas. Elle avait revêtu un pantalon de daim noir moulant et une chemise d'un blanc immaculé que garnissait une débauche de dentelle au jabot et aux manchettes. La finesse de sa taille était soulignée par la coupe croisée d'un pourpoint de cuir noir agrémenté de rangs de perles scintillantes. Une courte cape de satin doublée d'écarlate était drapée sur une épaule et dégageait son bras pour lui permettre de manier librement son épée. Ses cheveux lui retombaient dans le dos en une cascade de boucles auburn, cachés sur sa tête par un chapeau à bord relevé. De hautes bottes noires à revers lui montaient au-dessus du genou, et à son ceinturon pendait l'exquise épée de Tolède.

— Qui a permis à cette paire de maquereaux de monter à bord ? lança-t-elle à la cantonade. Deux doublons d'or à qui aura le courage de les jeter par-dessus bord !

Malgré les murmures excités qui parcoururent l'équipage, personne n'eut la témérité d'effectuer un pas en avant, et ce fut avec une moue blasée que la jeune femme dégaina lentement sa lame.

— Je vois que je vais devoir m'en occuper moi-même, lâcha-t-elle. Par qui commencer ? Le bâtard ou le chiot ?

Jonas Dante afficha un grand sourire et tira son épée.

— Si elle n'a toujours pas crié grâce quand j'en aurai fini avec elle, mon p'tit Gabe, je te donne le droit de fesser son insolent popotin.

— Et moi, très cher Gabriel, enchaîna-t-elle en courbant sa lame en un arc étincelant, je te donne le droit de réduire la braguette de ce fanfaron à la dimension de ses maigres attributs – si du moins je ne m'en suis pas chargée moi-même.

La repartie fut saluée par les cris de joie de l'équipage. Des paris furent lancés et des claques assenées sur les épaules pour ménager de la place à la sœur et au frère, qui commencèrent par se tourner autour en cinglant l'air de leur lame pour s'échauffer.

— Bonté divine, milord, chuchota Beacom à l'oreille de son maître. Ont-ils vraiment l'intention de se tailler en pièces ?

Varian leva une main pour lui intimer le silence, intrigué par le spectacle. Il s'était souvent entraîné avec son frère, mais toujours avec des fleurets mouchetés.

Jonas entama les hostilités en effectuant une série de feintes. Juliet para ses coups avec aisance, obligeant même son adversaire, pourtant beaucoup plus massif qu'elle, à battre précipitamment en retraite.

Une deuxième passe engagea les duellistes en une poursuite autour des cabestans, des barriques et des caisses, forçant le mur des spectateurs à reculer jusqu'au bastingage. Le fracas des lames s'entrechoquant était accompagné par des gerbes d'étincelles et les grognements des combattants qui rivalisaient de vitesse et de précision.

Jonas aurait dû l'emporter sur sa sœur, qu'il surpassait en taille et en force brute, mais il devint rapidement évident que Juliet était la plus habile des deux. Ses ripostes étaient délivrées avec une promptitude effarante. Son bras non armé reposait nonchalamment dans le creux de sa taille, qu'il ne quittait que rarement pour rajuster le pli de sa cape, et son chapeau remuait à peine sur sa tête tant son équilibre était parfait. À chaque tentative de son frère pour transpercer sa garde, elle répondait par une torsion adroite du poignet qui déviait son coup ou par un bond de côté qui lui permettait de taquiner ses fesses de la pointe de sa lame. Et quand il pivotait vers elle avec un cri de rage, elle s'esclaffait en s'offrant délibérément à une contre-attaque qu'elle esquivait de nouveau, laissant son adversaire fendre vainement l'espace.

L'épreuve se termina bien vite quand Jonas se retrouva acculé contre la coupée. Sa braguette ne tenant plus que par un fil à son entrejambe, il fut projeté à la mer avec un hurlement de dépit.

Des hourras fusèrent tout autour du pont tandis que Juliet, à peine essoufflée, virevoltait pour venir placer la pointe de sa lame juste sous le menton de Gabriel Dante. Ce dernier leva les mains pour montrer qu'il n'était pas armé.

— Pas envie de nager ce soir ? s'enquit-elle.

— L'eau est un peu trop fraîche à mon goût, répondit-il en soupirant. Et je n'ai pas la présomption de mon frère.

— Tant mieux pour toi, répliqua-t-elle, mais ne t'imagine pas que je vais t'épargner si tu ne me salues pas avec le respect requis.

Gabriel baissa les bras et avança élégamment la jambe pour effectuer une gracieuse courbette... ce qui le mit dans la position idéale pour ceinturer les cuisses de sa sœur en se redressant. Avec un rire d'allégresse, il la hissa sur ses épaules et se dirigea aussitôt vers la coupée. Juste au moment où il allait sauter avec elle dans le lagon, il s'arrêta net en avisant les deux nouveaux arrivants qui venaient de monter à bord.

Le plus impressionnant des deux visages était celui de Simon Dante de Tourville qui, debout et les bras croisés, toisait ses enfants avec un haussement de sourcil inquisiteur. Moins menaçante mais non moins intimidante était l'expression renfrognée d'Isabeau Dante, qui secouait la tête d'un air réprobateur.

— Repose-moi donc, satané fils de Belzébuth ! s'exclama Juliet. Repose-moi ou je t'écorche les joyeuses avec les dents !

Gabriel sourit de plus belle et se retourna pour que sa sœur puisse voir par elle-même ce qui l'avait empêché de la punir.

Levant la tête, elle écarta les cheveux qui lui tombaient sur les yeux.

— Oh... Bonsoir, père. Bonsoir, mère. Bienvenue à bord.

9

— Tu rentres avec une semaine de retard en traînant derrière toi un énorme galion ennemi et tout ce que tu trouves à dire, c'est « Bienvenue à bord » ?

Juliet remua pour desserrer l'étreinte de Gabriel et se laissa glisser sur le pont. Elle ramassa ensuite son chapeau et rengaina son épée, avant de gratifier ses parents d'un large sourire.

— Bienvenue à bord, répéta-t-elle. Je suis très heureuse de vous revoir.

— Nous commencions à nous inquiéter, avoua Isabeau. Où donc étais-tu passée ? Et par quel miracle t'es-tu retrouvée en possession de ce maudit vaisseau ?

— C'est une très longue histoire, mère, et…

— Nous avons tout notre temps, l'interrompit Simon.

La jeune femme connaissait assez ce ton pour s'abstenir de provoquer son père quand il lui parlait ainsi, mais elle ne put s'empêcher de sourire de plus belle.

Croisant les bras sur sa poitrine, elle rapporta en termes précis et succincts son intervention pour sauver l'*Argus* des griffes du *Santo Domingo*.

— Nous avons profité de la distraction du galion pour l'aborder par le flanc et nous en rendre maîtres, conclut-elle.

— Tu l'as abordé ? répéta Isabeau en plissant ses yeux ambrés. Tu t'es lancée à l'assaut d'un navire de guerre espagnol trois fois plus gros que le *Rose de Fer*, et tu as réussi à soumettre tout son équipage ?

— Diable, non, cap'taine Beau ! lança une voix anonyme dans la foule. On l'a d'abord copieusement assaisonné de boulets, et c'est seulement quand il n'est plus resté debout, sur ses ponts, un seul de ces cafards casqués de fer-blanc que le cap'taine nous a dit « À l'abordage » et qu'on est montés à l'abordage, tous jusqu'au dernier. Et croyez bien qu'on serait prêts à le refaire si elle nous l'ordonnait !

Un murmure d'assentiment parcourut l'équipage, mais il eut pour seul effet de blanchir encore plus les plis qui encadraient la bouche d'Isabeau. Elle connaissait les dangers inhérents à tout assaut en mer – comme le prouvait la manche vide qui lui battait le flanc. Elle connaissait aussi sa fille, assez pour savoir que son récit n'était en mesure de rendre compte du dixième des périls qu'ils avaient réellement dû affronter.

Simon Dante leva la tête pour examiner le gréement et nota les planches qui étayaient le mât de misaine, les écoutes neuves ainsi que les reprises effectuées dans les voiles.

— Nous avons été pris dans une tempête, précisa Juliet. En fait, c'est elle qui nous a causé le plus d'avaries.

Les yeux d'un bleu cristallin revinrent se poser sur la jeune femme.

— Tu avais conscience, articula-t-il lentement, de l'identité du *Santo Domingo* avant de prendre la décision d'intervenir dans sa bataille avec le navire anglais ? Tu connaissais sa puissance de feu ainsi que le nombre de soldats composant son équipage ? Tu savais que nulle personne saine d'esprit ne se risquerait à s'en prendre à une aussi formidable machine de guerre, quand bien même celle-ci serait occupée à couler un autre vaisseau ?

Juliet répondit d'une voix aussi calme que son regard.

— Je n'ai pas supporté de le voir s'acharner sur l'*Argus* alors que celui-ci avait d'ores et déjà capitulé. Il était clair qu'il s'apprêtait à l'envoyer par le fond pour éliminer tous les témoins de son forfait.

— Et c'est ce sursaut d'indignation qui t'a poussée à te mettre en danger, avec tous tes marins ?

— Non. J'ai essayé d'imaginer ce que tu aurais fait à ma place.

Simon Dante plissa les paupières. Dix bonnes secondes s'écoulèrent avant qu'il reprenne la parole.

— Malgré la réputation d'inconséquence qu'on m'attribue, j'espérais que mes enfants se montreraient plus avisés que moi.

— Espoir vain, mon chéri, grommela Isabeau. Il suffit de voir le comportement de Jonas et de Gabriel pour savoir que c'est une cause perdue.

Les sourcils du formidable corsaire se froncèrent tandis qu'il foudroyait son épouse du regard. Le silence se prolongea pendant quelques battements de cœur supplémentaires, avant qu'un gloussement se mette à gronder dans la poitrine du Loup des Mers. Il se transforma bientôt en un rire tonitruant, et Simon Dante rejeta la tête en arrière en maudissant et en louant tout à la fois le destin pour lui avoir offert une famille pareille.

L'équipage du *Rose* laissa exploser sa joie. Une clameur assourdissante s'éleva sur le lagon tranquille tandis que la jeune femme tournoyait dans les bras de son père en s'esclaffant à son tour. Comme sur un signal, deux robustes matelots apportèrent un tonneau de rhum qu'ils mirent en perce. Coupes et gobelets se tendirent aussitôt vers le jet ambré.

Repoussé sur le côté par l'assistance en liesse, Varian St. Clare se tenait avec Beacom près du bastingage.

— Que pensez-vous de tout ceci, Harold ? J'ai pour ma part le sentiment que l'adjectif « unique » ne suffirait guère à qualifier la famille Dante comme elle le mérite.

— Je crois qu'en fait ils sont tous fous, Votre Grâce, et que nous devrons craindre d'être égorgés durant notre sommeil tant que nous n'aurons pas quitté ce repaire de Barbaresques.

— Quitte à nous insulter, monsieur, autant choisir le terme approprié.

Beacom devint blanc comme un os de seiche et pivota lentement vers l'homme qui venait de l'apostropher, et qui n'était autre que le seigneur de l'île.

— Les Barbaresques sont originaires d'Afrique du Nord et n'écument que les eaux méditerranéennes, expliqua posément Simon Dante. Or nous sommes ici dans les Caraïbes.

Les lèvres de Beacom se mirent à trembler, avant de claquer comme la bouche d'un poisson hors de l'eau. Puis ses yeux roulèrent dans leurs orbites et il s'effondra sur place.

Dante considéra la flaque formée par le domestique sur le plancher et haussa les sourcils à l'adresse de son maître.

— Cela lui arrive souvent ?

— Assez régulièrement, admit Varian en soupirant.

— Et c'est l'un de vos hommes ?

— Mon valet.

Jusqu'alors, Varian s'était contenté d'étudier son objectif à distance. Force lui était de reconnaître que, de près, l'aura du Pirata Lobo était encore plus impressionnante. Il y avait en lui quelque chose de brut, de primitif, quasi bestial, d'autant qu'il exhibait encore une musculature de jeune homme. Et ce regard... Varian comprenait maintenant d'où Juliet Dante tenait sa capacité de transpercer ses interlocuteurs d'un seul coup d'œil : le regard de Simon Dante était pénétrant telle une aiguille chauffée à blanc.

Ses cheveux d'un noir d'encre étaient striés de quelques rares fils argentés et leurs ondulations descendaient jusqu'aux épaules du colosse, tandis qu'une douzaine de petites tresses les tenaient écartés de son front. Le scintillement du gros anneau d'or qui pendait à son oreille n'atténuait en rien l'impression que le Loup des Mers naviguait sur la frontière étroite séparant le corsaire du forban.

Son épouse n'était pas un personnage moins saisissant, avec sa crinière auburn foncé et ses yeux de tigre. Il était clair qu'elle ne se laissait nullement abattre par la perte de son bras. Dans l'aristocratie anglaise – à laquelle Isabeau appartenait de plein droit à la suite de son mariage avec un comte –, une telle infirmité lui aurait valu un exil permanent dans ses appartements privés.

L'un des sourcils noirs de Simon se leva haut sur son front.

— Vous êtes un émissaire du roi, paraît-il. Comment se porte cette grenouille de bénitier écossaise ? Juliet m'a appris qu'il nous avait envoyé tout un chargement de bibles, qui a sombré avec votre navire.

Varian jeta un coup d'œil en direction de la jeune femme. Elle se tenait à quelques pas de là, les lèvres frémissant d'hilarité. À les voir ensemble, Varian pouvait constater que la fille n'avait pas seulement hérité de son père la couleur singulière de son regard.

— Sa Majesté m'a chargé de vous transmettre ses salutations.

Le corsaire inclina légèrement le buste. Comme personne ne semblait disposé à effectuer les présentations, Varian s'en chargea lui-même.

— Varian St. Clare, pour vous servir, monsieur.

— Il est trop modeste, père, intervint Juliet. En vérité, c'est un duc – en d'autres termes, si je ne me trompe pas, un membre de la Chambre des lords. Le roi l'a mandaté pour venir ici taper du pied à sa place, et exiger que nous cessions de harceler les convois espagnols.

Le Loup des Mers se permit un sourire entendu.

— Je suppose que nous ne devrions pas trop nous en étonner. Quatre ou cinq mois se sont écoulés depuis la dernière fois qu'un ambassadeur de la Cour a tenté de nous détourner de notre vocation de brigands.

Il s'interrompit et parut soudain remarquer les hématomes sur le visage de Varian ainsi que la cicatrice qui suivait ses cheveux.

— J'espère quand même que tu n'as pas traité trop durement ce pauvre garçon ?

— Du tout, père. J'ai été au contraire un parangon d'hospitalité. Je l'ai nourri, habillé, et je l'ai même invité à partager mon lit.

Dante les regarda tour à tour, tandis que Varian laissait échapper un hoquet de stupeur.

— Je vous certifie, monsieur le comte, qu'il ne s'est rien passé d'inconvenant entre nous ! C'était simplement…

Le Loup des Mers leva la main pour l'interrompre.

— Je vous en prie. Voilà de longues années que plus personne n'utilise mon titre pour s'adresser à moi. Et si vous aviez manqué de respect à ma fille, croyez bien que vous ne seriez plus là pour en témoigner. Ah, voici le jeune Johnny avec du ravitaillement. Puis-je vous offrir une rasade de rhum et vous inviter à fêter avec nous le retour au bercail de notre *Rose de Fer* ?

Sans attendre sa réponse, Simon Dante tendit sa coupe au garçon, qui s'empressa de la remplir avec une louche en bois au seau qu'il portait à bout de bras. Dans la foulée, il remplit généreusement une autre coupe à l'intention de Varian. Simon trinqua avec sa fille, puis attendit que l'Anglais les imite.

Varian s'exécuta, avant de porter un toast.

— À la bravoure incontestable du *Rose de Fer* et de son équipage, déclara-t-il solennellement.

— Bien dit ! approuva Dante en vidant sa coupe.

— En ce qui concerne la raison de ma présence ici, capitaine Dante…

Le Loup des Mers leva la main une deuxième fois.

— Nous pourrons toujours en discuter plus tard, si vous tenez vraiment à m'en parler.

— Capitaine, il s'agit d'une question extrêmement pressante. Si nous tardons à l'aborder, cela risque d'entraîner de lourdes conséquences pour vous et tous vos frères de la côte.

Dante se tourna vers Juliet, qui haussa les épaules.

— Il n'a pas daigné m'en souffler mot.

— Alors le problème ne doit pas être aussi important que vous le prétendez.

— Sa Majesté et le Premier ministre m'ont prié instamment de vous transmettre au plus vite l'édit royal.

Le corsaire secoua la tête.

— Vous avez su tenir votre langue jusqu'à présent, St. Clare. Ce n'est pas un jour ou deux de plus qui vont bouleverser l'ordre du monde. Sans compter que vous êtes désormais dans un autre hémisphère et que la vie s'y écoule à un rythme beaucoup moins effréné que dans les couloirs de Whitehall. Prenez donc un peu de bon temps et profitez de l'ambiance tropicale. En tant qu'invité de ma fille, vous serez sous sa protection dans ce petit coin de paradis, mais n'allez pas clamer le nom du roi à la ronde. Nous sommes fort loin de la Cour et les toquades d'un pacifiste zozotant n'impressionnent personne par ici.

Il reposa sa coupe et prit Juliet par la taille.

— Je suis sûr que tu as hâte d'assommer tes frères avec le récit de tes hauts faits, ma fille, mais peux-tu attendre que nous soyons à terre pour nous inciter à des libations sans avoir à craindre de nous noyer en voulant regagner notre lit ? Oh, j'allais oublier… Monsieur Kelly !

Le charpentier tourna si vivement la tête vers le Loup des Mers qu'il se cogna le crâne contre une vergue. Il loucha un moment avant de reprendre ses esprits.

— Oui, capitaine ?

— Vous n'avez pas oublié la raison première de cette sortie en mer ?

Nog se gratta le début de barbe qui lui piquait le menton. Puis la mémoire lui revint, éclairant son regard.

— Non, monsieur ! Tout a fonctionné comme prévu. Nous avons pu faire virer le navire en douceur à plus de douze nœuds, et il a chevauché la tempête comme un prince.

Dante opina, avant de délivrer quelques explications à Varian.

— Voilà une question qui était réellement pressante : savoir si le nouveau gouvernail permet d'augmenter la vitesse du *Rose de Fer* ainsi que sa maniabilité. Combien de temps vous faudra-t-il pour apporter cette modification aux autres vaisseaux, Nog ?

Le charpentier porta deux doigts à son front cabossé.

— Le capitaine Juliet veut que j'allège d'abord le galion. Après quoi, j'aurai besoin d'une quinzaine, au bas mot, pour améliorer le gouvernail des trois autres navires… à moins que vous ne me permettiez de les mettre en cale sèche. Dans ce cas, je devrais pouvoir terminer le travail en une semaine tout au plus.

— Hmm, je vais y réfléchir, repartit Simon avant de presser l'épaule de sa fille. Voilà en tout cas une raison de plus de faire la fête ! Bien joué, tous les deux. À ce rythme-là, vous allez finir par concevoir des vaisseaux entiers et rendre jaloux M. Pitt !

— À ce propos, où est-il ? s'enquit Juliet.

— Je crains qu'il ne soit retenu ailleurs. Un nouveau fils lui a été donné hier.

Le visage de la jeune femme s'illumina d'un grand sourire.

— Diantre ! C'est son huitième, non ?

— Son neuvième, ma chérie. Ce qui lui fait treize enfants avec ses quatre filles. Et prouve à l'évidence qu'il a trop de temps libre. Mais ne parlons plus de ça. Ce soir, ajouta-t-il en haussant la voix pour se faire entendre d'un bout à l'autre du *Rose de Fer*, nous célébrons la plus grosse prise capturée à ce jour par l'équipage le plus audacieux de toutes les Caraïbes !

Un nouveau chœur de vivats et de tapements de pieds ébranla le navire. C'était là un éloge rare de la part du Loup des Mers, et bien des hommes de Juliet écrasèrent une larme de fierté. Les acclamations accompagnèrent le maître de Pigeon Cay jusqu'à la coupée où le rejoignirent Isabeau, Gabriel et un Jonas trempé jusqu'aux os. Après avoir gentiment prié la jeune femme de ne pas s'attarder trop longtemps, les quatre Dante descendirent dans la chaloupe qui les attendait et furent ramenés à grands coups d'avirons vers le rivage pour aller préparer la fête dans la résidence familiale.

Tandis qu'ils s'éloignaient du *Rose de Fer*, Isabeau appuya la tête contre l'épaule de son mari et lâcha un soupir frémissant.

— Seigneur Dieu, Simon… qu'avons-nous fait ?

— Comment ça, mon amour ?

— C'est nous qui l'avons encouragée dans cette carrière, même si je reconnais en porter plus la responsabilité que toi. Tu voulais l'envoyer en pension en France, lui donner une chance de devenir une dame du monde, alors que moi, je tenais à ce qu'elle choisisse elle-même son destin.

Dante pressa les lèvres contre les cheveux de son épouse.

— À part toi, mon adorable Cygne noir, je ne connais pas d'autre vraie dame que notre Juliet. Elle a du cœur, du courage, de l'honneur… et de la circonspection. Plus de circonspection que ces deux galopins, ajouta-t-il en désignant du menton leurs fils assis à la proue de la chaloupe. Tant qu'elle restera prudente, je ne me ferai pas trop de souci pour elle.

— Un bon mari ne serait pas de trop non plus, leur jeta Gabriel par-dessus son épaule. Si du moins il existe un homme capable de lui tenir tête.

— Hein ? fit Jonas en pivotant vers eux. De quoi est-ce que vous parlez ?

— De la taille des oreilles de ton frère, riposta Isabeau. Et à moins qu'il n'ait envie qu'on les lui frotte un bon coup, il ferait mieux de les garder braquées droit devant lui.

10

Une fois de plus, Varian se trouvait mis à l'écart.

Beacom avait suffisamment retrouvé ses esprits pour descendre récupérer la petite malle que Johnny Boy leur avait allouée pour ranger leurs affaires. Elle ne contenait pas grand-chose – une chemise et des bas de rechange, du linge de toilette et une brosse en crin de cheval – mais elle reliait le domestique à un univers de tâches familières et l'empêchait de trop ruminer les images de gorges tranchées et d'entrailles bouillies que lui inspirait la tribu des Dante.

Quant à Varian, il n'était guère habitué à se retrouver ainsi dédaigné, et il en fut tellement froissé qu'il suivit Juliet jusque dans sa cabine.

La main sur la poignée de la porte, il serra le poing et cogna le battant.

— Entrez.

La jeune femme était à son bureau, en train de rassembler registres, cartes et les divers papiers qu'ils avaient récupérés sur le *Santo Domingo* ainsi que sur l'*Argus*. Elle avait ôté son chapeau et la clarté de la lampe se déversait sur ses épaules, allumant dans les boucles sombres de sa chevelure des traînées de feu or et rouge.

Comme Varian pénétrait dans la pièce, elle leva les yeux vers lui et soupira.

— Vous avez le genre d'expression pincée qui laisse présager plaintes et jérémiades, milord. Sachez que ma patience a des limites et que mes pistolets sont chargés.

Il croisa les mains dans le dos.

— Le titre que vous devez me donner, mais que vous semblez avoir jusqu'à présent résolu d'ignorer, est en réalité « Votre Grâce ».

Elle finit de feuilleter les documents qu'elle compulsait et se redressa.

— Je suis sûre que vous n'êtes pas venu avec vos grands airs dans le seul but de me donner une leçon de bonnes manières.

— Je crains que vous ne soyez irrécupérable en ce domaine, capitaine. Je voulais simplement vous demander ce que votre père a voulu dire en me prévenant que je serai à terre « sous votre protection ».

— Cela paraît pourtant on ne peut plus clair, *milord,* répliqua-t-elle. En bref, vous avez été capturé avec le galion, ce qui fait de vous une prise de guerre. Il s'ensuit, selon le code de la flibusterie, que vous êtes devenu ma propriété et qu'en conséquence vous êtes sous ma responsabilité. Croyez bien que je n'en suis pas plus ravie que vous, mais nous n'y pouvons rien : même les pirates obéissent à des règles.

Après avoir soutenu le regard de Varian un moment, elle se pencha de nouveau vers les documents étalés sur la table.

— Cela étant, vous devriez plutôt être reconnaissant à mon père de vous avoir ainsi placé sous ma protection, car mon frère Jonas vous aurait tiré une balle entre les yeux sans autre forme de procès.

Varian peinait toujours à assimiler son statut de « propriété ».

— Votre frère ? Qu'est-ce qu'il vient faire là-dedans ?

— Il déteste encore plus les Espagnols que mon père…

Elle s'interrompit en entendant le pas clopinant de Johnny Boy dans la coursive. Le garçon apparut bientôt sur le seuil de la cabine, pour l'avertir que le *Santo Domingo* venait d'être remorqué dans le lagon.

— Très bien, merci. Tiens, monte-moi ça sur le pont, s'il te plaît, ajouta-t-elle en fourrant le reste des papiers dans un gros sac qu'elle tendit au mousse. Et demande qu'on me prépare une chaloupe.

— À vos ordres, capitaine.

— Attends un peu, dit-elle alors qu'il se retournait vers la coursive. Qu'est-il arrivé à ta jambe ?

Johnny Boy se tordit le cou pour considérer la tache rouge qui marquait son pantalon juste au-dessus de sa prothèse.

— C'est rien, capitaine. J'ai reculé dans un affût tout à l'heure et le bois a dû m'érafler la peau.

— Nettoie-moi ça avant de monter dans la chaloupe, veux-tu ? Je n'ai pas envie qu'on te rabote encore le moignon.

— Bien, capitaine, repartit le garçon en souriant. Je vais récurer ça jusqu'à ce que ça brille, et je pisserai dessus deux fois par jour.

Quand il fut reparti, la jeune femme remarqua l'expression de Varian.

— C'est le meilleur moyen de laver une plaie et de prévenir l'infection, lui expliqua-t-elle en laissant son regard errer sur sa joue un instant.

Elle s'abstint toutefois de confirmer la nature de la substance dont elle avait enduit sa plaie avant de la recoudre, et se recoiffa de son chapeau de mousquetaire avant de saisir une paire de gants sur le secrétaire.

— Vous venez, milord ? J'ai quelques détails à régler avant que nous embarquions dans la chaloupe.

Frustré d'avoir encore plus de questions qu'à son arrivée dans la cabine, il sortit dans la coursive et empoigna le bras de Juliet alors que celle-ci le dépassait. Ce qu'il voulait lui dire se bloqua dans sa gorge quand elle posa les yeux sur sa main, avant de les relever vers son visage. Il la relâcha aussitôt, mais les traits de la jeune femme s'étaient durcis et sa voix prit des intonations inflexibles :

— Je croyais que vous saviez tirer les leçons de vos erreurs ?

— Je m'y efforce, croyez-moi. Malheureusement, les règles semblent changer dès que je tourne le dos.

— Vous n'avez qu'à tourner un peu plus vite.

— Soyez assuré que j'ai déjà le vertige, madame, grommela-t-il.

Mais elle avait remonté le corridor sans l'attendre et posé le pied sur la première des marches qui menaient au pont.

Une heure plus tard, Juliet était enfin prête à débarquer. Le *Santo Domingo* avait mouillé l'ancre une cinquantaine de mètres en arrière du *Rose* et avait aussitôt attiré un essaim de chaloupes. La nuit était tombée depuis longtemps et des lanternes avaient été accrochées au gréement du galion dont elles éclairaient les ponts comme en plein jour. Les hommes assemblaient déjà les treuils qui seraient utilisés le lendemain matin pour le transbordement du butin contenu dans ses soutes.

Juliet se dirigeait vers la coupée quand elle remarqua l'attention avec laquelle le duc de Harrow observait l'activité régnant sur le *Santo Domingo*. Il plissait les paupières pour percer le halo lumineux qui nimbait le galion, et quand la jeune femme suivit son regard, elle avisa Beck, le lieutenant anglais, qui se déplaçait parmi l'équipage et supervisait même un groupe de corsaires occupé à descendre d'immenses filets dans les entrailles du vaisseau.

— Si vous voulez débarquer, milord, dit-elle, nous partons maintenant. Mais soyez prévenu que si vous ne savez pas vous tenir à terre, vous serez ramené ici comme un vulgaire sac de farine.

Un muscle se contracta sur sa joue, mais il n'émit aucun commentaire.

Beaucoup moins stoïque que son maître, Beacom blêmit dès qu'il eut jeté un œil par la coupée : la coque dégringolait vers l'eau sans offrir d'autres points d'appui que les échelons fixés dans les bordages. Le ciel nocturne était noir et l'eau formait en contrebas un tapis mouvant d'ombres et de reflets. La clarté des lanternes avait attiré des bancs de poissons, dont certains rasaient la surface des flots telle une troupe d'éclairs irisés. D'immenses taches obscures se détachaient par instants de l'ombre sur le fond du lagon, grandes créatures rondes munies d'une queue serpentine qui ondulait derrière elles.

— Mon Dieu, Votre Grâce, gémit Beacom en s'éloignant du bastingage, je crois que je n'y arriverai pas.

Varian regarda Juliet repousser sa cape derrière son épaule, avant de disparaître par la coupée.

— Préférez-vous rester à bord ? Je suis sûr que l'équipage saura vous trouver des distractions.

Les mains pâles du valet se portèrent à sa gorge.

— Pas question de vous abandonner, Votre Grâce ! Je vous suis.

— Alors restez près de moi. Je vais guider vos pieds et pourrai vous rattraper en cas de faux pas.

Beacom hocha nerveusement la tête et attendit que Varian eût descendu les trois premiers échelons, avant de tendre un pied tremblant par-dessus bord. Aidé par son maître, il ne rouvrit les yeux qu'en sentant un bras le prendre par la taille et l'asseoir sur un banc de la chaloupe.

Un des rameurs écarta le bateau du *Rose de Fer* avec son aviron. Varian se sentait tout petit, écrasé par la masse imposante du navire corsaire dont les mâts semblaient se perdre dans le ciel nocturne. Il pouvait distinguer les éraflures que les combats avaient laissées dans l'épaisseur des bordages. Il se prit aussi à compter les sabords et mesura mieux la puissance du vaisseau sur lequel il avait voyagé.

Comme ils contournaient le *Rose de Fer,* son attention fut attirée par la figure de proue. Il s'agissait d'une femme nue qui portait un simple voile en bandoulière pour cacher un de ses seins ainsi que son pubis. Ses bras étaient tendus vers le haut comme pour supporter le poids du beaupré, et ses jambes fines et galbées jointes le long de l'étrave à l'instar de celles d'une ballerine.

Ils allèrent se ranger contre le flanc du *Santo Domingo* pour récupérer Nathan Crisp et le lieutenant Jonathan Beck.

— Votre Grâce, fit celui-ci. J'ai eu le plaisir d'apprendre que vous étiez remis de vos blessures.

— J'en ai été fort content aussi, lieutenant. Nous n'avons pas eu l'occasion de nous reparler, mais je vous prie d'accepter mes condoléances pour la disparition de votre vaisseau et des braves qui composaient votre équipage.

— Merci, monsieur. Le capitaine Macleod était un homme bon, un excellent navigateur, et sa perte est fort regrettable.

— Au moins a-t-il bien formé ses hommes, intervint Crisp à l'intention de Juliet. Loftus m'a dit que, sans l'équipage de l'*Argus* aux écoutes, ils auraient été balayés par la tempête. Quant au lieutenant, il est fort dommage qu'il n'ait pas plus de prédisposition au brigandage. Je lui confierais la barre sans problème. Il a manœuvré ce rafiot dans le récif comme s'il avait fait ça toute sa vie !

— J'ai grandi en Cornouailles, monsieur, et les courants et les écueils ont rompu là-bas la quille de maints navires.

— Acceptez donc le compliment qui vous est adressé, monsieur Beck, lui conseilla la jeune femme. M. Crisp en est plus avare qu'une vieille fille de ses baisers.

Les rameurs se remirent à l'action et, quelques minutes plus tard, ils avaient traversé la baie et approchaient des lumières qui s'alignaient le long des quais. Plus haut sur la pente du cratère, la grande résidence blanche scintillait telle une boîte à bijoux. Dès que la chaloupe heurta le ponton, Juliet et Crisp sautèrent à terre et se mirent à deviser à voix basse pendant que les autres débarquaient.

Quelques instants après avoir retrouvé le plancher des vaches, Varian fut surpris de constater qu'il y était aussi chancelant et mal à l'aise que durant ses premiers jours en mer.

Une voiture les attendait pour les conduire jusqu'à la demeure du maître des lieux. Elle tressautait furieusement dans les nids-de-poule de la chaussée, à tel point que Varian craignit que ses dents ne se déchaussent sous la violence des cahots. Quand ils arrivèrent enfin à destination, il poussa un soupir de soulagement.

— J'ai un mot à dire au duc, annonça Juliet en invitant les autres à descendre.

Elle tendit à Crisp le sac bourré de cartes et de documents qu'elle avait gardé près d'elle sur la banquette.

— Pourriez-vous emmener ça pour moi à l'intérieur ? Et demandez qu'on attribue au lieutenant et à M. Beacom des chambres avec des draps propres.

Une lampe était suspendue à chacun des poteaux de la véranda qui s'étendait sur les trente mètres de la façade et toutes les fenêtres, au rez-de-chaussée comme à l'étage, débordaient de clarté. Il n'y avait qu'un seul endroit dans la voiture qui était resté dans l'ombre et c'était de ce coin obscur, dos à la maison, que Juliet Dante avait l'avantage de pouvoir observer Varian tout lui cachant son propre visage. Seule la tache blanche de son jabot en dentelle indiquait la position de son cou.

L'intention ironique qu'elle avait mise dans le choix de la dentelle et du velours de sa tenue n'avait pas échappé à Varian. Force lui était toutefois d'admettre que le noir et le rouge lui allaient bien et cela, sans doute, parce qu'ils symbolisaient à merveille son assurance et son charme fatal.

Elle se mit d'abord à tapoter ses mains l'une contre l'autre sur son giron, puis entreprit d'ôter ses gants.

— J'ai été brûlée un jour, raconta-t-elle tout à trac. Ma chemise a pris feu et j'ai perdu plusieurs couches de peau. Depuis lors, j'ai reçu des coupures et des blessures par balle, qui sont loin de m'avoir fait autant souffrir. J'admire la force de caractère du lieutenant ; la douleur qu'il a endurée a dû être insoutenable. Savez-vous ce qui est arrivé à son visage ?

— Il ne me l'a pas confié.

— Vous avez navigué avec lui six semaines durant, et vous n'avez pas songé à le lui demander ?

— On n'interroge pas directement un infirme sur l'origine de son infirmité. Cela ne se fait pas.

— Ah bon ? Je dois avoir perdu mes bonnes manières parce que moi, je lui ai posé la question. Il m'a appris qu'il était alors fiancé et que, tout comme vous, il avait hâte de rentrer chez lui pour épouser sa promise, quand son navire a croisé un vaisseau hollandais au large des Canaries. Ils ont échangé quelques bordées et l'une de leurs voiles est tombée en flammes sur le pont. Le lieutenant avait la joue couverte de poudre à force d'avoir tiré au mousquet, et le feu s'est propagé sur le côté de son visage, sur sa chemise et jusque dans ses cheveux. À son retour en Angleterre, sa fiancée s'est enfuie en poussant des cris d'horreur dès qu'elle l'a vu. Il a repris du service et retrouvé la compagnie des gens de mer qu'il savait plus compatissants envers les malheurs d'autrui que ses compatriotes restés à terre.

— Je comprends que vos pairs aient tendance à vous juger sévèrement, mais de là à trouver toute la société anglaise intransigeante…

— Ai-je vraiment tort de le penser ? Comment croyez-vous que ma mère serait accueillie à la Cour ? Y serait-elle invitée à danser ou à jouer au croquet sur les pelouses du palais ? Ses voisins de table seraient-ils prêts à lui pardonner l'usage de sa prothèse pour couper sa viande ?

Varian fouilla les ténèbres du regard.

— Cherchez-vous simplement à me choquer, capitaine, ou voulez-vous me forcer à admettre que tous les courtisans ne sont que des malotrus suffisants ? Je suis disposé à reconnaître ce défaut… à condition que vous admettiez ne pas en être dépourvue vous-même. Vous exhibez fièrement vos cicatrices et votre férocité, tout en méprisant les élégants aux mains dénuées de cal et aux souliers garnis d'une boucle en argent. Je vous accorde qu'il est peu vraisemblable que l'épouse d'un lord pirate devienne l'une des suivantes de la reine, mais des hommes comme Beacom et moi-même ont-ils la moindre chance d'être traités en égaux à votre table ? Dès le départ, vous avez tenu à ce que je vous donne du « capitaine », mais vous ne vous êtes pas privée de vous moquer de mon rang à la moindre occasion. Vous ne pouvez me tenir rigueur d'un comportement que vous m'infligez vous-même, Juliet.

Elle se tenait si coite qu'il pouvait presque l'entendre ciller. C'était la première fois qu'il l'appelait par son prénom.

— Je ne vous ai pas retenu pour recevoir de votre part une leçon de bienséance, *Votre Grâce*. Je désirais juste vous dissuader d'entrer dans cette maison en assenant à vos hôtes les ordres et les exigences du roi. Ils n'y seront pas favorablement accueillis.

— Vous ne m'avez pas encore dit pourquoi.

Elle eut un reniflement incrédule. Il écarta les mains avec un air désabusé et ajouta :

— Vous me reprochez de ne pas avoir interrogé directement le lieutenant sur son infirmité et voilà que, lorsque je vous pose une simple question, vous m'enfoncez une lame dans les côtes !

— Une lame, vraiment ? Vous rêvez !

— Si vos yeux étaient des armes, madame, j'aurais été saigné à blanc une bonne douzaine de fois depuis que vous m'avez pris à votre bord.

Elle se remit à agiter les doigts et tourna la tête vers la résidence en entendant des pas sur le gravier. Celui qui s'approchait de la voiture, quel qu'il fût, battit précipitamment en retraite sous l'intensité du coup d'œil que la jeune femme lui lança.

Elle cessa de se tapoter les mains avant de se retourner vers Varian.

— Notre grand-père a été tué sur le *Cygne noir* au cours du même combat qui a coûté un bras à ma mère. Après cinquante ans passés à bourlinguer sur tous les océans, il ne lui restait plus beaucoup des membres dont il avait été pourvu à la naissance. Il n'avait plus qu'une jambe, un seul bras, et son corps était un tel amalgame de balafres et de déformations que le lieutenant Beck aurait semblé carrément beau en comparaison, or jamais il n'a rechigné devant la perspective d'une aventure ni battu en retraite sous le feu ennemi. Quand il s'engageait dans une entreprise, c'était de tout son être. Jonas était constamment à ses côtés, imitant son rire tonitruant et l'empêchant de tomber quand il avait bu trop de rhum.

Elle s'interrompit, sans doute de crainte d'en avoir trop dit, avant de terminer avec une certaine irritation dans la voix :

— Si vous aviez vu la tête de mon frère quand il a descendu du navire le corps de grand-père, vous comprendriez pourquoi il ne veut pas entendre parler du moindre compromis avec les Espagnols. Et c'est aussi le cas de mon père et de ma mère. Et du mien également.

Il secoua la tête.

— Cela ne devrait-il pas au contraire vous inciter à chercher la paix avec eux ?

— La paix, oui, pourquoi pas. Une capitulation, c'est hors de question.

— Personne ne vous le demande.

— Vraiment ? Jamais les Espagnols ne signeront un traité autorisant une autre flotte que la leur à sillonner ces eaux. Ils ont trop d'intérêts en jeu dans cette partie du monde. Enfin quoi, c'est tout un continent qui est à leur botte ! Et ce sont les richesses qu'ils en tirent qui assurent leur domination sur les mers. Tant que la vierge était sur le trône, père n'arrêtait pas de recevoir des missives officielles lui intimant de cesser de harceler les convois espagnols et, en même temps, c'était une avalanche de courrier codé qui lui était adressé en secret par Sa Majesté pour le supplier de n'en rien faire, le féliciter de ses succès et l'inciter à frapper toujours plus fort les Espagnols là où ça leur fait le plus mal : leur trésor. La vieille reine avait bien compris que c'était en restreignant le flot d'or et d'argent issu du Nouveau Monde qu'on les priverait de l'argent nécessaire pour la construction de leur flotte, le paiement de leurs soldats et l'entretien de leurs garnisons établies à des milliers de lieues de Séville. Et mon père n'était pas le seul à recevoir les encouragements d'Élisabeth. Des douzaines d'autres corsaires écumaient la région – et leurs efforts ont fini par porter leurs fruits. Pendant que les coffres espagnols se vidaient, l'Angleterre remplissait les siens avec le dixième du butin pris sur chaque galion capturé.

» Mais Élisabeth a fini par mourir, et Jacques Stuart lui a succédé. Il ignorait tout des liens discrets que la reine entretenait avec des marins naviguant à l'autre bout de la terre – à moins qu'il n'ait choisi de les ignorer. Après tout, il avait désormais une flotte, un trésor bien garni, et l'heure était venue de persuader le monarque espagnol de ses bonnes intentions en priant les hommes comme mon père de refermer leurs sabords. Il n'avait bien sûr aucune autorité sur les Hollandais ni sur les Portugais, mais la plupart des corsaires anglais préférèrent se retirer du jeu plutôt que de courir le risque d'être stigmatisés comme pirates. Ils étaient prospères et avaient connu une vie pleine d'aventures. Bon nombre d'entre eux rentrèrent en Angleterre, comme on le leur avait ordonné, et se retirèrent sur leurs domaines pour y engraisser et élever des moutons.

— Sauf votre père.

Elle soupira.

— Il a refusé de renoncer à ce qu'il avait eu tant de peine à construire. Cet endroit est notre foyer, désormais. Ne sommes-nous pas censés le défendre ?

— Le défendre, certes, mais...

— Connaissez-vous l'expression : « Nulle paix au-delà de la ligne » ?

— Vous faites allusion à la ligne imaginaire tracée par le pape Alexandre VI au milieu de l'Atlantique pour séparer les territoires garantis à l'Espagne de ceux revenant au Portugal ?

La jeune femme hocha la tête.

— Cette ligne a été décrétée par bulle pontificale l'année suivant celle de la découverte du Nouveau Monde par Christophe Colomb, à une époque où l'Angleterre savait à peine naviguer sur la Manche, or c'est cette limite que l'Espagne continue de vouloir nous imposer. C'est par cette bulle vieille de plus d'un siècle qu'ils justifient encore et toujours la chasse et la destruction de nos vaisseaux dans les Caraïbes, même celles de navires marchands ayant normalement le droit de commercer dans le secteur.

— Les rois d'Angleterre et de France ainsi que les Néerlandais s'efforcent justement de changer cette situation, de même que Philippe III d'Espagne, objecta Varian. Mais les pourparlers ne pourront déboucher sur un accord que si les canons de chacune des parties se taisent.

— Je suis étonnée que vous puissiez encore soutenir ces fadaises, après l'attaque de l'*Argus*. En tout cas, ne comptez pas sur mon père pour croire à la bonne volonté des Espagnols.

Il se pencha vers elle, faisant légèrement grincer la banquette sous son poids.

— J'ai parfaitement conscience de ne pas être ici dans mon élément, Juliet. J'admets volontiers ne pas comprendre votre mode de vie et n'avoir pas la moindre chance de m'en sortir si vous m'abandonniez sur une île. En outre, je suis un soldat, plus habitué à agir qu'à parlementer. Mettez-moi sur un champ de bataille avec artillerie et cavalerie, et je vous mènerai à la victoire. Mais transportez ce combat en mer et, franchement… je perds tous mes repères et toutes mes certitudes. Vous essayez de vous rendre avec les honneurs, et votre ennemi vous coule quand même. Vous êtes vaincu une seule fois, et l'océan vous engloutit sans laisser de traces. Je n'arrive même pas à mesurer pleinement la force et le courage qu'il faut pour se risquer hors de ce refuge, tout en sachant que des vaisseaux plus gros et mieux armés que le vôtre n'attendent que de vous tomber dessus. Pas plus que je ne puis imaginer la raison pour laquelle vous refuseriez de soutenir les efforts du roi pour obtenir la paix dans l'Atlantique.

Il marqua une pause et se renfonça contre le dossier de la banquette.

— Je vous le répète : j'essaie vraiment de vous comprendre. Mais vous ne me rendez pas la tâche facile.

Une des lampes extérieures projetait sur le côté de la voiture une lueur diffuse qui oscillait avec la branche à laquelle elle était suspendue. La lumière effleura les yeux de Juliet avant de se retirer, puis de l'éclairer de nouveau, jusqu'à ce que la jeune femme détourne le regard.

— Pour tout vous avouer, il y a des fois où j'ai moi-même du mal à nous comprendre, admit-elle. Mais il suffit que je regarde la manche vide de ma mère ou la chaise qu'occupait jadis mon grand-père à table pour retrouver instantanément la motivation qui nous anime tous.

Varian l'étudia en silence, les mains jointes sous le menton.

— Voilà pourquoi je vous dis que votre mission est vouée à l'échec, ajouta-t-elle.

— Serais-je mieux entendu si je vous révélais que le roi et ses ministres n'hésiteraient pas à vous retirer vos lettres de marque si vous leur désobéissiez, et à accuser de piraterie et de trahison toute votre famille ainsi que ceux qui naviguent sous votre pavillon ? Cela impliquerait que votre père pourrait être pendu comme un vulgaire forban s'il était capturé.

Juliet sourit.

— Pour cela, il faudrait d'abord l'attraper, n'est-ce pas ?

— Faut-il vraiment que je vous rappelle que nul n'est à l'abri d'un faux pas ?

— Faut-il vraiment que je vous rappelle que vous n'êtes pas en position de proférer des menaces, ni même de dénoncer nos faiblesses ? Nous aurions pu vous abandonner avec les Espagnols.

— Et pourtant, vous m'avez recueilli à votre bord pour m'y garder… À quel titre, au juste ? s'enquit-il en relevant lentement le menton. Comme prisonnier ? Comme otage ?

Elle haussa les épaules.

— Quoi qu'il en soit, *Votre Grâce,* vous seriez bien inspiré de considérer que votre mission est tombée à l'eau avec l'*Argus*.

Elle leva une main par la vitre de la portière. Varian entendit aussitôt des pas crisser de nouveau sur le gravier et, l'instant d'après, deux robustes marins apparaissaient.

— Comme vous êtes officiellement sous ma protection, vous serez traité ici avec tout le respect qui vous est dû. Mais vous vous trouvez sur une île, vous n'avez nulle part où vous échapper, et ces hommes seraient prêts à vous tuer sur un claquement de doigts.

La portière s'ouvrit.

Juliet descendit la première et, après avoir murmuré des ordres aux deux hommes, elle gagna la résidence sans un regard en arrière.

11

Juliet pénétra seule dans la maison, son épée battant le talon de sa botte à chacune de ses enjambées rageuses. Les siens s'étaient réunis dans le grand salon. Elle entendait déjà leurs voix et se força à ralentir et à détendre autant que possible les traits de son visage. Après tout, c'était un soir de fête. Elle avait presque oublié ce maudit gouvernail que Nog et elle avaient mis des mois à perfectionner. L'augmentation de la vitesse et l'amélioration de la maniabilité qui en avaient résulté leur avaient permis de se rapprocher rapidement du *Santo Domingo* et d'éviter par là même de rester trop longtemps dans sa ligne de tir.

Juliet demeura un instant sur le seuil du grand salon, laissant l'atmosphère accueillante et chaleureuse l'imprégner. L'odeur musquée des vieilles reliures en cuir et le crépitement du feu dans la cheminée lui rappelaient les heures qu'elle avait passées dans cette même pièce à réviser ses leçons de navigation, penchée sur les cartes, et à apprendre à relever vents, vitesse et courants, ainsi qu'à confectionner le mélange de poudre servant d'amorce aux canons.

Quand elle avait atteint sa dixième année, la pratique avait succédé à la théorie et elle avait commencé à servir sur le *Vengeur* pour acquérir l'expérience que ne pouvaient lui enseigner les livres. Dès sa seizième année, elle était capable d'établir un cap et de mener un navire d'un point à un autre. À dix-huit ans, elle prouvait sa valeur de combattante et de chef en franchissant des monceaux de cadavres pour aller reprendre le commandement d'un canon de son père dont tous les servants avaient été fauchés par l'ennemi.

Deux ans plus tard, elle devenait capitaine de son propre navire, le *Rose de Fer*.

Jonas avait pour sa part été moussaillon sur le *Cygne noir*. Bien qu'il ait plus ou moins appris à contrôler sa nature impulsive sous la houlette de leur mère, il ressemblait trop à son grand-père pour ne pas continuer à se laisser parfois emporter par ses élans de rage. Gabriel, quant à lui, avait été placé sous la tutelle attentive de Geoffrey Pitt et en était venu à pleinement apprécier l'avantage que pouvaient conférer sang-froid et rationalité.

Leur père se tenait ce soir avec son fidèle second près de l'âtre, les deux hommes discutant sans doute de l'agitation que ne manquerait pas de susciter la nouvelle de la capture d'un des plus fameux vaisseaux espagnols par les Dante.

Isabeau, Gabriel et Christiana, l'épouse de Pitt, étaient assis près de la porte-fenêtre qui donnait sur la véranda. Juliet aurait pu compter sur les doigts d'une seule main les fois où sa mère avait troqué la culotte et le pourpoint contre des vêtements plus féminins comme la jupe et le chemisier qu'elle portait ce soir-là. La surprise de la découvrir habillée d'une toilette de soie bleu pâle n'était surpassée que par le plaisir de voir son père arborer sa plus belle tenue de cour, laquelle comprenait jusqu'au baudrier guilloché de fils d'or contenant l'épée d'apparat que la reine lui avait offerte après sa victoire sur l'Armada espagnole.

Gabriel affichait comme toujours une élégance nonchalante, avec ses cheveux retombant en boucles luisantes sur son col et ses longues jambes étendues devant lui, croisées au niveau des chevilles. Jonas avait, de son côté, endossé des vêtements secs, mais comme sa garde-robe peu variée contenait en plusieurs exemplaires une même tenue composée d'une culotte brune, d'un pourpoint en cuir et d'une chemise blanche bouffante, le changement n'était guère perceptible.

Le dernier visage familier susceptible de ranimer un sourire sur les lèvres de Juliet était celui de Lucifer qui, après toutes ces années, n'avait toujours pas contracté de penchant marqué pour des habits qu'il ne pouvait ôter d'un revers de main. Il se dressait derrière Simon Dante tel un dogue menaçant, attifé d'une culotte courte surmontée d'un pourpoint à rayures. Voilà trente ans que l'Africain surveillait les arrières du Loup des Mers, et ce fut sa tête chauve qui se tourna la première vers la jeune femme.

Juliet ne l'avait pas vraiment vu vieillir. Seuls les motifs en volutes de ses tatouages avaient, en s'étendant, marqué le passage du temps sur son corps. Depuis les soleils qui ornaient initialement ses joues, les taches d'encre avaient gagné sa gorge ainsi que le marbre sombre et luisant de son torse et de ses épaules – jusqu'au pendule de chair de son sexe qui, preuve de sa résistance à la douleur, avait été transformé en un cobra qui déployait ses écailles luisantes lorsque le membre entrait en érection.

Lucifer murmura un mot à l'oreille de son capitaine, avant d'adresser un grand sourire à la jeune femme. Cette mimique jetait ordinairement l'effroi dans les cœurs les plus endurcis, car il avait taillé en pointe ses dents blanches. Quand ils étaient encore enfants, Jonas lui avait assuré que s'il avait ainsi modifié sa dentition, c'était afin de pouvoir déchirer la chair de ses ennemis et dévorer leurs entrailles. La réalité était plus prosaïque, car cette altération corporelle était en fait réservée aux plus grands guerriers dans le village où il était né.

Il traversa le salon pour rejoindre la fille de son capitaine. Il eut alors un geste qu'il n'effectuait qu'en de très rares occasions : il gratifia Juliet d'une profonde courbette, autant pour saluer l'exploit du *Rose de Fer* que la hardiesse de son capitaine.

— Nous sommes tous fiers de toi, Little Jolly, dit-il en l'appelant par le surnom qu'il lui donnait depuis l'enfance. Même tes frères, qui boudent depuis l'annonce de ton succès.

— Nous ne boudons pas du tout ! protesta Gabriel en se levant. Nous sommes plutôt béats d'admiration devant notre petite sœur et ne doutons pas que, la prochaine fois, elle arrivera à capturer la flotte espagnole tout entière. Par les flammes de l'enfer, si on l'envoyait en Espagne, elle serait capable de nous rapporter Philippe en personne, assis sur son trône !

Geoffrey Pitt vint prendre la main de la jeune femme pour y déposer un baiser.

— Ignore donc ce grand dadais. Il est juste jaloux... et fier de toi, oui. Comme nous tous. Cinquante-deux canons, bon sang, et tu as réussi à t'en emparer avec à peine une égratignure !

— J'ai cru comprendre que vous méritiez également des félicitations. Un garçon de plus, n'est-ce pas ? Vous allez bientôt avoir de quoi constituer tout l'équipage de votre navire !

Comme il se mettait à rougir, elle le serra dans ses bras en riant, avant d'aller rejoindre Christiana. Celle-ci était une petite brune au visage d'angelot qui avait gardé un corps d'enfant malgré les treize bébés qu'elle avait mis au monde.

Juliet sortit de son pourpoint un petit paquet enveloppé de satin contenant une émeraude taillée en carré que Nathan avait dénichée sur le *Santo Domingo*.

— Pour votre futur fils, dit-elle en l'embrassant sur les deux joues. Lui avez-vous déjà choisi un nom ?

Christiana rit et secoua la tête.

— Pas encore. Nous avons épuisé la liste des pères, grands-pères, oncles et cousins dont nous devions honorer la mémoire.

Juliet sourit, mais fut bientôt troublée de constater qu'elles étaient les seules à parler dans la pièce. Les regards étaient tournés vers elle, certains plus interrogateurs que d'autres mais tous empreints de curiosité.

Un coup d'œil vers la porte lui apprit que le sac que Crisp avait apporté pour elle n'avait pas encore été ouvert.

— Vous montrez une remarquable maîtrise de vous-mêmes, mes chers frères, murmura-t-elle avant de prononcer sur un ton désinvolte les paroles que tout le monde attendait. La liste de la cargaison du *Santo Domingo* indique plus de cinquante caisses remplies de lingots d'argent, ainsi qu'une autre cinquantaine de caisses pleines d'or, de perles, d'épices et même de feuilles de cuivre. Ne vous gênez pas pour compulser ces documents si le cœur vous en dit. Je n'ai pas tout regardé.

Jonas et Gabriel eurent rejoint le sac en deux enjambées et en déversèrent le contenu sur le bureau avant même que leur père ait fini d'éclater de rire.

L'heure suivante fut consacrée à la lecture attentive des papiers officiels, à l'annonce de cargaisons toutes plus extraordinaires les unes que les autres – et dont certaines surprirent la jeune femme – ainsi qu'à une première estimation de la valeur de toutes ces marchandises. Un calcul précis ne serait possible qu'après le débarquement et la pesée du contenu des cales, mais à première vue, selon Geoffrey Pitt, la valeur totale devrait excéder les deux cent mille livres anglaises, somme faramineuse comparée aux trente à cinquante mille livres qu'on pouvait espérer trouver en temps ordinaire dans les soutes d'un navire espagnol.

C'était de loin la plus grosse prise jamais effectuée par un corsaire depuis que Drake avait pillé le convoi de fonds de Nombre de Dios.

Pitt échangea un regard perplexe avec Simon Dante.

— Mais pourquoi un vaisseau de guerre transporterait-il un tel trésor ?

— Et d'une telle variété, ajouta Juliet. Les lingots d'or portent le sceau de Barranquilla, les lingots d'argent celui de Vera Cruz, les émeraudes proviennent de Margarita. À croire que le galion a effectué le tour des Caraïbes.

— Que sait-on de son capitaine… Aquayo, c'est bien ça ? demanda Simon.

Pitt fouilla sa mémoire encyclopédique.

— Diego Flores de Aquayo, énonça-t-il. Originaire de Séville. Son oncle n'était autre que le duc de Medina Sidonia, *capitán general* de l'Invincible Armada. Un navire de la taille et de la valeur du *Domingo* n'a pu être missionné que par le roi lui-même. Et je pense qu'il ne se serait pas encombré d'une cargaison aussi importante s'il n'avait été prévu qu'il revienne aussitôt en Espagne. Je suis toutefois un peu étonné qu'il ait pris le risque de s'attaquer à un modeste navire anglais, d'autant que celui-ci ne recherchait apparemment pas la confrontation.

— J'ai l'impression que c'était plutôt une initiative du commandant militaire du galion, expliqua Juliet. Il s'appelait Recalde, précisa-t-elle à l'intention de Pitt. Cristóbal Nufio Espinosa y Recalde.

— Le chef de la garnison de Nombre de Dios ?

La jeune femme hocha la tête.

— Malheureusement, je ne m'en suis pas aperçue sur le coup. Il faut dire aussi que nous avions trois cents prisonniers à maîtriser. Lui, cependant, semblait me connaître – ou du moins avoir entendu parler de moi. Il m'a appelée la Rosa de Hierro et m'a lancé que j'étais une garce comme ma mère. J'ai pris ça pour un compliment, ajouta-t-elle en souriant à Isabeau.

Celle-ci fronça les sourcils.

— Tu disais que l'*Argus* s'était rendu et que pourtant Recalde persistait à vouloir le couler ?

La jeune femme opina.

— Nous n'avons pas été témoins du début de l'affrontement, mais le lieutenant anglais nous a certifié que le galion avait délibérément dévié sa course pour les prendre en chasse. Le temps de nous rapprocher du combat, l'*Argus* était déjà à moitié démantibulé et les arquebusiers mitraillaient les membres de son équipage alors même que ceux-ci criaient grâce. Les Espagnols n'avaient visiblement pas l'intention de faire des prisonniers, et nous avons par ailleurs retrouvé des charges incendiaires dans certains de leurs canons, ce qui laisse penser qu'ils voulaient détruire jusqu'aux derniers vestiges de l'épave. À croire que…

— À croire que quoi ?

Juliet haussa les épaules et but une gorgée de vin.

— À croire qu'ils voulaient éliminer quiconque les avait croisés dans les parages. Et puis, il y a eu un autre événement curieux. Plus tard dans la soirée, les hommes de quart m'ont rapporté qu'ils avaient aperçu des lumières au ras de l'horizon et compté au moins sept vaisseaux se dirigeant vers le nord-est. Je suis montée jeter un coup d'œil, mais soit ces lumières avaient fini par passer sous l'horizon, soit les vaisseaux nous avaient repérés et avaient préféré éteindre leurs fanaux, car je n'ai rien vu de tout cela pour ma part. Je n'ai pas osé me rapprocher pour en avoir le cœur net, alors que j'avais le *Santo Domingo* dans mon sillage.

— Cela pourrait confirmer la rumeur qui court depuis une quinzaine, selon laquelle le convoi saisonnier aurait avancé la date de son retour au bercail, déclara Geoffrey Pitt.

— Et quel est cet autre trésor que tu nous as apporté ? s'enquit Jonas en posant les poings sur les hanches. Cet… émissaire de la Cour. Que nous veut le roi, cette fois-ci ? Que père retourne en Angleterre pour lui renouveler son allégeance ?

Juliet secoua la tête.

— D'après le peu de renseignements que j'ai réussi à soutirer au duc, il semblerait que Sa Majesté soit décidée à conclure un traité de coexistence pacifique avec l'Espagne. Et s'il nous a envoyé ce paon bardé de son plus beau plumage et de menaces royales, c'est pour demander à toute la confrérie corsaire de cesser les hostilités pendant la durée des pourparlers. Si nous refusons de lui obéir, nous courons le risque d'être accusés de piraterie et de félonie.

Jonas eut un reniflement amusé.

— Franchement, je n'ai jamais bien compris quelle différence il peut y avoir entre un pirate et un corsaire, en dehors du document royal nous octroyant la permission de « commercer par la force si l'autorisation nous en est refusée ». Je m'étonne que tu ne l'aies pas d'emblée jeté par-dessus bord.

— Il est tellement assommant que j'aurais sans doute mieux fait de m'en débarrasser... si seulement il ne m'avait pas sauvé la vie à bord du *Santo Domingo*.

Toutes les oreilles se braquèrent dans sa direction, et elle sentit une chaleur gênante lui monter au cou.

— Ce geste ne lui a pas coûté grand-chose, vraiment, et je l'ai remboursé au centuple en l'empêchant de sombrer avec l'*Argus* – car vu l'état dans lequel il se trouvait alors, il n'avait aucune chance d'échapper à la noyade.

— C'est donc pour ça qu'il se trouve ici ?

— En vérité, c'est surtout parce que nous avions besoin de l'équipage anglais pour nous aider à ramener le galion, et qu'il aurait paru bizarre de laisser en arrière leur illustre passager.

— Problème que j'aurais résolu sans peine pour ma part, et beaucoup plus efficacement, grommela Jonas.

Simon Dante leva la main pour couper court à la dispute.

— Puisqu'il est là, autant écouter ce qu'il a à nous dire. Mais pas ce soir. Ce soir, nous célébrons la victoire de notre Rosa de Hierro. Allons, venez ! Un festin nous attend dans la salle à manger, et rien ne doit gâcher notre bonne humeur.

Ce fut bien plus tard que Juliet put s'excuser auprès de sa famille et monter d'un pas lourd vers sa chambre. Elle avait trop mangé et trop bu, et beaucoup chanté. Tous les êtres qu'elle chérissait le plus au monde se trouvaient à ses côtés, et la barbe flamboyante de Jonas ainsi que son rire caverneux lui donnaient presque l'impression que l'esprit de son grand-père était également parmi eux.

Malgré sa fatigue, elle commanda un bain chaud et se débarrassa du sel qui rendait ses cheveux filandreux et sa peau aussi sèche que du parchemin. Quand les dernières volutes de vapeur se furent dissipées dans l'air du soir, elle se sécha avec une serviette et revêtit pour la nuit une chemise informe. Elle savait d'expérience qu'en dépit de l'état d'ébriété avancée dans lequel semblaient avoir sombré ses frères à l'issue du repas, l'envie pouvait leur prendre de se glisser dans sa chambre pour lui jouer un tour pendable. La dernière fois qu'elle avait eu plus de succès qu'eux en mer, ils l'avaient jetée nue dans une cuve d'indigo, et il lui avait ensuite fallu des semaines pour nettoyer sa peau de la teinture.

Elle roula en boule des oreillers et les disposa sous les couvertures pour leur donner la forme d'un corps endormi. Elle moucha ensuite la mèche de la lampe et se faufila vers l'autre aile de la maison. Avec un peu de chance, après avoir fouillé sa chambre en vain, les Frères d'Enfer supposeraient qu'elle était retournée sur son bateau.

Le mobilier de la pièce sur laquelle elle jeta son dévolu était couvert de draps blancs, et ses portes-fenêtres étaient closes. Manquant d'air, elle les ouvrit et sortit sur le balcon en attendant que l'intérieur rafraîchisse. La plupart des lanternes du rez-de-chaussée avaient été éteintes et, en dehors de la clarté projetée par les baies donnant sur la façade, les environs de la résidence étaient plongés dans le noir.

La brise qui agitait les palmes en contrebas produisait un bruit semblable à celui des vagues caressant la coque du *Rose* et l'aidait à se réaccoutumer à la terre. Plus loin vers le fond du cratère, scintillait l'arc de cercle des lumières du port. Les vaisseaux qui y étaient ancrés ressemblaient à des jouets flottant à la surface d'un étang.

Elle ne sut au juste quand elle s'aperçut qu'elle n'était plus seule sur le balcon, ni comment elle devina l'identité de la silhouette sombre adossée au mur de la maison.

— Vous avez mal choisi votre nuit pour vous aventurer dans le noir, Votre Grâce.

— Je venais juste prendre l'air sur le seuil de ma chambre, répondit-il en tournant légèrement la tête vers les portes-fenêtres ouvertes à côté de lui. De toute façon, avec le charivari qui régnait en bas, trouver le sommeil relevait de la gageure.

Juliet repoussa une boucle de cheveux caressée par le vent.

— Nous ne sommes pas habitués à recevoir des invités.

— Ni des prisonniers ?

— Il se trouve que nous disposons sur la plage d'une hutte solide avec des barreaux aux fenêtres et un verrou sur la porte. Si ce type de logement vous convient mieux...

— *Mea culpa*, répliqua-t-il en portant une main à son cœur. Je n'ai pas à me montrer ingrat : tout bien réfléchi, vous m'avez témoigné beaucoup de générosité.

— *Benedicamus domino*, récita-t-elle avec une courbette moqueuse.

— *Ex hoc nunc et usque in saeculum*, murmura-t-il. Vous connaissez donc la liturgie catholique ?

— Je tiens à tout savoir des faiblesses comme des forces de mes ennemis, répondit-elle en espagnol. Je connais leurs défauts, poursuivit-elle en français. Je connais aussi leurs péchés mignons, continua-t-elle en néerlandais, et je sais comment en tirer avantage, conclut-elle en latin.

— Et tout cela en étant capable de naviguer à contre-courant, d'atteindre avec une balle un petit pois au sommet du grand mât – ainsi que Johnny Boy ne s'est pas privé de m'en informer – et de manier une épée comme le bras droit du diable en personne.

Elle eut un bref haussement de sourcil.

— Sans doute estimez-vous qu'une femme ne devrait être rien d'autre qu'un ornement au bras des hommes ?

— Seigneur Dieu, non. J'éprouve au contraire un respect insondable pour toutes les créatures du beau sexe ayant d'autres sujets de conversation que la mode ou le temps qu'il fait.

Elle poussa un soupir dubitatif.

— Tant qu'elles sont douces et girondes et se soumettent à vos quatre volontés, maugréa-t-elle en portugais.

— Un corps moelleux peut être parfois d'un grand réconfort, rétorqua-t-il à mi-voix.

Son portugais n'était pas aussi fluide que celui de Juliet, mais le fait qu'il l'ait comprise la décontenança l'espace d'une seconde.

— Entamez-vous donc toutes vos discussions avec l'intention d'être agaçant au possible ?

— Pas toutes, précisa-t-il sur un ton amusé.

— Juste celles que vous avez avec moi ?

Il sourit plus franchement.

— Vous avouerez que vous aimez bien les provocations, Juliet.

— Que vous semblez considérer à chaque fois comme des défis personnels… *Varian*.

Il se mit à rire tout bas.

— Je profite de toutes les ouvertures qui se présentent à moi, surtout quand on m'en offre aussi peu. Vous avez la langue acérée comme votre lame, et je dois reconnaître que votre habileté à manier les deux m'intrigue. Je pense pouvoir affirmer que je n'ai jamais rencontré une femme qui vous ressemble, une femme qui me donne furieusement envie tantôt de l'étrangler et tantôt…

Elle haussa de nouveau un sourcil.

— Oui ?

Varian referma la bouche et se maudit intérieurement. Il avait pourtant anticipé le piège, mais il avait fallu qu'il tombe dedans quand même. Pire encore : son regard avait échoué à demeurer fixé au-dessus du menton de la jeune femme pour se perdre dans le décolleté de sa trop grande chemise de nuit.

Il n'avait pas réussi à dormir jusqu'alors. Les deux malabars qui l'avaient escorté à sa chambre lui avaient enjoint de ne pas la quitter. Il n'avait pas revu Beacom, qui devait être assigné lui-même à résidence dans une autre pièce. Désœuvré, il avait profité du bain chaud et du dîner roboratif qu'on lui avait servi, mais il ne s'était pas plus tôt allongé sur le lit que le vertige éprouvé sur le ponton l'avait repris. Bien que la maison parût solidement bâtie, il avait cru sentir la pièce bouger autour de lui comme sous l'effet d'une houle imaginaire. Pour éviter de rendre son repas, il s'était remis debout et avait arpenté la chambre, avant de s'asseoir à la table et de se prendre la tête entre les mains pour réfléchir à sa situation. Pendant ce temps, quelque part en bas, ses hôtes menaient grand tapage, si bien qu'à la fin il avait ouvert les portes-fenêtres pour sortir sur le balcon.

Il avait pu parcourir librement la galerie sur toute sa longueur avant de tourner à l'angle de la résidence pour continuer sa promenade le long de la façade. À l'autre bout, il s'était heurté à un treillis couvert de lierre qui barrait l'accès à l'aile ouest de la maison. Il en avait déduit que cette partie hébergeait les appartements privés de ses hôtes – dont ceux occupés par Juliet Dante.

Il était resté là un moment à admirer la vue spectaculaire sur le port, jusqu'à ce que les effets du bain chaud commencent à se dissiper. Il avait donc rebroussé chemin et n'avait pas tardé à remarquer qu'il n'était plus seul sur le balcon. Quelqu'un se tenait dans l'obscurité à l'autre extrémité de la galerie. Quelqu'un habillé d'une ample chemise de batiste qui s'arrêtait à mi-cuisse, et dont les longs cheveux sombres étaient chatouillés par la brise nocturne.

— Et tantôt... ? répéta-t-elle, ramenant Varian au présent.

Il serra les poings contre ses flancs. Il avait été dangereusement près, la nuit dernière, de commettre un acte insensé. Il ne pouvait se permettre la même erreur.

— Et tantôt, de vous renverser sur mes genoux pour vous donner une bonne fessée.

Juliet garda ses sourcils arqués et le scruta en silence pendant une bonne minute. Puis, incapable de réprimer l'hilarité qui frémissait à la commissure de ses lèvres, elle rejeta la tête en arrière et partit d'un rire si sincère que Varian sentit son expression rigide se fissurer également.

— C'est la pure vérité, protesta-t-il. Vous devez bien avoir conscience de ce sentiment que vous suscitez chez les gens. Regardez donc ce pauvre Beacom. Un simple coup d'œil de votre part suffit à en faire une loque tremblant de tous ses membres.

— Beacom est un trouillard-né. Je suis d'ailleurs surprise que vous supportiez sa compagnie.

— Il venait avec mon titre, hélas, et je n'ai pas eu la cruauté de le renvoyer. Il n'a pas d'autre famille que la nôtre. Tenez, je l'ai même surpris une nuit, à quatre heures du matin, en train de frotter une de mes paires de bottes que le cireur de la maison avait selon lui mal lustrées.

— Vous avez un cireur à domicile ?

La question était posée sur le même ton sarcastique que lorsque la jeune femme s'était effarée du nombre de chambres que comprenait Harrowgate Hall.

— Notre manoir est très ancien, expliqua-t-il en soupirant. De même que notre titre et les responsabilités qui lui sont attachées. Que cela me plaise ou non, il me revient de préserver les emplois de la centaine de villageois qui dépendent de nous depuis des générations. C'est un peu comme la communauté que vous avez fondée ici même, ajouta-t-il en désignant la baie. Sans votre famille, que seraient devenus tous ces gens ?

— Bah, ils seraient en train de courir la gueuse ou de se soûler ailleurs, je suppose. En quoi cela devrait-il nous regarder, ma famille ou moi-même ?

Les yeux bleu nuit se remirent à la dévisager.

— Voilà au moins une chose pour laquelle vous n'êtes pas douée, capitaine : le mensonge. Vous vous prétendez indifférente au sort de vos hommes, et pourtant vous prenez grand soin des plus fragiles d'entre eux – Johnny Boy, par exemple. Vous avez remarqué la tache de sang sur sa jambe au milieu de l'agitation qui régnait alors sur le navire. Et vous êtes descendue tous les jours rendre visite aux marins qui ont été blessés pendant l'affrontement avec le *Santo Domingo*.

— Tout capitaine digne de ce nom a intérêt à veiller au bien-être de son équipage.

— De même que tout lord a intérêt à assurer la subsistance de ses gens... Cela étant, ainsi que vous avez tenu à me le rappeler, je n'ai aucun ami ici. Mon titre ne vaut rien sur cette île, et ma position sociale ne me confère ni influence ni autorité sur ses habitants. Comme nous ne nous connaissons que depuis quelques jours, je comprends que mon arrogance et mes prétentions aient pu vous sembler risibles. Je vous demande cependant de m'accorder une chance de vous donner une autre image de moi-même, une image plus juste et moins caricaturale – tout comme je me suis efforcé de mon côté de surmonter les préjugés que je pouvais avoir sur vous. Bref, je fais appel à votre tolérance.

En entendant cette proposition débitée avec un air courtois, les mains écartées en signe de bonne volonté, Juliet pencha la tête de côté, à la fois contrariée et intriguée.

Leur invité avait du bagout, cela au moins était une certitude. Elle avait d'ailleurs l'impression que Varian St. Clare leur cachait bien des choses, et pas seulement la force physique qui se devinait sous le velours et les plumes de son costume ducal.

Elle laissa son regard errer sur la colonne de son cou et la largeur de ses épaules. Il ne portait qu'une chemise et un pantalon – pas de pourpoint ni de col amidonné. La chemise était ouverte jusqu'au milieu de son torse, révélant la toison soyeuse qui tapissait ses pectoraux.

— Il me semble m'être montrée déjà bien tolérante envers vous, murmura-t-elle. Surtout après la nuit dernière.

— La nuit dernière était une erreur, et mon comportement à votre égard… totalement inexcusable. Je pourrais en attribuer la faute au rhum, mais j'aurais dû montrer plus de retenue – et croyez-moi, je n'en manque pas en temps ordinaire. Mais en vous surprenant ainsi au clair de lune, à moitié dévêtue…

Il se tut brusquement en se rendant compte que ces conditions étaient de nouveau réunies. Le clair de lune tombait sur les cheveux de la jeune femme, allumant des reflets dans leurs boucles humides. Le col de sa chemise avait glissé sur le côté, révélant une épaule ronde et soyeuse.

— En tout cas, reprit-il, cela n'excuse pas l'inconvenance de ma conduite.

— Êtes-vous en train de me dire que vous vous contrôlez mieux, maintenant ? Je suis heureuse de l'apprendre, car je ne me sens pas d'humeur à me battre avec vous ce soir.

Elle parlait d'une voix si douce que Varian en eut la chair de poule. La chemise diabolique avait glissé plus encore, et serait certainement tombée à ses pieds si la pointe d'un sein ne l'avait retenue.

— Je n'ai aucune envie de me battre avec vous, moi non plus, dit-il.

— Dans ce cas, murmura-t-elle, que pourrions-nous faire à la place ?

S'il y eut un moment où Varian aurait pu saluer dignement la jeune femme et regagner sa chambre... ce moment passa quand elle s'écarta de la balustrade et se hissa sur la pointe des pieds pour l'embrasser. Elle avait les lèvres tendres et son baiser était des plus légers, mais quand il se termina, Varian eut l'impression d'avoir été frappé par la foudre. Ce premier ébranlement fut suivi par un autre lorsque Juliet le prit hardiment par le cou pour l'embrasser de nouveau, de manière plus pressante.

Elle s'écarta et il nota la lueur dure qui brillait dans ses prunelles.

— Puis-je vous demander la raison de ce geste ? s'enquit-il.

— Pourquoi m'avez-vous embrassée l'autre soir ? Et si vous me répétez que c'était une terrible erreur que vous regretterez jusqu'à la fin de vos jours... prenez garde que cette fin ne survienne pas ici et maintenant.

Il demeura un instant bouché bée, avant de se ressaisir.

— J'imagine que la réponse que vous attendez est : parce que j'en avais envie.

— Et pourquoi vous être arrêté ?

— Vraiment, capitaine, je...

Elle s'esclaffa et recula d'un pas.

— Votre main vous fait-elle toujours souffrir ?

— Je... je vous demande pardon ?

— Votre main. Montrez-la-moi.

Il lâcha un soupir agacé et serra les mains dans son dos.

— La brûlure commence à cicatriser, merci. Quant à mon pouce, je peux désormais le remuer sans hurler.

Juliet sourit et lui saisit les poignets pour ramener ses mains sur le devant. Elle avait déjà eu l'occasion de remarquer qu'il avait de longs doigts habiles, qui n'étaient pas ceux d'un aristocrate oisif ayant gâché sa vie à jouer aux cartes ou aux dés. Ils présentaient même des cals, prouvant que leur propriétaire ne pensait pas toujours à les protéger avec des gants en chevreau.

Les mains de Varian St. Clare étaient en fait des mains de bretteur aux poignets d'acier. En les inclinant vers la lumière, Juliet put constater que la traînée rouge laissée par la corde dans sa paume avait en effet presque entièrement disparu. Et quiconque n'aurait pas entendu craquer son pouce n'aurait pu déduire du léger renflement à la base du doigt que celui-ci avait été désarticulé.

Elle attira vers elle la main blessée pour la poser sur sa poitrine. Elle entendit Varian inspirer sèchement avant de retenir son souffle, mais il la laissa faire. Au vrai, il gardait une immobilité de statue et la raideur de son maintien aurait pu la faire rire en temps ordinaire.

Il est vrai qu'en temps ordinaire elle ne se serait pas sentie elle-même aussi troublée. Elle était de retour au bercail, son navire était à l'ancre dans le havre familial, et elle avait été accueillie par les siens en héroïne. Son ventre était rempli de bonne nourriture, sa peau la picotait d'avoir été trempée dans l'eau chaude et voluptueusement récurée... et pourtant elle n'arrivait pas à se défaire d'un sentiment de frustration persistant qui la rendait fébrile. Et voilà que le contact de la paume de Varian sur ses seins embrasait jusqu'au moindre recoin de sa chair !

L'odeur entêtante de son invité la grisait, de même que la proximité de son imposante poitrine. Attirée par l'échancrure de sa chemise, elle en écarta les pans et coula une main dans l'ouverture. L'aristocrate était tout en muscles durs et sculpturaux et, comme elle commençait à palper sa chair, elle perçut sous ses doigts un frisson qui masqua presque les battements du cœur de Varian.

— Vous n'avez toujours pas répondu à ma question, lui rappela-t-elle.

— Je... je ne m'en souviens plus vraiment.

Sa voix rauque tranchait avec son air indifférent, ce qui la fit sourire plus encore et l'incita à poursuivre son exploration. Les poils de sa poitrine chatouillaient sa paume. Elle plongea les doigts dans l'épaisseur de sa toison pour chercher son mamelon. Sitôt qu'elle l'eut trouvé, elle en effleura le pourtour du bout des ongles, jusqu'à ce que sa pointe raidisse sous ses caresses.

— Je vous demandais si vous vous maîtrisiez mieux, ce soir.

Varian sentit aussitôt le sang affluer à ses tempes et se mettre à chanter dans ses veines tandis que les mains de la jeune femme continuaient à flatter avec une lenteur torturante les méplats de son torse. Quand elle referma la bouche sur son téton, ce fut pour le goûter à l'instar d'une friandise exotique. Ses dents frôlèrent la peau sensible de son mamelon et sa langue brûlante acheva de tendre le bouton de chair.

Juliet le sentit se raidir. Il lui agrippa les bras, mais ne tenta pas de la repousser. Il y avait des tremblements dans ses doigts ainsi que dans sa gorge, son souffle devenant toujours plus rapide, haletant.

Intriguée, elle le prit encore plus dans sa bouche, tout en tirant doucement sur les pans de sa chemise pour la sortir de sa culotte. Quand le tissu pendit librement sur ses hanches, elle chercha les boutons de sa braguette et entreprit de les défaire l'un après l'autre. Elle n'attendit pas d'avoir complètement ouvert le vêtement pour y insérer les doigts... et ce qu'elle découvrit à l'intérieur la laissa à son tour pantelante – car la virilité du duc remplissait ses deux paumes, sans même avoir terminé de grossir !

— Doux Jésus ! lâcha-t-il dans un soupir qui effleura le front de Juliet. Votre audace n'a-t-elle donc aucune limite, madame ?

— Pas ce soir, rétorqua-t-elle tout en se mettant à lui bécoter le dessous du menton. Pas ici, pas maintenant...

Varian gémit, le corps secoué de spasmes sous les caresses de la jeune femme. Il raffermit sa prise sur ses épaules tandis qu'un violent frisson l'ébranlait, projetant sur les doigts de Juliet quelques gouttes de semence.

Il relâcha ses épaules pour cueillir le visage de la jeune femme entre ses mains et inséra la langue entre ses lèvres, étouffant son rire moqueur. Dans le même mouvement, il s'empara de la direction des opérations – que Juliet lui céda bien volontiers.

La bouche et la langue de Varian se mirent aussitôt à ravager celles de la jeune femme, sans plus montrer aucune trace de la réserve d'auparavant. Il n'y avait plus entre eux que désir, un désir brûlant qu'elle sentait se lover entre ses cuisses et se propager dans tous ses membres. Affamée de volupté, elle souleva le bas de sa chemise et attira Varian à elle pour qu'il comble sa moiteur. Sa virilité durcit plus encore, si cela était possible, à tel point qu'elle sentait le battement de ses veines sous ses doigts. Il s'arracha alors à leur baiser avec un hoquet étranglé.

— Assez, bon sang ! Assez, ou je vais nous faire honte à tous les deux !

Pendant un bref moment d'égarement, elle crut qu'il allait la repousser, mais la faim qui le tenaillait était au moins aussi forte que la sienne car elle finit par supplanter en lui tout bon sens, l'incitant à soulever la jeune femme dans ses bras pour regagner sa chambre avec elle. Il écarta du pied les voilages qui ballonnaient vers l'extérieur et se dirigea tout droit vers le lit où il étendit Juliet, la rejoignant sitôt après s'être déshabillé.

La jeune femme l'accueillit avec fièvre dans ses bras. Elle était prête – plus que prête, même ! – et elle émit un rire de pur plaisir lorsqu'il saisit sa chemise dans ses poings pour la déchirer du col à l'ourlet. Agenouillé au-dessus d'elle, les épaules soulignées par la lueur de la bougie, il la contempla d'un regard sombre où se bousculaient des questions muettes.

Puis, avec une lenteur presque déférente, il posa les mains sur ses seins, caressa ses flancs et ses hanches avant de glisser les doigts entre ses jambes, vers le triangle de boucles cuivrées sous son ventre. Il pencha alors la tête, et Juliet gigota en sentant sa bouche et sa langue peindre sa poitrine de longues traînées de feu. Comme il poursuivait plus bas, elle se redressa brusquement sur les coudes.

— Que... Qu'est-ce que vous faites ?

— Vous avez dit qu'il n'y avait plus de limite, capitaine.

— Oui, mais...

— Vous voulez peut-être m'en imposer ? Me dire « ne faites pas ci »...

Il effleura du bout des lèvres les replis de sa féminité.

— ... ou « ne faites pas ça », ajouta-t-il en enfonçant doucement sa langue en elle, la gratifiant d'une caresse soyeuse qui lui coupa le souffle et la renvoya à plat sur le matelas.

Il continua à embrasser et lécher son intimité, jusqu'à ce que les cuisses de la jeune femme se détendent complètement. Il explora ainsi ses plis les plus secrets et les plus tendres, apportant à Juliet volupté sur volupté, tant et si bien qu'elle finit par se rendre totalement à ses fiévreux assauts et par s'offrir sans retenue.

Il répondit à son invite en joignant ses mains à ses lèvres et à sa langue pour lui donner toujours plus de plaisir. Les draps serrés dans ses poings, elle laissa aller la tête en arrière et se sentit partir vers les sommets. Elle tendit les bras vers le chevet pour empoigner les montants du lit et cambra violemment les reins, le corps tendu comme un arc. Chaque poussée de la langue de Varian lui arrachait un cri qui se perdait dans l'obscurité. Cédant enfin à ses plaintes, il mit un terme à ses tourments en la possédant.

Juliet connut un premier spasme de bonheur alors que Varian n'était même pas entièrement entré en elle. Quand il se retira pour la pénétrer de nouveau, elle lâcha les montants du lit pour lui agripper les épaules, puis les hanches. Le souffle coupé par l'émotion, elle ne put que se livrer aux tremblements d'extase qui la soulevaient avec une furie irrésistible.

De son côté, Varian dut faire appel à toute sa volonté pour contrecarrer l'effet des muscles internes de la jeune femme sur sa virilité. Levant un peu plus les hanches de Juliet, il vit ses yeux argentés s'arrondir d'incrédulité tandis qu'un second orgasme la soulevait sur le lit, sa chevelure déployée en un éventail sombre sur les draps. Il la maintint ainsi plaquée contre lui alors qu'elle tremblait de la tête aux pieds, avant d'être incapable de juguler plus longtemps la montée de son propre plaisir.

Emporté par un raz-de-marée de sensations, il sentit les jambes de la jeune femme lui serrer la taille telles les mâchoires d'un étau, ce qui accrut encore sa volupté et l'amena à se libérer en elle jusqu'à la dernière goutte.

Juliet était vidée de ses forces. Le sang vrombissait dans ses veines et son cœur battait à un rythme démentiel dans sa poitrine. Les palpitations qui secouaient Varian trouvaient un écho dans son propre corps. Elle percevait son souffle haletant contre son cou et ses seins étaient écrasés sous la toison de son torse. Elle se sentait exposée et vulnérable, les jambes écartelées sous le poids de cet homme. Une partie d'elle éprouvait le besoin de le repousser pour l'obliger à basculer sur le côté, mais une autre partie avait envie de plonger les doigts dans ses cheveux et de goûter à la chaleur veloutée de ses lèvres.

Varian était trop abasourdi pour avoir conscience de ce dilemme. La corsaire lui avait témoigné une passion extraordinaire. Ses étreintes avaient trahi la même férocité primitive que celle qu'elle montrait au combat. Mais devait-il réellement s'étonner qu'une fringante créature comme Juliet Dante se livre aux élans de la chair avec la même fougue qu'elle mettait à manier l'épée ou à commander un vaisseau ?

D'autant qu'il était loin d'être un novice dans la chambre à coucher. Toutefois, les rapports avec l'autre sexe avaient toujours représenté pour lui une pure détente physique. Jamais il n'avait ressenti un besoin aussi impérieux de se perdre dans le corps d'une femme, de se vouer au plaisir de sa partenaire, en plus de rechercher le sien.

Il ne sut au juste lequel des deux remua le premier : lui en relevant la tête de l'épaule de Juliet, ou elle en s'agitant sous lui pour se soulager du poids qu'il lui imposait, mais alors qu'ils étaient tous deux plongés dans leurs pensées, voilà qu'ils se cherchaient soudain des yeux et se dévisageaient longuement.

Les cheveux de Varian retombaient sur ses traits, qu'ils plongeaient dans la pénombre. Ceux de Juliet, en revanche, étaient étalés sous elle en un nuage de soie sombre encadrant son visage baigné par la lueur de la bougie.

Pourquoi, songea-t-il soudain, ne remarquait-il que maintenant le petit grain de beauté au coin de sa bouche ? Il ponctuait l'arc de sa lèvre supérieure et était du même vieux rose que la pointe de ses seins. Le reste de son corps était d'un velouté sans défaut, teint par le soleil d'un riche vernis ambré qui rendait sa propre peau d'Anglais encore plus blanche, par contraste.

Poursuivant son exploration, il avisa la bande d'épiderme luisante qui lui ceignait le bras, là où elle disait avoir été brûlée, ainsi que l'entrelacs de fines lignes claires résultant de diverses blessures.

Il reporta son attention sur son visage – un visage franchement adorable quand sa propriétaire ne s'acharnait pas à le rendre aussi dur et rébarbatif que possible. Elle avait les pommettes hautes, le front large, les yeux lumineux. Sa bouche était pleine, sensuelle, et assez provocante pour donner des frissons à Varian.

— Qu'est-ce qui t'amuse ? demanda-t-elle avec humeur.

Il ne chercha pas à réprimer son sourire.

— Mon propre aveuglement, je suppose.

— Oui, eh bien, si tu pouvais recouvrer assez de lucidité pour prendre conscience que tu m'étouffes et t'écarter un peu...

— Et perdre cet avantage sur toi que j'ai conquis de si haute lutte ?

Elle se mit à gigoter sous lui pour se dégager, avant de se retrouver avec les poignets immobilisés et les jambes coincées sous celles de Varian.

— À quoi joues-tu ?

— Je ne joue pas, capitaine. Je t'avouerai cependant que je suis curieux de savoir si je n'ai été pour toi qu'un simple délassement, ou si cet intermède avait une autre motivation plus... profonde.

— Ne va pas t'imaginer que tu représentes plus à mes yeux qu'une distraction passagère, répliqua-t-elle avant d'émettre un soupir exagéré. Bon sang, comme si les hommes avaient besoin d'une raison pour coucher avec une femme ! Qu'ils se contentent d'en saisir l'occasion quand elle se présente... et qu'ils me laissent en paix ensuite ! En d'autres termes : pousse-toi.

— Au moment voulu... si du moins tu le désires encore.

— Et que pourrais-je désirer d'autre ?

La question avait à peine franchi ses lèvres que le bas-ventre de Varian exerça une pression sur la partie correspondante de son anatomie : il était redevenu dur – et elle-même se sentit de nouveau fondre de l'intérieur.

Elle avait pensé qu'ils en resteraient là puisque chacun de ses amants précédents, y compris le délicat Français qui l'avait déflorée, lui avait tourné le dos en grognant après la bagatelle – et cela, alors même qu'ils n'avaient pas autant de raisons de la rejeter que Varian St. Clare. Après tout, elle n'avait cessé de le rudoyer, de se moquer de lui et de lui témoigner une franche hostilité depuis le moment où il avait repris ses esprits à bord du *Rose de Fer*. Elle l'avait ensuite trompé sur ses intentions en le laissant croire qu'elle l'emmenait auprès de son père en tant que diplomate, alors qu'il n'était à ses yeux qu'un otage dont le Loup des Mers disposerait à sa guise.

En fait, quand elle l'avait embrassé sur la galerie de sa cabine, elle s'était attendue à ce qu'il repousse ses avances. Or non seulement il avait positivement réagi à sa tentative de séduction, aussi maladroite fût-elle, mais il avait presque aussitôt renversé les rôles – ce qu'il venait apparemment de recommencer.

Elle ne doutait pas que le lendemain, leurs rapports seraient tout différents, qu'il aurait rendossé sa fonction d'émissaire du roi et qu'elle-même serait redevenue la fille du plus fameux écumeur des Caraïbes. Mais des heures les séparaient du matin…

Il relâcha ses poignets pour écarter les deux moitiés déchirées de sa chemise et se pencha résolument vers sa poitrine.

— En garde, capitaine ! grommela-t-il sur un ton farouche.

Elle mordit sa lèvre inférieure au sang pour étouffer le grondement de plaisir qui lui monta à la gorge quand il la fit rouler sur le ventre et lui écarta les cuisses pour la posséder de nouveau. Elle aurait voulu que ce moment de pure volupté partagée ne s'arrête jamais.

12

— Oh, hisse ! Du nerf, sacré bon sang de bois !

Exaspérée, Juliet sauta par-dessus la rambarde du gaillard pour aller prêter main-forte aux hommes occupés à hisser un canon à bord du *Rose de Fer*. Une inspection minutieuse avait révélé une fissure de la largeur d'un cheveu dans l'un des fûts, défaut qui pouvait se révéler fatal en cas de surchauffe et provoquer l'éclatement de la pièce. L'équipage avait donc désolidarisé le canon de son affût, avant de l'attacher à des cordes pour le soulever et le mettre de côté sur le pont.

La jeune femme referma ses mains gantées sur le câble et ajouta son poids à celui de ses hommes pour amener la couleuvrine de remplacement sur l'affût ainsi libéré. L'effort l'essouffla au bout de quelques minutes à peine et elle dut serrer les dents. Même si elle préférait ne pas trop y penser, elle savait pourquoi elle était aussi épuisée. Son corps le lui rappelait à chaque fois qu'elle se déplaçait, qu'elle s'asseyait ou qu'elle passait la langue sur ses lèvres – des lèvres si enflées que ses marins devaient en faire des gorges chaudes dans son dos.

Elle ne savait trop elle-même ce qui avait pu se passer la nuit précédente ni, surtout, comment elle en était venue à se retrouver dans le lit de Varian St. Clare. Elle était agitée, imbibée de gloire et de vin après son retour triomphal à Pigeon Cay, et ce trop-plein d'énergie avait fini par se convertir en sensualité débridée. Maintenant encore, en plein jour, à la moindre brise qui poussait le tissu de sa chemise contre sa peau, ses tétons se dressaient comme de petits signaux d'alerte, et le moindre effleurement de ses cheveux sur sa nuque ou ses joues lui donnait l'impression que c'étaient les lèvres de Varian qui la frôlaient tout en lui murmurant des mots doux.

La douleur à son entrejambe était un rappel constant de leurs étreintes. Des parties d'elle l'élançaient dont elle ignorait jusqu'alors qu'elles puissent être aussi sensibles. Et quand elle relevait la tête vers la grande maison de pierre en haut de la pente, tout ce qu'elle voyait, c'était le lit qu'ils avaient partagé, l'éclaboussure des cheveux sombres de Varian sur l'oreiller, sa silhouette nue sur le matelas. La lueur de la bougie avait nimbé d'un halo doré sa puissante carrure, le jeu de ses muscles et de ses tendons.

Jamais elle n'aurait dû autoriser cette intimité entre eux. Elle avait eu tort de céder à ses impulsions, à la griserie de l'instant. Ce n'était pourtant pas le moment de se laisser distraire par un beau visage, une bouche incroyablement inventive ou un corps dangereusement attirant. Seigneur, il avait suffi à Varian d'effleurer ses hanches pour qu'elle lui saute au cou !

Pire encore : elle s'était esquivée de sa chambre comme une voleuse, juste avant l'aube. Elle avait regagné le *Rose de Fer* pour travailler avec ses hommes, espérant qu'une débauche d'énergie physique anéantirait les pensées sensuelles qui hantaient son esprit.

Sentant la corde glisser entre ses gants, elle se hâta de raffermir sa prise. Les deux tonnes du canon faisaient grincer sinistrement câble et palan. Le gémissement de la corde et de l'acier se termina par un claquement sonore, et Juliet sentit soudain le câble se détendre entre ses mains. Elle s'effondra avec les marins qui participaient à la manœuvre, tandis que la lourde pièce de bronze s'écrasait en travers de l'affût, le réduisant à un tas de petit bois, avant de rebondir sur le pont. L'un des hommes qui en guidaient la descente eut le malheur de se trouver sur sa trajectoire. Le canon roula sur sa jambe, écrasant os et muscles et projetant une gerbe de sang sur le plancher. Deux de ses camarades s'empressèrent d'immobiliser le fût avec d'épaisses gaffes d'abordage, et les utilisèrent ensuite comme leviers pour repousser le canon tandis que d'autres venaient dégager le blessé. Les lambeaux de chair qui pendaient sous le genou du malheureux furent promptement emballés dans de la toile, et on transporta le marin gémissant de douleur à l'infirmerie de l'entrepont.

Juliet demeurait assise, bouche bée. Tout s'était passé si vite qu'elle n'avait pas eu le temps de réagir. Elle s'était écroulée avec les autres et, même si l'incident ne pouvait être imputé qu'à la faiblesse d'un des boulons du palan, elle était en colère contre elle-même et contre les hommes qui examinaient le treuil en se grattant la tête.

— Par la coiffe du diable, personne n'a-t-il donc pensé à inspecter cet engin avant qu'on s'en serve pour hisser ce maudit canon ?

Elle se redressa et s'épousseta le fond de culotte.

— Il a été vérifié, répondit calmement Nathan. Et il paraissait solide. Il devait y avoir une paille dans l'acier du boulon, et il a juste craqué sous l'effort.

— Il a juste craqué ? répéta-t-elle en pivotant vers lui. Un bon marin vient de perdre son pied, voire sa jambe, et c'est tout ce que tu trouves à dire ? Il a *juste craqué* ?

Nathan repoussa son bonnet en arrière et, indifférent à la hiérarchie du bord, empoigna le bras de son capitaine pour le tirer à l'écart.

— Cloue-moi les paupières au grand mât si ça peut te réconforter, mais c'était un pur accident. Estime-toi plutôt heureuse de n'avoir pas reçu ce fût sur le pied – même si je doute que cela aurait pu empirer ton humeur actuelle.

— Mon humeur va très bien, merci.

— Elle est à peu près aussi agréable que celle d'une mégère. Tu n'as pas arrêté de beugler et de râler la matinée durant, à tel point que les hommes songeaient à te présenter leur dos nu pour que tu les fouettes et te soulages de ta bile une fois pour toutes. Tu n'aides personne dans cet état, ma petite. Ce n'est pas en rouspétant et en tapant du pied à tout bout de champ que tu vas faire avancer le travail. Retourne plutôt à terre. J'enverrai quelqu'un te chercher en cas de besoin. Plus un mot, maintenant ! ajouta-t-il en levant un doigt pour prévenir ses protestations. Soit tu descends dans la chaloupe, soit je te jette par-dessus bord et te laisse rentrer à la nage.

Ils se dévisagèrent un long moment, puis Juliet poussa un effroyable juron et se rua vers la coupée. Se retenant à peine aux barreaux encastrés dans la coque, elle se laissa tomber dans une des embarcations arrimées au *Rose* et aboya un ordre bref, qui fut suivi par la mise en branle de quatre paires de rames.

Une fois à quai, elle grimpa sur le premier cheval qu'elle trouva attaché au ponton et lui talonna le flanc de ses bottes pour le lancer au galop sur la route qui menait à la résidence des Dante. Fort peu disposée à croiser un membre de la famille, elle longea la véranda du rez-de-chaussée pour rejoindre l'escalier extérieur qui joignait les deux niveaux, à l'arrière de la maison, et monta les marches quatre à quatre jusqu'au premier. Elle se rendit ensuite tout droit à la chambre de Varian St. Clare, dont elle ouvrit la porte-fenêtre à la volée avant de se camper sur le seuil, le sang battant furieusement à ses tempes.

Réveillé en sursaut, Varian se redressa d'un bond en position assise, la chevelure ébouriffée. Le bruit qui l'avait arraché au sommeil s'était tu, sans qu'il puisse en identifier la nature. Il était seul, comme le lui confirma le rapide coup d'œil qu'il jeta autour de la pièce.

Il passa une main dans ses boucles emmêlées et fronça les sourcils. Le froncement devint grimace quand ses doigts touchèrent sa cicatrice à la joue – cicatrice qui, curieusement, ne l'avait pas beaucoup gêné durant la nuit, pas plus qu'aucune de ses autres blessures. C'était maintenant que les douleurs se rappelaient à son bon souvenir, lui donnant l'impression d'avoir été plongé sous une quille incrustée de berniques.

Se renfrognant de plus belle, il inspecta une nouvelle fois la chambre du regard. Était-il donc possible qu'il ait tout rêvé et passé la nuit seul ? Qu'il ait seulement imaginé avoir couché avec Juliet Dante ?

Non, ce n'était pas un rêve. Ses courbatures le lui prouvaient, de même que l'odeur de sexe qui imprégnait les draps – du moins, ceux qui n'étaient pas éparpillés sur le plancher ou roulés en boule au pied du lit.

Il geignit et s'affala sur le traversin. Il avait bu la veille seulement deux verres de vin, pas assez pour le plonger dans un état de stupeur sensuelle. Le bain chaud qu'il s'était octroyé – le premier en deux mois – l'avait bel et bien détendu au point de lui donner le tournis mais, au lieu de s'écrouler sur le lit, il avait préféré sortir prendre l'air sur le balcon. Y croiser Juliet vêtue d'une simple chemise en batiste avait scellé sa perte.

Comme il était déjà parvenu à la conclusion que Juliet Dante ne ressemblait à aucune femme de sa connaissance, qu'elle soit capable de lui faire perdre la tête en un clin d'œil n'aurait pas dû le surprendre. Il avait connu trop de personnes du beau sexe à l'abord très entreprenant, mais qu'un scrupule de conscience retenait au dernier moment. Juliet se moquait pour sa part de la bienséance : ce qu'elle désirait, elle le prenait d'autorité.

Les sens ravivés par le souvenir de leurs étreintes, Varian roula sur le flanc. Un mince cheveu auburn reposait sur l'oreiller. Il le contempla un moment, avant de le cueillir entre deux doigts. Long et brillant, il évoquait la crinière soyeuse de la corsaire dont les pointes lui avaient frôlé la poitrine quand elle avait renversé leurs positions pour se jucher sur lui. Il avait eu énormément de plaisir à se laisser ainsi chevaucher par cette femme d'action.

Commandante à terre comme en mer, elle les avait entraînés tous deux dans une course sauvage qui avait fait grincer les ressorts du sommier et trembler les montants du baldaquin.

Ce ne fut qu'après, alors qu'il reposait sur le lit à son côté, le cœur battant la chamade et la gorge éraillée à force d'avoir crié de plaisir, qu'il s'était souvenu avec soulagement que sa famille dormait dans l'autre aile de la résidence.

Cependant, il avait beau commencer à connaître le corps de Juliet Dante, il était loin de comprendre tout ce qui se tramait derrière les yeux nacrés de la fille du Loup des Mers. Entre deux étreintes, elle s'était tenue à distance de lui, et ce n'est qu'à la fin, quand aucun d'eux n'avait plus la force d'esquisser la moindre caresse et que le sommeil les gagnait, qu'elle était venue presque inconsciemment se blottir contre lui.

Il étudia les taches de soleil qui jouaient sur le plafond. Il n'avait aucune idée de l'heure qu'il pouvait être, ni du moment où la jeune femme l'avait quittée. Il ignorait même comment elle avait pu se dégager de ses bras sans le réveiller. Comment allait-elle réagir en le revoyant à la lumière du jour ? Serait-elle embarrassée ? En colère ? Lui en voudrait-elle d'avoir découvert toute la douceur et la fragilité qu'elle s'ingéniait à cacher sous sa carapace de reine des mers ?

À moins qu'elle ne se comporte comme si rien de particulier ne s'était passé – ce qui en un sens serait pire –, comme s'il était dans ses habitudes de coucher avec ses otages et de se payer pour ainsi dire sur leur personne avant de les rendre à leur famille.

Varian soupira et se frictionna vigoureusement le cuir chevelu, avant de projeter les jambes pardessus le bord du lit.

Peu importait la réaction de Juliet quand ils se retrouveraient. C'était surtout la sienne qui l'inquiétait. Il avait vendu son âme au diable, et celui-ci allait certainement lui réclamer son dû. Il était le comte de Harrow et avait peu ou prou renoncé à ses mœurs de célibataire en acceptant la perspective d'un mariage avec lady Margery Wrothwell. Qu'ils ne soient pas vraiment fiancés ne changeait rien à l'affaire, puisqu'il avait été convenu entre les deux familles que cet engagement serait officialisé dès son retour en Angleterre. Et voilà qu'il s'offrait une nuit de débauche avec une femme qu'il ne connaissait que depuis quelques jours ! Une femme qui était plus à l'aise sur le pont d'un navire, une épée à la main, que dans un salon en train de broder un trousseau. Une femme dont toute la famille n'avait que mépris pour le roi, pour l'Angleterre, ainsi que pour toutes les règles sociales qui avaient régenté chaque aspect de l'existence de Varian St. Clare au cours des vingt-huit dernières années.

Bien qu'il ait à peine échangé quelques mots avec Simon Dante, il était déjà pratiquement persuadé de la vanité de sa mission. Pigeon Cay était une forteresse quasi inexpugnable. Pourquoi le Loup des Mers se soucierait-il des diktats d'un souverain agitant son sceptre à l'autre bout de la terre ? Jacques Stuart aurait été mieux inspiré de ne pas trop chercher à contrarier un corsaire aussi prospère, qui prenait encore la peine de reverser dix pour cent de son butin au trésor royal. Qu'avait-il besoin du renouvellement de sa lettre de marque, après toutes ces années de rapines ? Au vu de la puissance de feu aperçue dans le port, les Dante représentaient une formidable menace pour tous les ports et comptoirs de la région, et il n'était vraiment pas dans l'intérêt du royaume anglais de renoncer à ce moyen de pression sur le gouvernement espagnol.

Varian se redressa et étira les muscles ankylosés de ses bras et de ses jambes. Un ciel d'un bleu éblouissant s'encadrait dans la porte-fenêtre ouverte, et la brise qui avait rafraîchi les corps des amants au milieu de la nuit avait été remplacée par une chaleur moite. Il chercha ses habits des yeux, se rappelant les avoir ôtés avec une telle précipitation qu'il avait failli renverser la table de chevet. Ni sa chemise ni sa culotte n'étaient visibles. Il avisa en revanche son pourpoint sur le dossier de la chaise et le contempla d'un œil morose, peu désireux de se sangler de nouveau dans cette armure de velours et de cuir rembourré, d'autant que son premier propriétaire n'était ni aussi grand ni aussi large d'épaules que lui et qu'en dépit des retouches effectuées à la hâte par Beacom, les manches étaient encore trop courtes et son col à ruchés de dentelle espagnole ne fermait toujours pas. En outre, les bas de laine le grattaient et la culotte bouffante était tellement garnie de crins de cheval que les jambes pendaient à ses cuisses comme deux besaces.

S'encourageant à la rébellion, il se dirigea nu vers la porte et se campa sur le seuil, les mains sur les hanches et les yeux clos pour offrir sa peau à la caresse du soleil tropical. Il se rappelait la remarque de Juliet sur les Anglais qui fuyaient le soleil, et il devait admettre que c'était la première fois qu'il se présentait ainsi à mère Nature dans la tenue qu'elle lui avait octroyée à la naissance.

— Reste comme ça, et je pense qu'il ne faudrait pas plus de dix minutes pour que ta peau rougisse et se mette à cloquer.

Varian rouvrit aussitôt les paupières et s'empressa de mettre les mains en conque sur sa virilité.

Juliette était assise sous la véranda, un de ses pieds bottés posé sur la balustrade. Elle était habillée d'une chemise blanche légère et d'un pantalon noir. Ses cheveux étaient retenus en catogan par un lacet de cuir. Il y avait à côté d'elle une deuxième chaise ainsi qu'une table, sur laquelle trônait un plateau débordant de victuailles : pain, fromage, viande froide en tranches, et des coupes remplies de fruits exotiques que Varian ne connaissait même pas.

Elle suivit son regard.

— Je me suis dit que tu risquerais d'avoir faim. Et je voulais aussi te remercier pour la nuit.

Ces derniers mots achevèrent de le hérisser.

— Me remercier ?

— De m'avoir cachée. Mes frères ont fouillé la maison de fond en comble, dans l'intention de me traîner dehors en chemise de nuit pour m'infliger un de leurs tours pendables – un tour qui, paraît-il, impliquait cette fois-ci colle et plumes de poulet. Ils ont eu la déconvenue de tomber sur le rouleau de couvertures que j'avais glissé sous mes draps, mais n'ont pas songé à venir me chercher ici. Je te suis donc reconnaissante de m'avoir sauvée de leur douteux sens de l'humour.

Elle plissa les yeux tandis qu'un mince sourire jouait à la commissure de ses lèvres.

— Tu imaginais peut-être que je te remerciais pour autre chose ?

Varian ne put s'empêcher de rougir, ce qui était en soi un aveu.

— Plutôt présomptueux de ta part, non ? ajouta-t-elle à mi-voix.

Ils se dévisagèrent un instant. Juliet fut la première à détourner le regard.

— Tu ne devrais vraiment pas exposer trop longtemps au soleil un corps aussi pâle. Tu n'as quand même pas envie de devenir comme moi ?

Elle leva le menton pour offrir à la lumière tropicale sa peau profondément bronzée.

— Je me couvrirais volontiers, capitaine, mais mes vêtements semblent avoir disparu.

— Je t'en ai apporté d'autres, que j'ai déposés au pied du lit. J'ai estimé préférable que tu ne te balades pas sur l'île en costume d'hidalgo. Cela risquerait de te valoir un coup de mousquet.

Varian s'était retourné vers la chambre mais il s'arrêta de nouveau.

— Puis-je savoir où est passé Beacom ?

— Préférerais-tu sa compagnie à la mienne ?

— Je n'ai pas dit ça.

Elle rouvrit les yeux pour le regarder.

— Habille-toi donc, Ta Grâce. Il est plus de midi, et la patience de mon père a des limites.

— Midi ?

Il leva la tête vers le soleil et s'aperçut avec effarement que l'astre n'était pas en train de grimper dans le ciel, comme il le croyait, mais qu'il était plutôt déjà en train de redescendre !

— Bonté divine, pourquoi ne pas m'avoir réveillé plus tôt ?

— J'ai bien essayé, mais la seule partie de ton anatomie qui paraissait prête à se redresser n'était probablement pas celle que mon père souhaiterait connaître chez un émissaire du roi.

Varian referma sèchement la bouche et se retira dans la chambre sans rien ajouter. À l'endroit indiqué par la jeune femme, il trouva une chemise unie et une culotte de peau soigneusement pliées. Les deux habits lui allaient étonnamment bien, de même que la paire de bottes à haute tige qui était posée à côté, et dont le cuir fin épousait ses pieds comme des chaussons de danse. Il revint sur le balcon tout en nouant le dernier lacet de la chemise.

La chaise de Juliet était vide.

Il parcourut des yeux la véranda sur toute sa longueur, mais ne vit la jeune femme nulle part.

— J'ai supposé que tu étais bâti comme mon père, et on dirait que j'avais raison.

Il tourna sur lui-même. La fille du Loup des Mers était adossée au mur de la maison, les bras croisés sur la poitrine. Une lueur s'alluma dans ses prunelles tandis qu'elle détaillait Varian, mais cette flamme s'éteignit bien vite.

— Le fromage est excellent, reprit-elle en désignant le plateau. Nous l'avons récupéré sur un navire marchand hollandais. Le mouton est élevé sur l'île, et la bière est potable.

— Je n'ai pas très faim, mentit-il. Et puisque ton père m'attend…

Elle eut un haussement d'épaules.

— Malheureusement, tu viens de le louper. Tiens, tu peux le voir d'ici, derrière ces arbres…

Varian suivit la direction qu'elle lui montrait et aperçut le maître des lieux qui s'éloignait de la résidence au petit galop, juché sur un étalon bai.

— Tu n'es pas partie avec lui ? J'aurais pourtant cru que tu ne manquerais pas d'occupation, aujourd'hui.

— Je n'en manquais pas, admit-elle avec un sourire contraint, et je me suis déjà rendue sur le *Rose*, mais M. Crisp m'a fait comprendre que je le dérangeais plus qu'autre chose. Ma mère, qui lit l'espagnol bien mieux que moi, s'est de son côté enfermée dans la bibliothèque avec les documents du *Santo Domingo*, et mes frères se remettent de leur frustration nocturne en comptant les tonneaux de perles et de pièces qui sont déchargés du galion. Le lieutenant Beck a été invité chez Geoffrey Pitt, et le reste de l'équipage anglais est en train de se décrasser et de se remplir la panse dans les tavernes du quai. Quant à ton valet, je l'ai envoyé avec Johnny Boy aux entrepôts, te dégoter une nouvelle garde-robe dans les tonnes de velours et de dentelle qui y sont entassées. En d'autres termes, il ne me reste plus que toi pour me distraire de mon désœuvrement, mon cher duc.

Ce n'était pas la première fois que Varian avait l'impression singulière de sentir sa peau se rétrécir tandis que son sang battait violemment dans ses veines. Cela lui arrivait même de plus en plus souvent, ces derniers temps. Ce phénomène semblait cependant avoir gagné de l'ampleur depuis la nuit dernière.

La jeune femme le gratifia d'un rire bref avant qu'il ose lui demander la raison de l'étincelle qui brillait dans ses yeux d'eau claire.

— Viens donc. Puisque tu n'as pas faim, allons au moins marcher. Je voudrais te montrer quelque chose.

Elle pivota vers l'escalier qui se trouvait à l'autre bout de la véranda, la lame de son épée réfléchissant le soleil dans son mouvement. Varian lança un regard plein de regrets au plateau, et décida d'y chiper un morceau de fromage et un quignon de pain avant d'emboîter le pas à Juliet.

Une allée dallée passait devant le perron. Dans un sens elle contournait la maison, dans l'autre elle traversait un jardin puis un petit verger de limettiers. Ce fut dans cette seconde direction que s'engagea la jeune femme, d'un pas vif que Varian eut du mal à suivre. À la voir marcher aussi rapidement, on aurait pu douter qu'ils soient partis pour une simple promenade, et au bout de cinq minutes, alors que l'allée cédait la place à un sentier de terre battue qui accusait une pente de plus en plus forte, Varian sentit les muscles de ses cuisses regimber sous l'effort.

Le raidillon contournait parfois un rocher mais suivait plus ou moins un parcours rectiligne, ombragé par des fougères. La végétation alentour était luxuriante et puissamment parfumée. Quelques centaines de mètres après leur départ, Varian se prit à contempler le derrière de Juliet Dante en se demandant quand elle finirait par se fatiguer – si tant est que cela puisse arriver. Elle paraissait pourvue d'une énergie sans limites et ne montra, de tout le trajet, aucun signe d'essoufflement ni de lassitude, pas même quand ils sortirent de la jungle pour emprunter une sente caillouteuse qui grimpait vers l'arête du cratère.

— Il existe un autre chemin plus accessible, lança Juliet avec un entrain que Varian jugea déplacé. Mais j'ai pensé que tu apprécierais le paysage.

Jusqu'alors, il avait soigneusement évité de regarder derrière lui. Il n'était pas vraiment adepte des montagnes.

Il trébucha sur une pierre et en profita pour reprendre un peu son souffle. La sueur lui coulait dans les cheveux et mouillait le dos de sa chemise de grandes taches moites. Les insectes, qui avaient eu l'amabilité de ne pas les suivre hors de la jungle, lui avaient laissé une douzaine de piqûres sur les bras et la nuque. Il adressa un froncement de sourcils courroucé à la grosse boule de feu jaune suspendue dans le ciel, mais sut instantanément se composer un sourire quand Juliet lui lança un coup d'œil par-dessus l'épaule pour connaître la raison de son arrêt.

— Je me suis juste cogné l'orteil, expliqua-t-il.

— Nous ne sommes plus très loin. Tu veux que je te porte sur les derniers mètres ?

Elle éclata de rire. Il préféra baisser la tête pour lui cacher son irritation. Quand il la releva, la jeune femme avait disparu derrière un épaulement rocheux.

Ravalant un juron, il s'empressa de la rejoindre et la vit bientôt au bord du cratère. Un tour d'horizon rapide – et un peu haletant – lui apprit qu'ils devaient se trouver sur le point le plus haut de l'île. Le bleu frémissant et infini de l'océan les entourait de toute part, sa surface prenant un aspect d'étain poli sur le dos des vagues frappées par le soleil. Des cercles de diverses nuances – aigue-marine, cobalt, turquoise – encerclaient l'archipel, ombrés et striés par des bancs de sable et les récifs coralliens. Les quatre îlots alentour ressemblaient à des pointes de flèches jetées dans les flots par quelque déesse guerrière, tandis qu'en contrebas retentissait le tonnerre de la houle heurtant les falaises de Pigeon Cay.

Pivotant lentement sur lui-même, Varian contempla la cuvette du cratère volcanique, embrassant du regard le vert des pâturages et les palmiers oscillant sous la brise. Le toit de la résidence familiale n'était pas visible de ce point de vue, mais le havre en lui-même ressemblait à la paroi intérieure d'un coquillage, le bleu profond de sa partie centrale s'éclaircissant à proximité des rives du lagon pour prendre une teinte gris perle.

C'était donc ça, le royaume des Dante, le gîte secret du Loup des Mers… Varian en avait entendu parler comme d'un endroit presque mythique, dans les journaux de bord et les divers documents qu'il avait étudiés avant d'embarquer pour ce voyage, mais jamais il n'aurait imaginé qu'un tel lieu puisse réellement exister.

— Dis-moi un peu, Ta Grâce, chez toi, dans ton château anglais, quand tu sors te promener, peux-tu profiter d'un spectacle pareil ?

Elle avait le visage offert au soleil et des mèches rebelles flottaient derrière elle comme d'épaisses lanières de soie sombre. Elle avait ouvert les bras pour attraper le vent qui plaquait sa chemise contre ses seins, soulignant leur galbe parfait et révélant sous le tissu la pointe tentatrice de ses tendres mamelons.

— Je reconnais que non, murmura-t-il. Mais ne peut-on craindre que la vision quotidienne de ce paysage ne finisse par émousser sa beauté ?

— Quand j'étais jeune, je montais ici tous les jours et repérais chaque fois quelque chose qui m'avait échappé jusqu'alors – une certaine couleur de l'eau, le trajet d'un oiseau qui suivait les courants du ciel, le passage d'un nuage... Le paysage se renouvelle constamment.

— N'as-tu donc jamais éprouvé le désir de savoir ce qui pouvait exister au-delà de cet horizon ?

— *Hinc sunt dracones*, récita-t-elle à mi-voix. « Ici se trouvent des dragons. » C'est l'avertissement inscrit sur toutes les parties inexplorées des cartes anciennes établies à une époque où l'on croyait la Terre plate. Père s'est déjà aventuré dans ces eaux mystérieuses, et j'irai aussi là-bas un jour. Il nous a raconté avoir vu des îles qui étaient aussi différentes de la nôtre que la lune peut l'être du soleil, avec des volcans qui crachent de la roche en fusion et qui la nuit ressemblent à des sources cramoisies. Des îles où les épices poussent avec une telle abondance qu'on en perçoit le parfum au large, à des jours de distance.

Comme il ne répondait rien – et, par Dieu, qu'aurait-il pu dire alors qu'il mettait toutes ses forces à réprimer l'envie soudaine de la prendre dans ses bras ? – elle se tourna vers lui et le regarda droit dans les yeux.

— Parle-moi de ton Angleterre. Y fait-il toujours froid et humide, comme je l'ai entendu dire ?

— Eh bien, la pluie et le brouillard ne sont pas rares, en effet. Mais quand le soleil brille, la campagne se pare d'un vert presque insoutenable.

— Ce qui n'est pas le cas des villes, j'imagine.

— Non, admit-il en souriant. Et j'aurais bien du mal à en citer une seule dont l'odeur approche un tant soit peu celle d'une épice. Cela étant, un grand pays ne peut survivre sans des cités prospères, et pour prospérer, elles doivent abriter des gens qui remplissent fabriques et boutiques.

— Je ne crois pas que j'arriverais à survivre dans une ville. Je déteste les murs et les endroits bondés.

— Tu apprécierais Harrowgate, alors. C'est un coin perdu dans la campagne, environné par des kilomètres carrés de collines vertes. Certaines parties de la résidence ont plus de trois cents ans et ses pièces sont parfois si vastes qu'il faut crier pour s'entendre d'un bout à l'autre. Dans notre enfance, mon frère et moi n'avions pas le droit de trop nous aventurer dans les profondeurs du château. On nous mettait en garde contre le risque de nous perdre et de finir enchaînés par les fantômes.

— Parce que vous avez des fantômes ?

Un sourire se dessina sur les lèvres de Varian.

— Demande donc à Beacom, si tu ne me crois pas. Il te confirmera qu'il y a dans cette vieille demeure des bruits et même des apparitions qu'on ne peut expliquer. Il est d'ailleurs persuadé qu'un de mes plus lointains ancêtres se glisse certaines nuits dans sa chambre pour déplacer ses affaires. Au début, il s'en prenait seulement à des brosses et des chaussures, puis il s'est attaqué aux meubles. Une fois, c'est tout l'ordonnancement de son appartement qui a été bouleversé pendant son sommeil, si bien qu'il s'est réveillé dans sa penderie ! Cela l'a rendu chèvre un certain temps. Il a même agité la menace de quitter Harrowgate Hall pour aller chercher du travail ailleurs, mais père a décrété qu'il ne pouvait se passer d'un domestique de sa qualité et a préféré plutôt m'envoyer en pension.

Les yeux de Juliet étincelèrent de malice.

— Parce que c'était *toi*, l'esprit frappeur ?

— Il faut avouer que Beacom était une proie facile, comme tu peux l'imaginer.

La jeune femme revit Varian St. Clare tel qu'elle l'avait surpris ce matin-là dans sa chambre, les bras serrés sur le traversin. Le voir dans cette position lui avait fait comprendre qu'il l'aurait toujours tenue dans ses bras si elle était restée avec lui. Cela avait complètement désamorcé sa colère, la laissant désemparée sur le seuil de la pièce.

Un reste de ce désarroi l'étreignait en cet instant, alors qu'elle avait les yeux rivés dans ses iris bleu nuit. L'expression de Varian était indéchiffrable, et elle n'avait aucun moyen de savoir s'il percevait le ralentissement qui affectait l'écoulement du sang dans ses veines chaque fois qu'il la regardait. Pourquoi y aurait-il été sensible, du reste ? Il n'avait émis aucune allusion à ce qui s'était passé entre eux la nuit précédente. Il est vrai qu'elle s'était également abstenue d'en parler, mais c'était uniquement parce qu'elle n'aurait su quoi dire. Maintenant, il n'avait pas besoin de lui adresser la parole pour l'émouvoir. Ni même de la toucher. Sa simple proximité donnait à la jeune femme l'impression de sentir ses mains sur tout son corps, en particulier sur certains endroits intimes qui étaient loin d'avoir été rassasiés de douceur et d'attentions la nuit dernière.

Il lui sourit et, après une brève hésitation, elle lui rendit son sourire.

— Nous pouvons prendre la voie la moins abrupte pour le retour, si tu le souhaites, lâcha-t-elle négligemment.

— Je m'en remets entièrement à ton jugement, capitaine.

Il inclina légèrement le buste et, quand il se redressa, elle eut le souffle coupé car plus aucune réserve ne voilait son regard où se lisaient désormais ses sentiments. Et ce qu'elle voyait dans ses yeux, c'était le regret de ne pouvoir feindre mieux l'indifférence.

Juliet sentit un frisson la traverser. C'était une sensation curieuse, presque abstraite, car le reste de son corps s'était comme engourdi. Elle n'eut que vaguement conscience du pas que Varian effectua pour se rapprocher d'elle, de sa main qui se tendit vers son visage pour écarter une mèche de cheveux que le vent avait rabattue sur sa joue et qu'il rangea derrière son oreille, le frôlement de ses doigts sur sa peau lui procurant un frémissement de plaisir qui fusa jusqu'au bas de son échine et faillit la mettre à genoux.

Les secondes s'écoulèrent au rythme des battements de son cœur sans qu'il esquisse le moindre mouvement, la main posée sur sa joue. Puis, juste au moment où il prenait son menton dans le creux de sa paume, elle secoua la tête.

— Il y a des nids d'aigle semblables sur tout le pourtour du cratère, le prévint-elle. Six à sept vigies doivent être, en ce moment même, en train de nous observer.

Il détourna la tête pour parcourir des yeux le bord de la cuvette rocheuse. À la manière dont son regard s'immobilisa une première fois, puis une seconde, elle devina qu'il avait repéré au moins deux postes de garde.

Il continuait à lui caresser la joue du pouce.

— Je crains fort que tu ne doives me porter sur le chemin du retour, capitaine, murmura-t-il. Car je ne suis pas sûr de pouvoir marcher dans mon état présent.

Juliet baissa les yeux. Une autre vague de frissons et de picotements l'enveloppa aussitôt, et ce fut avec une lenteur un peu maladroite qu'elle recula, avant de tourner les talons et de redescendre.

La main de Varian demeura suspendue dans le vide un moment, et ne retomba contre son flanc que lorsque le bruit des pas de Juliet sur les pierres du sentier se fut éloigné. Il maudit en silence sa propre stupidité avant de se forcer à la suivre.

Le chemin emprunté par la jeune femme contournait la crête côté mer. Les arbres étaient moins nombreux et la brise plus coupante, mais la descente moins pentue, ce qui lui permit de détendre un peu ses muscles endoloris par la montée. À deux reprises, il aperçut Juliet devant lui mais à chaque fois qu'il pensait la rattraper, elle disparaissait derrière un tournant ou un rocher. Il était tellement occupé à se reprocher son manque de tact qu'il faillit manquer la sente qui s'écartait du chemin principal. Un objet par terre attira son attention.

C'était le ceinturon de Juliet, avec son épée.

Il le ramassa et pressa le pas, tout en dégainant l'épée de son fourreau, les sens en alerte.

Un peu plus loin, au détour d'un fourré, il avisa un autre élément incongru…

Une botte. Une botte noire à haute tige. Et dix mètres plus loin, la deuxième.

Courant presque désormais, Varian s'imagina d'abord qu'un animal sauvage les avait traqués jusqu'ici. Puis, dans un sursaut de rationalité, il songea que l'animal en question leur avait plus probablement tendu une embuscade… et qu'il marchait sur deux pattes plutôt que sur quatre, pour être capable de dépouiller ainsi la jeune femme de son ceinturon, de ses chaussures et…

Un éclat blanc lui fit quitter le sentier et traverser fougères et plantes grimpantes pour rejoindre la chemise en batiste de Juliet, posée sur un buisson. Il distingua alors, dans la falaise juste devant lui, une ouverture qui n'était pas plus large qu'une fissure. Il regarda autour de lui, l'arme au poing.

Personne en vue. Il n'avait pas entendu de bruits de lutte ni vu de branches cassées suggérant que la jeune femme avait pu être traînée ici contre sa volonté. Il considéra de nouveau la chemise et nota la forme particulière qu'on lui avait donnée, l'une des manches pointant précisément sur la fissure. Il regarda alors les bottes et le ceinturon, et comprit qu'ils étaient autant de repères laissés à son intention pour le guider vers cet endroit.

Se courbant en deux, il s'inséra dans l'ouverture étroite. Dix pas plus loin, il émergea dans une caverne dont la voûte s'élevait à neuf mètres environ et qui devait en faire un peu plus de quinze de large. L'odeur âcre de la pierre mouillée et de la mousse épaisse qui tapissait le sol se mêlait à la vapeur montant d'un bassin qui en occupait la majeure partie. Bien qu'il n'y eût aucune torche allumée, ni d'ouverture dans la voûte, l'eau du bassin produisait un scintillement verdâtre presque irréel. Elle était si limpide que Varian pouvait voir le fond de sable pâle... ainsi que la silhouette qui y évoluait en silence.

Juliet creva la surface du bassin, les cheveux et le visage ruisselant. L'apercevant, elle nagea avec souplesse vers lui. Sitôt qu'elle eut pied sur le bord de la cuvette, elle se redressa telle une déesse jaillissant d'une conque géante, sa peau réfléchissant la lueur verte émanant du bassin, ses cheveux lui enveloppant le dos et les épaules à la manière d'une mantille. Elle avança droit sur Varian, aussi nue qu'une nymphe, et leva sa bouche vers la sienne.

Elle lui donna un baiser bref et sensuel, plein de promesses, avant de reculer en souriant vers les eaux dont elle était issue, la vapeur du bassin s'enroulant autour de ses cuisses tels des doigts de brume.

— Tu me pardonneras d'avoir différé un peu ce baiser, n'est-ce pas ? Si nous l'avions échangé là-haut, toute l'île l'aurait su dans l'heure.

Varian agita bêtement son épée.

— Tu m'as fait peur. J'ai bien cru qu'une bête sauvage t'avait attrapée et traînée dans les fourrés.

— Comme la plupart des Dante, je ne suis pas une proie facile, répliqua-t-elle en riant, avant de replonger sous la surface et de s'éloigner du bord.

Sans un mot, Varian rengaina la lame de la jeune femme et la mit de côté. Il se hâta ensuite d'ôter chemise et bottes qu'il laissa tomber sur le tapis de mousse avant de baisser sa culotte, libérant, non sans rougir un peu, l'énorme érection que le vêtement entravait jusqu'alors.

Juliet avait gagné l'autre côté du bassin où elle faisait la planche, ses cheveux en éventail autour de la tête. Quand elle vit Varian s'engager à son tour sur le sable doux, elle replongea et disparut dans la pénombre au fond de l'eau.

En quelques brasses fluides, Varian rejoignit l'endroit où se tenait auparavant la jeune femme. Il fouilla des yeux le jeu d'ombres et de lumières qui mouchetait le fond sans la distinguer, puis il entendit un bruit d'éclaboussures près de l'autre bord et comprit que Juliet avait retraversé le bassin.

Par deux fois encore ils se croisèrent au milieu de l'eau, la jeune femme effectuant chaque passage sous la surface. La première fois, elle lui frôla la jambe avant de lui échapper, mais la seconde, il fut assez vif pour lui saisir la cheville et la tirer jusqu'à un endroit où ils avaient pied. Aussi glissante qu'une anguille, elle parvint à se libérer et s'écartait déjà de lui quand il se campa sur le fond en agitant un index menaçant.

— Reste donc un peu tranquille, sacré bon sang !

Elle le regarda s'approcher, chacun de ses pas soulevant des petits nuages de sable qui étincelaient comme des bouffées de verre pilé sous l'éclairage d'origine inconnue qui illuminait le bassin.

Quand il l'eut rejointe, il ne marqua aucune hésitation ni ne s'embarrassa du moindre préliminaire. Lui saisissant les fesses à pleines paumes, il la hissa contre son corps avant de l'empaler sur sa hampe de chair tendue, étouffant avec sa bouche son hoquet de stupeur qui se transforma bientôt en gémissement rauque, puis en halètement de plaisir tandis qu'elle nouait fermement les jambes autour de sa taille, lui permettant ainsi de libérer une de ses mains pour la poser sur sa nuque.

Ses lèvres étaient chaudes et voraces, ses doigts fermes et sûrs, son sexe vigoureux. Rejetant la tête en arrière, Juliet ne put retenir un cri d'extase. L'eau autour d'eux commença à bouillonner sous les coups de boutoir frénétiques que Varian lui assenait avec un abandon qui décuplait encore la jouissance de la jeune femme.

Il la tint serrée contre lui jusqu'à ce que les pulsations de son orgasme se réduisent à de longs frémissements. Puis, sans relâcher son corps tremblant, il revint vers le bord et l'étendit sur le tapis de mousse. Ignorant les murmures de protestation qui échappèrent à la jeune femme quand il détacha ses jambes de sa taille pour les poser sur ses épaules, il se mit à tracer un sillon de baisers de son cou à son ventre et finit par se retrouver le visage entre ses cuisses.

Quand un deuxième cri de volupté résonna entre les parois rocheuses de la caverne, il se redressa pour posséder de nouveau Juliet et lui offrir une troisième montée vers le septième ciel, avant de plonger à son tour dans une explosion de lumière qui vrilla l'intérieur de ses paupières en taches multicolores.

13

Juliet fut éveillée par l'odeur saumâtre du gros pied botté planté juste devant son nez.

Ouvrant les paupières, elle leva les yeux vers le visage amusé de son frère Gabriel. Celui-ci redevint sérieux en désignant du menton le corps nu de Varian St. Clare, étendu à côté d'elle.

— Voilà qui explique pourquoi Jonas et moi n'avons pas réussi à te débusquer la nuit dernière, chuchota-t-il.

Elle bâilla et s'étira, avant de se redresser sur les coudes.

— Et comment y es-tu parvenu maintenant ?

— Nathan m'a rapporté ce qui s'est passé sur le *Rose*, et comme tu n'étais pas à la maison, je me suis dit que tu avais dû monter te réfugier ici. Cela étant, ajouta-t-il après une pause tandis que sa sœur se levait, je ne m'attendais pas à te trouver en si galante compagnie.

Elle lui adressa un haussement de sourcil par-dessus l'épaule, avant de s'immerger dans le bassin jusqu'aux genoux pour rincer le sable et les brins de mousse qui maculaient sa peau. Gabriel reporta son attention sur l'aristocrate.

Varian avait repris conscience en les entendant parler et, dès qu'il avait reconnu Gabriel Dante, il avait fouillé du regard la pénombre environnante pour repérer ses affaires – en vain, jusqu'à présent. Ce fut le frère de Juliet qui avisa le premier la tache claire de sa chemise sur le vert sombre de la mousse. Il alla soulever le vêtement de la pointe de son épée.

— Je ne crois pas avoir eu le plaisir de vous avoir été présenté, déclara-t-il tout en lui apportant la chemise au bout de sa lame. Mais il est vrai que ma sœur néglige souvent ce genre de formalités.

La jeune femme sortit de l'eau.

— Varian St. Clare, Sa Grâce le duc de Harrow... Mon frère, Gabriel Dante – sans la moindre grâce.

Gabriel effectua une courbette dans les règles après avoir déposé la chemise sur le ventre de Varian.

Juliet renfila sa propre chemise, avant de récupérer son pantalon.

— Le souci que tu as de mon bien-être me réchauffe le cœur, cher frère adoré.

— Parce que tu as encore besoin d'être réchauffée ? répliqua Gabriel avec un coup d'œil en direction de Varian qui demeurait figé sur la mousse. Est-il doué de parole, ou faut-il ajouter le mutisme à sa panoplie de séducteur ?

— Je peux parfaitement m'exprimer, répondit froidement Varian. Votre arrivée m'a juste un peu pris de court et...

— Et vous redoutez maintenant d'être conduit à l'autel sous la menace de mon épée ?

Varian ne put s'empêcher de tiquer : c'était effectivement une image qui avait défilé dans son esprit.

Gabriel s'adressa de nouveau à sa sœur.

— Seigneur, Jolly, si tu épousais ce galopin, ça ferait de toi une duchesse ?

— Que le diable te châtre, lâcha-t-elle en soupirant. Et qu'il en profite aussi pour te couper la langue, car je préfère encore passer la journée dans un costume de goudron et de plumes qu'avoir à supporter ton sens de l'humour. Sans compter qu'il t'est déjà arrivé, à toi aussi, d'être surpris avec le pantalon sur les chevilles, frère chéri.

— Certes, mais tous les hommes sont des cochons avec la réputation qui va avec, tandis que toi, poursuivit-il en se touchant l'aile du nez, tu es une renarde et prends bien soin de faire croire à tous les rustres que tu croises que les seuls braquemarts qui t'intéressent sont ceux qui se glissent dans des fourreaux de cuir.

Elle plissa les paupières.

— À moins que tu ne veuilles tâter de *mon* braquemart, je te conseille de tenir ta langue et de ne rien révéler de tout ceci.

— Et que me vaudra mon silence, très chère sœurette ?

— Deux yeux non pochés et deux jambes non cassées.

Gabriel pinça ses lèvres élégantes un moment, avant de les écarter en un large sourire.

— C'est un marché honnête, tout bien réfléchi. Dois-je vous aider à retrouver votre culotte, Votre Grâce ?

— Inutile, grommela Varian.

Gabriel Dante haussa les épaules et rengaina sa lame.

— Comme il vous plaira. Je vous attends tous les deux dehors, d'accord ? Vous avez deux minutes pour échanger un dernier baiser torride.

Juliet lui envoya une botte à la tête. Il l'esquiva sans peine et sortit de la caverne. Quand la jeune femme reporta son attention sur Varian, elle le vit enfiler sa culotte avec un air renfrogné indiquant clairement que, pour sa part, il ne goûtait guère la plaisanterie. Ses narines de patricien étaient épatées par la colère, ses mâchoires crispées, et quand il se passa une main rageuse dans les cheveux, elle distingua nettement les veines qui saillaient à ses tempes à la manière des nervures d'une feuille.

— Dis-moi une chose : qu'arriverait-il, à Londres, si un homme et une femme étaient découverts dans le plus simple appareil par un membre de la famille de madame ?

— À supposer que l'homme en question ne soit pas le roi, ni la femme une domestique, ils seraient probablement mariés avant la fin de la semaine.

— Même s'il s'agissait d'un duc ?

Varian fuyait son regard.

— S'il était duc – ou comte ou même baron – il tenterait sans doute d'éviter, moyennant finance, le passage devant un prêtre. Sauf, naturellement, s'il avait un brin d'honneur…

— Et tu es un homme honorable, Ta Grâce ?

Il releva enfin les yeux vers elle.

— Je t'assure que je suis prêt à assumer toutes les conséquences de mes actes.

— En m'épousant, par exemple ?

Il se redressa lentement et, quand il reprit la parole, ce fut d'une voix aussi sèche qu'un coup de fouet.

— Je serai heureux de discuter des détails avec ton père, dès qu'il m'aura accordé une audience.

— Sans me demander mon avis auparavant ?

La pénombre empêchait Juliet de distinguer des yeux de Varian plus qu'un vague reflet, mais elle vit ce reflet s'éteindre puis se rallumer, comme s'il avait un instant fermé les paupières avec consternation – consternation d'être tombé dans un piège aussi grossier…

— Bien sûr que non. Mademoiselle Dante, auriez-vous l'extrême amabilité de me faire l'honneur de… ?

Elle s'esclaffa pour l'empêcher d'aller plus loin.

— Deux soleils se lèveront le matin quand j'aurai ne serait-ce que l'*idée* de t'épouser, Ta Grâciosité. Et quand bien même l'envie m'en prenait, ce serait pour une raison autrement plus sérieuse que le simple fait d'avoir passé quelques heures en ta compagnie. Dis-toi que nous avons partagé un moment agréable, et ne va pas te mettre martel en tête – à moins que tu n'aies cherché à t'attirer ma sympathie par tes prouesses au lit, et à gagner ainsi un allié à ta cause…

— Mes affaires avec ton père n'ont aucun rapport avec toi, répliqua-t-il, acide.

— Aurais-tu refusé d'aller le voir ce matin si je t'avais réveillé à temps pour que tu le rencontres ?

Varian secoua la tête.

— En fait, pour tout t'avouer, je n'aurais probablement pas été capable de me présenter à lui ce matin, et encore moins de chercher à le convaincre d'obéir à un édit royal. Ah, sacré bon sang…

Il s'empoigna les cheveux dans un geste de frustration.

— Tu avais raison. Après ce qui est arrivé à l'*Argus* et à son équipage, je ne suis même plus certain d'avoir *envie* de le convaincre. J'aurais plutôt tendance à l'encourager, lui et tous les autres corsaires qui écument ces eaux, à ignorer les termes de ce traité et à intensifier leur harcèlement des forces espagnoles !

Un silence abasourdi accueillit cette déclaration. On n'entendait plus dans la caverne que le friselis de l'eau suintant sur les parois de pierre.

— Mais cela m'est évidemment interdit, reprit Varian avec un soupir résigné. Je suis tenu par serment de détailler à ton père les désagréments auxquels il s'exposerait s'il déclinait l'acte de grâce du roi.

— L'acte de grâce ?

— Une amnistie, si tu préfères. Le pardon plein et entier pour les écarts de conduite de chaque corsaire acceptant de rentrer en Angleterre et d'y rester, le temps que Jacques Stuart et les autres rois d'Europe parviennent à un juste accord politique et commercial.

Refrénant son envie de l'assommer, Juliet planta les poings sur ses hanches.

— C'est donc ça que tu me cachais ? Ce truc, ce machin, ce... cet acte de grâce ?

— J'étais tenu par serment..., commença-t-il.

— Au diable ton serment ! N'as-tu donc rien écouté de ce que je t'ai dit ? La seule manière d'obtenir un traité équitable avec les Espagnols serait de prendre leurs villes en otage ! C'est d'ailleurs ce qu'a fait Drake. Il s'est engagé dans la baie de Maracaibo avec toute sa flotte et a exigé cinq cent mille ducats pour ne pas dévaster la cité à coups de canon – et il n'avait alors que la moitié de la puissance de feu dont nous disposons aujourd'hui ! Savais-tu que père l'a accompagné dans ces raids ?

— Serais-tu en train d'insinuer qu'il a l'intention de s'en prendre de nouveau à cette ville ?

Varian avait posé la question sur un ton lourdement ironique mais, en voyant l'expression de la jeune femme, il se figea et la dévisagea avec incrédulité.

— Juliet ?

— Non, non, sans doute pas, admit-elle avec réticence. Mais il en serait parfaitement capable si l'envie lui en prenait.

Elle le contourna pour aller récupérer la botte qu'elle avait lancée à Gabriel, et sursauta en avisant son frère dans l'ombre du passage.

— Je croyais que tu nous attendais dehors.

— Et louper ce qui risque d'être la seule demande en mariage que tu recevras jamais ? Toute la famille m'en aurait voulu à mort si je n'avais pas été capable de leur rapporter ça. Et puis, je brûle d'impatience d'entendre la suite du plaidoyer du duc pour la paix. Sait-il au moins que le roi nous a déjà soumis une offre semblable ? C'était il y a deux ans à peine, précisa-t-il en s'avançant jusqu'au bord du bassin. Un autre émissaire de Sa Majesté est venu nous voir avec un document également intitulé « acte de grâce », et quelques-uns de nos frères corsaires y ont cru assez pour se rendre dans le port d'Hispaniola où leur avait été garanti un accueil chaleureux de la part de la marine espagnole. Et chaleureux, cet accueil le fut. Incendiaire, même. Si vous vivez assez longtemps, vous pourrez aller demander au capitaine David Smith ce que ça fait de se retrouver seul survivant d'un guet-apens, qui s'est soldé par le bombardement de quatre navires et la mise aux fers de leurs équipages avant leur condamnation aux travaux forcés à perpétuité dans les champs de canne à sucre.

Un long silence tendu s'ensuivit. L'étrange lueur verte qui émanait de l'eau soulignait les traits de Gabriel et faisait luire ses yeux dans l'obscurité, tels ceux d'un gros chat à l'affût. À l'instar de sa sœur, il semblait avoir tendance à dissimuler ses émotions, jusqu'à ce qu'un mot ou un geste le pousse à exploser d'un coup.

— J'ignorais l'existence d'un précédent acte de grâce, avoua Varian.

— Et maintenant que vous êtes au courant, vous sentez-vous toujours capable d'aller présenter à notre père la proposition du roi sans rougir ?

— Jacques Stuart n'est pas un benêt, même s'il s'attache souvent à en donner l'impression. Il partage la méfiance sinon le mépris d'Élisabeth pour les Espagnols, et ne leur reconnaît aucun droit de détenir le monopole du commerce dans ces eaux. Il a néanmoins conscience qu'une déclaration de guerre aboutirait à l'appauvrissement des deux pays. L'Espagne a d'ores et déjà perdu son unique chance de conquérir l'Angleterre il y a vingt-cinq ans de cela. Nous avons eu vent par le passé de maintes rumeurs prétendant que les hidalgos s'apprêtaient à rassembler une nouvelle armada pour venger leurs ancêtres, mais Philippe III n'a rien d'un combattant de la foi comme son père et, de toute façon, leur marine ne s'est jamais vraiment remise des pertes en hommes, en vaisseaux et en armements que nos parents lui ont infligées. À l'inverse, notre flotte n'a cessé de se renforcer depuis, au point d'être en mesure de contester aux Espagnols leur suprématie sur les océans du globe. Si une guerre éclatait maintenant, elle compromettrait sérieusement ces progrès et nous ferait reculer de plusieurs années.

— Nous n'avons aucunement l'intention de mener une guerre contre les Espagnols, rétorqua Gabriel. Nous allons juste nous contenter de prélever un tribut sur le convoi qui doit quitter La Havane le mois prochain.

— Ce serait insensé de votre part, protesta Varian. Vous risquez d'y perdre des plumes, sinon la vie.

Gabriel pencha la tête sur le côté.

— Baste, Jolly ! Tu aurais pu te choisir un amant qui ait un peu plus confiance en nos capacités.

— Je connais votre réputation, reprit Varian, mais je sais aussi que ce convoi ne sera pas un convoi ordinaire. Le pouvoir vient de changer de main dans les instances gouvernementales espagnoles, et nombre d'officiels ont été rappelés en métropole. Beaucoup plus de navires que d'habitude vont donc effectuer cette prochaine traversée, et tous ne seront pas des vaisseaux de transport.

— Mais de quoi parles-tu ? s'étonna Juliet.

— Comme vous le savez sans doute, il y a cinquante ans de cela, l'Espagne envoyait fréquemment des escadres de cent navires et plus effectuer la navette entre les deux rives de l'Atlantique. Au cours des dernières décennies, ce nombre a été drastiquement réduit, en partie parce que ces convois massifs rapportaient de moins en moins de richesses à la Couronne espagnole. Les mines du Nouveau Monde se sont épuisées et les conquistadors ont dû s'aventurer de plus en plus loin à l'intérieur des terres pour trouver de nouveaux gisements d'or et d'argent.

— Jusqu'à présent, tu ne nous apprends rien, remarqua Juliet en refermant son ceinturon avec un claquement sec.

— Alors vous devez aussi savoir que l'énorme *flota* de jadis a été scindée en deux convois de moindre importance : la flotte de Tierra Firme qui se présente à La Havane chaque fin du mois d'avril, et celle de Nouvelle-Espagne qui y mouille pour sa part à la fin de l'été. Chaque année, c'est en moyenne une trentaine de navires de transport qui arrivent d'Espagne, remplissent leurs soutes de marchandises et repartent six mois plus tard sous la protection d'une quinzaine de vaisseaux.

— D'une vingtaine, plutôt, corrigea Juliet. Je pourrais même te réciter leur nom, leur tonnage, leur armement et j'en passe.

— Je te félicite d'être aussi bien renseignée, mais as-tu conscience que, tous les dix ans environ, il y a un chevauchement entre arrivée et départ – quand, par exemple, le convoi en provenance d'Espagne doit s'attarder au port pour réparations ou à cause du mauvais temps ? Dans ce cas, son retour est parfois reporté à la saison suivante, d'avril à septembre ou inversement.

Julie haussa un sourcil.

— Et alors ?

— Alors, la dernière fois qu'un tel report a eu lieu, ce sont soixante-quinze navires qui ont quitté La Havane pour la métropole.

— Seriez-vous en train de suggérer que cela va se reproduire bientôt ? s'enquit Gabriel sans plus chercher à cacher son intérêt.

— Je ne le suggère pas : je vous le dis, affirma Varian. Et je vous dis aussi que vous pouvez vous attendre cette fois-ci à un convoi encore plus important. Après recoupement entre les rapports de nos sources à Séville et des messages adressés à l'ambassade espagnole de Londres que nous avons interceptés, nous avons fini par comprendre que c'est une bonne centaine de navires qui doivent prochainement se rassembler à La Havane avant de rentrer en Europe.

— Une centaine de navires ? répéta Gabriel en sifflant tout bas. Nous avions bien remarqué un surcroît de trafic sur les voies maritimes habituelles, mais de là à imaginer un pareil convoi...

Juliet regarda son frère.

— C'était pourtant ce que nous pouvions déjà déduire des rapports de Van Neuk, notre contact hollandais à Maracaibo. Il écrivait qu'il avait aperçu une douzaine de galions à l'ancre dans une petite crique, où il avait l'habitude de négocier avec des contrebandiers.

— Cela ne prouvait rien, décréta Gabriel. Van Neuk est un bonimenteur. S'il prétend avoir vu une douzaine de vaisseaux, il devait probablement ne pas y en avoir plus de trois ou quatre.

Il toisa Varian d'un œil inquisiteur.

— Et si nous avons des raisons de douter de sa parole, pourquoi prêterions-nous crédit à la vôtre ?

— Parce que je n'aurais rien à gagner – ni à perdre, du reste – à vous mentir.

— Sauf votre vie, bien sûr.

Juliet fit signe à son frère de se taire.

— J'ai toujours du mal à saisir pourquoi cette nouvelle serait censée nous dissuader d'attaquer le convoi espagnol. Un tel butin devrait plutôt attirer tous les frères de la côte vers La Havane, comme une carcasse attire les requins.

— Ces navires de transport doivent, selon nos sources, être accompagnés par au moins la moitié de la flotte des Indes occidentales, soit une trentaine de vaisseaux de guerre jaugeant plus de quatre cents tonneaux en tout et remplis de canons et de soldats assoiffés de sang.

— D'où sais-tu cela ?

— Tu as l'air d'oublier que je ne suis pas duc de naissance. J'ai passé huit ans sous les drapeaux, dont trois comme capitaine de la garde royale. Mais je n'ai pas immédiatement donné ma démission de l'armée après avoir hérité du titre, et si j'ai troqué l'uniforme contre un costume de velours lavande garni de dentelle, c'était parce que cela me permettait de voyager plus librement d'un bout à l'autre de l'Europe.

— Tu étais un espion du roi ?

— Je préfère dire que je me suis rendu à Séville pour étudier l'escrime auprès d'Alejandro de Caranca, l'un des plus fameux maîtres d'armes de cette ville. Il se trouve que, parmi ses élèves, figuraient plusieurs hauts dignitaires du gouvernement et de l'amirauté, et je peux vous assurer que ces hidalgos se révèlent de sacrés vantards quand ils ont un adversaire anglais face à eux.

— Et c'est pour ça que Sa Majesté a vu en vous le candidat idéal pour nous venir ici prêcher la bonne parole ? lança Gabriel. Parce que vous aviez su amadouer une brochette de hauts gradés espagnols ?

— En fait… c'est moi qui me suis porté volontaire pour cette mission. Et, pour tout vous avouer, ce n'était pas entièrement pour des motifs patriotiques. J'avais envie de goûter une ultime fois au parfum de l'aventure, avant de me ranger. Cela dit, si vous répétez ça à Beacom, je le nierai jusqu'à mon dernier souffle !

Juliet lui adressa un sourire entendu.

— Il semblerait que tu aies écopé de plus d'aventure que tu ne le souhaitais.

— Tu parles, grommela Gabriel. Il peut même aller se vanter, maintenant, d'avoir couché avec la fille du Loup des Mers.

Varian était déjà à bout de patience, et la remarque méchamment sarcastique du frère de Juliet fut la goutte d'eau qui fit déborder le vase. Son poing jaillit avec la force et la vitesse d'un boulet de canon, cueillant le fils Dante en dessous du menton. La tête de ce dernier fut projetée en arrière. Varian accompagna immédiatement ce direct d'un crochet au foie, puis d'un deuxième direct au sternum qui fit vaciller le corsaire vers le bassin. Se ressaisissant, Gabriel porta la main à son épée. Au chuintement de la lame sortant du fourreau, Varian effectua un pas en arrière, mais uniquement pour se rapprocher de l'épée de Juliet, qu'il récupéra sur la mousse.

— Je vous conseille d'en rester là, lança-t-il au frère de la jeune femme.

— Je n'ai pas de conseil à recevoir de vous, répliqua ce dernier en essuyant du dos de la main le sang qui coulait à la commissure de ses lèvres.

Le fracas de l'acier heurtant l'acier fit tressaillir l'air humide de la caverne, incitant Juliet à s'écarter prudemment. Elle connaissait les talents de bretteur de son frère et avait eu un aperçu de ceux du duc. Une main sur la poignée de sa dague, elle laissa le champ libre aux deux hommes qui se tournaient autour tels deux coqs de combat.

Gabriel préféra s'écarter du bassin en tenant son épée fermement tendue devant lui. Varian avait un léger avantage en taille et en allonge, mais Gabriel était doté d'une constitution aussi robuste que nerveuse sous ses élégants atours, ainsi que d'une grande dextérité.

Un sourire de pur plaisir illumina son visage quand il se lança dans une série de bottes vicieuses pour éprouver l'habileté de son adversaire. Il ne fut pas déçu, et leurs échanges furieux remplirent bientôt l'antre d'échos métalliques et d'éclairs éblouissants. Les deux hommes ne cessaient de s'asticoter mutuellement, rendant coup pour coup et ne se découvrant que par ruse, dans le seul but d'amener leur opposant sur telle portion de terrain plus glissante ou plus accidentée.

Ils finirent par croiser le fer en haletant, tous deux conscients qu'ils étaient quasiment du même niveau. Puis les épées se séparèrent dans un crissement de protestation, et Varian prolongea le mouvement d'une subite torsion du poignet qui manqua d'arracher son épée à Gabriel. Surpris, celui-ci se ressaisit dans l'instant et pivota prestement pour lancer une contre-attaque qui envoya le duc s'immerger jusqu'aux genoux dans le bassin. Une fine zébrure rouge barrait maintenant la joue de Varian. Il y porta la main et la ramena poisseuse de sang.

Il demeura si longtemps à contempler ses doigts que Gabriel ne put s'empêcher de tourner la tête vers sa sœur pour lui décocher un sourire faraud. Il perçut trop tard le sifflement d'une lame fendant l'air et sentit une mèche de cheveux se détacher de sa tempe. Scandalisé, il se fendit pour réparer l'outrage et fut reçu par une volée d'acier qui l'obligea à reculer vers le fond de la caverne.

Juliet suivit le reste de leur affrontement au son des ahanements et des épées s'entrechoquant. À un moment, Gabriel bondit au sommet d'une stalagmite et se tint en équilibre sur sa pointe pour parer un assaut de Varian, avant de retomber souplement en arrière.

— Par Dieu, vous avez un sacré bras, mon gars ! s'exclama-t-il. Jamais je n'aurais supposé un aristocrate en dentelle capable de m'en remontrer dans un duel.

Varian découvrit les dents.

— Merci du compliment, « mon gars », repartit-il sur le même ton. Me croirez-vous maintenant si je vous dis que mon but en accompagnant votre sœur ici n'était nullement de l'inscrire à mon palmarès de séducteur ? L'idée ne m'en a même jamais effleuré l'esprit.

— Jamais, vraiment ? s'enquit Gabriel avec un reniflement dubitatif. Vos intentions à son égard étaient donc parfaitement nobles, vertueuses et honorables ? Et vous n'avez pas été le moins du monde soulagé de l'entendre écarter l'éventualité d'un mariage ?

Le coup porta, et Varian baissa momentanément sa garde. Gabriel en profita pour se ruer sur lui et lui rendre son coup de poing au menton. Varian partit en arrière en battant des bras, mais ne put se retenir de chuter lourdement dans l'eau.

Gabriel le regarda couler, puis se tourna vers Juliet avec un sourire triomphant – sourire qui se termina en glapissement de surprise quand il sentit ses mollets crochetés et perdit l'équilibre à son tour avant de basculer dans le bassin.

Il souleva une grosse gerbe verte et blanche en touchant la surface et plongea. Juliet nota bientôt un bouillonnement de sable blanc au fond du bassin. « Ma parole ! songea-t-elle. Ils se battent encore ! » L'eau avait beau ralentir leurs mouvements, ils continuèrent à échanger bottes et coups de poing en un gracieux ballet aquatique, jusqu'à ce que le manque d'air les force à remonter à la surface.

Les deux têtes sombres jaillirent dans une cascade de bulles et de gouttelettes scintillantes. Tandis que Varian restait en suspension dans l'eau, Gabriel regagna le bord à la nage. Il émergea du bassin en riant, avant de se plier en deux pour reprendre son souffle.

Varian le rejoignit en pataugeant, son épée toujours au poing.

— Pouce ! hoqueta Gabriel. Restons-en là, monsieur, car il me déplairait beaucoup d'avoir à vous tuer après un si beau combat.

— Soit, mais à condition que vous reconnaissiez que mes motifs n'étaient pas ceux que vous pensiez.

Gabriel se tâta précautionneusement la mâchoire et la fit jouer un peu pour s'assurer qu'elle fonctionnait toujours.

— Je vous reconnais un sacré punch. J'ai failli me couper la langue sous le choc. Pour le reste, ce n'est pas à moi que vous devez des justifications.

Les deux hommes fouillèrent des yeux la pénombre de la grotte, mais Juliet était déjà ressortie.

14

Varian se donna une claque sur le cou, tuant l'un des petits suceurs le sang. Aussi agaçants aient été les insectes durant l'ascension vers le sommet de l'île, maintenant que le soleil approchait de l'horizon, ces vampires s'en donnaient à cœur joie et voletaient autour de sa tête en une épaisse nuée.

Juliet ne les ayant pas attendus devant l'entrée de la caverne, Gabriel avait choisi un autre chemin pour le retour et emprunté un sentier qui longeait la pente orientale du cratère, où était disposée une série de canons noirs à longs fûts. Ces postes de tir comprenaient deux sentinelles chacun mais le nombre total d'artilleurs, ainsi que le fils Dante l'expliqua tranquillement, pouvait être porté à une bonne cinquantaine en l'espace de quelques minutes après le premier coup de tocsin.

Alors qu'ils laissaient les canons derrière eux, la végétation se densifia considérablement. Varian apercevait le bras de mer par des ouvertures dans le rideau de palmes, de lianes et de lauriers-roses, et nota qu'ils se trouvaient encore à bonne hauteur. De cet endroit, la vue et la perspective sur le chemin de ronde étaient bien différentes. Varian remarqua que le sentier s'élargissait fréquemment en terrasses qui offraient à des arquebusiers une position à la fois dominante et camouflée sur toutes les embarcations se faufilant dans le passage. Plongeant le regard dans les flots clairs comme du gin, il put également distinguer de gros filets qui, pour l'heure, restaient allongés au fond mais qui, au moindre signal d'alerte, pouvaient être relevés et attachés à des madriers fixés dans le roc, emprisonnant ainsi d'éventuels intrus.

Il se gifla de nouveau le cou et lança un regard courroucé au large dos de Gabriel. Ce dernier ne semblait pour sa part nullement incommodé par les moustiques ; il conservait un rythme de marche soutenu et ne s'arrêta qu'à l'approche d'un nouveau poste de garde. Ses habits étaient aussi mouillés que les boucles brunes de sa chevelure, et ses bottes couinaient à chacun de ses pas.

— Votre navire, s'enquit Varian à un moment, c'est bien le *Tribut*, n'est-ce pas ?

— Le *Valeur*.

Gabriel s'arrêta si brusquement que Varian faillit lui marcher sur les talons.

— Vers la fin, ajouta-t-il, juste avant que nous tombions à l'eau, vous avez eu un certain mouvement du poignet – en fait, une feinte avec développement vers le bas suivi d'un quart de tour. Il vous aurait suffi d'accentuer un peu cette rotation pour m'arracher la lame de la main. Vous aviez alors l'avantage sur moi, monsieur, mais vous ne l'avez pas poussé.

Varian voulut répondre, mais un insecte s'introduisit dans sa bouche sitôt qu'il eut desserré les lèvres.

— Si vous pensiez vous attirer ainsi ma sympathie, continua Gabriel pendant qu'il recrachait discrètement l'intrus, vous vous trompiez. Cela aurait été plutôt en poursuivant votre assaut et en posant la pointe de votre épée sur ma gorge, jusqu'à ce que je reconnaisse ma défaite, que vous auriez marqué le plus de points dans mon estime.

— Je le saurai pour la prochaine fois, repartit posément Varian. Je souhaitais juste…

— Ne pas me gêner devant ma sœur ? Croyez bien qu'elle a noté votre geste et que je n'ai pas fini d'en entendre parler. C'est une futée, notre petite Jolly. Et si je peux vous donner un conseil, au cas où vous croiseriez le fer avec elle, évitez de lui donner le moindre avantage, car elle vous le fera payer très cher et vous taillera en pièces rien que pour vous punir de votre condescendance.

Gabriel s'interrompit et esquissa un sourire.

— Jolly est aussi un être à la fierté ombrageuse.

— C'est ce que j'ai cru remarquer.

— Alors, vous voudrez bien me le remontrer, votre coup à l'épée ? C'est la première fois que je vois ce mouvement.

Varian inclina la tête.

— Volontiers. Cela dit, votre assaut était quasi irréprochable. Vous avez plusieurs fois réussi à me pousser dans mes retranchements.

Le fils Dante eut un sourire carnassier.

— C'était le but de la manœuvre. Et vous disiez la vérité, tout à l'heure ? Vous avez réellement été l'élève d'Alejandro de Caranca ?

— Si vous me connaissiez mieux, répliqua Varian calmement, vous sauriez que je n'ai qu'une parole. Des hommes sont morts pour en avoir douté.

Gabriel croisa les bras sur sa poitrine.

— Et vous, si vous connaissiez mieux ma sœur, vous sauriez qu'elle ne se laisse pas facilement embobiner, et qu'il faut plus pour ça qu'un joli minois et des bras solides. Quels que soient les mots doux que vous avez pu lui susurrer dans l'intimité, elle les aura oubliés sitôt qu'il s'agira de choisir entre vous et n'importe quel membre de son équipage. En ce qui me concerne, si j'ai l'impression que vous lui voulez le moindre mal, je vous ouvrirai du bas-ventre au sternum et laisserai les oiseaux de mer vous picorer les entrailles jusqu'à ce que vous sombriez dans la démence. Et soyez certain que Jonas se montrera encore plus inventif que moi dans le châtiment qu'il vous infligera ensuite. Quant à mon père... disons qu'il vous réservera un sort auquel même la démence et la mort seraient préférables. Essayez de vous le rappeler, la prochaine fois que vous serez tenté de tomber la culotte devant ma sœur.

Varian eut droit à un nouveau sourire menaçant, avant que Gabriel reparte sur le chemin ombragé. Quand ils arrivèrent au bas du sentier, le crépuscule teintait l'air en mauve et des lumières s'allumaient aux deux niveaux de la maison des Dante, ainsi qu'un peu partout sur le pourtour du lagon.

Juliet avait préféré ne pas s'attarder devant la grotte. S'étant assurée que les deux crétins n'allaient pas s'entre-tuer, elle les avait quittés pour regagner la résidence, craignant que la fureur ne la pousse à les passer l'un et l'autre au fil de son épée.

Elle s'était un peu déchargée de sa colère en fouettant sauvagement les palmes qui lui barraient le chemin. Mais celle-ci lui enflammait toujours les joues quand elle arriva devant la maison. Elle se mit alors à faire les cent pas. Gabriel n'avait pas à prendre sa défense alors que ce n'était pas nécessaire. Quant à Varian St. Clare... il était trop malin pour son propre bien. Surtout, elle aurait dû être capable de quitter sa couche ce matin-là sans un regard en arrière, le cœur léger.

L'émissaire de Sa Majesté avait reconnu être un espion. Il avait avoué être venu dans les îles pour y vivre une dernière aventure avant d'aller s'enfermer dans son château sous les liens sacrés du mariage. Gabriel avait-il donc raison ? N'était-elle aux yeux de Varian qu'une distraction ?

Et pourquoi aurait-elle dû s'en offusquer, d'abord ? Elle était tout à fait prête à admettre de son côté qu'il ne s'agissait entre eux que d'une simple passade. Pourquoi compliquer la situation en cherchant des mobiles occultes chez l'un ou l'autre ? Et pourquoi diable était-il permis aux hommes de satisfaire leurs appétits charnels sans songer au lendemain – ou si peu – alors que cette même insouciance était interdite aux femmes ? Varian avait eu l'air d'avoir un os de poulet en travers de la gorge quand il avait commencé à débiter sa demande en mariage. Si elle l'avait laissé aller jusqu'au bout de sa tirade et lui avait ensuite répondu « oui », se serait-il pâmé comme sa mauviette de valet ?

Elle jura et décocha un violent coup de pied à un innocent pot de fleurs. Les orteils endoloris, elle alla s'asseoir en boitillant sur le perron de la véranda.

Entendant un bruit de pas, elle releva la tête juste à temps pour voir les deux hommes apparaître à l'autre bout du jardin. Gabriel ouvrait la marche, suivi par St. Clare qui traînait un peu la patte. Ils ressemblaient à deux amis en promenade. Leurs habits avaient plus ou moins séché, mais le vent avait ébouriffé les cheveux de Varian qui rebiquaient au niveau des épaules.

— Tu constateras qu'il est toujours en un seul morceau, déclara Gabriel avec jovialité. Sais-tu si père est rentré ?

— Je l'ignore, mais j'ai entendu des chevaux arriver il y a quelques minutes.

— Ah. Dans ce cas, je vais aller me servir un grand verre de rhum pour soigner ma mâchoire en compote. À ce propos, Sa Grâce m'a gentiment proposé de m'enseigner son espèce de tourniquet – tu sais, la jolie petite feinte du poignet qu'il m'a administrée tout à l'heure.

Il mima le mouvement dans les airs avec une lame imaginaire.

— Je lui ai promis de le laisser en retour nourrir les oiseaux de mer, si du moins il y tient vraiment.

Il s'inclina poliment en portant deux doigts à son front, et poursuivit son chemin tandis que Juliet braquait un regard perplexe sur leur invité.

— Nourrir les oiseaux de mer ?

— Avec mes propres tripes, expliqua Varian, si je recommence à ouvrir ma braguette sans réfléchir.

Juliet soupira et secoua la tête tandis qu'il prenait place à côté d'elle.

— Il est mon aîné de dix mois à peine, mais je suppose que cela suffit à lui donner l'impression qu'il doit être mon champion.

— J'estime pour ma part qu'il a au contraire fait preuve de beaucoup de retenue. Si je l'avais surpris dans une situation compromettante avec ma sœur…

Sa voix mourut et il se tint coi un instant.

— Juliet, reprit-il lentement. La proposition que je t'ai soumise là-haut, dans la caverne… Elle était parfaitement sincère.

Elle se renfrogna.

— Et tes lèvres sont aussi rigides de terreur que tout à l'heure, grommela-t-elle. Épargne-moi donc tes manières chevaleresques, mon cher duc, elles n'ont pas leur place ici. J'ai apprécié ce moment d'intimité avec toi, vraiment, mais si tu persistes à me harceler avec ta demande en mariage, je me chargerai moi-même de te passer au fil de mon épée. À ce sujet, d'ailleurs…

Elle tendit la main, et Varian hésita quelques secondes avant de lui remettre lame et fourreau.

— Tu te rends compte, j'espère, que ma pauvre mère – qui n'a cessé ces dernières années de me pousser à déclarer ma flamme à l'une ou l'autre des jeunes filles qu'elle me présentait – serait anéantie d'apprendre que la première fois où je m'y suis risqué, j'ai essuyé une rebuffade. Double, qui plus est.

— Ta pauvre mère aurait dû t'apprendre la sincérité.

Il soupira.

— Je n'ai jamais été aussi sincère de toute ma vie.

— Quand comptais-tu me révéler que tu étais un espion ?

Il pinça les lèvres.

— Je ne l'ai pas été longtemps. Et cela remonte à plusieurs mois. À quoi bon t'en parler ? Il me semble t'avoir informée assez tôt de ma présente mission. Je ne suis pas ici pour connaître l'identité des complices de ton père ; nous en avons d'ores et déjà établi la liste. Je ne suis pas ici non plus pour évaluer vos forces ou votre puissance de feu : elles sont également de notoriété publique. Certes, je ne m'attendais pas à me retrouver dans votre repaire, mais comme je ne peux en estimer que grossièrement la localisation – soit à un jour de navigation de la passe au Vent, à peu près – vous n'avez pas de craintes à avoir.

Juliet tourna la tête vers lui et vit ses yeux sombres en train de la fixer attentivement.

— Et dire que Johnny Boy te pensait incapable de lire une carte, murmura-t-elle.

— Je ne saurais situer notre position, mais je connais les constellations qui surplombent l'équateur et nous sommes beaucoup plus au nord.

— Crois-tu pouvoir gagner ma confiance par ce genre de confidence ?

— Me l'accorderais-tu si je te disais que je suis au courant du rendez-vous prévu sur l'île de New Providence ? Si ma mémoire ne me trompe pas, la réunion annuelle de tous les corsaires de la région devrait avoir lieu au cours de la prochaine quinzaine.

— Tu tiens ça de Gabriel ?

Il secoua la tête.

— Je le savais avant de quitter Londres. Telle était d'ailleurs la destination de l'*Argus*.

— Tu comptais débarquer dans un port rempli de corsaires, et leur demander de fermer leurs sabords pour te suivre gentiment en Angleterre ?

— J'ai été investi du pouvoir de leur faire des propositions alléchantes – en plus de l'amnistie collective et des pardons individuels octroyés par Sa Majesté.

— Comme quoi ? Des titres ? Des terres ? Des domaines ? Offrir l'adoubement à qui gouverne les océans revient à jeter une piécette à quelqu'un pour qu'il porte tes malles, quand il possède déjà tellement de coffres remplis de pièces qu'il ne sait plus où les mettre !

Il soutint son regard un moment, avant d'écarter les doigts en signe de désarroi.

— En ce cas, je n'ai rien d'autre à te proposer que la vérité. Je ne suis pas venu jusqu'ici pour vous espionner, ni pour localiser votre repaire. Le seul mobile qui m'anime désormais est celui-ci...

Il se pencha vers elle pour la gratifier d'un baiser qui lui coupa le souffle.

— Et si je te parais terrifié en demandant ta main, c'est parce que tu es une jeune femme redoutable. Et aussi parce que j'ai été estomaqué de constater avec quelle facilité tu as réussi à bouleverser mon univers, à mettre cul par-dessus tête tout ce que j'estimais solide et inaltérable.

Il se passa une main dans les cheveux tout en la dévisageant, mais s'abstint de l'embrasser une deuxième fois.

Juliet ne sut si elle devait en être déçue ou soulagée. Elle ignorait également si elle l'aurait repoussé dans ce cas, ou si elle aurait fondu entre ses bras. Elle n'était guère réconfortée d'apprendre qu'il était aussi désorienté qu'elle, car elle avait supposé... ou plutôt non, sacré bon sang : elle avait été *sûre* de pouvoir compter sur son sens de la bienséance pour préserver leurs relations de toute complication superflue.

Or voilà qu'elle le sentait prêt à lui déclarer un amour éternel. Que pouvait-elle répondre à ça ? Qu'était-elle *censée* lui répondre ?

Elle se redressa d'un bond.

— Nous devrions rentrer.

Varian se releva à son tour, plus lentement. Il mit également plus de temps à reprendre contenance.

— Quitte à rencontrer ton père, j'aimerais avoir la possibilité de me rendre un peu plus présentable.

— Les vêtements que tu portais hier te donnent une allure arrogante, voire méprisante. En fait, je pense que tu ferais meilleure impression en pantalon de peau et chemise de batiste.

— Je m'en remets à ton jugement, très chère.

— Ce n'est pourtant pas moi que tu dois essayer de convaincre de ta bonne foi : ton véritable juge, avec ses assesseurs, t'attend à l'intérieur.

Varian n'avait pas encore été présenté à Lucifer ni à Geoffrey Pitt, mais il les connaissait de réputation. L'ancien esclave, ou « cimarron », était sans doute l'homme le plus grand et le plus large d'épaules qu'il ait croisé de toute sa vie. Cette gigantesque montagne de muscles se tenait en retrait dans un coin de la pièce lorsqu'il s'y présenta. Ses yeux étaient comme deux trous creusés au fer rouge dans son crâne, et quand il retroussa les babines en un sourire de bienvenue, ses dents taillées en pointe se mirent à luire dans la pénombre telle une rangée de dagues.

Pitt n'était guère moins intimidant. Il n'avait ni la taille ni la puissante musculature des autres gaillards présents dans la pièce mais, ainsi que Juliet l'en avait prévenu, sa force résidait entre ses oreilles. Il était à peu près du même âge que Simon Dante – en d'autres termes, il avait la cinquantaine bien sonnée – mais offrait un visage moins tanné par les intempéries et une chevelure blondie par le soleil qui ne comportait pas le moindre fil gris. Ses iris étaient de la couleur du jade, d'un vert pâle à la fois laiteux et intense qui semblait sonder jusqu'à l'âme de son interlocuteur : bien présomptueux celui qui se serait risqué à lui mentir ! Car même s'il avait le sourire amical et facile, son intuition était aussi aiguisée qu'une lame. À preuve, le léger sourire qui souleva la commissure de ses lèvres lorsqu'il regarda tour à tour Varian et Juliet, tandis que la jeune femme achevait les présentations.

— Vous prendrez bien un verre avec nous, proposa Simon Dante. Un brandy, peut-être ? À moins que vous ne vouliez essayer le rhum de notre île ?

— Un brandy sera parfait, merci, répondit Varian. Je crains que mon estomac ne soit pas encore accoutumé à votre alcool de canne à sucre.

Tout en remplissant son verre, Dante parut remarquer à son tour ses cheveux ébouriffés, les quelques taches d'humidité qui maculaient ses vêtements ainsi que la nouvelle estafilade près de sa tempe.

— On dirait que vous avez passé un sale quart d'heure, mon garçon, énonça-t-il en lui tendant son brandy. Quel tourment vous a encore infligé ma fille ?

Fort heureusement, Juliet n'avait pas encore goûté à son propre vin, si bien qu'en toussant elle ne recracha que de l'air.

— Elle a eu la gentillesse de me faire découvrir l'un des plus beaux points de vue de votre île, expliqua Varian sans ciller. Et je dois dire que j'ai été impressionné par le paysage depuis le sommet du cratère. Il est d'autant plus dommage que cette excursion ait été gâchée par les myriades d'insectes qui s'en sont pris à moi à l'aller comme au retour.

— Ces moustiques sont de sales petits pillards, n'est-ce pas ? intervint Gabriel en levant son verre. J'ai été obligé de nous tailler un chemin dans leurs rangs avec mon épée.

— Parce que toi aussi, tu es monté là-haut ? demanda Simon avec une surprise manifeste.

— Une lubie, répondit son fils en haussant les épaules. Ça m'est venu comme ça. Et puis, il fallait bien quelqu'un pour tenir ces deux-là à l'œil : Jolly risquait de jeter Sa Grâce du haut de la falaise sur un coup de tête, nous privant ainsi du joli discours qu'il est censé nous transmettre de la part de Sa Majesté.

Le Loup des Mers regarda avec insistance l'hématome qui bleuissait le menton de son fils, avant de se tourner vers Varian et de lever son verre en souriant.

— À votre bonne santé, monsieur. Puisse-t-elle perdurer.

— À la vôtre aussi, capitaine.

Ils burent sans se quitter des yeux.

— Ainsi donc, vous êtes venu proposer aux frères de la côte un acte de grâce – la rémission de tous nos péchés et incartades, à condition que nous respections un traité signé avec l'Espagne, si j'ai bien compris ?

— Grosso modo, oui. Ajoutez à cela deux ou trois compensations supplémentaires, et vous aurez résumé en quelques mots les trois pages d'attendus et de motivations du décret royal.

— Cet acte a-t-il été signé de la propre main de Sa Majesté ? Ou a-t-elle laissé un de ses ministres se compromettre à sa place ?

— C'est le roi lui-même qui l'a paraphé, et cela sous mes yeux et en présence de l'ambassadeur d'Espagne, qui en a adressé copie à son souverain.

— Vous avez ce document sur vous ?

— Non, hélas. Il a coulé avec l'*Argus*.

Jonas émit un reniflement incrédule à l'autre bout de la pièce.

— Comme c'est commode...

Varian se tourna vers lui et soutint son regard d'ambre.

— C'est vrai, insista l'aîné des Dante. Qu'est-ce qui peut nous confirmer la teneur de ce traité – ou le but réel de votre mission, ou même encore votre identité – sinon votre seule parole ?

— Je n'ai aucune raison de vous mentir, monsieur, répliqua posément Varian. Et ma parole est respectée par tous mes pairs.

— Sauf que ce ne sont pas eux que vous devez convaincre.

— Oh, pour l'amour du ciel, intervint Juliet qui, jusqu'alors vautrée en travers d'un fauteuil, venait de se redresser pour aller remplir son verre de vin au buffet. Pourquoi ne pas l'obliger à ramasser une pierre au fond d'une marmite remplie d'huile bouillante, pendant qu'on y est, et s'en remettre au jugement divin ?

Le seul à réagir à ce sarcasme fut Lucifer, qui sourit de toutes ses dents de requin et hocha lentement la tête, comme pour exprimer son approbation.

Simon fit doucement tourner le contenu de sa coupe.

— J'aurais pour ma part tendance à accorder le bénéfice du doute à notre invité – pour le moment, en tout cas –, à moins que vous n'ayez une objection réellement fondée à émettre.

Jonas renifla de nouveau.

— Il ne m'inspire pas confiance, c'est tout.

Isabeau franchit à cet instant la porte ouverte du salon. Elle gagna l'énorme bureau en acajou qui trônait dans l'un des coins de la pièce et y laissa tomber une liasse de papiers. Les feuilles du dessus rebiquaient aux angles, et certains parchemins portaient les vestiges des sceaux qui les avaient fermés.

Elle alla ensuite rejoindre Juliet près du buffet et se versa une bonne rasade de vin, qu'elle engloutit d'une traite avant de se tourner vers la famille.

— J'ai passé la majeure partie de la journée à lire, annonça-t-elle. Outre les listes d'embarquement, il y avait aussi, dans les documents récupérés sur le *Santo Domingo*, le journal de bord – auquel je reviendrai tout à l'heure – ainsi qu'une pile singulièrement conséquente de lettres confiées aux bons soins du capitaine pour qu'il les remette à leur destinataire en Espagne. Les Espagnols sont bavards, pour ne pas dire verbeux, et se plaignent longuement dans ces missives de la nourriture, de la vermine, des marais, de leurs médiocres conditions de logement dans les ports, du tapage mené par les soldats des garnisons voisines, de leur mal du pays, de leur regret d'avoir quitté les oliveraies de Séville… Bref, une litanie de jérémiades à l'encre mouillée de larmes adressées qui à une fiancée, qui à une maîtresse, qui à une épouse, qui à une mère et j'en passe.

Elle marqua une pause et tendit sa coupe à sa fille pour qu'elle la remplisse.

— J'ai dû aussi endurer les rapports officiels des commandants, du gouverneur et même de la valetaille en charge du dressage des tables au carré des officiers. Et je ne vous parle pas du coq ! Doux Jésus cloué sur la Croix, ce pauvre gars se plaint sur au moins trois pages d'être en manque de « vessies » – et tout cela d'une écriture qu'on dirait tracée avec une patte de poulet ! Par le sang de

Dieu, qu'est-ce donc que cette satanée « vessie » ? Serait-ce de l'argot pour désigner une fille de joie ?

Comme personne ne répondait, Varian se hasarda à lever le doigt.

— Si je puis me permettre, je crois qu'il s'agit de panse de porc qu'on utilise farcie, à l'étouffée ou en ragoût.

— Bien. Dans une autre lettre, le même cuistot se lamente de ne pas avoir été désigné pour embarquer sur l'un des vingt navires et quelques ayant jeté l'ancre à Barranquilla avant de rejoindre la plus glorieuse armada qui ait jamais pris le large de son vivant.

— Dieu bénisse les coqs ambitieux, commenta Gabriel.

— Fort heureusement, il n'a pas toujours été cuisinier, reprit Isabeau. Apparemment, sa famille le destinait à la prêtrise, mais il a préféré adorer le veau d'or plutôt que le Seigneur de ses aïeux, et s'est retrouvé pour cela banni dans le Nouveau Monde. Croyez-moi, je sais désormais tout de ses avanies – jusqu'à ses dérangements intestinaux. Vous devez être le duc de Harrow, enchaîna-t-elle avec vivacité en s'avançant vers Varian.

— Comtesse, la salua-t-il avec une courbette. Votre serviteur.

— Comtesse ? Méfiez-vous de mon couteau si vous me redonnez ce titre, monsieur ! Appelez-moi donc Beau.

— Varian, répondit-il machinalement, aussi ébranlé par cette brusque familiarité que par le terrible impair qu'il avait failli commettre en voulant prendre la main absente d'Isabeau Dante pour la baiser. Honoré et ravi de faire votre connaissance, Beau.

Elle le dévisagea un instant en plissant les paupières.

— Je vois que ma fille a pratiqué sur vous ses talents d'infirmière. Tu t'améliores de jour en jour, ma chérie, lança-t-elle par-dessus son épaule. Encore heureux, cela dit, car il aurait été dommage que cette petite égratignure dépare un aussi séduisant visage.

Varian porta la main à la cicatrice qui longeait sa joue. En dehors du bref coup d'œil qu'il avait jeté dans un miroir, la veille, pour s'assurer que Beacom l'avait bien rasé, il avait soigneusement évité d'examiner la balafre.

— Venons-en maintenant au journal de bord, poursuivit Beau en se tournant vers son mari. Cela ressemble en fait plus à un carnet de voyage. Le capitaine y décrit le trajet qui l'a mené de La Havane au Nuevo León, dans la région du Mexique, puis de là plus au sud, à Vera Cruz, où il a embarqué des tonneaux de pièces d'argent. Il a ensuite continué à descendre le long de l'isthme jusqu'à Nombre de Dios, où il a accepté de prendre dans ses soutes des caisses d'épices dont étaient surchargés d'autres galions. Il y a aussi accueilli à son bord le *capitán* Recalde ainsi qu'une centaine de soldats de la garnison locale. Une semaine après leur départ de Nombre de Dios, il semble que le *capitán del navio* du *Santo Domingo* ait eu un accident – il se serait cassé le dos en tombant du château de proue au cours d'une tempête – et que Recalde l'ait remplacé au pied levé. Ils ont mouillé par la suite dans les ports de Barranquilla, de Carthagène et de l'île Margarita. À chaque étape, ils embarquaient toujours plus de cargaisons et de soldats à destination de La Havane. Après avoir mis le cap au nord pour rallier Hispaniola, le capitaine a été soulagé de découvrir un grand nombre de vaisseaux à l'ancre dans ce port – dix-huit précisément. Une partie des troupes qu'il avait ramassées en chemin y ont été transbordées pour alléger la charge du *Santo Domingo* qui, à un moment donné, ne comptait pas moins de sept cents hommes à son bord.

— Sept cents ? répéta Juliet.

— Sans compter les marins de l'équipage. Tu as donc eu encore plus de chance que tu ne le pensais, ma chérie. Si tu avais croisé la route du *Santo Domingo* une semaine plus tôt, tu aurais dû te battre à un contre six, plutôt qu'à un contre trois.

Geoffrey Pitt affichait une mine perplexe.

— Dix-huit navires à Hispaniola ? Il n'en passe généralement que six ou sept à la fois, tout au plus.

— Et n'oubliez pas le témoignage du Hollandais qui dit avoir vu plus de vaisseaux que d'habitude à Maracaibo, ajouta Gabriel. Mais vous serez peut-être intéressés d'écouter notre invité à ce sujet. Il a une théorie captivante pour expliquer la présence à La Havane d'une centaine de navires censés repartir bientôt pour l'Espagne.

— Une centaine ? On n'a pas vu flotte pareille depuis…

— Plus de seize ans, intervint Varian pour épargner le calcul à Pitt.

— Moi, je dirais plutôt trente, murmura Isabeau. C'est en tout cas à cette époque que l'Espagne a rassemblé pour la dernière fois tous ses navires. C'était en prévision du lancement de la *Felicísima Invencible* – la plus grande flotte d'invasion de tous les temps – à l'assaut de l'Angleterre, lancement qui devait avoir lieu au printemps suivant. Lisez-vous l'espagnol, Varian ?

— Euh… oui. Oui, tout à fait.

— Bien. Alors ceci devrait vous intéresser.

Elle retourna près du tas de papiers qu'elle avait laissé sur le bureau et prit le document qui se trouvait au sommet de la pile. C'était une simple feuille de parchemin qui portait les traces de deux sceaux et la signature ampoulée du gouverneur de Nouvelle-Espagne.

— Il semblerait que le roi ait rappelé à Séville tous les hauts dignitaires de la Couronne, ainsi que la majorité de ses troupes et de ses navires de guerre. Il semblerait également que Philippe III soit très fier d'avoir réussi à berner le roi anglais avec la perspective d'une paix durable, et qu'avec le retour au bercail de la flotte des Indes occidentales, il ait désormais les moyens humains, matériels et financiers de lancer à l'assaut de l'Angleterre, dans l'année qui vient, une nouvelle armada qui y éradiquera le mal et restaurera la puissance et la gloire du Seul Vrai Dieu.

Isabeau vint présenter le document à Varian.

— Si j'ai bien compris, vous avez été envoyé ici pour persuader mon mari et les autres corsaires de ne plus effectuer de sortie en mer. Croyez-vous sincèrement que le moment soit bien choisi pour cela ?

15

Plus tard, Varian fut convié par le Loup des Mers à le suivre avec Geoffrey Pitt dans la salle des cartes. C'était la plus grande pièce du rez-de-chaussée et elle méritait amplement son nom car, sur deux de ses murs de cinq mètres de haut, s'étalait un magnifique planisphère peint avec une extraordinaire minutie et un goût exquis. La partie représentant les conquêtes de l'Espagne dans le Nouveau Monde – à savoir la Nouvelle-Espagne – en occupait un bon quart et comprenait les territoires qui, à partir de l'extrémité de la Floride, s'étendaient jusqu'au Nuevo León ainsi qu'au Yucatán, au Panamá et à la côte septentrionale de Tierra Firme, entre Carthagène et Paria. À l'intérieur de l'immense golfe avaient été dessinés les Grandes Antilles, l'archipel des Bahamas ainsi que les îles caribéennes. Chaque ville, port, récif et îlot avait été reporté avec son nom sur la carte, de même que les voies et passages maritimes, et le tropique du Cancer que symbolisait une fine ligne bleue.

L'Angleterre, la côte occidentale de l'Europe et la Méditerranée occupaient un autre mur, le troisième étant entièrement tapissé d'étagères chargées de livres, de cartes et de portulans. Le quatrième mur était percé par deux hautes portes-fenêtres donnant sur la terrasse, et entre ces baies trônait une énorme table supportant une carte en relief de la région qui reproduisait les chenaux, les récifs, le tracé des côtes et les cours d'eau. Les forts y étaient représentés par de petits blocs de pierre surmontés de minuscules fanions aux couleurs de la nation contrôlant l'endroit. La plupart étaient espagnols, mais un nombre étonnant d'entre eux portaient les drapeaux français et hollandais, en particulier du côté des îles caribéennes.

Contre chacun des trois autres murs de la salle étaient disposés un secrétaire, une table à dessin, des chaises assorties et un lutrin, tandis qu'au plafond, Varian eut la surprise de découvrir une carte des constellations correspondant au ciel qu'on pouvait contempler depuis l'île.

— L'œuvre de mon épouse, déclara Simon Dante après avoir laissé son invité se remettre de son ébahissement. Elle était aussi agitée qu'un piranha pendant ses trois grossesses, et il a fallu que je lui trouve une occupation.

— Je dois avouer que je suis stupéfait. Je n'ai jamais vu des fresques de cette qualité, pas même dans les églises et les cathédrales. Les amiraux de Sa Majesté vendraient leur âme au diable pour disposer d'une salle comme celle-ci.

Dante accueillit le compliment d'un sourire et remplit trois verres de rhum. Le dîner avait été accompagné par une extravagante farandole de vins : un cru du Rhin fortement charpenté avec le potage, un madère sirupeux avec les assiettes de crevettes et de homard, et un bourgogne sec et velouté avec le mouton et le bœuf. Du cognac avait été servi avec les plateaux de fruits et de fromages qui avaient clos le repas, puis un rhum vieux avait été proposé avec les gros cigares hollandais que les convives étaient sortis fumer sur la terrasse.

Varian aurait dû avoir la tête qui tournait, mais il se sentait au contraire singulièrement lucide et concentré. La colère contribuait assurément pour une bonne part à sa clarté d'esprit, car il n'avait pas seulement lu le document qu'Isabeau Dante lui avait présenté, mais en avait parcouru une douzaine d'autres tout aussi révélateurs. L'ensemble exsudait les relents nauséabonds de la ruse, de la tromperie et de la traîtrise. L'effarement et le trouble qu'il avait ressentis l'avaient empêché de participer à aucune des conversations du dîner. Il avait cependant remarqué que Pitt et Simon Dante, assis l'un près de l'autre, avaient à plusieurs reprises conféré à voix basse tout en le regardant, comme s'ils cherchaient à mieux cerner sa personnalité.

— J'ai cru comprendre que vous aviez servi sous les drapeaux, fit Dante.

— Neuf ans, en effet.

— Vous avez dû vous engager jeune.

— Juste après mon seizième anniversaire. Mes deux frères aînés étaient plus intéressés par les affaires et la gestion du domaine. Et puis, l'armée m'offrait la possibilité de voir du pays.

— Vos frères, dites-vous ?

— Le plus âgé, Richard, est décédé il y a cinq ans. Lawrence, quant à lui, a été tué dans un duel.

— Ce qui vous a élevé au rang de duc… Et pourtant, vous seriez resté au service du roi ?

Varian haussa les épaules.

— La Cour était alors tiraillée par des querelles intestines. Le moment était mal choisi pour faire défection.

— La loyauté est une qualité admirable chez les hommes de toute condition, énonça Pitt. Vous deviez avoir de remarquables états de service pour avoir été nommé si jeune capitaine de la garde royale.

— On m'a un jour transmis une note dénonçant un complot qui visait à tuer le roi dans une explosion, au moment de la cérémonie annuelle d'ouverture du Parlement – or celle-ci avait déjà commencé. Je me suis précipité sur place et ai entrepris de fouiller les caves du bâtiment. J'ai appréhendé le coupable alors qu'il cherchait à s'éclipser et ai réussi à lui faire avouer l'emplacement des explosifs. Quand j'ai éteint la mèche qui était censée y mettre le feu, il n'en restait plus que quelques centimètres.

Dante s'esclaffa.

— Pas étonnant que le roi ait une telle aversion pour le Parlement ! Je doute cependant que vous ayez été récompensé par ce poste uniquement pour avoir désamorcé quelques barils de poudre… Mais parlez-moi un peu du roi. Quelle est l'ambiance au pays avec un monarque écossais sur le trône ?

— Je pense qu'on l'estime encore préférable à un Espagnol, repartit calmement Varian.

Dante sourit.

— Et vous, monsieur, que préféreriez-vous ?

— Je préférerais ne pas avoir à choisir.

Les yeux argentés du corsaire le toisèrent d'un regard pénétrant.

— Moi de même. Vous sentez-vous capable de retourner à Londres en vous vantant d'avoir reçu de moi la promesse de ne pas m'en prendre au plus grand convoi qu'on ait jamais vu depuis une décennie ?

Varian sentit le nœud qui lui oppressait la poitrine se resserrer d'un cran. Regarder Simon Dante dans les yeux donnait l'impression vertigineuse de s'immerger dans un univers de vagues et d'embruns, d'horizons sans limites et de violence sanglante. Il peinait à concevoir la force de caractère, l'astuce et l'intelligence qu'il avait fallu à cet homme pour survivre trente années durant sur les eaux les plus dangereuses du globe.

— Quel autre choix pourrions-nous avoir ? s'enquit-il dans un souffle.

Les yeux de Dante se mirent à étinceler.

— Telles que je vois les choses, l'alternative est la suivante : soit rester les bras croisés, soit agir. Rester les bras croisés est facile, puisque cela revient à obéir au roi. Agir, en revanche, ne peut se faire à la légère et risque d'exiger des sacrifices auxquels certains ne sont peut-être pas prêts à consentir.

— Si vous cherchez à m'inquiéter, répliqua Varian, c'est réussi.

— Tant mieux. Seuls les crétins sautent d'une falaise sans avoir d'abord regardé en bas.

Pitt avait entre-temps traversé la salle pour aller se planter devant la carte de l'Angleterre.

— Apparemment, le plus logique et le plus sensé serait de vous renvoyer auprès du roi avec tous les documents nécessaires pour le convaincre de la duplicité des Espagnols – mais ce ne serait malheureusement pas gagné d'avance.

Il regarda Varian par-dessus son épaule.

— Je sais que vous en avez d'ores et déjà conscience, mais j'ai la fâcheuse manie de penser tout haut. Ça m'aide à mieux réfléchir. Donc, fit-il en reportant son attention sur la carte, sur un navire rapide et avec un vent constant de nord-est, il vous faudra cinq semaines au minimum pour retraverser l'Atlantique. Une fois à Londres, chacun des papiers que nous vous aurons confiés sera examiné par une cohorte de conseillers emperruqués qui, j'en suis sûr, ne manqueront pas de mettre en doute la parole d'une poignée de flibustiers et iront même, très certainement, jusqu'à débattre de la possibilité qu'ils aient contrefait ces documents pour justifier une attaque du convoi espagnol. À supposer que vous ayez suffisamment de bagout pour venir à bout de leurs réticences, vous devrez encore persuader l'amirauté d'envoyer un navire de reconnaissance le long des côtes espagnoles pour surveiller l'arrivée dudit convoi et revenir ensuite en attester l'existence. Je ne doute pas de votre force de persuasion ni de votre zèle patriotique, jeune homme, mais nul doute que le roi regimbera à remettre en cause les paroles de paix de Philippe III, aussi convaincantes soient nos preuves de sa déloyauté. Il s'inquiétera surtout de savoir si vous avez réussi à nous persuader de garder profil bas et vous renverra sur vos terres chasser le faisan.

» Pendant ce temps, la flotte de La Havane arrivera intacte à Cadix, où elle ajoutera ses vaisseaux à l'armada en cours de rassemblement là-bas. Les Espagnols n'auront plus ensuite qu'à laisser passer l'hiver en réitérant à Londres leurs promesses d'harmonie et de concorde pour, le printemps venu, lancer à l'assaut une flotte d'invasion.

— Voilà une vision bien sombre de l'avenir, commenta Varian.

— Y trouvez-vous à redire ?

En toute franchise, non. Le roi avait été flatté – et alléché – au-delà de toute mesure en entendant l'ambassadeur espagnol évoquer la possibilité d'ouvrir les ports et comptoirs de la Nouvelle-Espagne aux navires de commerce anglais.

— Il existe une autre option, intervint Dante, arrachant Varian à ses pensées. Cela demanderait un fantastique acte de foi de votre part et vous vaudrait probablement des accusations de félonie, sédition et piraterie. Cela exigerait aussi des testicules de la taille d'un boulet de trente-deux livres.

Varian soutint son regard d'argent. Le silence était retombé sur la pièce, si profond qu'on pouvait entendre crépiter les mèches des bougies posées sur les bureaux, ainsi que le tintement lointain d'une cloche dans le port.

— Vous savez en tout cas comment capter l'attention de votre auditoire, capitaine.

Dante lui décocha un lent sourire.

— Et encore, je n'ai pas lâché toutes mes bordées.

Il traversa la salle et désigna la carte des Indes occidentales, en particulier un groupe de points situé juste au sud de l'archipel des Bahamas, et proche d'Hispaniola.

— Nous nous trouvons ici, à Pigeon Cay. Vers le sud et l'est sont éparpillés tout un tas d'îles et de havres qui servent de port d'attache à…

Il prit un moment pour trouver une formulation adéquate.

— … d'autres gentlemen coureurs de fortune. Comme vous pouvez vous en douter, le départ des convois au printemps et à l'automne ne manque pas d'exciter la convoitise de ces messieurs, si bien qu'en moyenne, on retrouve dix à quinze d'entre eux à chacun de nos rendez-vous à New Providence. La flotte espagnole doit normalement quitter La Havane dans quatre à six semaines. Si nous agissons promptement, nous pourrions disposer notre propre petite flotte au large des îles voisines et, moyennant la promesse d'un butin conséquent, éveiller l'intérêt de trente voire quarante des capitaines qui, cette fois-ci, auront la curiosité de se rassembler à New Providence pour écouter ce que vous avez à leur dire.

— Ce que *j'ai* à leur dire ?

Pitt vint taper sur l'épaule de Varian.

— Vous êtes bien l'émissaire de Sa Majesté, n'est-ce pas ? Vous avez apporté d'Angleterre un édit du roi promettant le pardon à tous les corsaires en échange de leur contribution à l'effort de paix ? Eh bien, nous n'avons qu'à récrire ce document pour lui faire préciser que la paix en Atlantique dépend en fait de la capture ou de la destruction du maximum de navires de ce convoi.

Varian en demeura bouche bée.

— De toute façon, ajouta Dante, la moitié d'entre eux ne savent pas lire. Il vous suffira de brandir un rouleau de parchemin ayant un air vaguement officiel pour les convaincre. L'autre moitié est composée de nobles déchus qui, malgré les revers de fortune les ayant poussés à embrasser leur profession actuelle, ont gardé une loyauté inébranlable envers l'aristocratie. Il faudra juste vous trouver des habits dignes de votre rang de duc – mais ma fille m'a certifié qu'il suffit de vous mettre de la dentelle argentée au cou et des plumes au chapeau pour faire de vous l'incarnation même de la dignité diplomatique.

— Mais... je n'ai plus ce décret, ni même le moindre papier portant le sceau royal.

Pitt sourit et désigna les fresques.

— Il sera aisé de vous en fournir. Et je peux vous garantir que ces nouveaux documents auront l'air si authentiques que le roi lui-même, s'il venait à les lire, ne douterait pas de les avoir paraphés de sa propre main.

— Mais surtout, enchaîna le Loup des Mers, vous nous aurez à vos côtés. Sachant les Dante dans le coup, les frères de la côte vous croiront sur parole et se joindront à nous rien que pour obtenir leur part du fabuleux butin.

— Pourquoi, en ce cas, ne pas leur dire tout simplement la vérité et leur révéler que l'Espagne s'apprête de nouveau à envahir la mère patrie, qui a besoin d'eux pour sa défense ?

— Cette mère patrie qui les a accusés de piraterie et a mis à prix la tête de la plupart d'entre eux ? Cette mère patrie qui ferme les yeux quand un de leurs équipages est capturé et condamné par les Espagnols aux travaux forcés à perpétuité dans leurs mines ? Cette mère patrie, poursuivit-il d'une voix froide et détachée, qui a laissé les hommes de la dernière flotte de corsaires venus à son secours crever de faim et mourir par centaines du typhus sur leurs navires relégués au milieu de la Tamise ? Avez-vous jamais été recouvert de goudron et de plumes, Votre Grâce ?

Varian rougit. Il n'avait que trois ans lorsque sir Francis Drake avait rassemblé les écumeurs de Sa Majesté pour défendre les côtes anglaises contre la dernière armada, mais il se rappelait encore que cette retentissante victoire avait été ternie par le traitement infligé ensuite aux champions officieux de la Couronne, lesquels avaient été contraints de demeurer en quarantaine sur leurs vaisseaux, sans soldes ni vivres suffisants. Des centaines de braves marins étaient morts de faim ou de maladie, et quand la Couronne avait enfin daigné rétribuer leurs services, elle ne leur avait pas versé le cinquième de la somme promise. Pour ajouter l'injure à la blessure, la reine avait même osé reprocher à Drake de ne pas avoir pourchassé les survivants des combats. Le « Dragon de l'Apocalypse », comme le surnommaient les Espagnols, avait fini son existence dans la disgrâce et le dénuement.

— Le nom et la légende de Drake font encore frémir les Espagnols de ce côté-ci de l'Atlantique, reprit Simon. Honnêtement, je l'ai toujours trouvé un peu trop imbu de lui-même, mais les succès qu'il a remportés sont indubitables. Saupoudrez donc le discours que vous tiendrez à New Providence de quelques allusions à sa personne, cela devrait réveiller le souvenir de ses exploits et susciter l'espoir de les renouveler.

— Livrer bataille à trente contre cent me paraît toujours extrêmement téméraire, capitaine.

— Ça l'est. Et c'est pourquoi il nous faudra prendre les mesures qui s'imposent pour rééquilibrer un peu ce rapport de forces.

— Je ne comprends pas.

— Les Espagnols sont arrogants, et cette arrogance les rend rétifs au changement. Non seulement ils continuent à effectuer deux fois l'an, et toujours aux mêmes dates, la navette entre le Nouveau Monde et l'Ancien, mais leurs ports d'attache dans les Caraïbes, les trajets de leurs galions et les moyens mis en œuvre pour les protéger n'ont pas bougé d'un iota depuis plus d'un siècle. Leurs tactiques de combat sont tout aussi prévisibles, car il n'y a qu'une seule façon pour un navire à châteaux gréé en carré de l'emporter sur ses assaillants : c'est de se mettre en panne pour les pilonner et de s'en rapprocher ensuite pour achever les survivants. C'est d'ailleurs pour cela que plus de la moitié de l'équipage d'un vaisseau espagnol est constituée de soldats, qui ne sauraient faire la différence entre un nœud de vitesse et un nœud de corde. C'est aussi la raison pour laquelle la hiérarchie de ces navires est scindée en deux, avec d'un côté le *capitán de mar* qui supervise les marins et de l'autre le *capitán del navio* qui commande les militaires, ainsi que tout le galion pendant les batailles. La plupart du temps, aucun des deux n'a la moindre idée des responsabilités de l'autre, d'où la confusion qui règne toujours un peu à bord de ces vaisseaux – et cela d'autant plus lorsqu'ils se détestent mutuellement et passent leur temps à se mettre des bâtons dans les roues… Je vous ressers un peu de rhum ?

Varian baissa les yeux sur son verre et fut surpris de le voir vide.

— S'il vous plaît, oui.

Dante l'invita ensuite d'un geste à se rapprocher de la carte en relief. Il prit un boutefeu sur le manteau de la cheminée, qu'il alluma à une des bougies posées sur un bureau, et s'en servit pour enflammer les candélabres disposés aux angles de l'immense table. Les chandelles qui y étaient fichées étaient munies de déflecteurs en métal poli qui permettaient de concentrer la lumière sur la carte. Cet apport de clarté souligna les points saillants de la maquette.

Entre-temps, Pitt avait fouillé sous la table pour en sortir une pleine poignée de galions miniatures, qu'il commença à placer un peu partout sur la carte tout en nommant les ports concernés. Très vite, les figurines s'amassèrent au niveau de Vera Cruz et de Nombre de Dios.

— Dans les quatre semaines à venir, annonça-t-il en traçant un parcours imaginaire du bout du doigt, tous ces navires auront appareillé pour La Havane.

Varian regarda avec intérêt Pitt et Dante bouger les modèles réduits par escadres, les rapprochant de la destination indiquée. À un moment, il distingua un autre mouvement du coin de l'œil et tourna la tête vers la porte, juste à temps pour voir Juliet se faufiler à l'intérieur de la salle. Elle demeura cependant en retrait dans la pénombre, adossée au mur.

— Les Hollandais ont leur terrain de chasse par ici, poursuivit Pitt en plaçant un vaisseau peint en vert au large des Petites Antilles.

Un navire bleu désignant les corsaires français fut positionné à l'ouest des îles caribéennes, et un troisième peint en rouge niché au milieu des Bahamas.

— Comme les Français sont déterminés à prendre possession de toute la partie sud des îles caribéennes, c'est là qu'ils concentrent le gros de leur flotte, tandis que les Anglais préfèrent plutôt le détroit de Floride, où les galions viennent prendre les courants océaniques pour entamer leur traversée de l'Atlantique. Vu que tout ce monde traque la même proie, à savoir les Espagnols, nous observons les uns envers les autres un minimum de courtoisie – ce qui ne veut pas dire qu'un Hollandais avisant un Français esseulé sur son terrain de chasse ne sera pas tenté de le dévaliser. Mais, en règle générale, nous échangeons toutes les informations susceptibles de servir notre intérêt commun.

— Par exemple, dit Dante, si nos frères des rivages sud et ouest du golfe apprenaient qu'un nombre inhabituel de transports de fonds partent de chez eux pour aller grossir les rangs du prochain convoi, ils n'hésiteraient pas à se lancer dans une campagne de harcèlement qui, aussi modestes soient ses résultats, ne manquerait pas de démoraliser l'*almirante* en charge de la flotte en train de se rassembler à La Havane.

— Les Espagnols sont également prévisibles à un autre titre, reprit Pitt tout en continuant à aligner des petits navires vers le nord de la carte. Ils aiment positionner leurs plus formidables vaisseaux en tête et en queue de cortège, et ne flanquer ce dernier qu'avec des embarcations de moindre tonnage et moins bien armées. Or c'est ici que voguent les transports de fonds, ajouta-t-il en désignant l'endroit. Au milieu du convoi.

» Une flotte de cette importance mettra au moins deux jours pour quitter le port. À cause des vents et des courants dominants en cette saison, elle va d'abord s'étirer sur au moins vingt lieues, avant que l'arrière-garde puisse ramener les retardataires dans le reste de la formation. Une fois celle-ci constituée, le convoi devient pratiquement inattaquable. C'est donc là, dit-il en soulignant d'un doigt le passage entre la côte orientale de la Floride et l'archipel des Bahamas, qu'il sera le plus vulnérable, d'autant que s'y trouvent des centaines de récifs derrière lesquels on peut se cacher. En plus, c'est là aussi que les courants sont les plus forts, empêchant pratiquement tout retour en arrière. Un corsaire entreprenant n'a qu'à attendre tranquillement derrière un de ces îlots qu'un gros navire dépasse sa position pour le suivre et l'attaquer par la poupe.

— À vous entendre, cela semble facile.

— Vraiment ? Alors je me suis mal exprimé. Les conditions dans le détroit sont les mêmes pour le prédateur que pour la proie, et même si nos vaisseaux sont plus légers, plus rapides et plus maniables, ils ne virent pas sur un claquement de doigts. Si nous dépassons le sillage du galion qui passera à notre portée, il nous faudra au moins une heure pour nous y remettre, ce qui laissera tout le temps à ses artilleurs de préparer leurs canons.

— Toutefois, si nous réussissons notre coup, intervint Dante, nous aurons une bonne chance de diviser le convoi et même d'inciter les vaisseaux suivants à aller se mettre à couvert des îlots… où ils tomberont sous le feu des postes de tir que nous aurons eu l'idée d'installer.

Une fois de plus, Varian fut frappé par l'intensité du regard du Loup des Mers. C'était cette même intensité pénétrante qu'il avait vue dans les yeux de Juliet quand elle se battait contre les soldats du *Santo Domingo* ou quand, arrivée au sommet du cratère de Pigeon Cay, elle avait ouvert les bras pour s'offrir au vent.

« Ici se trouvent des dragons. »

L'écho des mots de Juliet lui revint en mémoire. Les cartographes antiques étaient plus avisés qu'il ne l'avait supposé, car il était effectivement arrivé au bord du monde qu'il connaissait et comprenait. En dehors de cette pièce, au-delà de cette île paradisiaque, les attendaient effectivement des dragons et autres périls redoutables. La décision qu'il s'apprêtait à prendre changerait à jamais sa vie, il en avait conscience. S'il choisissait d'aller de l'avant, il franchirait cet horizon de tous les dangers. S'il préférait revenir en arrière, il retrouverait une existence sage, ordonnée et sûre.

Il contempla tour à tour Simon Dante, Geoffrey Pitt et la silhouette silencieuse qui l'observait depuis la pénombre. L'oppression dans sa poitrine s'accentua au point qu'il en eut le vertige, et il se sentit basculer dans le vide sans même avoir pris la mesure de la chute qui l'attendait.

16

— Que les artilleurs se tiennent prêts à leur poste et qu'on ouvre les sabords pour lâcher trois bordées, monsieur Crisp. L'équipe la plus rapide aura droit à une ration supplémentaire de rhum.

— Tout de suite, capitaine ! répondit Nathan avec un grand sourire en se penchant vers le pont.

Ils venaient de franchir la barrière corallienne et allaient devoir déployer toute leur voilure pour rattraper les cinq pyramides de toiles qui les précédaient. Ils ne pouvaient cependant laisser la moindre part au hasard dans la mission qui les attendait. Après huit jours de mouillage dans le havre de Pigeon Cay, Juliet tenait à ce que toutes les pièces du bord soient déchargées à plusieurs reprises. Rien n'était plus capricieux qu'un canon qu'on avait laissé moisir dans la chaleur moite des Tropiques. En dépit des caches de cire, la pluie ou la rosée pouvaient s'insinuer dans la lumière des fûts et mouiller les amorces. Ses frères et son père avaient pris la même précaution, de même que Geoffrey Pitt, qui emmenait son élégant *Christiana* dans sa première course au large.

Lucifer s'était vu confier le commandement du *Santo Domingo*, dont l'équipage était une fois de plus assisté par le lieutenant Beck et ses soldats. Au vrai, si l'officier n'était venu proposer à la jeune femme son aide et celle de ses hommes pour manœuvrer l'énorme galion, elle n'était pas sûre que ce dernier aurait pu quitter Pigeon Cay. Beck avait avoué que l'idée n'était pas de lui mais de Varian St. Clare, qui avait pris l'initiative de l'informer de la déloyauté des Espagnols avant de le laisser décider en son for intérieur s'il préférait aller prévenir le roi ou rester combattre l'ennemi avec eux.

Beacom, qui avait été soumis à la même alternative, se tenait pâle et tremblant près de son maître, les mains plaquées sur les oreilles en prévision de la canonnade.

Au signal de Nathan, les artilleurs ouvrirent les sabords, avant d'écarter les cales qui bloquaient les roues des affûts et de tirer sur les cordes de frein. Les huit demi-couleuvrines de vingt-quatre livres du pont supérieur furent poussées vers l'extérieur, ainsi que les douze couleuvrines de trente-deux livres de l'entrepont. Le chef artilleur à tribord passa rapidement en revue les canons et leurs équipes attitrées, tout en confiant à chacune d'elles un boutefeu allumé. Le chef artilleur du côté bâbord l'imita, ne s'arrêtant en chemin que pour botter les fesses d'un marin qui avait laissé trop de mou dans l'une des cordes de frein.

— Tribord prêt !

— Bâbord prêt !

— Trois salves, messieurs. Feu !

À peine Nathan eut-il prononcé ces mots que la première explosion secouait les membrures du *Rose*, la vibration se propageant jusqu'au sommet des mâts. Un épais nuage de fumée blanche s'éleva des vingt bouches à feu et diffusa une odeur âcre de soufre et de cordite.

Profitant du recul des pièces, les équipes entreprirent de les recharger : un marin nettoya l'âme du canon avec un écouvillon imbibé d'eau et de vinaigre, puis un autre y fourra la charge qu'il comprima au fond du fût. Un troisième inséra une bourre de chiffon qu'il tassa avec un refouloir, et un quatrième introduisit un nouveau boulet en fonte. Un cinquième, enfin, versa de la poudre dans le canal de la lumière et y ajouta une mesure de l'amorce finement moulue qu'il conservait dans une corne. Sitôt ces tâches accomplies, le canon fut repoussé dans son sabord, et l'extrémité rougeoyante du boutefeu appliquée.

Juliet était légitimement fière de ses artilleurs. Ils arrivaient à tirer deux salves en moins de trois minutes. Chacun de ces hommes connaissait en outre le maniement des pièces étape par étape, de sorte que si un de ses camarades tombait sous le feu ennemi, il pouvait le remplacer.

Les trois bordées lâchées, quatre équipes furent déclarées à égalité. Juliet octroya avec plaisir une pleine rasade de rhum à tous leurs membres, avant d'ordonner que les bouches à feu soient rechargées, reculées, et leur sabord fermé. Des marins furent ensuite envoyés dans la mâture pour déferler d'autres voiles et, dans l'heure qui suivit, le *Rose* ramena à quelques centaines de mètres la distance qui le séparait de ses navires frères, le *Valeur* et le *Tribut*. Voguer de concert avec un galion espagnol demeurait étrange, mais Juliet fut ravie de constater que les modifications qui lui avaient été apportées sous la direction de Nog avaient considérablement accru sa vitesse. L'ancien vaisseau de ligne espagnol pouvait désormais tenir huit nœuds. Plus de vingt charpentiers s'étaient activés à son bord, de la proue à la poupe, pour abattre toutes les cloisons superflues, dépouiller les cabines de leurs lambris décoratifs et supprimer celles qui n'avaient plus d'utilité. Ils avaient par ailleurs enlevé les planchers des deux énormes gaillards, si bien que, quoique donnant encore au galion l'apparence d'un navire à châteaux, les deux hautes structures n'étaient plus que des coques vides que parcourait un simple échafaudage intérieur.

Une série de tintements métalliques ramena l'attention de Juliet vers le pont. Elle se rapprocha lentement de la rambarde, sachant d'avance le spectacle qui l'attendait.

Après avoir réussi à persuader le duc de Harrow de les accompagner jusqu'à New Providence, son père lui avait rappelé que Varian St. Clare était toujours sous sa responsabilité, mais c'était Nathan qui avait eu l'idée d'occuper Sa Grâce en lui confiant l'entraînement quotidien de l'équipage au maniement du sabre. Varian avait assumé cette tâche sans broncher ; il était même clair, à voir l'entrain avec lequel il terrassa les premiers marins qui osèrent le défier, qu'il était heureux de pouvoir reprendre un peu d'exercice.

Juliet avait réélu domicile sur le *Rose* le soir du dîner familial, sitôt après avoir assisté à la réunion dans la salle des cartes. Elle avait passé ensuite presque toutes ses journées et ses nuits à bord, supervisant les réparations effectuées sur son navire ainsi que sur le *Santo Domingo*. Durant tout ce temps, elle avait veillé à se donner assez de travail pour ne plus trop penser à Varian St. Clare, à lui adresser la parole aussi peu que possible quand elle venait à le croiser et, surtout, à ne plus se retrouver seule avec lui.

Elle ne craignait pas ce qui risquait de se passer entre eux. Pouvait-on empêcher le soleil de se lever ? Elle était certaine qu'ils retomberaient dans les bras l'un de l'autre s'ils en avaient l'occasion. Non, il s'agissait avant tout pour elle de se prouver qu'elle avait la force de volonté nécessaire pour se tenir à distance du duc de Harrow, qu'elle était moralement et physiquement capable de le considérer avec le même détachement et la même impartialité que les autres membres de son équipage.

Ses deux premiers adversaires ne réussirent à placer qu'une demi-douzaine d'assauts avant que St. Clare leur arrache leur lame d'une torsion du poignet. Le troisième put seulement tenter une fente maladroite avant de se retrouver face contre terre sur le pont, un pied ducal appuyé entre les omoplates. Le quatrième et le cinquième durèrent un peu plus longtemps, mais n'étaient visiblement pas du niveau de leur maître d'armes et furent à leur tour victimes de la désormais fameuse botte de ce dernier, ce quart de tour du poignet qui projeta leur épée au-dessus de leur tête.

Varian testa ainsi ses élèves du jour les uns après les autres. Le cercle du public s'épaississait de minute en minute, la démonstration attirant toujours plus de monde. Au bout d'un moment, des grommellements commencèrent à s'élever dans l'assistance tandis que Sa Grâce continuait à désarmer ses opposants avec une aisance désinvolte, sinon humiliante.

— Hmm. Ça risque de tourner au vinaigre, murmura Nathan près de Juliet.

— C'est en effet un risque, admit-elle froidement.

La foule s'écarta soudain avec des vivats, et la jeune femme se mit à sourire. On était allé chercher Big Alf dans les profondeurs des entreponts, l'arrachant probablement à son travail afin qu'il monte donner une leçon à l'aristo. Alf n'était pas surnommé « Big » – le Gros – pour rien : c'était une montagne de muscles hirsute. Son arme de prédilection était le coutelas à lame courte et large.

Sitôt qu'il apparut sur le bord du cercle servant de lice, les murmures de protestation se transformèrent en rires excités : voilà un adversaire qui allait montrer à ce snob comment se battaient les vrais marins !

Varian jaugea rapidement son nouvel opposant avant de rejoindre son valet, qui était à moitié liquéfié de terreur, pour échanger son élégante épée contre un coutelas semblable à celui de Big Alf. Il revint ensuite se placer face à ce dernier, et fit virevolter la lame au bout de son poing comme pour se familiariser avec son poids.

Encouragé par les sifflets et les cris de ses camarades, Big Alf fondit bientôt sur St. Clare et se mit, avec un rictus hilare, à lui assener de violents coups de taille qui obligèrent d'abord le duc à resserrer sa garde. Puis le sourire du colosse se mua en grimace quand il s'aperçut que Sa Grâce parait sans peine chacune de ses attaques, et cela sans reculer. Le visage rubicond, il accentua l'ampleur et la force de ses assauts, et commença manifestement à perdre de vue la limite séparant un simple exercice d'un duel en règle pouvant se solder par une blessure grave.

Il n'eut cependant pas le temps de franchir cette limite car sa lame, passant au-dessus de la tête de Varian qui s'était accroupi juste à temps pour l'éviter, alla se ficher dans un espar. Avant qu'il puisse l'en retirer, son adversaire appliqua le tranchant de son coutelas contre sa jugulaire.

Les marins du *Rose* se turent devant la défaite de leur champion.

Nathan poussa un grondement alarmé.

— Attention, ça va chauffer…

— Minute, dit Juliet en voyant Varian se pencher à l'oreille du géant.

Il lui glissa un mot discrètement.

— Hein ? Quoi ? fit Alf en relevant la tête.

Puis, à la surprise générale, il partit d'un rire énorme. Lâchant la poignée de son arme toujours plantée dans la pièce de bois, il se plia en deux en se tapant les cuisses, comme s'il venait d'entendre la blague la plus drôle du monde. Varian souriait lui-même et recula d'un pas. Comme il se tournait vers Beacom pour lui rendre l'arme, il avisa son valet évanoui et tendit finalement le coutelas à un Johnny Boy aussi effaré et ahuri que ses camarades.

Quand Alf eut cessé de rire, il se redressa et s'essuya les yeux du dos de la main. Il assena ensuite sur l'épaule du duc une tape amicale, qui faillit mettre celui-ci à genoux plus sûrement que ses coups de coutelas, et parcourut l'assemblée du regard.

— Bon, lança-t-il, à qui le tour maintenant ? Je donne un doublon à celui qui réussira simplement à faire transpirer ce bâtard !

— Je prends votre doublon, Big Alf. Et deux au duc quand je l'aurai défait.

Varian se tourna vers cette voix qu'il connaissait bien et aperçut Juliet au bord de la lice, les poings sur les hanches et les jambes fermement campées sur le pont.

— Eh bien, Ta Grâce, acceptes-tu le défi ?

— Qu'aurais-je à y gagner moi-même ? demanda-t-il à voix basse.

Le lent sourire de Juliet suscita des gloussements parmi l'assistance.

— Si c'est toi qui me bats, tu auras droit à cent doublons d'or… Non : deux cents. Mais auparavant, j'aimerais voir la couleur de ton argent.

Varian lui rendit son sourire.

— Comme tu le sais très bien, capitaine, mes poches sont vides – mais plus pour longtemps, apparemment.

Une rumeur parcourut l'assemblée, où certains échangeaient des regards entendus tandis que d'autres rivalisaient déjà de paris enfiévrés.

— Dans ce cas, je te propose un marché, reprit leur capitaine en plissant les paupières. Si tu perds, tu seras notre mousse jusqu'à la fin de cette sortie. Tu iras pieds nus, tu récureras le pont avec les autres, tu apprendras à lever les voiles, à prendre des ris et à préparer le ragoût comme l'aime l'équipage.

Varian reprit son épée des mains de Johnny Boy et fendit l'air devant lui en signe d'acquiescement.

Les hommes poussèrent des vivats, et plusieurs d'entre eux écartèrent les bras pour inciter leurs camarades à élargir le cercle. Juliet dégaina son épée et en courba la fine lame d'acier avant de l'abattre en un arc étincelant.

Varian l'imita puis, après avoir échangé un bref hochement de tête avec la jeune femme, les deux bretteurs se mirent en garde. Ils commencèrent à tourner l'un autour de l'autre, le regard et le sourire fixes.

D'une torsion du poignet, Juliet fit courir sa lame sur celle de Varian. Elle vit ses yeux s'étrécir légèrement, mais le bras de Sa Grâce demeura ferme et tendu devant lui. L'instant d'après, il l'obligeait à parer une volée de petits coups d'estoc si rapides que leurs épées devinrent floues. Elle fut contrainte de reculer sous l'attaque jusqu'au milieu du pont, avant de lui donner la réplique et de les ramener à leur point de départ. Poussant son avantage, elle se lança dans un déchaînement de parades et de bottes, se juchant même à un moment sur un cabestan pour délivrer ses ripostes.

Quand elle en retomba, elle plia souplement les genoux et effectua une volée de taille qui força Varian à sauter en arrière pour éviter sa lame. Elle revint ensuite à sa place initiale et dessina de petits cercles devant elle de la pointe de son épée. Varian se détacha du mur de marins moqueurs qui l'avait réceptionné. Un coup d'œil vers le bas lui apprit la cause de l'hilarité générale : le devant de sa chemise était tailladé en une demi-douzaine d'endroits. Pourtant, à travers les découpes du vêtement, seules de fines lignes roses signalaient les coups portés par la jeune femme.

— Mes compliments, capitaine, articula-t-il. Tu as la main habile.

— Ah oui ? Veux-tu voir comment se comporte l'autre ?

À l'immense surprise de Varian, elle fit passer son arme de droite à gauche et, sans lui laisser le temps de se remettre de sa stupeur, fondit de nouveau sur lui. Leurs épées se croisèrent, cherchant une ouverture d'un côté puis de l'autre. Les deux adversaires se poursuivaient maintenant jusqu'au milieu de la foule, qui se séparait à mesure de leur avancée, telle la mer se fendant sous l'étrave du *Rose*. Le combat se porta ainsi sous l'escalier menant au gaillard d'avant, que les bretteurs finirent par franchir d'un bond gracieux. Ils s'approchèrent un moment du mât de beaupré, puis repartirent en direction de l'escalier opposé. Dos aux marches, Varian les devinait toutes proches mais n'osait détourner son regard de la jeune femme. C'était maintenant ou jamais, songea-t-il. Il lui fallait mettre un terme à la confrontation tant qu'il en avait la force.

Notant la lueur qui s'allumait dans les yeux bleu nuit, Juliet comprit tout de suite ce qui se préparait. Elle avait suivi avec attention les duels précédents de Sa Grâce et remarqué la position de son poignet et celle de son épaule, le placement de ses pieds ainsi que le jeu des muscles de ses mâchoires qui annonçaient l'arrivée de la fameuse botte. Et voilà qu'elle venait enfin, cette torsion du poignet vers le bas qui lui permettait de glisser sa lame sous celle de son opposant avant de la lui arracher d'un mouvement spiralé.

Juliet vit le pouce de Varian reculer sur la garde de son épée en prévision du fameux « tourniquet », comme l'avait appelé Gabriel. Elle se fendit alors et glissa sa lame sous la garde découverte de l'épée du duc, pour lui ôter celle-ci d'un coup sec. Propulsée vers le haut, l'arme décrivit un bref arc de cercle dans les airs avant d'atterrir dans la main libre de Juliet.

Il y eut un moment de silence ahuri, avant que l'équipage explose en une clameur rugissante. Leur capitaine brandit les deux lames en signe de victoire, avant de planter celle de Varian juste devant lui sur le plancher, où elle se mit à vibrer longuement tandis qu'elle rengainait sa propre épée.

Sa Grâce arborait un air de profond étonnement qui ne pouvait être feint. Sa main demeurait figée dans les airs comme si elle tenait toujours la poignée de son arme. Plus rien ne bougeait chez lui, hormis une grosse goutte de sueur qui se mit à dévaler sa joue.

— Voilà qui me donne la victoire, me semble-t-il, énonça Juliet.

Varian se ressaisit pour la gratifier d'une profonde courbette.

— Serviteur, capitaine.

— Tu ne crois pas si bien dire, moussaillon.

Juliet agita la main pour mettre un terme aux vivats qui saluaient son exploit tandis que Nathan, depuis le poste de pilotage, ordonnait d'une voix tonnante à l'équipage de reprendre le travail. Elle laissa Varian et s'adressa à Johnny Boy.

— Emmène le duc à la cambuse, commanda-t-elle, et montre-lui où il pourra trouver de quoi me préparer un plateau-repas. Oh, et puis donne-lui du cirage. Mes bottes ont récolté quelques éraflures pendant le duel.

Elle releva la tête vers Varian et lui adressa un mince sourire. Puis elle fit signe à un Nathan hilare de la remplacer à la barre et disparut dans l'entrepont.

Une fois dans sa cabine, elle referma la porte et s'adossa lourdement au battant. Elle avait conscience de n'avoir vaincu Varian que de justesse. Il s'était révélé encore plus véloce et rusé qu'elle ne l'avait craint. Elle sentait la transpiration poisser son dos entre ses omoplates.

Secouant les mains pour détendre ses poignets douloureux, elle rejoignit la table à cartes. Elle baissa les yeux sur le nouveau journal de bord, qui ne comportait pour l'instant que l'heure de leur départ ainsi que la date du jour – le 3 septembre. Se mordillant pensivement la lèvre inférieure, elle s'assit à la table, se demandant quelles activités elle était censée inscrire en ce premier jour.

Elle tira un des tiroirs aménagés sous le plateau de la table, en sortit une plume et un petit canif, et se servit du second pour tailler la première. Elle ouvrit ensuite un flacon d'encre qu'elle disposa dans le trou qui lui était réservé, et s'humecta plusieurs fois les lèvres tout en jetant de fréquents coups d'œil à la porte.

À la fin, elle se recula sur sa chaise et posa l'un de ses pieds bottés sur le bord de la table.

Une simple distraction, se répéta-t-elle, voilà tout ce qu'il était. Un oiseau de passage dans le cours de son existence, qui s'en irait bientôt sous d'autres cieux.

Varian ne heurta que deux cloisons en se rendant de la cambuse à la cabine de Juliet. Il tenait un plateau en bois dans une main et un cruchon de bière dans l'autre. Le capitaine aimait boire de la bière légère au repas de midi, l'avait informé Johnny Boy, avant de lui montrer où était suspendue la louche en bois ainsi que le tonneau portant la marque de la réserve personnelle de la jeune femme. Une réserve qui n'avait pas été mouillée d'eau, avait ajouté le garçon en chuchotant, à la différence du litre de bibine qui était servi quotidiennement à chacun des autres membres d'équipage pour leur éviter de se soûler.

Varian était toujours hanté par les rires qui l'avaient suivi jusqu'à l'entrepont. Comment diable ce petit bout de femme avait-il pu le surpasser dans un duel à l'épée ? Quand Johnny Boy l'avait félicité avec un clin d'œil de s'être laissé battre par le capitaine, il avait été à deux doigts de le calotter. S'être laissé battre ? L'idée ne lui en était même pas venue après la première passe. Au vrai, il avait eu du mal à l'empêcher de tailler autre chose sur sa personne que le devant de sa chemise.

Parvenu devant la porte de la cabine, il dut cogner au battant avec le cruchon, faute de main libre.

— Entre.

Il manœuvra péniblement la poignée avec le coude et, une fois la porte poussée, trébucha dans la pièce en retenant de justesse le plateau. Juliet Dante était assise à la table à cartes, une jambe posée sur le meuble. Elle tournait entre ses doigts une plume dont les barbes lui caressaient les lèvres. Le bandeau des fenêtres de la galerie étincelait sous l'éclat du soleil réfléchi par l'océan. Elle avait dénoué le lien de cuir qui retenait sa chevelure, laissant les boucles auburn foncé retomber librement sur une épaule. Leurs pointes s'allumaient d'un feu rouge en contre-jour.

Il s'avança lentement pour aller déposer plateau et cruchon sur le buffet. Elle se tint coite, se contentant de le regarder tout en continuant à taquiner ses lèvres avec la plume.

Fasciné, il suivit du regard la cascade de cheveux sombres qui coulait sur sa poitrine et semblait pointer vers le creux entre ses cuisses. Il sentit une goutte de sueur lui chatouiller la tempe et, sans réfléchir, il s'approcha pour soulever la jeune femme et la prendre dans ses bras.

Elle aurait pu l'arrêter d'un mot, mais elle n'en fit rien. Elle aurait pu lui résister, le repousser, lui reprocher son impudence, mais elle était trop occupée à ouvrir les lèvres pour savourer sa chaleur intime. Nouant les bras autour de son cou, elle laissa échapper un roucoulement sous l'assaut de sa bouche et plongea les doigts dans ses cheveux.

Varian glissa les mains vers sa taille et se mit à tirer sur les lacets qui fermaient son pantalon. Quand ils furent défaits, il abaissa le vêtement sur les hanches de Juliet, avant de caresser tous les trésors qui lui étaient jusqu'alors cachés par la peau de daim : les renflements jumeaux de ses fesses, le triangle bombé de son bas-ventre et le nid de boucles soyeuses à la jonction de ses jambes. Il y inséra un doigt et gémit en la sentant humide et chaude. Joignant l'index au majeur, il la pénétra profondément, provoquant chez elle un frisson d'extase.

Sans quitter ses lèvres, il la hissa sur le bord de la table à cartes et réussit à extirper une des jambes bottées du pantalon, avant de s'attaquer d'une main tremblante à la braguette de sa propre culotte. Puis il écarta d'un revers de bras tout ce qui se trouvait sur la table derrière elle et l'allongea sur le plateau de bois. Il la posséda aussitôt, lui arrachant des cris de plaisir à chaque coup de boutoir. Elle noua les jambes à sa taille et le maintint étroitement serré contre elle, jusqu'à ce qu'ils s'agrippent l'un à l'autre dans une incroyable explosion.

Il ne s'arrêta pas après cette première jouissance, ni même après la seconde. À un moment, il parvint à lui ôter complètement son pantalon et à se débarrasser de sa culotte, avant de passer avec elle de la table à la chaise. À califourchon sur ses cuisses, elle le laissa se repaître de sa chair et rallumer encore une fois le désir aux creux de ses cuisses. Il lui suffit ensuite de se hausser légèrement pour prendre de nouveau en elle son membre qui se remit à gonfler et à se raidir. Il se dilata tellement dans son ventre qu'elle en eut le souffle coupé.

— Tu as décidément contracté de mauvaises habitudes, Ta Grâce, murmura-t-elle. Voilà que tu te mets à prendre ce qui te plaît sans demander la permission.

La tête nichée dans le creux de son cou, il marmonna une réponse qu'elle ne comprit pas. Mais elle s'en moquait. Elle éclata de rire et ploya la nuque en arrière pour mieux goûter à ce regain de passion qui achevait de la liquéfier de l'intérieur.

Quittant son épaule qu'il était en train de bécoter, Varian regarda le plaisir gagner son visage et se demanda s'il existait sur terre une créature aussi splendide. Ses yeux, son nez, sa bouche – surtout sa bouche lorsque, comme maintenant, elle s'arrondissait délicatement sur un soupir tremblé –, tous ses traits avaient si intensément marqué sa mémoire qu'il n'avait pu trouver le repos pendant les huit longues nuits qu'il avait passées seul à Pigeon Cay.

— Encore ?

— Oui.

— Tout de suite ?

— Oui, pour l'amour du ciel !

La réponse chuchotée contre son oreille étira un sourire sur ses lèvres et fit palpiter sa chair dans celle de la jeune femme. Celle-ci était incapable de reprendre le contrôle d'elle-même. La maîtrise revenait désormais à son amant, et à lui seul. Ses pieds pendaient à plusieurs centimètres du plancher et, ne pouvant se retenir qu'à lui, elle était entièrement à sa merci…

Il raffermit sa prise sur sa taille pour l'empêcher de gigoter, avant de reprendre ses fesses à pleines paumes.

Rouvrant les yeux, elle le foudroya du regard.

— Tu me paieras ça, lui promit-elle.

— Je suis prêt à payer, assura-t-il.

Avec un gémissement, elle appuya son front contre le menton de Varian.

— Est-ce parce que je t'ai battu à l'épée ? Cherches-tu à me prouver ta supériorité avec une autre sorte... d'arme ?

Il eut un rire bas et rauque.

— Si tu étais pourvue de ce genre d'arme, capitaine, je te concéderais la victoire sans même combattre.

— Bah ! Je vais gagner encore une fois, de toute façon, murmura-t-elle d'une voix étranglée. Je vais te mettre à genoux, te réduire à...

Un coup frappé à la porte l'interrompit. Ils se figèrent.

— Cap'taine, vous êtes là ?

C'était Johnny Boy.

— Qu'y a-t-il ? Je suis... occupée.

Varian plissa les paupières et, l'empoignant de nouveau à la taille, imprima une pression vers le bas qui lui fit lâcher un juron frémissant.

— M. Crisp m'envoie chercher la carte.

— Qu-quelle carte, sacré bon sang ?

— Il dit qu'on va bientôt passer l'île Crooked et qu'il préfère avoir un tracé des hauts-fonds sous les yeux.

Juliet poussa un soupir de frustration contre la gorge de Varian.

— Il faut que je la lui donne, expliqua-t-elle. Il ne repartira pas sans.

Résigné, Varian la souleva pour qu'elle puisse descendre de ses genoux, mais dut ensuite lui maintenir les jambes, tant elle tremblait.

— Un instant ! lança-t-elle. Je te trouve ça.

Elle contourna la table pour aller fouiller dans le tas de rouleaux que Varian avait projetés sur le plancher. Ayant ramassé la carte réclamée, elle gagna la porte et entrouvrit juste assez le battant pour y glisser le parchemin.

— Tiens. Et préviens M. Crisp que je le rejoins bientôt.

— Bien, cap'taine, répondit le garçon en portant deux doigts à ses cheveux, tout en essayant de regarder dans la cabine.

Juliet s'empressa de refermer la porte et de tirer le verrou. Elle attendit un moment, la tête et les mains appuyées au battant, mais ce ne fut qu'au bout d'un certain temps qu'on entendit le clopinement caractéristique de la jambe de bois de Johnny Boy s'éloigner dans la coursive.

Même ensuite, elle ne put esquisser un seul geste. Ses jambes avaient recommencé à trembler et sa respiration brûlante lui râpait le fond de la gorge.

Un coup d'œil en arrière lui apprit que Varian n'avait pas bougé. Son membre était toujours glorieusement érigé et vibrait comme son épée lorsqu'elle l'avait plantée dans le pont. Seuls ses yeux étaient mobiles, et ils l'invitaient à revenir vers lui, à tout prendre de lui, avec ou sans sa permission. Elle n'eut même pas conscience du mouvement de ses pieds qui la ramenait vers lui. Une fois à sa hauteur, elle prit la main qu'il lui tendait et se repositionna sur lui, là où était sa place.

Le nouvel orgasme qui la secoua fut aussi intense et dévastateur que tous les autres. Mais en même temps il était différent. Il lui parut ne pas avoir de fin. Le flot de sensations qui la secouaient sembla seulement se retirer, lui laissant l'impression qu'un simple regard, un simple contact de Varian suffirait à le rappeler pour qu'il la submerge, encore et encore...

17

D'un point de vue stratégique, New Providence était un endroit idéal pour corsaires, pirates et apparentés. L'entrée du havre était protégée par un îlot qui permettait le passage de deux navires dans un sens et de deux dans l'autre simultanément. Les collines derrière la plage offraient un point de vue sur tout l'horizon, et les vigies avaient largement le temps d'avertir leurs camarades de l'approche de la moindre voile ennemie. Enfin, à moins d'une centaine de mètres du rivage, s'étendait une jungle dense où des équipages entiers pouvaient disparaître sans laisser de traces et échapper ainsi à d'éventuels poursuivants.

Aucun bâtiment permanent ne se dressait sur la plage pour accueillir les visiteurs, mais une véritable cité de tentes construites à partir de voiles accrochées à des espars qu'on avait plantés dans le sable.

L'île était aussi un camp de base parfait pour lancer des attaques contre les vaisseaux de commerce cinglant vers l'Ancien Monde, en particulier les galions espagnols qui n'avaient cessé d'utiliser le détroit de Floride comme accès vers l'Atlantique depuis l'époque où Colomb avait découvert ces terres.

Varian était monté sur le pont du *Rose de Fer* quand celui-ci s'était présenté à l'entrée du havre de New Providence. Quoique moins excitante que l'approche de Pigeon Cay, leur arrivée dans le repaire des frères de la côte éveillait tout autant sa curiosité, car ce n'était pas moins de vingt navires qui mouillaient alors dans la baie. Les vigies postées sur l'îlot de garde avaient apparemment reconnu les pavillons de Simon Dante. Ils saluèrent les nouveaux venus avec des cris et des signes de la main, et parurent très intrigués par la présence du galion parmi leur flotte.

Prudent comme toujours, le Loup des Mers avait préféré laisser le *Tribut*, le *Valeur* et le *Santo Domingo* au large de New Providence avec le *Christiana*. Cependant, même de loin, l'origine espagnole de la formidable prise de Juliet était aisément identifiable. Jonas et Geoffrey Pitt étaient à bord du *Vengeur*, tandis que Gabriel se trouvait avec eux sur le *Rose*.

Le frère de Juliet se tenait près de Johnny Boy sur le pont et acclama le garçon en riant avec le reste de l'équipage quand il lança vers le ciel une flèche à la pointe de laquelle il avait fixé un sachet rempli de poussière de charbon, de noir de fumée et de filaments de cuivre. Quand le projectile eut atteint le sommet de sa trajectoire, le sachet relié à une mèche d'une longueur soigneusement calculée explosa en une gerbe d'étincelles bleues, qui retombèrent en pluie sur les flots. Les navires à l'ancre dans la baie répondirent l'un après l'autre par une détonation à blanc de leurs pièces de proue. Le garçon leur rendit leur salut par un nouveau feu d'artifice, et ce ne fut qu'après avoir propulsé la vingtaine de flèches qu'il avait préparées qu'il remit son arc en bandoulière et recueillit les pièces que ses camarades lui lançaient pour le remercier du spectacle. Gabriel lui donna pour sa part un doublon d'or et lui ébouriffa les cheveux au passage, avant d'aller rejoindre Varian près du bastingage.

— J'ignorais que l'arc pouvait être une arme prisée si loin des forêts britanniques, dit celui-ci.

Gabriel désigna du pouce le poste de pilotage derrière lui.

— C'est Jolly qui a eu l'idée de donner cet arc au petit. Mousquets et arquebuses sont des engins qui pèsent lourd et qui ne sont pas faciles à recharger pour un unijambiste. Il était déjà fort habile au lancer du couteau auparavant, mais quand on lui a donné l'arc, c'était comme mettre une paire de seins dans les paumes d'un marin après un voyage au long cours ! Nog l'a aidé à améliorer ses performances en modifiant l'arme pour l'adapter à sa taille et à son poids. Après quoi, il n'a pas cessé de s'entraîner jusqu'à devenir un vrai champion – et ce talent ne sert pas en mer qu'à tirer des feux d'artifice. Une flèche enflammée peut atteindre la voilure d'un vaisseau ennemi à plus de trois cents mètres, surtout quand elle est décochée par un archer aussi précis que Johnny Boy qui, même à cette distance, est capable de toucher une cible de la largeur d'une main.

Varian considéra le garçon, impressionné.

— Vous sentez-vous prêt à assumer votre rôle, Votre Grâce ? s'enquit Gabriel tout en scrutant la plage ainsi que les collines qui la dominaient.

— Autant qu'il est possible, avec des documents contrefaits et la perspective d'avoir à dire des mensonges.

Gabriel sourit.

— Ah, mais vous admettrez que ce sont d'excellentes contrefaçons, et puis vous paraissez doué d'un talent oratoire qui vous a déjà ouvert des portes que peu d'hommes ont osé franchir jusqu'à présent... À ce propos, les avertissements, vous vous en fichez, n'est-ce pas ?

Varian garda les yeux fixés sur la forêt de mâts qui hérissaient les eaux, préférant ne pas relever la pique. Juliet avait eu beau tenir à ce qu'ils montrent une certaine discrétion dans leurs rapports pendant le trajet jusqu'à New Providence, dès l'instant où ils étaient ressortis de la cabine de la jeune femme, après les étreintes passionnées qu'ils avaient partagées à la suite de leur duel, tout l'équipage semblait avoir compris ce qui s'était passé.

La jeune femme vint lui offrir un moment de répit.

— Qu'est-ce que vous manigancez, tous les deux ?

Elle était habillée d'un pourpoint et d'une culotte noire. Sa cape de même couleur, à doublure écarlate, était aussi saisissante à l'œil que la blancheur mousseuse du jabot de sa chemise.

— Nous étions en train de convenir que tu avais l'air particulièrement splendide, capitaine, repartit Gabriel. Et aussi, si je puis me permettre... heureuse. Depuis quelque temps, je te trouve les joues joliment épanouies et le pas singulièrement gaillard. Au vrai, je crains même pour les attributs virils de Van Neuk s'il s'avise de vouloir te pincer les fesses ce soir.

— Il n'y manquera pas, répliqua-t-elle. Il n'a cessé d'essayer de me peloter depuis mes onze ans.

— Dix ans d'échecs, commenta son frère sur un ton amusé. Peut-être aurait-il eu plus de réussite en concentrant ses efforts sur dix jours, puisque c'est apparemment le délai qu'il faut pour te séduire.

Juliet lui sourit.

— Attention, frangin. Il y a des coups de couteau qui partent facilement.

Il leva les mains, doigts écartés.

— Je me contente de répéter tout haut ce que la plupart de tes hommes chuchotent.

— Laisse-les donc chuchoter. Et quand à terre, ce soir, tu enfouiras ton visage entre les seins de la première donzelle qui s'offrira, puisses-tu t'étouffer avec tes remarques déplacées. As-tu par hasard rencontré la maîtresse de mon frère au cours de tes pérégrinations sur notre île ? demanda-t-elle à Varian. Elle mesure plus d'un mètre quatre-vingts, elle a des seins de la taille d'une pastèque et un caractère assez volatil pour exploser à la moindre étincelle.

Gabriel oscilla sur place, comme pris de vertige.

— Oui, bon, marmonna-t-il avant de s'éclaircir la gorge et de lever les yeux vers le ciel. Nous devrions débarquer juste avant le coucher du soleil.

Après quelques instants de silence, il coula un regard de biais à sa sœur.

— Écoute, sois prudente, c'est tout ce que je te demande. Tu ne voudrais pas donner l'impression à toute une assistance de forbans endurcis que tu as molli, pas vrai ?

Il porta une main à son front en guise de salut, avant de s'éloigner.

Juliet soupira et, les mains posées sur le plat-bord, se tourna vers l'île. La plume écarlate à son chapeau était à peine agitée par le vent, le *Rose de Fer* ayant considérablement réduit sa vitesse à l'approche de son lieu de mouillage. Le *Vengeur*, qui les précédait de quelques encablures sur leur droite, jetait déjà l'ancre.

— Il a raison, tu sais, fit Varian. Peut-être devrions-nous...

— Garder nos distances ? Craindrais-tu de heurter la pudeur de toute une assemblée d'écumeurs des mers ? Ou as-tu peur de la réaction de mon père quand il apprendra avec qui tu as passé tes nuits à bord ?

— Je n'ai pas peur de ton père. Pas vraiment.

Il se mit à rougir à son tour.

— Je me disais juste que...

— Nous ferions mieux de nous comporter avec plus de dignité en dehors de ma cabine ?

Varian cessa de respirer en sentant la main de la jeune femme se glisser entre lui et le garde-corps pour lui étreindre les parties. Il émit un soupir frémissant.

— Il me semble en effet qu'un peu de *retenue* serait plus prudent.

Elle s'esclaffa et retira sa main.

— De la prudence *et* de la retenue ? Tu m'en demandes décidément beaucoup, Ta Grâce. Et j'ose espérer que tu as autant d'exigence envers toi-même. As-tu bien préparé ton petit laïus, au moins ? Père ne va pas vouloir perdre son temps en mondanités. À cette heure de la journée, la plupart des capitaines sont probablement déjà ivres ou en passe de l'être, mais il te jettera dans la fosse aux lions demain dès l'aube et tu auras intérêt à te montrer convaincant. Son parrainage te vaudra d'abord leur attention, mais la suite ne dépendra que de toi. Si tu bredouilles ou montres la moindre hésitation...

— Et pourquoi hésiterais-je ? Ces hommes sont notre dernière chance pour empêcher l'Espagne de s'en prendre une nouvelle fois à l'Angleterre. Si on ne porte pas un coup sérieux à ce convoi, il n'y aura pas de paix possible des deux côtés de l'Atlantique… Qui est au juste ce Van Neuk auquel ton frère faisait allusion ?

Juliet crut distinguer une lueur de jalousie dans les profondeurs bleu nuit de ses yeux.

— Anders Van Neuk. C'est un Hollandais. Il parcourt ces eaux depuis presque aussi longtemps que mon père, et ne souhaite rien tant que renforcer les liens entre nos deux familles. C'est une brute à belle gueule, je le reconnais. La dernière fois que nous nous sommes croisés, j'ai été à deux doigts d'accepter son invitation à dîner avec lui en tête à tête dans sa cabine.

— Qu'est-ce qui t'a retenue ?

Elle haussa les épaules et décida de se montrer sincère.

— Je n'en sais trop rien. Peut-être sa réputation d'amant infatigable. Peut-être une réticence à courir le risque de porter un enfant qui ressemblerait à tous les autres bâtards blonds aux yeux verts qu'il a laissés dans chaque port des îles.

Varian ne put s'empêcher de serrer les dents. Ce n'était pas la première fois qu'il se trouvait confronté aux conséquences de leurs étreintes. Mais entendre la jeune femme les évoquer avec autant de franchise, voire de crudité, lui faisait presque regretter que le sujet ne soit pas demeuré tacite entre eux – même si apparemment elle rechignait moins à l'idée de porter *son* bâtard que celui du Hollandais.

Nathan Crisp appelant son capitaine à la barre, Juliet le quitta pour aller superviser les dernières phases du mouillage. Varian s'adossa au garde-corps et suivit la jeune femme des yeux tandis qu'elle grimpait lestement sur le gaillard d'arrière. L'un des pans de sa cape était retroussé sur son épaule, révélant la doublure couleur de sang. Elle avait par ailleurs lustré la lame de son épée jusqu'à ce qu'elle brille comme un miroir. Bref, la maîtresse du *Rose* était magnifique, et ses sentiments pour elle prenaient un tour de plus en plus effrayant chaque jour – car plus encore qu'une pleine assistance de pirates, que la colère d'un père et de frères, ou même que la guerre qui menaçait, l'idée qu'il était peut-être en train de tomber amoureux d'elle le terrorisait.

Anders Van Neuk était la caricature du pirate que les coureurs de jupons se plaisaient à décrire aux bals londoniens pour faire pâmer ces dames. Il était grand, incroyablement large d'épaules, doté d'un buste en V qui se resserrait sur une taille ferme et de longues jambes vigoureuses. À ses cheveux presque blanchis par le soleil se mêlaient des mèches mordorées, tandis que de longs cils soyeux encadraient ses yeux d'un vert émeraude flamboyant. Un nez fin et bombé et des lèvres sensuelles complétaient ce portrait de forban séducteur qui n'aurait guère eu besoin, pour attirer l'œil de la gent féminine, de son pourpoint de cuir noir clouté ni de ses cartouchières croisées qui débordaient de pistolets et de couteaux en tout genre.

Il était de loin le plus impressionnant des capitaines et officiers corsaires qui s'étaient réunis sous le chapiteau sur la plage. Sous la toile carrée tendue sur quatre espars enfoncés dans le sable, avait été disposée toute une série de tables sur tréteaux entre lesquelles circulaient des serveuses à forte poitrine et aux jambes dénudées. D'énormes fosses à feu avaient été creusées sur la grève pour rôtir cochons, chèvres et poulets, ainsi qu'un bœuf entier. Les tables étaient jonchées d'une quantité d'os indiquant que certains capitaines étaient là depuis plusieurs jours. Des chiens se disputaient les restes du festin au milieu des mousses que leurs aînés occupaient à des jeux, les garçons étant à la fois trop âgés pour demeurer sur leur navire et trop jeunes pour se distraire avec une catin.

Varian enregistra toutes ces images et ces odeurs alors qu'ils s'éloignaient des chaloupes qu'ils venaient de tirer au sec sur le sable de la plage.

Beacom n'avait pas ménagé sa peine pour ôter le moindre grain de poussière du pourpoint et de la cape bleu saphir que son maître avait revêtus pour l'occasion. Ses bas ne présentaient aucun accroc, sa culotte lui serrait les jambes à la manière d'un pantalon. La fraise amidonnée qui lui ceignait le cou était à petits plis discrets et se prolongeait dans l'encolure de sa chemise par un jabot que piquait un rubis de la taille d'un poing de bébé. Les Dante qui le flanquaient exhibaient un luxe vestimentaire encore plus extravagant, gage de leur puissance et de leur richesse. Dans leur délégation se trouvait également le lieutenant Beck, qui arborait un uniforme tout neuf ainsi qu'une chaîne en or à laquelle était suspendu un médaillon aux armes de la marine de Sa Majesté. C'était Isabeau qui avait eu l'idée de cette touche finale. Varian n'osait imaginer où elle avait trouvé cet accessoire – ou même l'uniforme. Il n'avait pas non plus posé de questions sur le tampon imprimé dans la cire des faux papiers, ni sur leur signature qui ressemblait en tout point à celle de Jacques Stuart.

La plupart des capitaines, ayant déjà eu l'occasion de croiser le Loup des Mers, le saluèrent pardessus la tête de leurs compagnons de beuverie. Certains ne le connaissaient que de réputation et se tournèrent vers les nouveaux venus pour les dévisager avec curiosité. Leur regard se posait d'abord sur le maître de Pigeon Cay, reconnaissable à sa haute taille, sa chevelure de jais et ses yeux d'azur argenté, puis sur Isabeau qu'ils identifiaient grâce à sa manche nouée sous le coude, avant de se porter sur Juliet qui les fixait alors d'un œil glacial jusqu'à ce qu'ils ramènent leur attention sur leur chope.

Van Neuk vint à leur rencontre en fendant la foule avec un large sourire, qui dévoilait des dents blanches et parfaites entre sa moustache et sa barbe couleur rouille, l'une et l'autre soigneusement taillées.

— Simon Dante, sacré vieux pirate ! Toujours à la barre de ta petite famille, à ce que je vois.

Dante serra sa main garnie d'une bague à chaque doigt, avant de lui retourner son salut.

— Pas encore pendu, Anders ? Il paraît pourtant que tu as été arrêté pour contrebande au large de Porto Bello, au printemps dernier.

— Rumeur sans fondement – au sujet de l'arrestation, je veux dire, pas de la contrebande. Les garde-côtes ont voulu jouer à la bataille navale avec moi, mais mes artilleurs tirent mieux que les leurs et la rencontre s'est terminée par l'ajout d'un nouveau navire à ma flotte. Un joli petit brigantin qui file comme le vent. Mais, sacré bon sang de bois, rien de comparable à une fichue forteresse flottante comme le *Santo Domingo* ! s'exclama le beau voyou avant de toiser Juliet d'un œil brillant. C'est vrai ce qu'on dit, ma petite ? C'est toi qui as capturé ce monstre ?

Elle le gratifia d'un haussement de sourcil.

— Moi, le *Rose de Fer* et son équipage.

Un des yeux verts se plissa avec suspicion.

— Et vous avez réussi ce coup-là tout seuls comme des grands, sans l'appui de tes frères ?

Juliet croisa les bras sur la poitrine.

— Si tu en doutes, je peux te montrer comment j'ai procédé, en forant un beau trou dans ton bateau et en vous envoyant par le fond.

Van Neuk la reluqua un instant, la déshabillant littéralement du regard.

— Tu sais bien que tu peux me forer tous les trous que tu veux, dans le fondement ou ailleurs, ma petite puce de mer.

Juliet ne releva pas la repartie salace. Le Hollandais ne lui en laissa d'ailleurs pas le temps, car ses yeux perçants eurent tôt fait de repérer Varian St. Clare.

— Qui c'est, celui-là ? Auriez-vous amené avec vous l'un des mignons du roi ?

Varian se raidit et porta instinctivement la main au pommeau de son épée, mais Gabriel intervint en venant s'interposer entre Van Neuk et lui.

— Les affaires peuvent attendre demain, non ? J'ai la bouche plus sèche qu'un hareng saur, et si je ne m'humecte pas immédiatement le gosier, j'aurai la langue collée au palais et serai dans l'incapacité de te demander qui étaient les adorables créatures que tu faisais sauter sur tes genoux à notre arrivée !

Le Hollandais glousa.

— Ce n'étaient pas sur mes genoux qu'elles sautaient, mon gars, mais je te les laisse volontiers car je sais désormais qui est l'élue de mon cœur, ajouta-t-il avec un sourire aviné en direction de Juliet. Et je jure de rester chaste jusqu'à ce qu'elle me cède le sien !

— Alors tu peux dire adieu pour longtemps à la bagatelle, répliqua Juliet en passant devant lui sans même le regarder.

Elle suivit son père à une table qui avait été hâtivement débarrassée à leur intention, et fit signe à Varian de les rejoindre pendant que Gabriel distrayait l'attention de Van Neuk.

Il s'assit près d'elle avec un long soupir.

— C'est avec ce genre d'individus que ton père compte attaquer une flotte espagnole ? s'enquit-il dans un murmure incrédule.

— Continue d'afficher un air aussi indigné et sceptique, répliqua-t-elle sur un ton aigre-doux. Je suis certaine que ça t'aidera à rallier ces « individus » à notre cause.

— Si je parais indigné et sceptique, c'est parce que je le suis. Ce sont des rustres, des pouilleux, des gredins, des boit-sans-soif, des… Par le ciel, que fait donc cette femme sur les genoux de cet ivrogne ?

Juliet suivit son regard et avisa une des soubrettes qui tressautait sur le giron d'une brute au faciès violacé.

— Elle ne se comporte assurément pas avec la retenue et la prudence que tu appelais de tes vœux, chuchota-t-elle. Serais-tu jaloux ?

— *Pardon ?*

— Mon pardon, tu l'auras peut-être plus tard… à condition de le mériter, précisa-t-elle avec une moue canaille.

Juliet pouffait toujours quand, tournant la tête, elle s'aperçut que sa mère était en train de les regarder. Ses yeux mordorés passaient de son visage à celui du duc avec un froncement de sourcils, semblant indiquer qu'elle avait eu vent des rumeurs les concernant sans toutefois parvenir à y croire tout à fait.

Juliet sentit un commencement de rougeur lui monter au cou. Elle fut sauvée de son embarras par l'arrivée de chopes débordant de mousse, que suivirent comme par magie des plateaux de viande grillée, des tranches de pain, des assiettes. Des toasts de bienvenue furent portés en l'honneur du Loup des Mers, et quand Juliet repensa à l'interrogation muette qu'elle avait lue dans les yeux de sa mère, les siens étaient déjà brouillés par des larmes de rire et les vapeurs de l'alcool.

18

Un puissant rayon lumineux frappait directement les yeux de Juliet. Elle tourna la tête de côté pour lui échapper – en vain. L'éclat du soleil agitait le contenu de l'estomac de la jeune femme et lui donnait la migraine.

Elle avait été plus ou moins obligée de boire à chaque toast porté en leur honneur la veille au soir, mais au fil des heures la bière avait été remplacée par le vin, puis le vin par le rhum, et il lui avait fallu toute sa concentration pour regagner le *Rose* sans tomber de la chaloupe. Elle ne se rappelait même plus avoir grimpé l'échelle de coupée. Quand Johnny Boy la réveilla, elle était encore habillée de pied en cap et gisait à plat ventre sur sa couchette.

Elle remonta dans la chaloupe pour rejoindre le *Vengeur*. Varian St. Clare n'avait pas meilleure mine à côté d'elle, et il eut tout juste la force d'émettre un grognement inarticulé quand elle remarqua que d'autres vaisseaux avaient dû arriver depuis la veille, car la baie entière était désormais couverte d'une forêt de mâts. Ou alors elle voyait double.

Ni Jonas ni Gabriel n'étaient revenus de leur nuit de beuverie. Simon Dante n'en accueillit pas moins sa fille avec un sourire resplendissant, et cela bien qu'il eût fait rouler sous la table la moitié de ses frères de la côte avant de quitter le chapiteau.

Un peu plus tard, la jeune femme était postée sous ce même chapiteau, où régnait une chaleur étouffante aggravée par des remugles de corps transpirants et de bière éventée. Elle portait l'habit dans lequel elle avait dormi et dont le velours était en train de raidir. Sa cape ne cessait de glisser de son épaule, et l'une des plumes écarlates de son chapeau semblait avoir décidé de lui retomber sur l'œil gauche.

Elle rajusta son couvre-chef pour la dixième fois et, au lieu de continuer à s'apitoyer sur sa gueule de bois, elle essaya de se concentrer sur les discussions qui s'élevaient autour d'elle. Simon Dante s'était adressé à ses confrères en termes laconiques. Il leur avait résumé la teneur des lettres récupérées sur le *Santo Domingo* et avait rapporté le faisceau d'indices indiquant un accroissement remarquable du trafic maritime espagnol en direction de La Havane, ce que confirmèrent plusieurs capitaines de l'assistance. Comme chacun commençait à avancer son hypothèse pour expliquer ce phénomène, Dante présenta à l'assemblée Varian St. Clare, Sa Grâce le duc de Harrow, venu exprès de Londres pour leur apporter des réponses et leur soumettre une offre alléchante du roi.

Varian s'en tint au strict minimum. Il avait les yeux rouges et pinçait stoïquement les lèvres à chaque interruption du public, mais il réussit à accaparer l'attention en brandissant le décret royal qui garantissait une complète amnistie à tout corsaire qui contribuerait à démanteler le convoi espagnol. Quand il précisa que le roi était prêt, par-dessus le marché, à renoncer à ses dix pour cent sur chaque prise, les tables se mirent à frémir sous le tambourinement des chopes cognées sur leur plateau.

Lorsqu'il lui fut demandé la raison d'une telle générosité, il ne mentit pas plus que nécessaire. Les pourparlers de paix, dit-il, avaient été rompus unilatéralement par l'Espagne, et Jacques Stuart tenait désormais à frapper vite et fort le roi Philippe là où ça lui ferait le plus mal.

Mais les corsaires étaient une espèce aussi méfiante qu'ombrageuse, et même si beaucoup ne savaient pas lire, tous demandèrent à regarder de plus près l'acte de grâce royal. Et qui de se pencher sur le sceau de cire, qui de tapoter d'un index songeur le paraphe du monarque… Certains apposèrent leur marque – signature, symbole ou simple croix – sur le parchemin sitôt après reçu confirmation que les Dante seraient de la partie. D'autres, qui avaient conclu entre eux des contrats d'assistance réciproque et de partage des butins, étaient tenus de se consulter mutuellement avant de donner ou non leur approbation. Un mot glissé opportunément quant à la valeur de la cargaison prélevée sur le *Santo Domingo* eut cependant tôt fait de les mettre d'accord.

Tant et si bien qu'à la fin de la réunion, ce ne furent pas moins de trente-sept paraphes qui ornèrent le bas du document, dont les cinq signatures du clan du Loup des Mers. Une longue nuit d'ivrognerie et de bavardages enfiévrés attendait encore les convives mais, quand le soleil se coucha derrière les dunes, Juliet avait l'impression que sa tête était sur le point d'éclater. Plaignant sincèrement Varian qui devait encore rester pour répondre aux questions, elle se glissa hors du chapiteau pour prendre un peu l'air.

La première chose dont elle se débarrassa fut la cape, qu'elle envoya valser sur le sable. Vinrent ensuite le chapeau, puis le pourpoint dont elle arracha les lacets avant de s'en dévêtir et de le jeter sur son bras. Elle entreprit ensuite de défaire sa chemise qu'elle entrouvrit jusqu'à la taille pour laisser sa peau respirer, puis elle s'attaqua à l'attache de la fraise qui rejoignit bientôt la cape sur la grève.

Elle grimpa sur la dune dont elle suivit la crête vers l'autre bout de la plage, qui lui paraissait moins fréquenté. Alors que la rumeur provenant du chapiteau n'était plus qu'un vague bourdonnement, elle avisa, nichée au pied d'un rocher, une petite cuvette remplie par la marée précédente. La mer grondait contre l'écueil en projetant par moments des gerbes d'écume mais le bassin semblait calme, frais. Attirant.

Déposant sur le sable son pourpoint et son chapeau, elle ôta ses bottes, son ceinturon et ses pistolets. Pieds nus, elle alla s'immerger jusqu'aux genoux dans la cuvette et remua un moment la tête pour dégourdir les muscles de sa nuque. Elle prit ensuite de l'eau dans le creux de ses paumes pour s'en asperger le cou et le buste.

Dans le port naturel, chaque bateau était illuminé par des guirlandes de lanternes suspendues dans son gréement. La lune n'était pas encore levée mais il y avait une bonne cinquantaine de torches allumées le long du rivage, et tandis que le ciel s'assombrissait, les étoiles commencèrent à apparaître, une à une d'abord, puis par amas, pour se mettre à scintiller tel un semis de diamants sur le velours de la nuit.

La jeune femme leva un bras pour suivre du doigt le dessin d'une constellation qui lui était familière.

— Ce doit être le Sagittaire, c'est-à-dire l'Archer. Un symbole plutôt approprié, si on y réfléchit bien.

Juliet pivota d'un bond vers la voix et reconnut Anders Van Neuk étendu sur le sable, les mains croisées sous la nuque.

Un premier coup d'œil lui apprit qu'il était seul. Un second coup d'œil, plus attentif, lui fit maudire en silence sa stupidité : le Hollandais s'était placé juste à côté de ses habits et de ses armes, dont elle s'était imprudemment défaite.

— J'ai bien compris tes signaux, ma belle.

— Quels signaux ?

— Le petit coup que tu donnais à ton chapeau chaque fois que je te regardais. Tu sais, tu aurais pu carrément venir me chercher pour m'inviter dehors, ça aurait été plus simple. Mais bon, je reconnais que c'est plus romantique comme ça – d'autant que, dans cette flaque, tu ressembles vraiment à une nymphe sortant des eaux. C'est charmant, et crois bien que je suis touché par le spectacle.

— Anders, il est tard et je suis fourbue. Si tu crois que je t'adressais des signes pour t'attirer jusqu'ici, tu te trompes. Mon fichu chapeau me chatouillait, c'est tout. Et si je suis sortie, c'est uniquement parce que j'étouffais sous le chapiteau et que mes vêtements me pinçaient la peau.

— Ça te pinçait, répéta-t-il rêveusement. Moi aussi, j'en pince pour toi, ma petite, et depuis toujours. Quel dommage que tu ne m'aies pas laissé te le prouver, la dernière fois… mais nous pouvons rattraper le temps perdu, pas vrai ?

Juliet se mordit l'intérieur de la joue. Elle ne se rappelait que trop bien ce moment d'égarement.

Elle voguait alors avec Gabriel, et tous deux avaient reconnu le *Colombe* alors qu'ils passaient au large de Frenchman's Cay. Ils s'étaient mis bord à bord avec le vaisseau du Hollandais pour échanger une partie de leur cargaison contre des feuilles de cuivre et, une chose menant à une autre, elle avait fini par se retrouver, la nuit venue, sur le pont du *Colombe*, avec les mains d'Anders sous sa chemise et sa langue à la naissance de sa gorge.

— C'était une erreur, dit-elle. Nous avions bu l'un et l'autre et...

— Ce n'était pas une erreur, ma petite. Tu en pinçais déjà pour moi autant que j'en pinçais pour toi. Et tu aurais bien fini par le reconnaître si ton frère – maudit soit-il – ne nous avait pas interrompus. Cette fois-ci, cependant, j'ai pris mes précautions pour que nous ne soyons pas dérangés.

Il leva une main et claqua des doigts. Aussitôt, quatre malabars armés surgirent des rochers sur la droite de Juliet, la barbe fendue d'un large sourire. Quatre autres apparurent sur sa gauche, tandis que deux de plus dévalaient la dune dans sa direction. Elle était piégée.

Mais quelle idiote je suis de m'être aventurée aussi loin des autres...

Elle s'était montrée plus idiote encore en délaissant ses armes. Il ne lui restait plus désormais pour se défendre que sa présence d'esprit, mise à mal par sa nuit de beuverie, mais la précarité de sa situation était en train de la lui rendre à toute allure. Elle était par ailleurs une excellente nageuse et trouverait bien à se réfugier sur l'un ou l'autre des navires qui encombraient la baie.

Elle commençait à reculer dans l'eau pour mettre son projet à exécution, lorsqu'elle perçut un bruit d'éclaboussure derrière elle, suivi par l'étreinte de bras épais autour de sa taille et de son cou. Se tortillant avec la vivacité d'une anguille, elle lança ses doigts en fourche vers l'endroit où devaient se situer les yeux de son agresseur. Elle en atteignit un, qu'elle eut la satisfaction de sentir s'écraser sous son ongle, mais l'autre œil lui échappa. Sa manœuvre arracha néanmoins un cri au forban qui desserra sa prise, permettant à la jeune femme de pivoter et de lui propulser son genou dans les parties.

Une fois libre, hélas, elle entendit d'autres bruits de pataugement, et ce furent bientôt cinq hommes de Van Neuk qui convergèrent vers elle en riant, avec l'intention manifeste de lui saisir bras, jambes et taille afin de l'immobiliser complètement. Le premier à l'atteindre eut le nez écrasé d'un uppercut du talon de la main. Le second s'écarta avec un rugissement de douleur, la pommette ouverte jusqu'à l'os par le bord tranchant d'un coquillage que Juliet venait de ramasser à tâtons sous le ressac. Elle voulut se lancer vers la pleine mer, mais l'un des assaillants lui attrapa les cheveux et la tira violemment en arrière. Un autre la frappa du poing à la tempe, déclenchant dans sa tête une explosion de douleur qui lui faucha les jambes.

Il n'en fallut pas plus aux voyous pour s'emparer d'elle et la ramener sur la plage. Elle retrouva entretemps sa faculté de mouvement et se mit à gigoter en jurant, mais ils se contentèrent de resserrer leur prise avant de l'étendre sur le sable telle une victime sacrificielle offerte à un dieu barbare : bras en croix, jambes largement écartées, et une botte fermement plantée dans les cheveux pour prévenir le moindre geste.

Anders Van Neuk s'approcha alors avec un soupir et prit le temps d'épousseter son habit. Il la toisa en secouant la tête, comme s'il était terriblement déçu par son comportement.

— Nous pouvons procéder de deux façons, gamine. Soit tu montres un peu d'enthousiasme, soit ces charmants garçons restent là pour profiter du spectacle. De toute façon, dans l'un ou l'autre cas, je serai entre tes cuisses.

— Mon père et mes frères te tueront pour ça ! lâcha-t-elle d'une voix sifflante.

— Oui, c'est une éventualité à ne pas négliger, convint-il tout en se mettant à déboucler ceinture et ceinturons. Mais d'ici à ce qu'ils partent à ta recherche, tu seras bien au chaud sur le *Colombe* et nous aurons filé depuis longtemps.

— Ils te retrouveront. Ils te traqueront comme le chien enragé que tu es et t'écorcheront vif, t'arrachant la peau morceau par morceau.

— C'est pour ta propre peau que tu devrais te faire du souci. Je doute que l'Espagnol t'en laissera beaucoup sur le dos quand il t'aura récupérée.

— L'Espagnol ? Quel Espagnol ?

— C'est là tout l'avantage de naviguer sous pavillon néerlandais, vois-tu. Il se trouve que j'étais à Puerto Rico, il n'y a même pas quatre jours de cela, quand tout un groupe d'Espingouins y a été débarqué après avoir été repêché sur un banc de sable perdu je ne sais plus où. L'un d'eux était un beau gars – sans oreilles cela dit, ni beaucoup de manières, mais montre-moi un papiste qui n'en soit pas dépourvu... Enfin bref : j'apprends que ses oreilles, il les a perdues sur le *Santo Domingo* et qu'il a furieusement hâte de recroiser la Rosa de Hierro qui l'en a délesté. Tellement hâte qu'il a promis à celui qui la lui livrerait dix fois son poids en or.

— Tu serais prêt à me vendre à un maudit Espagnol ?

— À lui ou à quiconque me proposerait la même somme, je ne suis pas regardant. Mais le type a su me convaincre en ajoutant un laissez-passer, qui nous donnera le droit de commercer dans tous les ports de Nouvelle-Espagne à des prix tellement avantageux que nous n'aurons même plus à risquer nos vies en mer pour devenir riches, *très* riches ! En fait, poursuivit Van Neuk, j'avais au départ l'intention de t'assommer et de te ficeler comme un saucisson avant de t'emmener directement à Puerto Rico, mais bon…

Il s'interrompit pour la reluquer de ses yeux verts à l'éclat dur.

— Tu es bien tentante, quand tu es toute mouillée et luisante comme ça, et je me dis que je devrais tester la marchandise avant de la refiler à mon client, histoire de vérifier qu'elle en vaut la peine.

Il porta les mains à sa taille et entreprit de dénouer les lacets en cuir qui fermaient sa braguette. Juliet se tortilla de nouveau en jurant et en crachant, mais sur un mot du Hollandais, ses poignets et ses chevilles furent maintenus sur le sable humide comme par des menottes en fer. Un grognement indiqua que le pirate avait sorti ses attributs, et Juliet jura encore une fois en le voyant s'agenouiller entre ses cuisses. Il avait un membre épais qui jaillissait de son bas-ventre comme un pieu de bois et, tout en se décalottant d'une main, il déchira de l'autre la chemise de la jeune femme dont il se mit à pétrir les seins. Il avait les ongles longs et ébréchés, et les paumes rêches comme du vieux cuir. Juliet dut serrer les dents pour ne pas hurler de douleur et de rage sous la brutalité de ses caresses.

Ses hommes commencèrent à émettre des suggestions grivoises. L'un se proposa de lui ouvrir la bouche de force pour lui donner un avant-goût de ce qui l'attendait, un autre de l'assommer avec ses poings pour leur épargner le flot continu d'injures et de malédictions dont elle les abreuvait. Le Hollandais se contenta de la gifler pour la réduire au silence, avant d'insérer la lame d'un couteau sous les coutures de sa culotte. L'arme trancha l'une des jambes du vêtement et coupa même la peau de la jeune femme lorsqu'elle arqua les reins pour gêner son agresseur. Indifférent, celui-ci s'attaquait à l'autre jambe quand le tintement d'une lame contre une autre troubla sa concentration et l'incita à rechercher la cause de ce bruit incongru.

Deux hommes se battaient à l'épée sur la dune, et au moment où le Hollandais levait les yeux, l'un d'eux – qui n'était autre que la sentinelle qu'il avait postée là-haut pour assurer leur tranquillité – s'écroula avec un cri étouffé en se tenant le ventre à deux mains. Son adversaire se rua aussitôt vers la grève en soulevant des gerbes de sable derrière lui. Deux autres marins de Van Neuk sortirent leur coutelas pour charger l'intrus, mais un coup d'estoc et un autre de taille les envoyèrent bouler sur le sol en hurlant.

Anders découvrit les dents et aboya un ordre sec. Le pied qui maintenait les cheveux de Juliet se souleva, et la jeune femme put redresser la tête juste à temps pour voir Varian St. Clare infliger sa botte secrète à un nouvel adversaire dont il rattrapa l'épée au vol, avant de lui trancher le cou avec les deux lames en ciseaux, manquant de peu le décapiter.

Trois autres des forbans qui retenaient Juliet se lancèrent à l'assaut de l'Anglais. La jeune femme en profita pour saisir le poignet d'Anders qui tenait le couteau. Elle le tordit brusquement et le dirigea vers sa gorge. Le Hollandais, qui suivait les combats, réagit trop tard et trop faiblement : la lame s'enfonça dans son cou, tranchant peau et cartilage avant de heurter l'occiput.

Ses yeux saillirent de leurs orbites. Il voulut attraper la main de Juliet pour retirer le couteau, mais celui-ci était profondément logé dans son crâne. La jeune femme roula sur le côté pour l'éviter quand il s'affala sur la plage, raide mort. Sitôt debout, elle courut vers son ceinturon, dégaina sa propre épée et pivota dans un nuage de sable pour faire face à deux hommes qui se jetaient sur elle. Elle était tellement enragée que sa lame perfora la poitrine du premier agresseur pour ressortir dans son dos.

La deuxième brute eut à peine le temps d'esquisser un coup de taille avant de s'effondrer à son tour. Entendant alors un bruit de course derrière elle, Juliet virevolta une nouvelle fois et aperçut les silhouettes de deux forbans qui remontaient précipitamment la dune avant de disparaître dans la nuit.

Varian la rejoignit en courant.

— Ça va ? s'enquit-il en essuyant le sang qui lui tachait le visage.

Pendant un moment, la colère l'empêcha de répondre – colère contre elle-même, contre Anders Van Neuk, contre l'humanité entière.

— Juliet... ?

— Fiche-moi la paix ! Fiche-moi juste... *la paix* !

Elle retourna vers la mer mais s'arrêta au bout de quelques pas seulement et se tint immobile, pantelante, les yeux fixés sur les lumignons qui dansaient sur l'eau. Après toutes ses bravades, toutes ses démonstrations de force, toutes les preuves qu'elle avait pu donner de ses talents de chef et de combattante, voilà qu'un salaud avec un pénis était encore capable de lui enlever tout ça !

Quand elle se sentit prête à reprendre la parole, elle pivota vers Varian.

— D'où viens-tu ? Et comment as-tu réussi à me retrouver ?

— Je t'ai vue te faufiler hors du chapiteau, puis le Hollandais s'est éclipsé à son tour. À son air, j'ai compris qu'il manigançait quelque chose, alors je me suis excusé pour vous suivre. Tu vas bien ? Est-ce qu'il t'a… blessée ?

Elle suivit le regard qu'il braquait sur ses cuisses. La jambe tailladée de sa culotte pendait comme une jupe, et la peau qui se voyait par l'ouverture était maculée de sang.

— Ce salopard m'a coupée. À part ça… non, je ne suis pas « blessée », comme tu dis. De toute façon, je ne l'aurais pas permis, alors si tu espères que je vais te remercier pour m'avoir évité d'être *violée*, tu peux attendre longtemps.

Elle le contourna pour se pencher sur le corps du Hollandais. Ses yeux étaient grands ouverts sur un regard vitreux et fixaient sans la voir la tache sombre qui s'était répandue sous lui et que le sable buvait déjà. Ses mains étreignaient encore le manche du couteau qui saillait de sa gorge.

— Il a eu de la chance de connaître une mort aussi rapide, grommela-t-elle.

Elle regarda les autres cadavres éparpillés sur la grève et désigna le plut petit d'entre eux.

— Celui-là devrait faire l'affaire. Aide-moi à lui ôter sa culotte.

Quelques minutes plus tard, elle refermait les lacets du vêtement emprunté au défunt. Elle avait subitement froid et renfila avec soulagement son pourpoint. Puis elle rassembla ses ceinturons et son chapeau, et commença à s'éloigner. Elle s'arrêta cependant une nouvelle fois pour rebrousser chemin. Sous les yeux de Varian, elle tira le corps à moitié nu du forban qu'elle venait de déshabiller à côté de celui d'Anders Van Neuk, calant son bassin contre les fesses de ce dernier qui avait toujours la culotte baissée au niveau des genoux.

— Comme ça, quand on le trouvera, on pensera qu'il est mort en se faisant tringler par un de ses hommes, cracha-t-elle.

Après avoir effacé toute trace de son passage sur les lieux, elle repartit vers le chapiteau et ne sortit du silence que lorsqu'ils arrivèrent en vue des chaloupes échouées sur la plage.

— J'apprécierais que tu ne parles pas de tout ça à mon père. J'ai l'impression qu'il comptait sur le soutien de l'autre bâtard.

— Et les hommes qui nous ont échappé ? Est-ce qu'ils ne vont pas aller ébruiter une tout autre version des faits que celle que tu as mise en scène tout à l'heure ?

Juliet lui décocha un sourire en biais.

— Je serais étonnée que le *Colombe* soit encore à l'ancre demain matin. Le successeur de Van Neuk s'empressera de filer, trop content de son nouveau poste.

Elle jeta son chapeau dans la première chaloupe et poussa celle-ci à l'eau.

— Où vas-tu ?

— Sur le *Rose*.

— Je t'accompagne, dit-il en la suivant dans le ressac.

— *Non !* Je veux dire… J'aimerais mieux pas. En plus, on risque d'avoir encore besoin de toi ici.

Il glissa un doigt sous son menton pour relever son visage vers le sien. Elle voulut se dégager, mais il lui agrippa l'épaule et la força à le regarder.

— Tu tiens vraiment à me convaincre que je ne te suis plus utile à rien ce soir ? Tu ne veux même pas me laisser l'illusion de t'avoir un peu aidée ?

Elle le contempla sans répondre. Il caressa son menton du pouce un instant, devinant l'amorce d'un nouveau rejet dans le tremblement qu'il percevait sous ses doigts, mais quand il laissa retomber sa main, elle s'en saisit et le retint avant qu'il tourne les talons.

— En fait… je pourrais bien avoir encore besoin de toi. Juste un peu.

Elle oscilla et commença à s'effondrer vers lui. Varian la rattrapa sous les bras et, quand il la souleva, il sentit sa cuisse poisseuse de sang.

— Ce salaud m'a coupée, répéta-t-elle d'une voix blanche.

Puis elle perdit connaissance, sa tête partant en arrière sur l'épaule de Varian.

19

— Je ne me suis pas évanouie. Ce n'est pas mon genre, et ça ne l'a jamais été.

— Bon, d'accord. Disons alors que tu as perdu tellement de sang que c'est un miracle que tu aies réussi à survivre.

Juliet plissa les paupières.

— Nous ne dirons rien du tout, mon petit duc. Regarde donc, ajouta-t-elle en désignant la coupure à sa cuisse qui, sans être une simple égratignure, n'était pas trop sérieuse. Il s'en est fallu d'un bon centimètre pour que ma vie soit réellement menacée.

Varian s'exécuta et procéda à l'examen de la plaie. La coupure était longue comme sa main et avait abondamment saigné, mais les bords se refermaient déjà sans qu'on doive la recoudre. La jeune femme avait d'autres estafilades sans gravité au niveau du mollet, là où la lame du Hollandais l'avait frôlée en s'insérant sous la jambe de sa culotte alors qu'elle tentait de se débattre. Il pressentait d'ailleurs que ces blessures, quoique bénignes, seraient sans doute celles qui la gêneraient le plus quand elle devrait renfiler ses bottes.

Il se pencha vers sa cuisse pour l'embrasser. Puis il n'eut qu'à tourner la tête pour se mettre à encenser de baisers une autre partie de son anatomie tout aussi sensible.

La couchette, ainsi qu'ils en avaient fait l'expérience, était trop étroite pour offrir le moindre confort à deux occupants – surtout quand ils n'y dormaient pas –, si bien qu'ils avaient fini par déposer le matelas sur le plancher de la cabine.

Varian avait passé la nuit à serrer la jeune femme dans ses bras. Sitôt qu'ils étaient montés à bord et qu'il avait aidé Juliet à se défaire de la culotte ensanglantée, toute crânerie avait déserté cette dernière, qui s'était mise à trembler comme une feuille.

La voir dans cet état l'avait ébranlé. Elle montrait toujours une telle assurance, une telle maîtrise d'elle-même, un tel contrôle de ses émotions qu'une réaction aussi humaine, aussi typiquement féminine, lui donnait envie de passer le restant de ses jours à aller pourfendre des dragons en son nom...

Elle soupira et nicha la tête contre son épaule.

— Je viens d'entendre sonner le premier quart, et le ciel est déjà en train de s'éclaircir. Johnny Boy va bientôt frapper à ma porte pour m'apporter mes biscuits et mon fromage du matin, tandis que ton valet se tordra les mains en se demandant où tu es passé.

— Beacom commence à s'habituer à ne plus me voir pendant de longues périodes.

Elle se redressa et le regarda droit dans les yeux, avant de l'embrasser. Il n'y avait rien de provocant ou même de séducteur dans cette caresse. Ce n'était qu'un simple baiser, mais cet effleurement suffit à leur procurer un frémissement d'extase à tous les deux.

— Merci, murmura-t-elle.

— Pour quoi ?

— Pour hier soir. Pour être venu me prêter main-forte, pour m'avoir ramenée ici et avoir pansé ma plaie.

— Crois-moi, murmura-t-il, j'ai eu le plus grand plaisir à te sauver. Et à constater que tu étais un être humain, après tout.

— Parce que tu avais des raisons d'en douter ?

— Des raisons ? As-tu au moins conscience des activités auxquelles les jeunes ladies de ton âge se livrent en Angleterre ?

Elle poussa un soupir exagéré.

— Laisse-moi deviner... Broder leur monogramme sur les pièces d'un trousseau ? Se demander avec angoisse quelle toilette elles vont pouvoir porter au dîner, ou à quelle pièce de théâtre elles sont censées assister ?

— Tu peux être sûre, en tout cas, qu'elles ne sont pas en train de fomenter une attaque de la flotte espagnole. Et que si elles avaient été violentées par une brute comme Van Neuk, elles en seraient restées traumatisées jusqu'à la fin de leurs jours. Enfin quoi, Juliet ! Tu commandes un navire de guerre, tu portes culottes et bottes, et tu chantes des airs de marins avec des pirates la nuit durant. Tu manies l'épée comme une diablesse et tu es le capitaine d'un équipage qui t'est dévoué corps et âme. Pour l'amour du ciel, regarde seulement ce que tu as fait de moi ! Tu m'as amené à me prévaloir de faux papiers, à proférer des mensonges, à commettre des actes de forfaiture et de sédition, et à entraîner dans cette déchéance morale ce pauvre lieutenant Beck. Franchement, s'il y a d'autres femmes comme toi dans les Caraïbes, je crains pour la santé mentale de tous mes compatriotes venus s'égarer sur ces eaux !

Elle parut soudain se tendre et se mit debout pour aller chercher une pierre à briquet et de l'amadou, au milieu des papiers qui encombraient la table à cartes.

Varian se releva à son tour pour se dégourdir les jambes et arqua les reins en grimaçant. Il fit ensuite jouer ses bras et se passa une main dans les cheveux, avant de sortir sur la galerie.

La nuit reculait, comme si une gigantesque main invisible tirait sur son velours obscur. À l'horizon oriental était apparue une fine bande rose, qui vira au doré puis à l'argent à mesure que le soleil s'élevait au-dessus des flots. Il y avait toujours des torches et des feux allumés le long du rivage. Une brise de terre encore fraîche soufflait, apportant des odeurs de bois brûlé et de poisson grillé. La plupart des navires à l'ancre dans la baie avaient leurs châteaux éclairés par d'immenses lanternes, à la lumière desquelles Varian pouvait distinguer le ballet de la relève des quarts.

Il y avait tant d'hommes rassemblés sur ces vaisseaux... Remettaient-ils jamais en cause les décisions de leur capitaine ? Étaient-ils au moins informés des risques insensés qu'ils prenaient chaque fois qu'ils embarquaient pour une aventure comme celle dans laquelle ils allaient bientôt se lancer ?

En théorie, l'idée maîtresse du plan que Simon Dante avait mis au point avec ses confrères semblait sensée. Il s'agissait pour chaque vaisseau corsaire de capturer au moins un ennemi. À trente-sept – sans compter les Dante – ils espéraient ainsi amputer de moitié la flotte espagnole. Restait cependant à résoudre l'épineux problème posé par la présence de vaisseaux de guerre embarquant entre quarante et soixante pièces d'artillerie. Les navires corsaires les plus modestes n'étaient dotés que de dix à douze canons ; ils allaient donc devoir se rassembler par groupe de trois ou quatre pour pouvoir tenir tête à la puissance de feu ennemie. L'*Argus* avait été lui-même pourvu de dix pièces, or il avait suffi d'une seule bordée du *Santo Domingo* pour les réduire au silence.

Varian repensa à la fureur du combat qui les avait opposés au galion espagnol, au bruit, aux incendies déclenchés à bord, au fracas des canons, à la frénésie des hommes qui s'en prenaient les uns aux autres dans le chaos le plus total, avec la seule intention de tuer pour ne pas être tués eux-mêmes. Oui, cela avait été un pandémonium absolu et terrifiant, mais aussi excitant – voire grisant. Il en gardait après coup l'impression exaltante d'avoir tendu sa poitrine au diable et d'en être sorti indemne.

La nuit dernière encore, il avait tué les sbires du Hollandais sans la moindre hésitation, étreint par une soif de sang qui était presque aussi enivrante que la sensation qu'il éprouvait en cet instant en écartant largement les bras pour s'offrir au vent.

— Dans combien de temps appareillons-nous ? demanda-t-il à Juliet qui venait de le rejoindre sur la galerie.

Elle avait enfilé un nouveau pantalon, en prenant soin de ne pas trop frotter sa plaie à la cuisse, et fourrait les pans de sa chemise sous la ceinture du vêtement.

— Dans une semaine ou dans trois : impossible de le prédire pour l'instant. Nous en saurons plus quand Jonas et Gabriel seront revenus de La Havane.

Varian sentit la tension dans sa voix. Les Frères d'Enfer s'étaient portés volontaires pour s'approcher avec leur navire aussi près que possible du port de ralliement de la flotte espagnole, afin d'évaluer précisément où en était le rassemblement.

— *Fortuna favet fatuis*, murmura-t-il.

— La chance sourit aux audacieux, traduisit-elle. Tu penses que c'est une entreprise trop audacieuse ?

— Honnêtement, je ne sais plus trop quoi en penser, sauf qu'il est sans doute insensé d'imaginer que nous puissions porter un coup fatal à l'armada espagnole. Au mieux, nous aurons contrarié l'ennemi, c'est tout.

— Sans doute, mais n'oublie pas que nous sommes capables de nous montrer *très* contrariants.

Les yeux de la jeune femme brillaient dans la lumière irisée de l'aube. Sa peau avait pris un lustre satiné auquel Varian ne put résister : tendant une main vers son visage, il écarta une mèche de cheveux derrière son oreille. Il laissa ensuite ses doigts filer le long de son cou et se poser sur le renflement de sa poitrine. Sentant ses tétons érigés sous la batiste de sa chemise, il en roula un entre le pouce et l'index et vit les pupilles de Juliet se dilater. Il glissa alors la main sous la ceinture béante de sa culotte et plaqua la paume sur son pubis. Il tâta avec un doigt, puis deux, les replis de sa féminité. Juliet se raidit un peu quand il s'insinua en elle, sans doute hantée par le souvenir de la brutalité du Hollandais, mais Varian était si doux et son désir si pur qu'elle finit par s'adosser au montant de la porte pour mieux s'offrir.

La sentant bientôt fondre de plaisir sous sa main, il sourit et la serra dans ses bras pour embrasser les larmes qui perlaient à ses paupières.

— Et tu *me* trouves insensée ? chuchota-t-elle contre sa poitrine. Crois-tu que nous pourrions encore plus attirer l'attention générale en montant faire l'amour sur le gaillard d'arrière ?

Varian regarda par-dessus son épaule. Le *Vengeur* mouillait à une centaine de mètres à tribord, mais n'était heureusement pas visible depuis la galerie de poupe du *Rose*. Il y avait bien d'autres vaisseaux à l'ancre juste derrière eux, mais la lumière était encore ténue.

— Si tu es inquiète pour ta réputation, capitaine, nous pouvons toujours rentrer dans ta cabine, lui rappela-t-il.

— Au diable ma réputation ! s'exclama-t-elle avec un rire haletant. Doux Jésus, comme tu vas me manquer…

— Je n'ai l'intention d'aller nulle part, très chère. Tu ne te débarrasseras pas de moi aussi facilement.

Quand elle eut recouvré suffisamment ses esprits pour relever les yeux vers lui, il remarqua dans son regard la même tension qu'il y avait décelée auparavant. Il n'était pas présomptueux au point de se prétendre capable de déchiffrer ne fût-ce que le dixième de ses expressions mais, sans qu'il sache exactement pourquoi, cette crispation soudaine lui semblait un mauvais signe.

Son inquiétude monta encore d'un cran quand elle détourna la tête et le repoussa quasiment jusqu'à la rambarde.

— Tu te rappelles le capitaine Robert Brockman que nous avons rencontré hier ? Un grand Anglais grisonnant avec un bandeau sur l'œil ?

Varian hocha la tête. Elle prit une profonde inspiration.

— Son navire, le *Vent*, est sans doute un des plus rapides parmi tous ceux qui se trouvent actuellement dans cette baie. Il n'a mis que quarante jours pour traverser l'Atlantique. L'une des raisons de cette vélocité est la légèreté de son artillerie, qui se résume à seulement huit gros calibres. C'est cette même vélocité qui l'a désigné pour regagner au plus vite l'Angleterre. Père estime que le roi doit être informé des événements en cours dans la région. Si nous parvenons à retarder voire à disperser les Espagnols, cela pourrait laisser le temps à l'amirauté anglaise de rassembler une escadre pour intercepter le reste de leur flotte avant qu'elle rentre au pays. Comme tu étais censé représenter Sa Majesté parmi nous et que tu as fait de grandes promesses en son nom, père a pensé que l'honneur te revenait d'aller la prévenir.

Comme Varian se contentait de la dévisager sans mot dire, la jeune femme ajouta :

— Personne ne s'attend à ce que tu te battes à nos côtés, expliqua-t-elle avant de lever la main pour prévenir ses protestations. Et si tu songes à me rappeler tes années de service dans l'infanterie, dis-toi bien que ça ne servira à rien. Les petits soldats en uniforme rouge qui marchent fièrement sur l'ennemi en rangs serrés ne sauraient survivre cinq minutes face à des canons d'une portée de trois cents mètres. Tu as avoué toi-même te sentir déplacé sur l'eau, et être étranger aux règles qui président aux combats navals. Et tu avais raison. Tu as déjà eu l'occasion de voir de tes propres yeux que, dans une bataille sur le pont d'un navire, il n'y a pas d'autre objectif que la survie. On n'a guère le temps ni le loisir de se soucier du sort de ses camarades, et toute erreur peut être fatale, de même que toute forme de distraction.

— Est-ce pour cela que tu veux m'éloigner de toi ? Parce que je suis devenu pour toi une source de distraction ?

Elle soupira.

— Ce n'est pas la peine de discuter avec moi. La décision de te renvoyer en Angleterre était déjà prise quand nous avons quitté Pigeon Cay.

— Ah bon ? Et quand comptais-tu m'en informer ?

— Je viens de le faire à l'instant.

Un muscle tressauta sur la joue de Varian.

— Et donc tout va se finir ainsi, sans que j'aie mon mot à dire ?

— En toute franchise, répliqua-t-elle calmement, tu ne l'as jamais eu. Tu es duc, pour l'amour du ciel, un membre de la noblesse anglaise et l'envoyé officiel du roi dans les Indes occidentales. Il nous incombe à tous de veiller à ta survie pour te permettre de retourner auprès de Sa Majesté afin de lui expliquer pourquoi nous avons désobéi à ses directives en attaquant la flotte espagnole.

— Je ne suis pas si facile que ça à tuer. Je pense te l'avoir démontré hier soir.

Elle rougit légèrement.

— Hier soir, j'ai vu un maître d'armes donner une leçon d'escrime à une bande de malandrins. En osant te résister, ces imbéciles avaient perdu d'avance.

Il posa le regard sur l'hématome qui bleuissait la tempe de la jeune femme.

— Tu me semblais moins méprisante envers leur capacité de nuisance quand ils te tenaient à leur merci.

Elle accusa le coup.

— Et toi, tu me parais prendre un peu trop tes aises avec moi, rétorqua-t-elle. Tu te crois donc irrésistible au point de t'estimer autorisé à me faire la morale ? Tu penses qu'avoir partagé mon lit te donne le droit de défier mon autorité ?

— S'il y a bien une chose que j'ai apprise au cours de ces semaines, *capitaine,* c'est que tu cultives deux personnalités très différentes : l'une que je peux défier, et l'autre à laquelle je dois me soumettre.

— C'est précisément à cette deuxième personnalité que tu t'adresses. Et je m'attends à ce que tu réagisses en conséquence.

— Tu es décidément aussi douée avec les mots qu'avec une lame, Juliet. Mais, au fond, n'agis-tu pas ainsi par peur de nouer des amitiés, peur de trop t'attacher à quelqu'un, peur de te laisser approcher de trop près ?

— Je n'ai pas peur d'avoir des amis, monsieur le duc. J'ai juste peur de les perdre. Quant à notre proximité… Je ne suis pas aveuglée par le plaisir, que tu viens encore à l'instant de me donner, au point de ne pas me rendre compte que c'était une énorme erreur de ma part. J'aurais dû te repousser dès le premier soir. Comme ça, tu aurais hâte de rentrer en Angleterre pour retrouver ton innocente promise, qui a très certainement brodé en ton absence une centaine de taies d'oreiller avec tes initiales.

» Allons, repars chez toi, Varian. Retourne te perdre dans les soixante-cinq chambres à coucher de ton manoir, retourne te faire servir par ton armée de cireurs attitrés, au milieu des vertes collines de ton domaine. Ta place est là-bas, pas ici.

— Et si je refuse ?

Elle parut momentanément prise de court, mais se ressaisit et carra les épaules.

— Franchement, au point où nous en sommes, ton accord n'est pas nécessaire. Tu rentres chez toi, Ta Grâce, c'est tout. Le *Vent* appareillera avec la marée du soir, et tu repartiras avec lui.

Lors de leur départ de Pigeon Cay, Nathan Crisp avait prêté de mauvaise grâce ses quartiers au duc. C'était une cabine de trois mètres sur trois située en proue. Elle comprenait une étroite couchette ainsi qu'un tabouret à trois pieds. Beacom avait été installé dans un placard contigu, tout juste assez grand pour contenir un hamac accroché entre deux montants. Ses parois de planches étaient si minces qu'il fut réveillé en sursaut par le claquement de la porte de la cabine, et il tomba du rectangle de tissu avec un glapissement de surprise.

Entendant des pas résonner rageusement dans la pièce voisine, il s'habilla à la hâte, se passa une paume mouillée sur les cheveux pour en discipliner les épis et alla frapper discrètement à la porte de communication.

Celle-ci s'ouvrit si violemment qu'il manqua de lâcher la petite boîte en bois qu'il tenait à la main. Un seul coup d'œil aux iris bleu nuit de son maître suffit à lui apprendre que ce dernier était d'humeur plus que maussade – comme le confirma la hargne avec laquelle il se remit à arpenter la cabine.

Le domestique s'éclaircit la gorge.

— Bonjour, Votre Grâce. J'espère que vous avez bien dormi. Souhaitez-vous être rasé ?

Varian se détourna du hublot de vingt centimètres de diamètre serti dans la coque et toisa

Beacom un moment, comme s'il ne se souvenait plus qui il était ni pourquoi il se trouvait là.

— Beacom, ai-je vraiment l'air d'avoir envie de m'asseoir pendant qu'on m'applique un rasoir sur la gorge ?

— Euh, non... En toute honnêteté, non, Votre Grâce. Désirez-vous vous sustenter, alors ? Boire un peu de bière, peut-être ?

— Et si vous me laissiez plutôt réfléchir tranquillement, Harold ?

L'intéressé s'apprêtait à ranger le nécessaire de rasage quand il avisa le coffre de marine ouvert et son contenu dérangé.

— Cherchiez-vous quelque chose en particulier dans vos affaires, Votre Grâce ?

— Hein ? fit Varian en suivant le regard du valet. Eh bien, oui : une chemise et une culotte propres. Des bas. Je suis quand même l'émissaire du roi, sacré bon sang ! Autant en avoir le costume.

Beacom haussa les sourcils et nota enfin que l'habit de son maître présentait, outre des traînées saumâtres, des faux plis et des traces de poussière, des formes suspectes qui ressemblaient fort à des taches de sang.

— Et comment, Votre Grâce ! Vous avez absolument raison.

Pendant que Varian se déshabillait, Beacom s'empressa de trouver des vêtements de rechange et tendit successivement des bas, une culotte et une chemise blanche à son maître. Ce dernier enfila les uns et les autres presque sans regarder, ne boutonnant lui-même qu'une des manchettes du pourpoint à plastron que lui présenta son valet. Une fois habillé, il s'assit pour que Beacom lui brosse les cheveux et souleva même le menton sans broncher lorsque le domestique approcha de son cou une fraise amidonnée. Celui-ci voulut prendre ensuite la broche en rubis censée la fermer, mais ne la trouva nulle part.

— C'est ça que vous cherchez ?

Beacom émit un hoquet de stupeur et se cogna à la cloison. Varian se contenta de tourner la tête vers le seuil pour saluer Simon Dante. Le grand corsaire à cheveux noirs dut courber la tête pour passer sous le linteau, de même que son aîné, Jonas, qui se campa devant la porte.

Varian eut le réflexe de saisir au vol l'objet que lui lança Dante. Sans même y jeter un œil, il sut qu'il s'agissait de la broche qui était épinglée à son jabot la veille.

— On a trouvé ça sur la plage, près des corps du capitaine du *Colombe* et de sept de ses hommes.

Varian fit sauter le rubis dans le creux de sa paume, se rappelant la promesse qu'il avait faite à Juliet.

— Vous ne sauriez pas, par hasard, comment elle a pu échouer là-bas ?

Dante s'était exprimé d'une voix détachée mais avec un regard dur – aussi dur et froid que celui de Juliet lorsqu'elle lui avait dit de rentrer chez lui.

Le Loup des Mers se renfrogna, visiblement peu habitué à ne pas recevoir dans l'instant des réponses à ses questions.

— Permettez-moi de vous rafraîchir la mémoire en vous rapportant d'abord ce que j'ai appris, dit-il. Huit cadavres ont donc été découverts sur la plage tard dans la nuit. Parmi eux se trouvait Anders Van Neuk. Au début, il semblait évident qu'il avait été surpris en train de faire des choses avec un de ses matelots. On a supposé que c'était un amant jaloux qui avait tué les tourtereaux pour se venger. Puis deux hommes d'Anders ont émergé de la jungle où ils se cachaient, et se sont mis à raconter une tout autre histoire.

— Ils prétendent vous avoir surpris en train de violer Juliet, gronda Jonas. Et que, lorsqu'ils ont voulu lui porter secours, vous vous êtes jeté sur eux avec votre valet.

L'accusation fut suivie d'un couinement outragé de Beacom, et du choc mat de son occiput contre la cloison.

Le Loup des Mers le considéra un instant, avant de pincer les lèvres.

— Pour tout vous avouer, je n'y ai pas cru un instant. Ni Gabriel, apparemment, qui a fini par arracher à coups de poing la vérité aux deux rescapés.

Varian se redressa.

— En ce cas, il ne vous reste plus qu'à choisir la version des faits qui vous convient le mieux.

— D'après eux, intervint Jonas en plissant ses yeux mordorés, vous avez surgi de nulle part et couché cinq d'entre eux sur le sable sans même reprendre votre souffle. Il paraît que vous aviez l'air d'une grande chauve-souris enragée, avec votre cape qui vous battait dans le dos comme des ailes.

Varian le dévisagea un moment, avant d'achever de s'habiller. Il prit sa pèlerine sur une patère et la lança à Beacom, qui dut se détacher de la cloison pour venir draper le vêtement sur les épaules de son maître et en attacher la bride sous ses bras. Il s'occupa ensuite de boucler le ceinturon de Varian autour de sa taille.

— Vous allez quelque part ? s'enquit Dante.

— D'après votre fille, oui : en Angleterre, et dans les plus brefs délais.

— Et... vous n'êtes pas content de rentrer chez vous ?

— Cette décision en soi ne me fait pas grand-chose. Ce qui me déplaît en revanche, capitaine Dante, c'est d'avoir servi de pion dans un jeu dont on m'exclut juste après qu'il a commencé.

— C'est peut-être votre impression, monsieur, mais je n'en suis pas responsable.

— Vraiment ?

Simon hocha la tête.

— Absolument. En vérité, ce n'est même pas moi qui ai eu l'idée de vous renvoyer chez vous. Ce n'est pas moi, en tout cas, qui ai insisté pour vous éloigner d'ici sur l'un de nos vaisseaux les plus rapides, commandé par un capitaine dont la valeur et l'expérience risquent de nous faire cruellement défaut.

— Alors pourquoi... ?

La question échappa à Varian avant qu'il puisse la retenir. La réponse était pourtant évidente : Juliet. C'était elle qui avait eu cette idée et qui avait tout fait pour la mettre en œuvre. Après tout, il lui appartenait, au même titre que le *Santo Domingo*. Il était partie intégrante de son butin, sous sa « protection » et sa responsabilité. Libre à elle, selon le code de la flibusterie, de disposer de lui à sa guise.

— Le capitaine du *Vent* est en train de se réapprovisionner, reprit Dante. Il devrait appareiller avec la marée du soir. Tous les papiers et documents qui pourront vous être utiles en Angleterre sont à votre disposition sur le *Vengeur*. Dès que vous vous sentirez prêt...

— Je le suis, l'interrompit Varian. Si vous n'y voyez pas d'objection, je vous raccompagne tout de suite sur votre navire, d'où je rejoindrai directement le *Vent*. Il serait quand même regrettable, ajouta-t-il avec un sourire crispé, que je n'aie pas posé au moins une fois le pied sur le célèbre *Vengeur* avant de retourner chez moi.

— Comme vous voudrez. Votre domestique peut-il se charger de vos affaires, ou faut-il que je lui envoie quelqu'un ?

— Oh, j'arriverai très bien à m'en occuper seul ! s'exclama Beacom. Je vous suis dans un instant.

Au vrai, le domestique avait l'air si enthousiaste à la perspective de regagner ses pénates qu'il semblait prêt à bondir d'un vaisseau à l'autre avec la malle de son maître sur le crâne !

Simon salua Varian d'un hochement de tête, avant de tourner les talons. Il s'arrêta cependant sur le seuil pour lui jeter un dernier coup d'œil.

— Si cela peut vous consoler, sachez que la décision de vous faire rentrer en Angleterre a été prise avant que nous quittions Pigeon Cay… et que ma fille y aurait peut-être moins tenu si elle avait pu prévoir ce qui s'est passé ensuite.

— Il ne s'est rien passé qui soit susceptible de la faire changer d'avis à ce sujet, capitaine, rétorqua Varian d'une voix posée. De cela, au moins, je suis sûr.

Juliet était résolue à ne pas laisser quelques coupures à la jambe lui gâcher la vie. Malgré le frottement de sa culotte et de ses bottes contre ses plaies, elle passa la majeure partie de la journée avec Gabriel qu'elle avait accompagné sur le *Valeur*.

Elle ne l'interrogea pas sur les jointures tuméfiées de ses poings, et il ne lui posa pas de question en retour sur le bleu qu'elle arborait à la pommette et à la tempe. Il leur suffit d'échanger un seul regard pour savoir exactement ce qu'il en était. Gabriel montra d'ailleurs une discrétion inaccoutumée à son égard.

Le *Valeur* et le *Tribut* levèrent l'ancre juste après midi, obligeant la jeune femme à retourner sur le *Rose*, et ce fut depuis son poste de pilotage sur le gaillard d'arrière, six heures plus tard, alors que le crépuscule commençait à tomber, qu'elle assista aux manœuvres du *Vent* pour quitter la baie. Des douzaines de lanternes étaient accrochées à son gréement et se réfléchissaient dans les eaux alors qu'il se dirigeait vers le large. Elles furent éteintes l'une après l'autre avant qu'il dépasse l'île de garde, pour lui permettre de gagner les voies maritimes transatlantiques sans risquer d'être repéré.

Juliet rabaissa sa longue-vue. Elle avait reconnu la haute silhouette du capitaine Brockman à son poste de pilotage, son toupet de cheveux gris le rendant aisément identifiable. Elle n'avait vu personne en sa compagnie qui lui soit familier. Pas de grand gaillard aux larges épaules coiffé d'un chapeau.

Bah ! C'était aussi bien ainsi.

Durant cette interminable et pénible journée, elle avait réussi à garder sa contenance de capitaine. Elle y était parvenue en ne cessant de s'occuper et, surtout, en fuyant sa cabine qu'elle savait hantée par le souvenir de Varian. Le lit, la table à cartes, et même la chaise avaient été utilisés à d'autres fins que celles pour lesquelles ils avaient été conçus, et elle n'était pas sûre de pouvoir retenir son chagrin dans ce lieu imprégné de sa présence...

Qu'elle ait pu s'amouracher de lui à ce point la dépassait. Elle n'arrivait pas à se rappeler comment cela avait pu arriver ni même quand. Elle savait seulement qu'en le voyant suivre son père ce matin par l'échelle de coupée, elle avait senti son cœur se briser et les morceaux tomber à ses pieds. Elle aurait voulu crier à Varian qu'elle s'était trompée, qu'elle ne voulait pas vraiment le voir partir, que les conséquences de cette décision, qui lui avait paru à la fois logique et nécessaire une semaine plus tôt, la laissaient aujourd'hui confuse et désemparée.

Dès le départ, elle avait été aussi honnête avec lui qu'avec elle-même. Si elle avait couché avec lui, c'était parce qu'elle avait envie de son corps, parce qu'elle avait besoin d'orgasmes débridés pour se libérer de la tension qui obnubilait ses pensées. Elle avait espéré qu'une fois affranchie de cette pulsion insensée, elle retrouverait toute sa force et sa capacité de rebond.

Au lieu de quoi, elle était devenue comme obsédée par lui et avait perdu la faculté de se concentrer sur les tâches les plus simples. Des activités qu'elle effectuait naguère sans réfléchir – calculer distances et vitesses, corriger le cap du navire chaque matin – lui avaient paru du jour au lendemain aussi insurmontables que les équations les plus absconses. Elle en était ainsi venue à commettre des erreurs si grossières que Nathan Crisp n'avait pu s'empêcher de s'en étonner. Elle s'était en outre coupée malencontreusement, avait failli tomber dans l'un des escaliers du gaillard d'arrière, et avait à plusieurs reprises regardé stupidement son second après qu'il lui avait posé deux ou trois fois la même question.

Elle avait le même comportement erratique de sa mère lorsque son père parti en course tardait à revenir à Pigeon Cay. Or si c'était ça, l'amour, elle ferait peut-être mieux de se réjouir du départ de Varian St. Clare au lieu de le déplorer !

Si c'était ça, l'amour, c'était bien la chose la plus insensée qui lui soit arrivée. Car elle n'avait aucune illusion quant à l'éventualité d'un avenir avec l'Anglais. Ils appartenaient à deux mondes radicalement différents : son existence n'était qu'instinct et passion, ardeur et liberté, tandis que celle de Varian était corsetée par un ensemble de règles sociales et de diktats imposés par la bienséance.

D'ici un mois, il reprendrait ses promenades le long de la Tamise et raconterait à un auditoire de femelles gloussantes ses aventures au milieu d'une dangereuse bande de pirates. Il aurait retrouvé son univers familier et serait entouré et choyé par un cercle d'élégantes en toilettes de soie exhibant des peaux blanches et douces ainsi que des décolletés parfumés. Il assumerait ses responsabilités de duc de Harrow et passerait la bague au doigt de la fiancée que lui avait choisie sa mère, lui jurant fidélité devant l'autel avant de la prendre dans ses bras...

Elle émit un hoquet étranglé et se détourna du bastingage. Nathan Crisp, campé juste derrière elle, la toisa avec un haussement de sourcils interrogateur.

— Il est encore temps de demander par signaux au capitaine Brockman de mettre en panne. Tu n'as qu'un ordre à donner.

— Et pourquoi diable le donnerais-je ?

Nathan tiqua.

— Pour nous épargner ta tête d'enterrement, déjà. Tu as passé la journée à t'agiter comme un chat dont on aurait enduit la queue de térébenthine, et je doute que ton humeur s'améliore dans les jours qui viennent. *Le* ramener ici serait l'affaire de quelques minutes et satisferait tout le monde, je crois : ton père, moi, toi, et même ton équipage qui va finir par craindre que tu ne nous fasses tirer sur nos amis pendant la bataille, tellement tu auras la tête ailleurs.

— Parfois, articula-t-elle lentement, tu outrepasses les bornes du respect que tu me dois, Nathan.

— Et parfois, rétorqua-t-il en rapprochant son visage du sien, tu t'efforces tellement de feindre l'indifférence que tu deviens toute nouée. Si tu veux l'avoir de nouveau à tes côtés, c'est très simple : tu n'as qu'à le demander. Tu auras plein de volontaires pour aller le chercher en chaloupe, surtout après ce qu'il a fait hier soir.

— Hier soir ? répéta-t-elle d'une voix blanche.

Il grimaça de plus belle.

— Tu ne pensais tout de même pas que ça allait rester secret ! Ton frère a étrillé tous les marins du *Colombe*, ou peu s'en faut. Il n'est pas un de nos hommes qui ne soit au courant de ce qui s'est passé sur la plage, et qui n'aurait été prêt à serrer la paluche de ton duc pour le remercier d'avoir envoyé le Hollandais en enfer !

Il s'interrompit pour regarder le *Vent* qui avait déployé toutes ses voiles et prenait de la vitesse au sortir de la baie.

— Tu n'as plus qu'une minute pour te décider, ma petite.

Juliet tourna la tête pour contempler à son tour la pyramide de toile dont la blancheur tranchait sur l'obscurité du ciel.

— Nous lèverons l'ancre à l'aube, énonça-t-elle calmement. Que tout le monde se tienne prêt.

Nathan recula d'un pas.

— Bien, capitaine.

Elle inclina la tête, avant de la relever vers la voûte étoilée.

— Le ciel est dégagé, nous devrions avoir beau temps demain. Si le vent se maintient, nous aurons atteint les Dents du Diable dans deux jours. D'ici là, Crisp, nous serons sans doute trop occupés pour nous rappeler avoir jamais eu cette conversation.

— Oui, capitaine, lâcha-t-il entre ses dents. C'est fort probable.

20

Le chapelet de terres émergées connu sous le nom de Dents du Diable présentait une configuration parfaite pour une embuscade. Ses nombreux îlots inhabités s'étendaient en forme de croissant sur cinquante milles nautiques à l'est du détroit de Floride. Simon Dante avait fourni aux autres capitaines des cartes et des descriptions détaillées de l'archipel afin que chacun puisse choisir le meilleur endroit pour frapper les éléments du convoi.

Les commandants espagnols étaient notoirement impitoyables, y compris envers les leurs. Si un de leurs vaisseaux de moindre importance venait à être séparé du reste de la flotte, le *capitán general* n'hésiterait pas à le sacrifier pour sauver les autres, tel un agneau abandonné aux loups pour distraire leur attention du gros du troupeau.

Les Espagnols allaient cependant découvrir que les loups, cette fois-ci, ne se laisseraient pas facilement distraire et que leur faim ne saurait être comblée avec du menu fretin. Mais cela, ils ne l'apprendraient qu'au tout dernier moment. En attendant, les corsaires allaient se répartir sur toute la longueur de l'archipel pour piéger les navires de la flotte un par un – voire par deux ou par trois, selon leur puissance de feu.

Le *Rose de Fer* s'était vu attribuer une zone vers le milieu de l'archipel qui était composée de deux îlots baptisés, sur les cartes de Dante, Spaniard's Cay et Frenchman's Cay. D'aspect relativement inoffensif vus de loin, les îlots étaient en fait les bords émergés d'un méplat situé en plein sur le passage de courants qui avaient tendance à attirer les navires imprudents sur ses abords en pente douce, profonds de deux brasses à peine. Une fois coincés sur ces hauts-fonds, ils pouvaient être canonnés tranquillement depuis les rives du chenal, jusqu'à ce qu'ils hissent le drapeau blanc de la reddition.

Pour attirer leurs proies dans cette chausse-trappe, Simon avait l'intention de se servir du *Colombe* comme appât. Il positionnerait le vaisseau hollandais et le *Vengeur* à proximité immédiate de la voie maritime que devait emprunter le convoi espagnol et donnerait l'impression qu'ils avaient subi des avaries. Les Espagnols ne résisteraient pas à la joie de pouvoir achever le Loup des Mers.

Entre-temps, le *Santo Domingo* serait dépouillé de ses canons qui seraient déployés sur les îlots flanquant le passage à travers l'archipel. Ce chenal ne pouvait accueillir qu'un seul navire à la fois et, dès que les galions pourchassant le *Vengeur* s'y seraient engagés, ils seraient pris entre les feux croisés des deux postes de batterie. Le *Rose de Fer* et le *Christiana* se tiendraient pour leur part en embuscade chacun derrière un îlot, la masse du *Santo Domingo* pouvant éventuellement être utilisée pour bloquer le passage. Les deux vaisseaux corsaires embarqueraient par ailleurs une centaine de membres d'équipage supplémentaires, en provenance des divers vaisseaux des frères de la côte qui pouvaient s'en passer. Ces renforts seraient nécessaires pour servir les pièces installées sur les rives du chenal.

Le *Vengeur* voguait en tête de la flotte qui quitta New Providence et cingla vers le nord. Dans son sillage, flanqué par le *Rose* et le *Christiana*, suivait le *Colombe* que les Dante s'étaient approprié en donnant à son équipage le choix entre se soumettre à son nouveau capitaine, Isabeau Spence Dante, ou être vendus comme esclaves aux planteurs de canne à sucre portugais.

L'appareillage simultané de quarante vaisseaux de guerre offrit un spectacle saisissant dont Simon Dante n'avait connu l'équivalent qu'une seule fois par le passé, quand il était parti de Portsmouth avec Francis Drake pour défendre l'Angleterre contre une précédente armada espagnole.

Conformément à ses prédictions, Juliet se tint tellement occupée dans les jours qui suivirent qu'elle eut à peine le temps de penser à Varian St. Clare. Ce ne fut guère le cas au début, cependant, surtout à la nuit tombée, quand elle n'avait plus de prétexte pour fuir sa cabine, mais dès la troisième soirée, elle arrivait presque à s'endormir sans avoir besoin de glisser une main entre ses cuisses.

Avant qu'ils atteignent Frenchman's Cay, deux des capitaines se détachèrent de l'escadre corsaire pour aller attendre le convoi espagnol à l'extrémité de l'archipel : le capitaine David Smith, qui avait un compte personnel à régler avec les Espagnols, et le capitaine Peter Wilbury qui, comme lui, avait demandé l'honneur d'être en première ligne face à la *flota*. Les détonations des cinq vaisseaux placés sous leur commandement annonceraient l'entrée de cette dernière dans le détroit. Dante utiliserait alors ses propres pièces pour relayer le signal, qui se propagerait ainsi sur les cinquante milles des Dents du Diable.

Juliet mouilla en milieu d'après-midi à moins d'un demi-mille de l'îlot qui lui avait été assigné. Le *Santo Domingo* vint se ranger contre le *Rose* tandis que le *Vengeur*, le *Christiana* et le *Colombe* prenaient position derrière Spaniard's Cay. Simon, Pitt et Juliet se rendirent aussitôt à terre avec leur second et leur chef artilleur respectifs, pour inspecter les deux longueurs de plage. Ils arpentèrent les dunes afin de repérer les endroits les plus favorables à l'installation des batteries. Ils eurent l'heureuse surprise de découvrir qu'une épaisse rangée d'arbres longeait chaque côté, à une quinzaine de mètres du rivage.

Des cinquante-deux canons qu'embarquait originellement le galion, quatre avaient été transbordés sur le *Rose* pour remplacer les pièces défectueuses de ce dernier. Il lui restait ainsi trente couleuvrines, douze demi-couleuvrines et six mortiers de huit livres qui constitueraient les deux postes de batterie, de part et d'autre du passage séparant les îlots.

— Cela devrait nous prendre au moins deux semaines, annonça le père de la jeune femme. Demain dès l'aube, nous enverrons des équipes ici pour remplir les sacs de sable des périmètres défensifs. Je tiens aussi à ce que plusieurs éclaireurs fouillent ces îlots pour nous éviter toute mauvaise surprise.

Pitt hocha la tête.

— Il serait également avisé de mettre à l'eau quelques barques pour inspecter la côte des îlots depuis la mer.

— Si ma mémoire ne me trompe pas, seul celui-ci comporte une source d'eau douce, intervint Juliet. L'autre fait cinq kilomètres de long.

— Il va nous falloir des sentinelles, ajouta Simon.

Il avisa l'arrivée de deux nouvelles chaloupes sur la plage. Sur l'une d'elles se tenait Isabeau, à laquelle il adressa un sourire complice.

— Beau et moi allons inspecter Spaniard's Cay, reprit-il avant de désigner un point dans le dos de sa fille. Juliet, prends donc ce gaillard avec toi pour nous trouver un point de vue dégagé au-delà des arbres.

— Bien, père.

Elle pivota sur elle-même, s'attendant à tomber sur Lucifer ou sur l'un des hommes de son père.

Au lieu de quoi, elle vit Varian St. Clare remonter la grève dans sa direction, ses cheveux sombres flottant au vent et le pas si alerte qu'Isabeau Dante devait presque courir pour rester à sa hauteur. Son épée pendait à son ceinturon et deux baudriers se croisaient sur sa poitrine, contenant un pistolet chacun.

Après avoir salué Simon d'un hochement de tête et porté deux doigts à son front pour répondre au sourire de Geoffrey Pitt, il rejoignit Juliet, lui prit la main et l'entraîna vers les arbres.

La jeune femme était tellement abasourdie par cette apparition qu'elle le suivit sur une douzaine de mètres, avant de planter ses talons dans le sable pour le forcer à s'immobiliser.

— Mais d'où sors-tu donc, bon sang de bois ? Tu es censé te trouver sur un navire à destination de l'Angleterre !

— À la différence de sa fille qui est trop butée pour entendre la voix de la raison, ton père a été sensible à mes arguments lorsque je lui ai fait valoir que je vous serais d'une plus grande utilité ici. En fait, nous avons même fini par nous entendre comme larrons en foire, après avoir partagé quelques anecdotes sur l'opiniâtreté des femmes qui embellissent nos vies. Maintenant que je sais comment ta mère et ton père se sont rencontrés, je comprends que ta menace de me châtrer n'était pas une parole en l'air. Et est-il vrai que tu étais une telle peste, dans ton enfance, que tes frères ont fini par te trousser comme une volaille avant de te suspendre à un mât ?

Bouche bée, Juliet jeta un coup d'œil à son père, qui ne semblait même pas contrit.

— Nous avons tous vu le *Vent* partir, objecta-t-elle en se retournant vers Varian.

— Le lieutenant Beck n'a pas été vraiment ravi d'y prendre ma place, mais il a compris que c'était un cas de force majeure et tu sais comme moi qu'il a le sens du devoir chevillé au corps. Beacom n'était que trop heureux de l'accompagner et de lui offrir ses services pendant la traversée... Bon, on peut y aller maintenant ? Une belle grimpette nous attend, et nous n'avons que quelques heures de jour devant nous.

Il lui adressa un mince sourire avant de poursuivre son chemin en direction des arbres.

Juliet le fixa d'abord sans bouger. Puis, au bout d'une longue minute, elle reporta son attention sur ses parents qui s'éloignaient déjà, main dans la main, vers une des chaloupes. Geoffrey et Nathan étaient de leur côté en train de deviser gaiement.

Quand elle ramena son regard vers Varian, celui-ci s'était éloigné de plusieurs dizaines de mètres, et elle dut marcher d'un bon pas pour ne pas le perdre de vue.

L'îlot présentait un grand pic, suivi de plusieurs autres qui s'échelonnaient en ligne droite et ressemblaient à l'épine dorsale de quelque créature antédiluvienne. Le sentier qu'ils suivaient – si tant est qu'il méritât ce nom – était encombré d'herbes folles et de buissons qu'aucun pied humain n'avait dû fouler depuis des siècles. Le point de vue qui s'offrit à eux, à mesure qu'ils grimpaient, était au moins aussi haut placé que celui de Pigeon Cay et leur permettait de scruter les flots alentour loin vers l'horizon. L'océan brillait sous le soleil comme une grande feuille d'étain froissé et s'étendait à l'ouest vers le détroit qui séparait l'archipel de la côte de Floride. Au nord, l'île suivante n'était qu'un halo bleuâtre dans le lointain, reliée à Frenchman's Cay par un récif sous-marin. Au sud, Spaniard's Cay s'arrondissait au-dessus de l'eau tel le dos d'un dauphin, son faîte dénudé et pierreux entouré à la base d'un cercle d'arbres étiques ainsi que d'une couronne de sable rose pâle.

Juliet avait fini par perdre Varian de vue. Elle traversait une étroite bande d'herbe et s'apprêtait à grimper la dizaine de mètres qui la séparaient du sommet, quand elle l'aperçut assis contre un épaulement rocheux, les jambes allongées devant lui et croisées au niveau des chevilles.

— Pourquoi tu t'arrêtes ? Nous ne sommes pas au plus haut point de l'île.

— Nous sommes assez hauts comme ça, tu ne trouves pas ?

— Assez haut pour quoi ?

— Pour dissiper tout malentendu qui pourrait subsister entre nous.

Elle promena son regard alentour, non pour s'assurer qu'ils étaient seuls mais pour éviter celui de Varian.

— Je ne suis pas sûre de savoir de quoi tu parles.

— Vraiment ? As-tu au moins conscience que tout à l'heure, quand je t'ai retrouvée sur la plage, tu as failli être couchée sur le sable et possédée devant ta mère, ton père... et Dieu en personne ?

— Tu n'y aurais pas survécu.

Il sourit.

— Que tu crois. En fait, c'est ta mère elle-même qui m'a conseillé de t'emmener dans les fourrés pour te remettre un peu de plomb dans le crâne.

Juliet plissa les yeux. Et remarqua qu'il avait ôté ceinturon et pistolets. Ceux-ci étaient posés sur le rocher, avec son épée dans son fourreau.

— Elle a dit ça comme ça ?

Il opina.

— Elle a aussi précisé que tu lui ressembles beaucoup – parfois à son grand regret. Que tu es tellement déterminée à prouver à la terre entière que tu n'as besoin de personne qu'il t'arrive d'oublier que ce n'est pas le cas de tout le monde.

— Serais-tu en train d'insinuer que *tu* aurais besoin de moi ?

— Appelle ça une faiblesse, si ça te chante, même si en l'occurrence le terme « besoin » est peut-être mal choisi. Parlons plutôt de désir, veux-tu ? Le désir de *te* comprendre – et aussi celui de me comprendre moi-même.

— Qu'as-tu donc autant de mal à saisir ? Tu es venu ici accomplir ton devoir envers la Couronne. Il y a quelques semaines, tu avais hâte de nous quitter pour aller retrouver ta chère patrie, ses collines verdoyantes et ton existence réglée comme du papier à musique.

Elle accompagna ces mots d'un geste du bras en direction de l'océan éternellement bleu sous le soleil.

— Tu as eu la possibilité de décamper il y a trois jours de cela, et tu ne l'as pas saisie. Et voilà maintenant que tu as besoin de moi pour comprendre pourquoi tu as gâché cette chance ?

— Oh, je sais très bien pourquoi j'ai agi ainsi. Vois-tu, j'ai passé les vingt dernières années de ma vie à errer de par le monde sans autre but que ceux qu'on m'imposait, sans jamais dévier de la route qu'on avait tracée pour moi depuis le berceau. Je t'ai dit que j'étais devenu duc par défaut et c'est en partie vrai, mais il y a dix ans de cela, si on m'avait placé à côté de mes frères, on aurait été bien en peine de nous distinguer l'un de l'autre. Nous avions les mêmes habits, la même façon de parler, et nous avions reçu la même éducation des mêmes précepteurs. Je ne serais pas loin de penser que nous faisions également l'amour de la même façon, pour avoir été emmenés au même bordel et avoir été initiés aux plaisirs de la chair par les mêmes professionnelles.

» Mon frère aîné a étudié la politique parce que c'était ce qu'on attendait de lui. Mon frère cadet a appris la finance et le droit afin que l'entreprise familiale ne change pas de mains. Et moi, j'ai rejoint l'armée comme il sied aux benjamins. Nous avons accepté tous les trois d'épouser les femmes qu'on nous avait choisies, et tandis que tu as pu goûter à l'amour, ou au moins savoir qu'il existait, nous n'avons jamais eu la permission de nous frotter à quelque chose d'aussi… trivial. Nos parents se témoignaient un respect poli en public comme en privé, c'est-à-dire qu'ils ne se touchaient jamais ni même ne se souriaient. À la mort de père, la principale préoccupation de mère a été de nous procurer une tenue de deuil correct. J'étais alors à cent lieues de me douter que l'amour pouvait parfois faire mal, physiquement mal. Je ne m'en suis d'ailleurs rendu compte que tout récemment, quand je t'ai vue écarter les bras au sommet de Pigeon Cay, en jurant qu'un jour tu voguerais au-delà de l'horizon pour aller voir si les dragons existent vraiment. As-tu seulement idée de la torture que j'éprouvais au même moment, me demandant si j'avais jamais cru à l'existence de l'amour, alors que toi tu étais certaine que des créatures mythiques attendaient que tu les découvres à l'autre bout de la terre ?

» Je pense que c'est la première fois aussi que j'ai compris ce qui m'affolait le cœur à ce point. C'est à ce moment-là que je suis tombé amoureux de toi, même s'il y a eu d'autres occasions où j'ai pu me dire : « Voilà, c'est elle. » Tout a commencé à cet instant précis pour moi – cette prise de conscience qu'on aime, qui est le début même de l'amour. Enfin, je crois… J'ai eu trois jours et trois longues nuits pour y réfléchir, tu sais, et… je me disais que peut-être, *peut-être,* tu souffrais autant que moi de m'avoir rejeté.

Elle le considérait en silence, regardant ses lèvres bouger et entendant ses propos. Des propos qu'elle avait suivis jusqu'à l'instant où il avait avoué qu'il l'aimait. Son esprit s'était alors figé et ses pensées s'étaient entrechoquées.

— Je sais bien que tu m'as clairement fait comprendre dès le début que tu cherchais seulement à te distraire de la manière la plus agréable possible, ajouta-t-il, perdant peu à peu ses moyens sous la fixité de son regard. J'ai pensé quand même… J'ai supposé…

Comme elle restait coite, il soupira et se passa une main dans les cheveux.

— Bien sûr, c'était présomptueux de ma part, n'est-ce pas ? Cela impliquait que tu te soucies un tant soit peu de mon sort et que, si tu m'avais renvoyé chez moi, ce n'était pas parce que tu t'étais lassée de ma compagnie, mais parce que tu avais peur que je ne sois pour toi… plus qu'un simple divertissement.

Une sorte de picotement brûlant s'accumula dans les yeux de Juliet, brouillant son champ de vision. Un cillement projeta de l'humidité sur sa joue tandis qu'un soupir frémissant entrouvrait ses lèvres. Varian lui avait ouvert son cœur. Il avait osé lui confier combien il l'aimait, et avec quel désespoir il aspirait à être aimé d'elle en retour. Elle était terrifiée et exaltée à la fois de se découvrir dotée d'un tel pouvoir sur un être… et de savoir quelqu'un détenteur d'un pouvoir semblable sur elle-même. Il ne s'agissait pas de la puissance acquise à la pointe de l'épée, ni même de l'autorité qui allait avec le commandement, mais de l'influence profonde qu'on exerçait sur l'autre dans les moments calmes – avec un regard, un geste, la simple ébauche d'un sourire.

— Si je t'ai renvoyé, chuchota-t-elle, c'est parce que je ne croyais pas…

Il s'écarta du rocher et se rapprocha d'elle.

— Tu ne croyais pas quoi ?

— Je ne croyais pas… que tu pouvais aimer quelqu'un comme moi.

Il leva une main pour essuyer la grosse larme qui roulait sur sa joue.

— Quelqu'un comme toi ? répéta-t-il. Quelqu'un qui ne cesse de m'épater ? Quelqu'un qui surpasse toutes les femmes que j'ai connues ? Quelqu'un pour qui je consacrerais volontiers le reste de ma vie à pourfendre des dragons ?

Juliet se sentit rougir. Son regard croisa brièvement celui de Varian. Sa vision demeurait trouble, comme si elle était incapable de s'arrêter de pleurer une fois qu'elle avait commencé.

— Tu n'as jamais pensé que cela pourrait t'arriver aussi ? murmura-t-il.

Elle secoua la tête.

— Non. Je n'y croyais pas non plus.

— Et maintenant ? Tu y crois ?

Question stupide, car il connaissait déjà la réponse. Il avait su qu'elle partageait ses sentiments bien avant qu'elle se soit avoué que le tambourinement effréné de son cœur dans sa poitrine, la chaleur qui lui coupait les jambes ainsi que le simple plaisir qu'elle éprouvait à être bercée la nuit dans ses bras signifiaient bien plus que ce à quoi elle s'attendait. Elle ignorait comment et quand c'était arrivé, mais Varian s'était non seulement insinué dans son lit mais dans sa peau ; il faisait désormais partie d'elle, de sa chair et de son sang, et coulait dans ses veines comme la vie même.

Les yeux fixés sur le creux à la base de son cou, elle n'osait lever le regard au-dessus de ses clavicules. Et quand il pencha la tête vers elle, elle baissa encore plus la sienne, l'obligeant à plonger les doigts dans ses cheveux pour l'inciter doucement à tourner son visage vers le sien. Il dut lire la réponse à sa question dans le scintillement de ses prunelles, car il sourit et ferma les paupières. Elle crut l'entendre murmurer un « Dieu merci » à peine audible mais ne put s'en assurer car, l'instant d'après, il se mettait à encenser de baisers ses joues, ses yeux, ses tempes, son front. Il effleura ses lèvres au passage avant que sa bouche vienne s'écraser sur la sienne, et elle se mit à rire à travers ses larmes quand il la souleva du sol pour la faire tournoyer dans les airs.

Elle l'entendit prononcer son nom à plusieurs reprises et elle tressaillit, prenant conscience que c'était ainsi qu'elle avait toujours eu envie de l'entendre, articulé d'une voix rauque et haletante de passion, encore et encore – jusqu'à la fin des temps. Ses propres lèvres bougèrent à leur tour et, même si elle n'aurait su dire si les mots qui leur échappaient étaient fondés ou non, au moins était-elle certaine, sans l'ombre d'un doute ni d'une hésitation, qu'elle désirait les prononcer. Pour l'instant, cela lui suffisait.

21

La Havane, 15 septembre 1614

Le *Contadora* faisait partie des trente-deux vaisseaux ancrés en un demi-cercle défensif autour du havre, et était l'un des plus gros navires de guerre de l'*armada de la guardia*. Cinquante-neuf transports de fonds mouillaient à l'abri de l'anneau des galions, leurs capitaines attendant avec anxiété leur prochain départ vers l'Espagne. Depuis l'été dernier, les commandants de la marine espagnole, les gouverneurs des îles ainsi que les officiers en poste dans toutes les garnisons de Nouvelle-Espagne étaient sur les dents, sachant combien il était essentiel que le convoi rallie indemne la métropole. Cette flotte ainsi que les trésors qu'elle transportait étaient indispensables à l'Espagne. En fait, Philippe III avait presque plus besoin de ses meilleurs soldats et officiers que d'or et d'argent, en prévision de l'invasion prochaine de l'Angleterre.

Les simples matelots ainsi que les officiers de rang inférieur n'avaient pas été informés de l'importance exceptionnelle de l'opération. Les gens de mer étaient connus pour leur incapacité à tenir leur langue, et il n'était pas question que les corsaires de toutes les nations s'abattent sur la *flota* telle une nuée de sauterelles. On s'était également gardé d'annoncer que les Indes occidentales seraient dépouillées de leurs plus gros vaisseaux de guerre. Les mêmes bavards n'auraient pas manqué de crier sur les toits que la mère patrie s'apprêtait à venger le désastre de 1588, ce qui non seulement aurait privé l'Espagne de l'avantage de la surprise mais aurait déclenché un conflit ouvert avec les corsaires anglais des Caraïbes.

Parmi ceux qui avaient flairé anguille sous roche, bien peu mesurèrent l'ampleur du projet avant que le port de La Havane finisse par déborder de navires marchands et de galions armés. Entre-temps, on rapporta une recrudescence d'attaques des vaisseaux tentant de rallier le convoi. Chaque groupe d'embarcations arrivant au port confirmait que les maraudeurs français et hollandais pullulaient sur les voies maritimes. Sept transports de fonds avaient été coulés ou capturés, tandis que douze autres avaient préféré rebrousser chemin pour ne pas mettre en danger leur précieuse cargaison.

Le *Contadora* provenait pour sa part de Vera Cruz. Il embarquait quarante-huit canons, artillerie amplement suffisante pour tenir à distance les écumeurs des mers qui harcelaient les navires marchands plus petits et sans escorte. Son capitaine, Luis Ortolo, avait été relevé de ses missions de patrouille au large de Carthagène pour accompagner la *flota*, et s'apprêtait à retourner en Espagne pour la première fois depuis cinq ans. À son bord se trouvaient vingt-trois invités de marque, dont l'ancien gouverneur de Nouvelle-Espagne et sa famille, ainsi que le capitaine Diego Flores de Aquayo et plusieurs de ses officiers qui avaient été eux-mêmes victimes des corsaires. L'annonce de la perte du *Santo Domingo* s'était propagée comme une traînée de poudre parmi le convoi, aggravant encore la tension qui ne cessait de monter dans le port. Puisque même un galion aussi imposant et aussi lourdement armé pouvait être capturé par les corsaires, comment des navires de moindre importance allaient-ils leur résister ?

Ce soir-là, le gros Aquayo, plus rubicond que jamais, répéta l'histoire aux nouveaux passagers du *Contadora*. Sa version de l'attaque gagnait autant en couleurs que son teint chaque fois qu'il la racontait, et ce ne fut pas moins de sept vaisseaux qui, dans son récit, s'en étaient pris au *Santo Domingo*. Son courageux équipage, dit-il, avait eu beau vider sur l'ennemi la quasi-totalité de ses munitions – réussissant au passage à couler l'un des forbans ! –, la reddition était apparue nécessaire pour épargner une mort atroce à ces vaillants guerriers.

La bravoure de leur chef, don Cristóbal Nufio Espinosa y Recalde, fut longuement célébrée. Le capitaine s'était battu comme un lion jusqu'à la dernière minute. Il portait d'ailleurs les cicatrices qui le prouvaient ! La moitié inférieure de ses oreilles avait été arrachée, laissant un amas de croûtes noirâtres dépasser sous le bord de ses cheveux soigneusement coupés.

Recalde se tint coi durant la majeure partie du récit d'Aquayo, mais ne put empêcher ses yeux d'ébène de trahir une certaine irritation quand les embellissements de l'histoire en vinrent à compromettre sa vraisemblance. Il s'abstint toutefois de contester l'identité de leur agresseur.

— La Rosa de Hierro, articula Aquayo en secouant la tête. Certains croyaient qu'il s'agissait uniquement d'un nom de navire. Nous savions, bien sûr, que le Pirata Lobo avait des fils naviguant sous sa bannière, mais de là à imaginer qu'il avait également une fille, et capable d'une telle audace ! C'est une créature hommasse, assez laide pour donner l'impression d'échapper au genre humain.

Le sarcasme fut accueilli par des murmures d'approbation autour de la table du dîner. Parmi les convives se régalant des mets raffinés du bord et des vins exquis des réserves du *Contadora*, se trouvaient trois beautés à la chevelure de jais et aux yeux de biche, dont l'une était l'épouse du gouverneur don Felipe Mendoza et les deux autres ses filles. Celles-ci avaient respectivement dix-sept et quinze ans, et comme il leur était habituellement interdit de sortir de leur cabine sans l'escorte de leurs duègnes, ce repas pris en compagnie de tant de beaux officiers les enchantait.

— Est-ce donc vrai, *señor capitán* ? demanda l'aînée à Recalde dans un chuchotement fiévreux, l'obligeant à relever la tête de son potage. Est-elle donc si laide qu'on la prendrait pour un homme ?

— Nous ne l'avons croisée que quelques minutes, *señorita* Lucia.

— Oh, allons, don Cristóbal ! s'exclama Aquayo. Vous n'avez quand même pu oublier qu'elle avait le torse comme un tonneau et un faciès à terroriser le diable en personne ! Si j'avais une fille comme elle, je l'enfermerais dans ses appartements pour le restant de ses jours.

Le regard de Recalde se durcit.

— Je n'ai pas dit avoir oublié son visage, *señor capitán general*. En fait, soyez assuré qu'il restera gravé dans ma mémoire jusqu'à ce qu'elle se tienne de nouveau devant moi – pieds et poings liés, bien sûr, avec une corde au cou.

— Vu la récompense que vous avez promise au Hollandais pour sa capture, je ne doute pas que vous ayez bientôt cette satisfaction.

— Je souhaite pour ma part le même sort à son père, intervint le commandant du *Contadora*. En parlant du diable, cet homme doit sûrement en être le rejeton. Il a toujours l'air de surgir de nulle part pour fondre sur nos vaisseaux. À croire qu'il ne craint rien ni personne.

— Ce n'est qu'un être humain, répliqua froidement Recalde. Coupez-le et il saignera. Tirez-lui dessus et il mourra.

— Le problème, don Cristóbal, repartit un autre officier, est de s'approcher suffisamment de lui pour être en mesure de lui tirer dessus. Il n'est pas un seul convive autour de cette table qui puisse se vanter de s'être un jour trouvé face à lui.

Recalde garda le silence. Il caressait encore l'espoir d'avoir une chance, avant leur départ de La Havane, de se venger des Dante – du père ou de la fille, peu lui importait.

La perte du *Santo Domingo* sous son commandement était un affront qui ne resterait pas impuni, dût-il consacrer sa vie à se venger. Il regrettait presque de retourner bientôt en Espagne. Bien des choses pouvaient arriver avant leur triomphe sur l'Angleterre – la capture de la Rosa par un autre capitaine, par exemple, voire sa mort en mer qui le priverait à jamais du plaisir de la châtier.

La conversation dériva ensuite sur l'entreprise militaire qui allait être menée contre l'Angleterre, si bien que personne ne parut remarquer le mutisme de Recalde. Personne sauf Lucia, qui n'avait cessé de le reluquer toute la soirée, comme s'il était une pâtisserie exotique.

Il laissa son regard se couler hardiment dans son décolleté. À dix-sept ans, elle avait encore les seins menus, mais les caprices de la mode lui permettaient de les faire pigeonner de manière alléchante. Elle avait la peau fine et olivâtre, de grands yeux expressifs, et bien qu'elle évoquât constamment sa future union avec le fils d'une riche famille d'Espagne, Recalde avait des tas d'idées pour rendre sa bouche plus utile.

Il reporta son attention sur sa petite sœur, assise un peu plus loin. Celle-ci gardait les yeux baissés la plupart du temps, mais Recalde l'avait surprise en train de soupirer avec agacement lorsque son aînée ramenait la conversation sur elle.

Il en avait assez. Il prétexta la douleur de ses blessures pour quitter peu après la table.

Ce n'était pas entièrement un mensonge. Quand les coups de feu lui avaient arraché le lobe des oreilles, la souffrance avait été atroce. La garce se tenait assez près de lui pour que ses joues portent encore la marque des projections de poudre enflammée qui s'y étaient incrustées. La détonation lui avait laissé des migraines persistantes ainsi qu'un tintement constant dans l'oreille gauche – handicap qui l'empêcha de distinguer, derrière le bruit du vent qui agitait les voiles, le froufrou d'un jupon de soie arpentant le pont dans sa direction.

— Trouvez-vous donc notre compagnie ennuyeuse, *señor capitán* ? À moins que ce ne soit la conversation à table qui vous ait paru assommante ?

C'était la benjamine du gouverneur, Marisol, les pointes vaporeuses de son châle en dentelle voletant sous la brise nocturne.

Il regarda derrière elle, mais n'aperçut pas la silhouette massive de sa duègne.

— Je peux vous assurer, *señorita,* que ce n'est pas votre compagnie qui m'a fait fuir, répondit-il en inclinant galamment le buste. J'étais plutôt gêné d'imposer ma présence à des yeux innocents comme les vôtres.

— Vous faites allusion à vos cicatrices ? Elles ne m'incommodent pas le moins du monde. Du reste, votre coiffure les cache presque entièrement. J'ai quelques connaissances en herboristerie acquises au couvent des Saintes-Sœurs de Madrid. Si vos oreilles sont douloureuses, je puis peut-être vous... soulager un peu.

Comme elle avançait vers lui, Recalde recula. Il n'avait pas besoin de cela en ce moment.

— Le fond de l'air est frais, *señorita*. Vous devriez rentrer.

— Il fait au contraire tellement chaud que j'ai la peau moite, comme si elle était couverte de rosée.

Elle laissa glisser le châle de ses épaules et posa les mains sur la rambarde pour contempler le port.

— Comme c'est beau, murmura-t-elle. Jamais je n'ai vu autant de navires rassemblés en un seul endroit. Je ne pensais pas qu'il y en avait autant dans le Nouveau Monde.

Elle releva les yeux et fit la moue : il avait plu durant la journée et le ciel était encore couvert de nuages.

L'océan au-delà du port était noir. Pas une seule clarté n'égayait ces ténèbres. Le regard y plongeait comme dans un grand vide obscur, inspirant une crainte révérencieuse qui se refléta dans la voix de Marisol.

— C'est beau et terrifiant à la fois. En voyant cette immense étendue d'eau sans lumière, je me dis que nous sommes décidément très petits et insignifiants. Et que nos bateaux ne sont que des amas de planches qui ne tiennent ensemble que grâce à quelques poignées de clous, un peu de poix et la grâce du Seigneur. Est-ce que cela ne vous fait pas peur, capitaine, de dépendre autant des caprices des éléments et de la Providence ? De risquer de couler à chaque sortie en mer pour disparaître au fond des eaux sans laisser de traces ?

— Vous vous inquiétez pour rien, *señorita*. Ce vaisseau est aussi solidement bâti qu'une forteresse. Et il ne se lancera pas seul sur l'océan. Nous voguerons de concert avec une centaine d'autres galions dont la flotte s'étendra d'un bout à l'autre de l'horizon quand nous appareillerons pour rentrer à la maison.

— La maison, répéta-t-elle avec un soupir mélancolique. Et dire que j'ai presque sauté de joie quand père nous a annoncé que nous partions pour le Nouveau Monde… J'étais tellement heureuse de quitter le couvent.

Elle marqua une pause et coula un regard vers Recalde.

— N'est-ce pas péché de penser de la sorte ? D'être aussi contente de s'éloigner des prie-Dieu et de l'odeur de l'encens ?

— Il n'y a pas de honte à dire la vérité.

Elle sourit et rapprocha sa main de la sienne sur la rambarde.

— Alors je vais peut-être vous choquer en vous avouant que, finalement, j'ai été très déçue par ma vie à Vera Cruz. La villa qui nous avait été allouée était magnifique et nous ne manquions de rien, mais papa tenait à nous garder enfermées à l'intérieur, Lucia et moi. En deux ans, je n'ai eu qu'une seule fois la permission de me rendre en ville, et notre escorte était si nombreuse qu'il nous était pratiquement impossible de voir quoi que ce soit derrière les chevaux qui flanquaient notre voiture de tous côtés.

— Ce qui est vraiment dommage, car Vera Cruz est une belle et élégante cité.

— Oui, je sais, répondit-elle avec un nouveau sourire. Je vous ai dit que papa ne nous avait donné qu'une fois la permission de quitter la villa. Je n'ai pas dit que je n'étais sortie qu'une seule fois. Le fils du jardinier était très épris de moi et me faisait souvent passer par l'entrée de service. Il me montrait ensuite des choses qui auraient plongé maman en syncope si elle l'avait su.

Recalde lui rendit son sourire.

— Si elle apprenait que vous êtes sur le pont en ce moment avec moi, sans votre duègne, elle aurait plus qu'une syncope.

— Tiens donc ? Seriez-vous un homme dangereux, capitaine ? Auriez-vous la réputation d'abuser des vierges esseulées ?

La fille flirtait ouvertement avec lui. Elle était assez mignonne pour rendre le jeu intéressant, mais c'était aussi une enfant gâtée qui se prenait pour une aventurière, simplement parce qu'elle avait fait le mur une fois ou deux avec le fils d'un domestique.

— Je peux vous assurer que *votre* réputation n'a rien à craindre de moi, *señorita*.

Elle pinça les lèvres en une moue désappointée.

— Et moi qui vous croyais différent des autres...

— Différent ? Comment cela ?

— Les autres officiers ne voient manifestement en moi que la fille du gouverneur. En ma présence, ils plastronnent, minaudent et ne me parlent que du temps, tandis que vous, capitaine, vous me donnez l'impression de me sonder jusque sous mon corsage et d'être capable, si l'on vous y provoquait, de déchirer mes vêtements pour vous repaître de ma chair.

— Et si je m'y risquais, comment réagiriez-vous ?

— Je pourrais hurler, répondit-elle en se rapprochant plus encore pour suivre du bout du doigt le tracé d'une veine sur le dos de la main de Recalde. Ou je pourrais vous avouer que je ne suis pas restée vierge très longtemps, et que je suis prête à vous céder.

Elle releva les yeux, lui offrant une expression que le fils du jardinier devait certainement trouver très aguichante.

— Savez-vous où se trouve ma cabine, capitaine ?

— Oui.

— Ma duègne ronfle comme une trompette, si bien que j'ai réussi à la faire dormir dans la pièce voisine. Quiconque frappe à ma porte, la nuit, a de fortes chances de m'y trouver seule.

Recalde scruta les ombres derrière elle et se mit à sourire.

— Si j'allais plutôt frapper à la porte de votre père pour lui rapporter cette conversation, je suis sûr que vous ne seriez plus jamais seule dans votre cabine.

La jeune fille se raidit. Elle retira sa main de la sienne et serra le poing en frémissant. Puis elle pivota dans une envolée de jupons et repartit d'un pas rageur.

Le bruit de ses pas ne s'était pas dissipé qu'une autre silhouette émergea d'un renfoncement de la cloison.

— Ainsi donc, vous avez également réussi à séduire ma petite sœur, *señor* ?

— Je ne lui ai pas demandé de me retrouver ici. Elle m'y a rejoint de son propre chef.

— En toute franchise, fit Lucia en plissant les paupières, auriez-vous réagi de la même façon si je n'avais pas été là ?

Recalde s'avança vers elle en souriant, la forçant à reculer dans l'obscurité. Libérant ses seins de son chemisier, il lui troussa la jupe jusqu'à la taille. Comme les trois fois précédentes où ils s'étaient croisés « par hasard » sur le pont après le dîner, elle l'accueillit en elle avec une ardeur possessive, gémissant sous ses violents coups de boutoir. Ses soupirs et gémissements se transformèrent bientôt en une salve de hurlements qu'il dut étouffer de la paume.

Il connut une jouissance rapide et violente en s'imaginant empaler Juliet Dante et lui faire payer l'humiliation qu'elle lui avait infligée en martyrisant tous les orifices de son corps. Quand il eut fini, il s'écarta de la fille du gouverneur, toute pantelante.

— *Por Dios,* murmura-t-elle en laissant lentement retomber ses jupons sur ses jambes nues, ma petite sœur ne survivrait pas à un tel traitement. Je me demande dans quel état je rentrerai de ces six semaines au large !

Elle pouffa.

— Je ne suis même pas sûre d'avoir la force de regagner ma cabine.

— Si vous me trouvez trop brutal, *señorita,* répliqua Recalde en se rajustant, je suis certain que d'autres hommes à bord seraient ravis de vous témoigner plus de déférence.

— Vous plaisantez, capitaine.

Elle sourit et remballa dans son corsage une poitrine toute rouge à forte d'avoir été sucée et mordue jusqu'au sang.

— Le balourd que je dois épouser à mon retour au pays est gros et chauve – tout comme votre capitaine Aquayo – et la seule idée d'avoir ses sales pattes sur moi me révulse. Mais il est riche et écouté du roi, et je n'ai pas vraiment le choix. Soyez cependant assuré, mon beau capitaine, que vous m'avez donné assez de souvenirs pour m'aider à surmonter cette terrible épreuve.

— Je suis flatté d'avoir mérité votre considération, rétorqua-t-il sèchement.

— Oh oui, vous l'avez amplement méritée, acquiesça-t-elle. Et vous continuerez à la mériter chaque jour et chaque nuit de cette longue traversée. Traversée que je mettrai à profit pour vous laisser un souvenir tout aussi inoubliable de ma personne.

Recalde ne l'écoutait plus. Le regard perdu vers la mer, il fixait un point à l'horizon. Plissant les paupières, il s'efforça de percer les ténèbres, mais ne retrouva pas le reflet qu'il avait cru apercevoir. En fait, il avait moins vu que *senti* une vague présence, là-bas vers l'est.

Bon, se dit-il, ce n'était sans doute rien. Il y avait des dizaines de navires qui surveillaient les abords de La Havane, sans compter les postes de vigie disséminés le long de la côte. Seul un fou oserait s'approcher du port la veille du départ de l'armada.

Il étouffa un hoquet et, baissant les yeux, fut ramené à la réalité présente en sentant une main s'insinuer sous ses vêtements et se refermer sur sa virilité.

Gabriel Dante baissa sa longue-vue. La large étendue de côte qui se trouvait à une lieue de là était parsemée de quelques rares points de clarté, de part et d'autre du brasier lumineux qui signalait la position de La Havane. Jonas et lui avaient dû rester à distance pendant la journée, mais la pluie et le plafond nuageux leur avaient donné l'occasion de se rapprocher davantage.

Leurs deux navires voguaient tous feux éteints. Des consignes strictes avaient été données en ce sens. Il était même interdit d'allumer une pipe sur le pont. La moindre braise pouvait se distinguer sur des milles. Ils étaient allés jusqu'à changer leurs voiles habituelles par des toiles teintes en indigo. Ce soir-là, même Jonas observait la plus grande prudence, sachant que des navires de surveillance patrouillaient dans les parages, certains dans le noir le plus complet comme eux, ce qui les rendait tout aussi difficiles à repérer.

Sitôt qu'ils avaient pu jeter un œil sur le port, ils avaient été estomaqués par le nombre de navires qui s'y entassaient. Certains des plus gros vaisseaux se positionnaient à l'entrée du havre, indiquant que la flotte n'allait plus tarder à appareiller. Jonas avait décidé de rapprocher le *Tribut* autant que possible, pour compter avec précision les embarcations composant l'avant-garde du convoi. Après quoi, il serait temps de déployer les voiles et de regagner les Dents du Diable.

Gabriel se frotta la nuque et releva sa longue-vue pour inspecter une nouvelle fois la côte. Les quatre navires qu'il avait repérés plus tôt se découpaient maintenant nettement sur les lumières du port. Ce n'étaient donc pas eux qui lui hérissaient les poils sur la nuque. Par précaution, il traversa le pont pour aller examiner l'horizon opposé. Un premier mouvement panoramique ne lui montra rien, ni même un second. Au troisième, cependant, il avisa une silhouette pâle qui cinglait droit vers eux depuis l'ouest. C'était un autre navire, avec au moins trois mâts et des châteaux en proue et en poupe.

Un galion. Tous feux éteints.

Gabriel reporta la longue-vue vers le *Tribut*. Se fiant à son frère pour couvrir ses arrières, Jonas devait avoir ordonné à ses vigies de regarder en direction du port. Comme pour confirmer ses craintes, le vaisseau de son frère ne parut changer ni de cap ni d'allure. Il se déplaçait toujours avec une lenteur prudente, n'ayant déployé que ses plus hautes voiles, à savoir son grand et son petit perroquets ainsi que son grand et son petit cacatois. Il allait devoir déferler ses autres toiles, s'il voulait gagner assez de vitesse pour échapper au galion avant que ce dernier le mette à portée de ses canons.

— Que je sois pendu ! grommela-t-il.

— Méfiez-vous, le prévint sèchement son timonier. Ça pourrait se réaliser plus vite que vous ne le pensez.

Tout en prononçant ces paroles, il montra du doigt deux autres navires qui fondaient sur leur flanc.

Braquant sa longue-vue dans la direction indiquée, Gabriel reçut confirmation que le *Tribut* n'était pas le seul navire en situation périlleuse. Une paire de limiers de la marine espagnole, surgis de nulle part, venaient de prendre en chasse le *Valeur*. Se rapprocher à ce point de l'armada avait été une erreur grossière, et ils auraient de la chance s'ils parvenaient à distancer ces chiens de garde avant qu'ils donnent le signal de la curée au reste de la meute.

— Tout le monde dans la mâture, ordonna-t-il posément. Ouvrez les sabords et dégagez le pont...

Il s'interrompit pour ramener son attention sur le *Tribut* qui semblait n'avoir toujours pas pris conscience du danger. À cette distance, Jonas ne pouvait être alerté que par un tir de canon ou le lancement d'une fusée, or s'ils se risquaient à ce genre de choses...

— Lâchez une pleine bordée dès que les canons seront prêts.

— Une pleine bordée, capitaine ? Mais ces galions sont encore hors de notre portée, et nous révélerions ainsi notre position.

— J'ai l'impression qu'ils la connaissent déjà. Mais si tu as une meilleure idée pour attirer l'attention de mon frère, je t'écoute.

Le timonier se gratta le crâne.

— Je vois, fit-il en esquissant un sourire. Va pour la pleine bordée, alors.

— Oh, et puis, Riley, quitte à cracher dans l'eau, qu'on bourre les fûts d'une double charge. Autant offrir un joli feu d'artifice à ces salauds.

Recalde gémit. Lucia l'aspirait dans sa bouche avec la même sauvagerie dont il venait de l'accabler, à tel point qu'il ne voyait même plus des étoiles mais carrément des lumières exploser dans son champ de vision. D'autres éclats suivirent, mais entre-temps le bruit de la première détonation avait atteint le port et fait comprendre au capitaine que ces lumières ne devaient rien au talent de Lucia.

— *Jesucristo !*

Plongeant les doigts dans les cheveux de la jeune fille, il écarta sa tête de son entrejambe et la repoussa brusquement pour se rapprocher du bastingage. Là-bas, très loin dans la purée de pois qui flottait sur l'océan, un navire était en train de décharger ses batteries, envoyant des crépitements de flammes mordorées sur la surface des flots.

Des pas retentirent dans tout le vaisseau tandis que l'équipage du *Contadora* se ruait vers le plat-bord pour contempler le spectacle – lequel devait avoir suscité la même réaction sur toutes les embarcations ancrées dans le port de La Havane. Un second navire ouvrit le feu, puis un troisième... puis un quatrième ! Il y avait deux silhouettes de vaisseaux au premier plan, et trois autres plus grosses derrière. Les deux embarcations de moindre taille se dirigeaient vers la terre en déployant toutes leurs voiles. Dès qu'elles eurent pris assez de vent pour virer, elles se séparèrent dans des directions opposées, l'une vers l'est et l'autre vers l'ouest.

Celle qui avait obliqué vers l'ouest se perdit rapidement au large, mais l'autre croisa la route d'une patrouille de navires hérissés chacun de dix pièces, qui ouvrirent le feu dès qu'elle fut à leur portée. Elle voulut virer de nouveau mais les galions lancés à sa poursuite, profitant de la vitesse acquise, fondaient sur elle en déchargeant toutes leurs pièces de proue.

Recalde était hypnotisé par la bataille en cours à moins d'une lieue du *Contadora*. Il serra soudain le bastingage à s'en briser les phalanges : le vaisseau poursuivi était un corsaire anglais, il en était sûr.

— Abattez ses voiles et il est à vous ! s'écria-t-il en se penchant sur le plat-bord, dans l'espoir fou de se faire entendre des galions.

Dans une danse exécutée avec une lenteur torturante, le corsaire réorienta sa voilure pour échapper aux bateaux de surveillance, mais se trouva pris sous le feu des galions. Chacun des cinq navires crachait des flammes orange, certains coups atteignant leur cible, d'autres soulevant des gerbes blafardes en percutant les flots.

La dernière vision que Recalde eut des combats fut celle du corsaire en proie aux flammes. Plusieurs de ses voiles étaient trouées, quand elles ne pendaient pas en lambeaux. Un incendie s'était déclaré sur le pont, et ce fut en laissant échapper un épais panache de fumée qu'il finit par disparaître derrière un promontoire rocheux.

22

Il avait fallu douze jours d'efforts acharnés pour enlever les canons du *Santo Domingo* et les remonter sur les postes de batterie à terre. Si Frenchman's Cay présentait un méplat qui courait au-dessus de la plage, d'un bout à l'autre du passage, chaque redoute de Spaniard's Cay, en face, avait dû être construite puis terrassée au prix d'un labeur éreintant. Ce travail de forçat avait cependant donné lieu à peu de plaintes. La nourriture était abondante et le climat, à mesure qu'on avançait dans septembre, perdait de la chaleur et de l'humidité qui n'auraient pas manqué d'accabler les hommes le mois précédent. Ceux-ci étaient réveillés chaque matin par la cloche et travaillaient jusque tard dans la nuit, avant d'aller s'affaler dans les hamacs tendus entre les arbres.

Juliet œuvrait avec son équipage. Les couleuvrines, qui pesaient entre quatre et cinq cents livres chacune, tiraient des boulets de trente-deux livres et exigeaient pour chaque coup une charge de poudre de huit livres. Tous ces éléments – projectiles, poudre, ustensiles – durent également être transportés à terre et furent stockés sous des tentes. Juliet compensa la force brute qui lui faisait défaut en supervisant le montage des affûts sur les plages, puis la fixation sur ces derniers des bracelets de cuivre maintenant les tourillons des fûts et enfin l'ajustement des élévations de chaque canon au moyen de cales. Quand le dernier des monstres de bronze eut été installé sur sa redoute, elle ordonna à Crisp d'engager le *Rose* dans le chenal pour que le réglage de leur visée puisse être affiné.

Quatre types de munitions furent disposés dans des casiers qu'on rangea derrière chaque pièce, en lisière de bosquet : des boulets pour transpercer ponts et coques ; des chaînes consistant en deux sphères de fonte reliées par des maillons qui s'enroulaient autour des espars et les réduisaient en morceaux ; de la grenaille servant essentiellement à acculer l'ennemi dans ses retranchements – en fait une douzaine de petits projectiles qu'on fourrait dans la gueule des canons et qui, une fois tirés, arrosaient les ponts selon un angle très ouvert ; et enfin de la mitraille, à savoir un mélange de poudre et de débris métalliques contenu dans un sac de toile qui explosait au contact et projetait des morceaux de fer capables de découper chair et os.

Varian St. Clare travaillait torse nu avec les autres marins. À force d'être exposée au soleil, sa peau avait fini par prendre un hâle qui, par contraste, rendait son sourire encore plus éblouissant qu'auparavant. Ses muscles étaient devenus aussi durs que du chêne et son rire, dont il était plutôt avare jusqu'alors, suscitait désormais l'amusement de ses camarades de labeur, en particulier quand il se moquait de sa propre maladresse à réaliser certaines tâches. Aussi fin bretteur fût-il, il semblait avoir deux mains gauches quand il s'agissait de manier le sabre ou la hache, deux armes utilisées dans les combats rapprochés. Quand par ailleurs on lui apprit à se servir d'une pique d'abordage, il réussit à crocheter le bas de sa culotte et à s'envoyer lui-même par-dessus bord. Un autre jour, voulant prouver à Juliet qu'il maîtrisait désormais l'art de grimper aux haubans, il se prit le pied dans un échelon et demeura suspendu la tête en bas jusqu'à ce que quelqu'un monte le chercher.

Il montrait néanmoins une bonne volonté infatigable. Il passa un après-midi avec Nathan pour se faire enseigner par le menu la meilleure façon de prendre un ris, et lorsque Nog Kelly lui apprit à clouer les pièces d'un affût, ce fut le charpentier qui finit par se faire sauter une dent de devant avec son marteau, laissant Varian, avec son sourire intact, terminer le travail à sa place. Il partit même chasser avec Johnny Boy et, bien qu'il se fût égratigné l'intérieur du bras en tirant à l'arc, il exhiba fièrement la noix de coco qu'il avait réussi à transpercer avec sa flèche !

La jeune femme souriait elle-même plus qu'à l'ordinaire. Cela commençait dès l'aube, quand elle ouvrait les yeux pour se découvrir blottie contre le grand corps de Varian, et c'était aussi sur un sourire que se terminait sa journée, quand ils reposaient, nus et comblés, dans les bras l'un de l'autre. Sans la réalité qui s'ingérait sans cesse dans leur idylle, elle aurait été satisfaite de passer ainsi sa vie à faire langoureusement l'amour à son duc adoré.

— Ils devraient être déjà rentrés, marmonna-t-elle en scrutant avec sa longue-vue l'horizon désespérément vide. Voilà trois semaines qu'ils sont partis. Nous avons installé l'artillerie, posé nos pièges et construit nos fortifications. On a même eu le temps de t'apprendre à grimper aux arbres et à cuire des crabes !

Au moins une fois par jour, Juliet montait jusqu'au sommet de l'île, en général en compagnie de Varian, ce qui signifiait qu'ils étaient souvent amenés à effectuer un petit détour. Ce jour-là, ils avaient gagné le poste d'observation bien avant l'aurore et avaient remplacé les deux vigies une bonne heure avant le moment prévu pour leur relève.

Debout derrière la jeune femme, Varian écarta les cheveux de son cou pour lui embrasser la nuque.

— Tes frères m'ont paru parfaitement capables de se débrouiller. Et ils ont au moins autant d'expérience que toi du contact avec l'ennemi.

Elle baissa la longue-vue et soupira.

— Trois semaines, bon sang ! Les bateaux que nous avons envoyés dans le détroit sont revenus sans avoir rien vu : ni navires, ni flotte, ni aucun mouvement d'aucune sorte. Père commence à craindre que certains capitaines ne perdent patience et laissent tomber l'affaire.

— Peut-être les corsaires français et hollandais ont-ils trop bien fait leur travail, et le vice-roi de Nouvelle-Espagne a-t-il ordonné à la *flota* de rester au port.

— Peut-être que la prochaine noix de coco que tu ouvriras sera remplie de doublons d'or.

Il laissa glisser ses mains sur ses épaules, avant de prendre ses seins dans le creux de ses paumes.

— Vous osez vous moquer de moi, madame ? Moi qui ai encore risqué ma vie, pas plus tard qu'hier soir, pour vous procurer la tortue de votre souper ?

Elle s'adossa contre sa poitrine, les tétons instantanément érigés sous ses caresses. Elle aurait pensé qu'au bout de trois semaines, l'ardeur de la passion serait réduite, mais il n'en était rien. Un seul geste, un seul regard, un seul de ces petits sourires en coin que Varian ne semblait réserver qu'à elle seule, suffisaient à ranimer le brasier dévorant qui couvait dans sa chair et dans son cœur.

Un brasier qui lui enflammait les sens en cet instant même – si bien que, quelques rires plus tard, elle le renversa sur l'herbe du promontoire. Tout en chevauchant son bassin, elle sortit la chemise de son amant de sa ceinture pour exposer son ventre dur et ses puissants pectoraux. Les mains sur sa poitrine, elle laissa sa toison sombre lui chatouiller les paumes avant de glisser les doigts vers la fermeté soyeuse de ses abdominaux. Tombant sur sa ceinture, elle la déboucla sans le quitter des yeux, avant d'ouvrir sa braguette.

Au début de leur séjour à Frenchman's Cay, il avait essayé d'entretenir son bouc et sa fine moustache, mais il avait fini par ne plus toucher à son rasoir et le chaume châtain qui lui piquetait les joues formait un début de barbe. Il s'était mis aussi à nouer ses cheveux en catogan et à ceindre son front d'un bandana pour empêcher la sueur de lui tomber dans les yeux. Combinées à sa chemise en batiste, sa culotte de peau et son bronzage, ces modifications lui donnaient de plus en plus l'allure d'un pirate et de moins en moins celle du pair du royaume qu'elle avait croisé pour la première fois sur le *Santo Domingo*.

— Tes plumes pourpres ne te manquent vraiment pas ? s'enquit-elle à voix basse tout en l'empoignant d'une main résolue.

— Hein ? Je veux dire, pardon ? Que dis-tu ? Désolé, mais je crois que je ne t'écoute plus…

Elle s'esclaffa et secoua la tête pour écarter la question. Elle allait se pencher sur sa virilité pour achever de le dérouter, quand ses yeux se posèrent sur le rocher au sommet de Spaniard's Cay. Ce poste de vigie devait être situé à cinq à six kilomètres, ce qui empêchait d'entendre le tocsin d'un îlot à l'autre – mais cela n'empêcha pas la jeune femme de voir la petite bouffée de fumée blanche qui s'élevait de son fanal. Elle se redressa aussitôt pour prendre sa longue-vue.

— Qu'est-ce qui se passe ? demanda Varian. Il y a un problème ?

— Je ne sais pas. Je n'arrive pas à…

Elle maudit la position du soleil dont la lumière se réfléchissait à l'intérieur du tube, mais elle finit par apercevoir une tache, loin au sud, qui semblait jouer à cache-cache avec les vagues. Au bout d'un moment, elle reconnut les lignes élancées du *Christiana*, que Geoffrey Pitt avait emmené en reconnaissance trois jours plus tôt le long des Dents du Diable.

— C'est M. Pitt. Et il revient à toute allure.

Elle consulta l'horizon ouest, mais ce dernier était toujours dégagé. Le *Christiana* n'en cinglait pas moins vers eux comme s'il avait le feu sous la quille. Juliet fourra la longue-vue dans les mains de Varian.

— Il faut que je redescende sur la plage. Peux-tu attendre tout seul la relève ? Ce n'est sans doute rien, mais si tu vois quelque chose d'inhabituel, sonne le tocsin et allume le fanal.

Il hocha la tête, tout en se rajustant.

— Allumer le feu, sonner la cloche. Bien, capitaine.

Elle ne lui rendit ni son salut ni son sourire, car elle était déjà partie.

Le *Christiana* ne ralentit qu'une fois dans le passage. Pitt en profita pour sauter à l'eau et rejoindre la grève à la nage, tandis que son navire reprenait aussitôt le vent.

Une foule l'accueillit parmi laquelle se trouvaient Simon, Isabeau et Juliet.

— Je mouillais au large de Running Rock quand un des éclaireurs du capitaine Smith nous a croisés, déclara-t-il de but en blanc. La flotte a quitté La Havane. Son avant-garde devrait atteindre l'extrémité de l'archipel dès demain. J'ai envoyé Spit transmettre la nouvelle aux autres capitaines pour qu'ils aient le temps de faire dessoûler leur équipage.

Simon Dante opina en silence. Leur attente prenait donc fin. Dans son regard se lisait cependant une question – une question à laquelle, malheureusement, Geoffrey Pitt ne fut pas en mesure de répondre.

— Toujours aucune nouvelle, dit-il. Personne n'a vu ni entendu parler du *Tribut* ou du *Valeur*. Le messager de Smith nous a cependant rapporté que certains de ses camarades, en donnant la chasse à un navire marchand français pour tuer le temps, avaient cru entendre le bruit d'un combat naval en direction de La Havane. Ils n'ont su quels navires au juste étaient engagés. Ils ont seulement appris ensuite que des corsaires avaient été pris dans l'escarmouche et qu'à l'issue de la bataille, deux vaisseaux avaient été coulés.

— Étaient-ce les nôtres ? s'enquit Isabeau d'une voix blanche, debout à côté de son mari.

Geoffrey secoua la tête.

— Je l'ignore.

Personne ne dormit cette nuit-là. Aux premières lueurs de l'aube, le *Vengeur* leva l'ancre et remorqua la carcasse du *Santo Domingo* vers la côte ouest des îlots. Sur les conseils de Geoffrey Pitt, ils avaient décidé de modifier un peu leur plan et d'utiliser plutôt comme appât le galion avec le navire du Loup des Mers. Privés de la puissance de feu du *Tribut* et du *Valeur,* ils allaient avoir besoin des canons du Hollandais de l'autre côté du chenal.

Tandis que son père amenait le galion en position, Juliet se mit à arpenter la grève pour la dixième fois, traquant du regard le moindre indice susceptible de trahir leur présence le long du passage. Toutes les tentes avaient été repliées et leur contenu mis à l'abri dans les fourrés au pied des arbres. Les canons avaient été recouverts de draps enduits de poix et aspergés de sable pour les fondre au décor environnant. Aucun feu n'était autorisé, à l'exception de celui entretenu dans les deux braseros couverts qui flanquaient chaque batterie et qui serviraient aux hommes à allumer leur boutefeu.

La jeune femme remonta ensuite au poste de vigie avec Varian et Geoffrey Pitt. Une fois à bord de leurs vaisseaux respectifs, ils dépendraient entièrement des fanaux de signalisation pour connaître la progression de l'adversaire.

La première pensée qu'eut Juliet en parvenant au sommet de Frenchman's Cay fut d'estimer que le *Vengeur* avait tiré le *Santo Domingo* étonnamment loin, bien au-delà de la bande turquoise qui marquait le bord du récif corallien. Sa seconde pensée fut de se dire que si elle avait ignoré que les avaries dont semblait souffrir le navire de son père étaient une ruse, elle aurait pu croire ce dernier réduit à l'état d'épave. Des voiles en charpie pendaient à ses vergues inclinées de travers, plusieurs de ses écoutes avaient été détendues, des câbles et des espars pendaient par-dessus le bastingage en traînant des toiles en lambeaux. Ses mâts et ses rambardes avaient même été enduits de charbon pour simuler les traces d'un incendie. Enfin, sur un signal des vigies, des caisses métalliques remplies d'étoupe seraient allumées sur chacune des deux embarcations pour envoyer dans les airs un épais panache de fumée noire.

À côté d'elle, Varian contemplait le ciel incroyablement pur. Une fine brume s'était levée dans la matinée et avait enveloppé les îlots d'un suaire vaporeux avant d'être dissipée par un soleil éclatant.

Il se renfrogna soudain avec un air surpris.

— C'est quoi, ce bruit ? Le tonnerre ?

Juliet tendit l'oreille et perçut à son tour le grondement bas et lointain qui se distinguait à peine du froissement des feuillages sous la brise.

— Non, ce n'est pas le tonnerre, murmura-t-elle. Ce sont les canons du capitaine Smith. La fête a commencé.

L'avant-garde du convoi espagnol arriva en vue des îlots moins d'une heure plus tard. Pitt, Juliet et les deux sentinelles s'accroupirent instinctivement quand la première voile apparut à l'horizon. Varian doutait fortement qu'il soit possible de les repérer à une telle distance, mais il les imita quand même. Deux, trois, cinq, huit majestueux empilements de poutres et de toiles surgirent bientôt derrière l'embarcation de tête, leur voilure blanche se détachant vivement sur le bleu du ciel et arborant fièrement la croix rouge. Les galions qui ouvraient la route étaient des vaisseaux massifs, au moins aussi gros que le *Santo Domingo*. En temps normal, ils auraient adopté une formation en V derrière le navire de leur *almirante*, tel un vol d'oies en migration, les transports de fonds se dandinant à la queue leu leu derrière ces ailes déployées. Cependant, à mesure qu'ils approchaient, il devint de plus en plus évident que ce bel ordonnancement avait déjà été mis à mal.

— On dirait qu'il leur manque quelques navires sur le flanc droit, marmonna Geoffrey. Dieu bénisse les capitaines Smith et Wilbury. Et regardez un peu là-bas…

Il désignait l'horizon sud avec excitation. Juliet suivit la direction indiquée et se mit à sourire. Varian eut beau plisser les paupières de son côté, il ne distingua rien.

— Tenez, lui lança Pitt en lui passant sa longue-vue. Visez l'extrémité de Spaniard's Cay.

Varian porta l'engin à son œil et fit le point. Les navires étaient si petits qu'il doutait de pouvoir distinguer un galion d'une grosse chaloupe à cette distance, mais il n'en repéra pas moins le filet de fumée qui s'élevait d'une embarcation qui avait dérivé loin du convoi.

— Nous ferions mieux de remonter à bord, suggéra Pitt en se redressant et en époussetant sa culotte.

Juliet courait déjà dans le sentier qui descendait vers la plage, ses longues jambes fauchant les herbes hautes et ses cheveux flottant derrière elle comme un drapeau noir.

23

C'était presque trop facile. Le navire de tête du convoi – celui de l'*almirante* – hissa une série de pavillons commandant au convoi de ralentir et à deux des vaisseaux qui le flanquaient de venir à portée de voix. Ayant reçu leurs directives, ces deux galions, sans doute échaudés par les premières escarmouches que la *flota* venait de subir, s'approchèrent prudemment des flots clairs où les attendaient les deux navires, le *Vengeur* et le *Santo Domingo*, qui paraissaient à la dérive au large de Spaniard's Cay. Les Espagnols connaissaient bien les dangers des ressauts sous-marins. Ils y avaient perdu suffisamment d'embarcations pour estimer dans l'ordre du possible qu'un corsaire se soit laissé piéger sur un banc de sable avec sa proie. Les deux vaisseaux avaient l'air d'avoir subi de lourdes avaries et, comme les éclaireurs s'en rapprochaient, ils avisèrent des casques d'officiers espagnols qui réfléchissaient le soleil au sommet du château de poupe du galion.

À bord du *Vengeur*, Dante put presque déterminer le moment précis où le capitaine du premier navire s'aperçut qu'un des deux bateaux endommagés était celui du Loup des Mers. Tous ses sabords s'ouvrirent d'un coup, alors même qu'il n'était pas encore à portée de tir, tandis que marins et soldats se pressaient à ses rambardes et grimpaient à sa mâture, certains sautant de joie sur place à la perspective d'empocher les dix mille doublons promis pour la capture du Pirata Lobo.

Dante ordonna de déferler les petites voiles, juste assez pour éloigner doucement le *Vengeur* et donner l'impression qu'il cherchait à passer derrière les îlots. Dès qu'ils eurent franchi le chenal – où il fut impressionné de ne distinguer aucun signe de l'important dispositif d'artillerie qui y avait été aménagé – il donna l'ordre de tendre les écoutes pour immobiliser les vergues et de remplacer les toiles en lambeaux par des voiles neuves. Il vira ensuite sèchement et remit le vaisseau face au débouché du passage, pour y cueillir le galion à sa sortie. Pitt, auquel Isabeau avait confié le *Colombe*, avait déjà positionné celui-ci sous le vent et s'apprêtait à prendre les navires ennemis sous un feu croisé avec Simon.

Juliet était censée pour sa part amener le *Rose* juste en face de l'entrée du chenal, pour couper toute possibilité de retraite aux Espagnols. Le tout ne se fit naturellement pas en un clin d'œil et les mouvements des corsaires avaient dû être soigneusement minutés à l'avance, mais quand les deux galions aperçurent le *Rose* qui fondait sur eux, le premier était déjà engagé dans le passage et le second, encouragé par les signaux et les appels des occupants du *Santo Domingo* – lesquels ôtèrent leurs casques et présentèrent leur fondement déculotté à l'ennemi sitôt que celui-ci les eut dépassés –, le suivait de près.

Les artilleurs postés sur la plage attendirent que les navires espagnols soient au milieu des deux îlots pour dévoiler leurs batteries et allumer les boutefeux. Une première salve de chaînes s'envola dans les airs avant même que les Espagnols comprennent qu'ils avaient été piégés. Grenaille et mitraille crépitèrent tandis qu'un nouveau tir de chaînes pulvérisait les espars et perforait les plats-bords ainsi que les ponts. Les équipes des entreponts, protégées par la coque, tentèrent de riposter mais, faute d'ajustement précis, leurs projectiles se plantèrent dans le sable, bien avant les redoutes, ou fauchèrent les palmes au-dessus de la tête des corsaires.

Une fois les galions privés de voiles et de gréement, les canons des deux rives se mirent à viser les coques. Les dommages causés par les boulets des couleuvrines et des mortiers de huit livres furent considérables. Sans possibilité de rebrousser chemin ni réel moyen de se défendre, les Espagnols furent forcés de passer sous le feu des deux lignes de batterie, pour se retrouver finalement face au *Colombe* et au *Vengeur*.

Les artilleurs de Dante n'eurent le temps de tirer qu'une seule bordée avant que le premier galion se hérisse de pavillons blancs. Un officier désespéré, émergeant des débris fumants amoncelés sur le pont, grimpa même sur le château de poupe pour se mettre torse nu et agiter frénétiquement sa chemise en signe de reddition. Le second galion tomba sous les canons de Pitt et capitula tout aussi promptement, salué par les cris des canonniers corsaires installés à terre.

À l'entrée du chenal, le *Rose de Fer* vit que son intervention n'était plus indispensable et lâcha une salve à blanc pour saluer la réussite de ses camarades. Juliet ordonna ensuite de mettre en panne et se mit à observer l'avant-garde de la *flota*, ainsi que les postes de vigie qui devaient leur signaler si d'autres galions venaient dans leur direction. En fait, elle l'espérait vivement. Ses hommes avaient hâte de se battre et ses pièces étaient prêtes à accueillir tout nouvel imprudent.

— Comment vont-ils réagir, d'après toi ? murmura Varian.

Elle secoua la tête.

— Ce ne sont pas des couards. Ils ne vont pas s'enfuir toutes voiles dehors. Tiens, regarde un peu : l'*almirante* vient de signaler aux navires de resserrer les rangs.

— Charmant spectacle, n'est-ce pas ? s'enquit Crisp qui se tenait de l'autre côté de la jeune femme. Combien sont-ils, au juste ?

— Je compte... huit galions de guerre pour l'instant, et vingt-trois marchands, énuméra Juliet d'une voix détachée. Ils sont sans doute en train de se demander s'ils doivent essayer de passer en force ou attendre le reste du convoi.

Elle reporta sa longue-vue plus au sud, mais ne repéra que quatre ou cinq retardataires qui s'efforçaient de combler leur écart avec l'avant-garde. D'autres allaient bien sûr venir, mais quand ? Cela dépendait du nombre de navires qui avaient appareillé avec la première vague, de l'étendue de leur file et de la vitesse des embarcations les plus lentes.

— S'ils optent pour la fuite, ils offriront une cible encore plus facile pour nos frères en embuscade au nord.

— Je parie que le bruit de nos canons doit déjà leur donner des ailes, commenta Nathan avec un clin d'œil complice à l'adresse de Varian.

Celui-ci sourit, tout en priant secrètement pour que l'avant-garde de la *flota* décide de les laisser tranquilles. Huit vaisseaux de guerre et vingt-trois transports de fonds : Juliet avait articulé ce décompte avec un calme souverain, comme si affronter cette puissance de feu revenait à se promener sur Mayfair par un bel après-midi d'automne.

Cette idée l'amena à se demander une nouvelle fois comment réagirait sa mère s'il se promenait à Londres au bras de Juliet. Il était probable que sa génitrice tomberait en pâmoison. Il imaginait également la tête que feraient ses amis s'il leur rapportait les circonstances de sa rencontre avec la ravissante écumeuse des mers.

En cet instant, la jeune femme avait l'œil toujours rivé à sa longue-vue. Il vit que son expression s'était altérée. Sa mâchoire s'était crispée, ses lèvres s'étaient pincées.

Elle tendit la main et battit l'air un instant avant de trouver le bras de Crisp.

— Qu'y a-t-il, petite ? Qu'est-ce que tu vois ? Il y a des renforts qui rappliquent ?

Elle ne put répondre. Elle semblait même incapable de baisser la longue-vue pour le regarder, si bien qu'il finit par déployer sa propre lunette pour regarder à son tour.

Crisp émit un hoquet étranglé, inspirant sèchement l'air dans ses poumons avant de le relâcher d'un coup.

— Par les larmes de Jésus, murmura-t-il. C'est le vaisseau de Gabriel. C'est le *Valeur*. Et il bat pavillon espagnol.

Gabriel fourra la pointe de sa langue dans le trou à l'arrière de sa bouche et joua un moment avec l'espace vide. C'était la seule partie de son corps qu'il pouvait encore bouger. La corde lui entravant poignets et chevilles l'empêchait de se lever pour se dégourdir les jambes, ou simplement essuyer le sang près de son œil.

Jonas et le *Tribut* avaient pour leur part réussi à s'échapper – autrement, les Espagnols n'auraient pas manqué de lui annoncer sa capture. Et quand Jonas apprendrait à leur père ce qui lui était arrivé… Bon sang, il en aurait presque plaint tous ces bâtards !

Tous, sauf un.

Gabriel l'avait immédiatement reconnu grâce à la description de Juliet : son profil en lame de couteau, ses yeux d'un noir d'encre et, surtout, les lobes manquants de ses oreilles. Il avait été non seulement un des premiers à monter sur le *Valeur* capturé, mais il en avait aussi reçu le commandement.

Cristóbal Nufio Espinosa y Recalde.

Apparemment, il avait estimé que le *Valeur* n'était pas trop endommagé et pouvait leur être utile. Gabriel entendait un bruit de scies et de marteaux et ne pouvait s'empêcher d'être content que son navire soit réparé. D'un autre côté, ces marins avaient l'habitude des gréements en carré et de leurs vergues fixes, et ignoraient l'art de présenter les voiles au vent. Ils avaient d'ailleurs failli percuter d'autres embarcations du convoi et avaient fini par être relégués à l'arrière.

Gabriel était détenu dans la petite pièce de l'entrepont qui servait naguère de cabine à son second. La porte en avait été dégondée et tous les meubles évacués, hormis une chaise qui avait été clouée en son centre. Il y avait toujours au moins un garde dans la coursive, mais le plus souvent deux, comme s'il était toujours considéré comme une menace.

Quand Recalde lui avait rendu visite, il portait une lampe, mais autrement la pièce était plongée dans la pénombre. La seule source de clarté était un hublot de vingt centimètres dont le volet était en partie rabattu. L'air dans la cabine était lourd et saturé de particules de poussière, et comme il était ligoté à cette chaise depuis deux jours, il baignait dans les relents de son propre sang et de son urine. Mais cela avait pour effet de fouetter ses capacités de résistance et de garder son esprit en éveil, dans l'attente de la première erreur de ses geôliers.

Il devait avoir une tête horrible – et le reste à l'avenant. Recalde l'avait fait immédiatement déshabiller et fouiller, de crainte qu'il ne dissimule une arme. Il était resté à demi nu depuis. Deux jours et plusieurs heures d'interrogatoire musclé plus tard, les endroits de sa peau qui n'étaient pas ensanglantés étaient bleuis par les hématomes. Il avait une coupure au-dessus de l'œil que ses tortionnaires prenaient un malin plaisir à rouvrir au début de chaque séance. Il en avait une autre à la joue et sentait que ses lèvres n'étaient plus qu'une masse de chair tuméfiée. Il n'avait plus de sensibilité dans les pieds ni les mains depuis la veille, et n'était même plus capable de remuer les doigts. Il n'entendait en outre plus très bien de l'oreille gauche. L'oreille droite fonctionnait cependant encore, assez pour qu'il perçoive la canonnade qui avait éclaté plus tôt et, peu après, le pas précipité de Recalde qui s'était rué dans la pièce pour lui assener un crochet au menton qui l'avait bel et bien assommé pendant quelques minutes.

Il entrouvrit son œil valide, se demandant si le capitaine était toujours là. Il savait se montrer étonnamment silencieux, à l'occasion.

Cette pensée lui avait à peine traversé l'esprit qu'une main empoignait ses cheveux pour lui tirer la tête en arrière. Le grognement qui s'échappa de ses lèvres n'était pas feint.

— Je vois que vous êtes revenu à vous, *señor* Dante, déclara Recalde dans un anglais parfait. Ah, ah, fit-il en agitant le doigt, si vous me crachez encore dessus, je demanderai à Jorge de vous couper la langue.

Gabriel roula les yeux en direction de Jorge. Comparé à cette hideuse brute épaisse, Lucifer aurait presque pu passer pour un courtisan. Jorge avait des poings de la taille d'un marteau de forgeron, et des épaules qui ressemblaient à des barils tant leurs muscles étaient saillants. La plupart des dégâts qu'il lui avait occasionnés provenaient de gifles ou de coups à peine appuyés, et Gabriel n'avait aucune envie de voir de quoi ce monstre était capable avec une lame.

Recalde relâcha ses cheveux, satisfait de la lueur de compréhension qui s'était allumée dans son œil.

— Sage décision, approuva-t-il.

Gabriel laissa retomber sa tête.

— Je ne suis pas homme à croire aux coïncidences, énonça l'Espagnol en venant lui souffler à la face son haleine qui empestait l'ail. Ce n'est pas par hasard que nous vous avons surpris, votre frère et vous, en train de rôder près de La Havane. Ce n'est pas non plus par hasard que nos navires ont été récemment attaqués au large d'Hispaniola. Et ce n'est pas non plus par hasard que notre flotte a été agressée par deux fois aujourd'hui même – dans des embuscades brillamment exécutées, je dois le reconnaître.

Il se redressa et croisa les mains dans le dos.

— Pas étonnant que votre famille soit réputée pour son audace. Si j'avais pu pousser ce navire un peu plus vite, j'aurais épargné un tragique destin à deux de nos meilleurs vaisseaux.

— Vous auriez dû me mettre à la barre, repartit Gabriel d'une voix cassée. Je vous aurais emmenés jusqu'au cœur de l'action.

Jorge s'avança vers lui d'un air menaçant. Recalde leva la main pour l'arrêter.

— Non, non. C'est une offre généreuse. Et je l'accepte volontiers, *señor* Dante. Vous allez d'ailleurs rejoindre sans plus tarder votre équipage sur le pont. Jorge, défais donc les liens de monsieur. Et prends garde à ses mains : elles sont tellement gonflées que la moindre éraflure pourrait fendre la peau.

Gabriel ne sentit pas le couteau trancher les cordes. Ses mains lui firent l'effet de boulets au bout de ses bras sitôt qu'elles furent libérées, et il craignit fort de ne pas pouvoir tenir debout.

Recalde appela du geste les deux sentinelles en faction dans la coursive. Elles se précipitèrent pour prendre Gabriel sous les bras et le traîner jusqu'à l'escalier. Tandis qu'elles le hissaient vers le pont, ses pieds tapaient chaque marche comme des blocs de bois. Une fois dehors, elles attendirent que Recalde les rejoigne sur le pont.

Saisi d'horreur, Gabriel sentit son œil esquinté s'ouvrir de sa propre volonté. À son cri d'indignation étranglé répondirent les hurlements de rage que ses hommes poussèrent en avisant l'état de leur jeune capitaine.

Tous les marins du *Valeur* avaient été dénudés jusqu'à la taille et ligotés aux haubans du navire et à ses plats-bords, formant une sorte de bouclier humain tout autour du pont.

Gabriel fut emmené sur le gaillard d'avant où il fut attaché à son tour, les bras en croix et les jambes écartées, bien en vue de quiconque les observerait avec une longue-vue. Il se mit à proférer des injures et des malédictions, imité aussitôt par ses hommes. Le charivari fut tel que cela cessa bientôt d'amuser Recalde. Le capitaine adressa un signe à plusieurs de ses soldats qui entreprirent de fouetter sauvagement le dos, les épaules et le ventre nus des corsaires. Ils se déchaînèrent sur leurs prisonniers jusqu'à avoir le visage couvert de sueur et de sang.

— Bon, fit Recalde dans le dos de Gabriel. Je suis sûr que votre famille sera heureuse de vous savoir vivant et *relativement* indemne, pour le moment du moins. Êtes-vous prêt à aller leur faire un petit coucou avec moi ? J'ai particulièrement hâte de revoir votre sœur, articula-t-il en portant la main à l'une de ses oreilles mutilées. Je crois me rappeler lui avoir fait une promesse, la dernière fois, et je sais que tout mon équipage a hâte de l'honorer. Jorge en particulier. Le pauvre gars a été si bien doté par la nature que même les filles de joie ont peur de lui, mais je ne doute pas que la Rosa de Hierro s'empressera de le satisfaire si la vie de son frère est en jeu. Qu'en dites-vous, *señor* Dante ? Accorde-t-elle assez de valeur à votre existence ?

— Allez au diable, gronda Gabriel.

Recalde soupira et fit signe à Jorge de verser sur leur otage un plein seau de la saumure qu'ils utilisaient pour conserver la viande. Des éclaboussures atteignirent le marin voisin, qui poussa un tel cri de douleur que chacun de ses camarades frémit dans ses liens.

Gabriel se tint coi, alors même que la souffrance de sentir la saumure s'insinuer dans ses plaies tendait tous ses muscles et ses tendons. Quand il s'estima de nouveau capable de respirer, il entendit qu'on donnait l'ordre de déployer les voiles et perçut le bond en avant qu'effectua aussitôt le *Valeur*.

Ils se détachaient du convoi et cinglaient droit vers les îlots. Mais ils ne seraient pas seuls : derrière eux suivaient trois des plus gros galions de la *flota*, leurs sabords ouverts et leurs canons prêts à tirer.

— Gabriel, chuchota Juliet. Seigneur Dieu, c'est Gabriel... Là-bas, accroché au hauban de proue.

Crisp remua les lèvres sans prononcer une parole, à court de mots.

Ils avaient lâché une semonce pour avertir Geoffrey Pitt qu'ils allaient avoir encore une fois de la compagnie, mais il n'y avait hélas aucun moyen rapide de le prévenir que parmi les quatre navires qui venaient leur rendre visite se trouvait le *Valeur*. Juliet avait envoyé un messager en chaloupe, mais c'était avant qu'ils aperçoivent le bouclier humain autour du vaisseau de Gabriel. Ni le *Vengeur* ni le *Colombe* n'avaient retraversé le chenal. La jeune femme supposait qu'ils devaient encore s'occuper de leurs premières victimes. Vaincre un navire ne suffisait pas : il fallait désarmer les prisonniers, voire les envoyer à terre pour s'assurer qu'ils ne risqueraient pas de reprendre possession de leur bateau.

Juliet avait conscience de ne pas être capable d'affronter seule quatre galions à la fois. Il lui manquait la puissance de feu pour cela. Et elle n'aurait pas non plus l'avantage de la vitesse sur le navire de son frère, lequel disposait de toutes les améliorations qu'elle avait testées avec Nog et dont ils avaient pourvu la flotte entière des Dante.

— Quels sont tes ordres ? s'enquit Crisp à mi-voix.

— Doux Jésus, murmura-t-elle. Si nous ouvrons le feu, nous tuerons Gabriel et tout son équipage...

— Ils seront tués de toute façon. Or si nous fuyons, ces saligauds vont enfiler directement le chenal en sachant très bien que ni les canonniers à terre ni ton père n'oseront leur tirer dessus, et nous serons dans un sacré pétrin.

— Attendez, intervint Varian. Regardez... Ils sont en train de ralentir et de se diviser.

Les navires de guerre mettaient en panne après s'être disposés en formation de tir à une lieue des îlots. Le seul vaisseau à poursuivre sa route fut le *Valeur* qui, moins d'un demi-mille plus loin, vira à son tour pour leur présenter son flanc.

Ce n'était pas l'insulte la plus joliment exécutée qui fût, les vergues de ce dernier ayant été mal orientées et le virage effectué avec trop de lenteur. Juliet s'en moquait cependant, car elle n'avait d'yeux et de pensées que pour son frère suspendu au gréement de son navire. À l'inverse de Crisp, elle ne s'était pas résignée à l'abandonner à son sort, même si elle avait conscience que les sentiments n'avaient rien à faire ici. Ils savaient tous les risques qu'ils couraient avant de quitter New Providence. Ils connaissaient les dangers qui les attendaient chaque fois qu'ils appareillaient.

Elle jeta un rapide coup d'œil par-dessus son épaule : toujours aucun signe du *Vengeur*. Ramenant son attention vers l'avant, elle croisa le regard de Varian et le soutint un moment.

— Les Espagnols sont des soldats, lâcha-t-il soudain. C'est en soldats qu'ils pensent, pas en marins.

— Et alors ?

— Alors parlementons.

— *Quoi ?*

— Demande des pourparlers. Essayons de voir ce qu'ils veulent et jusqu'où ils sont prêts à aller pour l'obtenir.

— Je sais déjà ce qu'ils veulent, répliqua-t-elle. Et je sais foutrement bien jusqu'où ils sont prêts à aller pour l'obtenir.

— Alors profitons-en pour gagner du temps. Envoie-moi là-bas avec un drapeau blanc pour discuter.

— *Toi ?* Et pourquoi diable ferais-je cela ?

— Parce que je suis le duc de Harrow et l'émissaire officiel du roi sur ces eaux, ce qui me donne le pouvoir de négocier une trêve.

— Une trêve ? répéta-t-elle en crachant presque ce mot. Ce n'est pas une trêve qu'ils veulent, mais du sang. *Mon* sang et celui de mon père.

— Certes, mais ils ignorent si vous êtes seuls dans les parages. Jusqu'à présent, ils ont seulement aperçu le *Rose* et le *Vengeur*. Pour ce qu'ils en savent, il pourrait très bien y avoir une douzaine d'autres corsaires en embuscade derrière les îlots.

— Tu veux faire un coup de bluff ? s'exclama-t-elle, au comble de la stupeur. S'ils ne te croient pas – et ils ne te croiront pas – ils te tueront aussi. Ou, au mieux, tu finiras ligoté dans les haubans du *Valeur* avec mon frère.

— Je ne suis pas si facile que ça à tuer, tu devrais le savoir depuis le temps. Et si je me retrouve attaché à côté de ton frère, je serai en excellente compagnie. Allons, mets une chaloupe à la mer et hisse le pavillon blanc, la pressa-t-il à voix basse. Montre-leur que tu veux négocier. C'est ce que ferait tout bon général.

Juliet garda les yeux rivés aux siens tandis que défilaient dans son esprit une centaine de raisons de décliner sa suggestion. L'une d'elles lui amena le sang aux tempes, mais ne l'empêcha pas d'ordonner finalement à Nathan Crisp de mettre une chaloupe à la mer.

— Donnez-moi cinq minutes, lança Varian par-dessus son épaule, et aussi quatre de vos meilleurs rameurs.

Il regarda Juliet une dernière fois, avant de se ruer à l'entrepont pour revêtir une tenue plus digne de sa qualité d'envoyé du roi. Le costume bleu qu'il avait porté pour impressionner les capitaines corsaires était froissé et taché, mais restait mettable. Il s'échinait sur la fraise pour l'attacher à son cou quand il entendit la porte de la cabine s'ouvrir derrière lui.

Le voyant se débattre avec l'accessoire, Juliet écarta ses mains et lui prit doucement la broche en rubis.

— Laisse-moi faire, ou tu vas finir par t'égorger. J'aurais pensé que tu aurais appris à t'habiller toi-même, depuis le départ de Beacom.

— Quand je suis pressé par le temps, je suis plus doué pour me déshabiller, comme tu as déjà pu le noter.

Elle lui sourit tendrement et effleura sa joue du bout des doigts.

— Tu n'as aucune initiative stupide en tête, n'est-ce pas ?

Il allait répondre quand il sentit les mains de la jeune femme passer derrière son cou et nouer sous la fraise les attaches d'une fine gaine en cuir. Celle-ci contenait un couteau et retomba sous son pourpoint entre ses omoplates. Juliet s'accroupit ensuite devant lui et releva la jambe droite de sa culotte au-dessus du genou, pour fixer à sa cuisse un deuxième fourreau garni d'un stylet fin comme une aiguille. Elle en glissa un troisième sous la tige de sa botte gauche. Quant à la quatrième lame, un couteau court à double tranchant dentelé, elle la cacha dans sa braguette.

— Je doute qu'il y ait beaucoup d'hommes, même parmi les Espagnols, qui oseraient fouiller cet endroit. Garde-toi cependant d'oublier ce qui s'y trouve quand tu t'assiéras.

Après l'avoir examiné d'un œil critique, elle lui mit son ceinturon et toucha le pommeau de son épée pour lui porter chance.

— Si tu peux t'approcher de Gabriel…

Sa voix s'éteignit. Il glissa un doigt sous son menton pour lui relever le visage.

— Je le lui dirai.

Il étudia encore un instant ses traits, comme s'il voulait les graver à jamais dans sa mémoire, puis déposa un baiser sur ses lèvres.

24

Isabeau Dante fixa le messager avant de lui demander de répéter ce qu'il venait de dire.

— C'est le navire du capitaine Gabriel, cap'taine Beau. C'est le *Valeur*. Il est barré par les Espagnols et cinglait tout droit vers nous avec trois vaisseaux.

— Et le capitaine Juliet ?

— Elle tient sa position et attend vos ordres, cap'taine.

— Oh, Seigneur Dieu…

Beau reporta son attention sur les deux galions capturés qu'ils avaient rassemblés derrière l'extrémité nord de Spaniard's Cay. Simon était monté sur le premier pour dicter à son équipage les termes de sa reddition ; Pitt s'était chargé de la même besogne à bord du second. Aucun des deux n'étant assez proche d'Isabeau pour qu'elle puisse les héler, elle ordonna à l'un de ses rameurs les plus rapides d'aller leur transmettre la nouvelle. Il n'avait pas fait plus de dix mètres qu'elle envoyait des marins déferler les voiles. Quand le messager atteignit le galion le plus proche, le *Vengeur* s'ébranlait déjà vers la pointe sud de l'îlot.

Lorsque le Loup des Mers prit connaissance du message que lui débita d'une voix haletante le marin trempé, la colère le poussa à tirer un coup de semonce en direction de son épouse avec un canon monté à la proue du galion, que le combat avait miraculeusement épargné. Comme cela ne suffit pas à arrêter Isabeau, il poussa un cri tonitruant pour attirer l'attention de Pitt sur l'autre galion. Quelques minutes plus tard, ils se retrouvaient à bord du *Colombe* et durent refréner leur impatience pendant que le navire virait laborieusement sous le faible zéphyr qui tombait des hauteurs de Frenchman's Cay.

Voyant qu'ils étaient laissés à leur sort, les capitaines des galions ordonnèrent de faire hisser autant de voiles que possible aux vergues qui pouvaient encore les supporter. Puis ils se hâtèrent de battre en retraite pour gagner le large, espérant mettre le maximum de distance entre eux et le Loup des Mers.

Ils ne devaient pas aller bien loin.

Isabeau, qui avait entre-temps contourné l'extrémité sud de Spaniard's Cay, embrassait du regard le spectacle qui s'offrait à elle depuis le gaillard d'avant du *Vengeur*. Trois navires de guerre espagnols formaient une ligne défensive devant le *Rose de Fer*. Entre les deux voguait une chaloupe qui se dirigeait vers le *Valeur*, arborant un drapeau blanc en proue.

— Un duc anglais ? articula Recalde en tournant lentement autour de Varian St. Clare tandis que le soleil se réfléchissait sur la coiffe conique de son casque. Je dois avouer que votre présence au milieu de ce ramassis notoire de pirates m'intrigue.

— Je n'ai pas choisi leur compagnie, je peux vous le garantir, répondit Varian. L'embarcation sur laquelle je naviguais a été attaquée par un corsaire hollandais, qui m'a pris en otage dans l'intention de m'échanger contre une rançon. Les Dante l'ont payée, pensant sauver un compatriote des griffes des mangeurs de fromage, mais je n'ai toujours pas trouvé motif à les en remercier - et encore moins maintenant, précisa-t-il tout en tirant avec un air pincé sur les manchettes de son pourpoint. Je déteste agir sous la menace d'un pistolet, qu'il soit tenu par une main anglaise ou espagnole.

Recalde le considéra avec une moue songeuse.

— Seriez-vous en train d'insinuer qu'ils vous ont forcé à venir parlementer ?

— Ils ont estimé que vous seriez plus susceptible de m'écouter qu'un marin crasseux.

— Ah... Parce que, entre gentilshommes, on se comprend ?

— Mon cher capitaine, même si votre accueil peut faire illusion, je ne vois rien ici qui me porte à croire que vous ayez la noblesse d'âme qui va ordinairement de pair avec la noblesse de titre, rétorqua Varian en désignant les hommes nus et sanguinolents suspendus aux haubans.

Recalde, qui avait jusqu'alors la tête penchée à gauche pour l'écouter, la redressa lentement et l'inclina de l'autre côté pour le dévisager.

— Malheureusement, *señor*, les gentilshommes ont tendance à perdre leurs manières dans la jungle de Nombre de Dios, murmura-t-il. En particulier ceux qui doivent frayer avec des criminels et des désaxés qui n'entendent que le langage de la force et de la discipline la plus intraitable. Quant à la... proposition que vous êtes venu me soumettre, même si l'audace des Dante m'amuse et me flatte, sachez que rien d'autre qu'une reddition sans condition ne saurait me satisfaire.

— Dans ce cas, il se pourrait que nous ayons un problème, car le capitaine du *Rose de Fer*...

— Le capitaine du *Rose de Fer* se présentera à moi dans l'heure, *señor*, ou non seulement elle condamnera son frère, mais elle sera également responsable de la mort de tous les hommes qui servaient sur ce navire.

— J'ai été pour ma part mandaté pour vous informer qu'à moins de vous retirer sur-le-champ, répliqua Varian en se tournant vers les îlots – et voyant surgir deux vaisseaux corsaires de part et d'autre du chenal –, le reste de la flotte des Dante ne montrera aucune pitié quand elle s'en prendra à vos soldats ainsi qu'aux galions de votre escorte.

— Si vous croyez que cela me fait peur, *señor*...

— Soyez assuré que le capitaine Dante ne profère pas de menaces en vain.

— Moi non plus, riposta Recalde en levant une main pour ordonner à l'un de ses soldats en uniforme écarlate d'approcher d'un canon sur pivot l'extrémité incandescente d'un boutefeu. Voulez-vous parier avec moi pour savoir qui de nous deux flanchera le premier ?

Juliet réagit sans réfléchir.

Elle avait suivi des yeux la chaloupe qui se rapprochait du *Valeur* et regardé la tache de velours bleu monter à bord par l'échelle de coupée. Après quoi, elle n'avait pu qu'entrapercevoir le costume ducal à travers la forêt de tuniques rouges et de plastrons en cuir qui l'entourait.

Puis une salve de grenaille perfora le mur de marins anglais ligotés aux haubans, et elle comprit que les négociations venaient d'échouer dans le sang. Secouée par ce spectacle atroce, elle ne se donna pas le temps de penser.

Sur trois cents mètres de distance, il n'était pas possible de gagner suffisamment de vitesse pour virer de bord et lâcher une bordée sur le *Valeur* en espérant pouvoir échapper ensuite à ses canons, or pas un de ses hommes – pas même Nathan Crisp – ne broncha lorsqu'elle en aboya l'ordre. Déferlant d'un coup toute sa voilure, le *Rose de Fer* bondit vers son vaisseau frère, avant de virer sèchement au tout dernier moment pour lui présenter son flanc.

La première bordée pulvérisa la coque du *Valeur*. Transperçant les bordages et traversant les sabords, les boulets renversèrent les pièces adverses et ravagèrent les rangs des Espagnols. Les projectiles qui ne ressortirent pas de l'autre côté ricochèrent sur les membrures et dévastèrent l'entrepont. Les artilleurs espagnols survivants, qui n'étaient pas habitués à manipuler les affûts anglais, ripostèrent à tort et à travers, sans causer plus de dégâts au *Rose* qu'un trou dans quelques voiles et une poignée d'écoutes arrachées.

Tout en comptant les précieuses secondes que les canonniers du *Rose* prenaient pour recharger leurs pièces, Juliet regardait avec inquiétude les arquebusiers ennemis s'installer aux bastingages ainsi que dans la mâture du *Valeur*. Elle savait par ailleurs que le pont, que leurs tirs avaient soigneusement évité jusqu'alors, ne comprenait pas moins de cinq canons pivotants. Mais, à son grand effroi, elle s'aperçut que ces derniers n'étaient pas braqués vers eux mais sur les prisonniers qui hurlaient dans les haubans. Avant que le cinquième de ces canons ait été déchargé sur leurs camarades impuissants, un éclair de velours bleu traversa le pont, l'épée au clair, surmonté d'une collerette dont la blancheur contrastait avec le visage bronzé. Varian put ainsi se tracer un chemin jusqu'au canon et tailler en pièces l'artilleur avant qu'il approche son boutefeu du fût. Il fut ensuite capable d'abattre trois autres soldats, avant de s'effondrer sous une nuée d'uniformes noir et rouge.

Juliet n'eut pas le temps de s'appesantir sur son sort car le *Rose* avait pris trop de vitesse pour éviter une collision avec le *Valeur*. Comme cependant il avait déjà viré, elle put faire réorienter ses vergues pour le freiner un peu. Le heurt des deux coques par le travers n'en propulsa pas moins une énorme gerbe d'écume vers le ciel. Ses artilleurs avaient néanmoins pu recharger entre-temps, si bien qu'ils achevèrent de pilonner les batteries ennemies avec de la mitraille et des projectiles incendiaires. Des feux se déclarèrent aussitôt dans l'entrepont.

Dans la mâture du *Rose*, des marins armés de mousquets avaient entrepris de répondre aux tirs des arquebusiers espagnols, mais comme ceux-ci s'abritaient derrière le bouclier humain de leurs camarades, beaucoup moururent pour avoir hésité trop longtemps à prendre le risque de toucher ces derniers.

Juliet commanda le lancement des grappins d'abordage pour solidariser les deux embarcations. Elle avait fait monter sur les plats-bords ses fauconneaux, petits canons légers, mais les artilleurs tombaient comme des mouches sous les balles des arquebusiers espagnols. Tant qu'ils n'auraient pas nettoyé le gréement du *Valeur* de ces tireurs, ses marins continueraient à être décimés sur le pont du *Rose*.

Elle était coincée par les tirs espagnols derrière l'habitacle et saignait déjà au bras d'une blessure par balle. Accroupi près d'elle, Nathan s'efforçait d'atteindre le timonier qui s'était effondré en travers de la barre, une corolle écarlate s'épanouissant dans son dos.

Une silhouette solitaire apparut soudain à l'écoutille qui s'ouvrait sous le gaillard d'avant. Marquant à peine une hésitation, elle s'élança sous le déluge de fer pour venir s'abriter derrière le bastingage.

Johnny Boy – puisqu'il s'agissait de lui – plaça posément deux carquois à côté de lui et, se servant de la rambarde, visa les arquebusiers qui se mirent à tomber les uns après les autres sous ses flèches mortellement ajustées. Avec une habileté diabolique et un sang-froid non moins remarquable, il parvenait à chaque fois à éviter les marins de Gabriel attachés aux haubans. Quand il eut vidé le premier carquois, il s'attaqua au second.

— Tous avec moi ! hurla Juliet en courant rejoindre le garçon dès qu'il eut abattu le dernier tireur. À l'abordage, les gars !

Ses marins sautèrent par-dessus les deux platsbords avec un couteau entre les dents, un coutelas ou une pique, et entreprirent avant tout de libérer les prisonniers demeurés vivants. Parmi ces derniers, ceux qui n'étaient pas trop gravement blessés vinrent grossir les rangs de leurs sauveteurs et se lancèrent dans la bataille avec tout ce qui leur tombait sous la main en guise d'arme, la rage au cœur.

Un flot de soldats espagnols se déversait par les écoutilles du *Valeur* pour contrer l'offensive des corsaires. Juliet eut tôt fait de vider sur eux les quatre pistolets qu'elle portait en bandoulière, et continua à pourfendre la marée casquée avec une épée dans une main et sa dague dans l'autre. Des flèches pleuvaient toujours depuis le *Rose* avec une redoutable précision, contribuant à clairsemer les rangs adverses. Puis les pièces de chasse, en proue du navire, se mirent de la partie, appuyées par les canons de l'entrepont qui frappaient à bout portant ce qui restait de la coque du *Valeur*.

Des paquets de mer se déversaient maintenant dans l'entrepont du vaisseau de Gabriel, se transformant au contact des incendies en épaisses colonnes de fumée blanche qui obstruaient coursives et escaliers. Des matelots espagnols qui avaient cherché refuge dans les soutes furent forcés de ressortir sur le pont, où ils tombèrent sous les lames des corsaires, quand ils n'étaient pas abattus par les balles de leur propre camp au milieu du chaos ambiant.

Juliet se frayait maintenant un chemin vers le gaillard d'avant où, juste avant l'abordage, il lui avait semblé distinguer la plus grande concentration de pourpoints rouges et de plastrons en acier. C'était aussi là qu'elle avait vu son frère pour la dernière fois. Elle avait ensuite entendu sa voix qui ne cessait de lancer des encouragements aux hommes du *Rose* venus à leur rescousse. Juliet allait monter l'un des escaliers du gaillard, quand elle fut acculée contre la cloison par un groupe d'Espagnols armés de longs couteaux.

Nathan vint aussitôt se placer à sa gauche et para une première attaque d'un revers puissant de son épée. Mais la lame se rompit sous le choc, au ras de la garde. L'agresseur espagnol en profita pour planter sa dague dans l'épaule de Crisp. Puis il la retira et s'apprêtait à refrapper quand un fil d'acier surgi de nulle part envoya son arme tournoyer en travers du pont, le manche encore serré par le poing tranché du soldat.

— Il va falloir arrêter de nous retrouver dans de telles circonstances, ma chérie, déclara Varian en venant se positionner de l'autre côté de Juliet.

Il avait le visage en sang, sa fraise avait disparu et une des manches de son pourpoint bâillait à l'épaule, révélant une profonde coupure en haut du bras. Il saignait également d'une blessure à la cuisse, mais celle-ci ne parut nullement le gêner quand il entreprit d'aider la jeune femme à se tailler un chemin dans l'escalier.

Comptant sur les deux hommes pour couvrir ses arrières, Juliet grimpa les marches rapidement. Certains de ses marins l'avaient précédée en se balançant au bout d'une corde depuis le *Rose* et cernaient une sorte de géant monstrueux à bâbord. À tribord, un soldat espagnol que son plastron métallique désignait comme officier s'activait devant la rambarde. Il se retourna en faisant pivoter sur son socle un fauconneau, qu'il pointa vers les haubans où était attaché Gabriel.

Juliet aperçut alors le boutefeu qu'il tenait à la main. Elle vit sa bouche s'étirer en un sourire dément, puis ses yeux d'un noir terne sous le rebord incurvé de son casque, et reconnut Cristóbal Recalde. Le choc la figea momentanément, tandis que l'officier lui désignait du regard la lumière du canon dont il approchait le boutefeu.

Elle s'entendit hurler et eut à peine conscience des pas qui la portaient vers Recalde. Elle avait l'impression de se déplacer au ralenti, comme si elle était engluée dans des sables mouvants. Gabriel tourna la tête vers elle avec la même lenteur irréelle, la sueur échappée de son front formant un éventail de gouttes en suspension dans les airs. Leurs regards se croisèrent un instant qui parut durer une éternité, instant rempli des images de chaque sourire et de chaque rire qu'ils avaient échangés, de toutes les farces qu'ils s'étaient infligées l'un à l'autre au cours de leur enfance. Les lèvres tuméfiées de Gabriel bougeaient, il était en train de lui dire quelque chose qu'elle n'arrivait pas à entendre, mais ce fut comme si un sortilège venait de se briser et elle percuta violemment Recalde juste au moment où il allumait l'amorce de la bouche à feu.

Elle n'était pas encore retombée sur le sol quand elle entendit la charge exploser et vit les boules de grenaille expulsées du fût – sauf qu'à ce moment-là, la bouche du canon ne visait plus son frère dans les haubans, mais le milieu de sa propre poitrine.

Aussitôt après que le *Rose de Fer* avait ouvert le feu, les trois escorteurs espagnols avaient déferlé leurs voiles pour participer au combat. Le premier à atteindre les deux navires était en train de virer pour présenter son flanc et lâcher une première bordée, quand Isabeau amena le *Vengeur* en travers de sa route. Les artilleurs de chaque vaisseau étaient prêts à tirer, mais le corsaire était plus léger, plus véloce et plus hardi que son adversaire, si bien que les canons du *Vengeur* eurent tôt fait de pulvériser ses rambardes et ses sabords du flanc bâbord, creusant de gros trous dans ses bordages et brisant les affûts de ses pièces. L'Espagnol riposta en mitraillant la voilure du corsaire, mais comme celle-ci était déjà réduite en prévision du combat, le *Vengeur* laissa passer la volée et rendit la politesse au galion avec un tir nourri qui frappa de plein fouet son château de proue, soulevant d'épais nuages de fumée.

Isabeau ordonna d'amener plus de voiles et revint à la charge après un virage serré, sachant que le plus grand danger qu'il y avait à craindre du vaisseau espagnol ne provenait pas tant de ses batteries fixes, inefficaces à moins de cent mètres, que des arquebusiers alignés sur ses vergues et le long de ses plats-bords qui, une fois à distance de tir, risquaient de décimer les marins du *Rose* et du *Valeur*. Lucifer à la barre, elle croisa de nouveau le galion dont elle arrosa les ponts supérieurs et la mâture de chaînes et de mitraille.

Les vestiges du château de proue furent laminés. Des morceaux de planches et des hommes voltigèrent dans les airs, soufflés par une série de détonations en chaîne qui crevèrent sa coque et ses ponts de longues flammes orange. Isabeau fut surprise par l'ampleur des dégâts – d'autant que ces explosions semblaient avoir eu lieu *de l'autre côté* du galion !

Il fallut une demi-minute au vrai responsable de ces départs de feu pour émerger de la fumée de sa propre canonnade. Isabeau écarquilla une nouvelle fois les yeux, ébahie, car ce n'était pas le *Colombe* qui était venu lui prêter main-forte, comme elle l'avait supposé. C'était un *Tribut* fortement endommagé mais encore fringant dont le capitaine à tête rousse, du haut de son poste de pilotage, abaissa une nouvelle fois le poing pour commander le tir d'une deuxième bordée.

Elle se tourna vers Lucifer.

— Jonas ! s'écria-t-elle. C'est Jonas !

Le grand Africain sourit de toutes ses dents et tendit un index vers le nord pour désigner un point au-delà de la fumée. Suivant la direction indiquée, Isabeau avisa le navire de Geoffrey Pitt, le *Christiana*, qui, commandé par Spit McCutcheon, arrivait avec deux autres corsaires. Une seconde escadre, qui semblait accompagner Jonas, s'éloigna du *Tribut* pour donner la chasse aux deux galions espagnols qui tentaient de battre en retraite vers la *flota*.

Entendant le bruissement d'une étrave fendant les flots, elle se retourna et aperçut le *Colombe* qui s'approchait rapidement. Simon se tenait près du beaupré, les mains sur les hanches, sa longue chevelure noire flottant au vent. Il signifia par gestes ses intentions à Lucifer, puis vira en direction du *Rose de Fer*, non sans avoir adressé à Isabeau un tout autre signal, qui la fit rougir et donna une tonalité de défi à sa voix quand elle transmit ses nouveaux ordres à l'équipage.

Varian avait emboîté le pas à Juliet sur le gaillard d'avant. Il saisit immédiatement la situation, mais ne put empêcher la jeune femme de se jeter sur l'axe de tir du fauconneau. Tout se déroula à une vitesse folle. Juliet était juste devant lui à un moment donné et, l'instant suivant, elle percutait Recalde qui heurta violemment la rambarde. Le canon tonna mais, sans la main de l'officier espagnol pour le stabiliser, le recul fit dévier le fût qui projeta sa charge en un large éventail. Une partie de la grenaille expulsée se perdit dans les airs en sifflant, et frôla de si près la tête de Varian qu'il sentit ses cheveux bouger sous le souffle. Le plus gros de la charge heurta le dos d'un Espagnol d'une taille titanesque qui tenait tête aux assauts d'une demi-douzaine de corsaires armés de sabres et de coutelas. Il vacilla sous l'impact, poussé vers les lames de ses assaillants, mais ceux-ci durent s'y reprendre à plusieurs fois avant qu'il s'effondre enfin, face contre le pont, sur un dernier hurlement de rage.

Varian courut rejoindre Juliet. La jeune femme ne bougeait plus et, lorsqu'il la prit par les épaules pour l'écarter de Recalde, il vit que tout le côté de son visage était ensanglanté. L'Espagnol en profita pour se redresser et dégainer son épée.

Varian bloqua de sa lame un coup dirigé vers la gorge de Juliet. Les deux armes s'entrechoquèrent et glissèrent l'une contre l'autre, jusqu'à se retrouver coincées au niveau de leur garde. Varian mit ce répit à profit pour se relever à son tour et repoussa l'épée de Recalde. Ils échangèrent ensuite une série d'assauts et de parades qui les mena d'un bout du gaillard à l'autre.

Si les talents d'escrimeuse de Juliet avaient surpris Varian, ceux de Recalde se révélèrent à la hauteur de sa réputation de fine lame, et il lui fallut toute sa dextérité pour esquiver ses coups et éviter de se retrouver acculé tantôt contre le beaupré, tantôt contre la rambarde. Tel un requin ayant flairé du sang, Recalde ne cessait de viser ses blessures à l'épaule et à la cuisse avec des assauts précis et rapides, économe de ses gestes comme de ses déplacements.

Gabriel avait été détaché entre-temps et descendu sur le pont. Ses pieds étant trop enflés pour le supporter, ce fut sur les genoux qu'il rejoignit sa sœur effondrée. Ses mains le piquaient comme s'il les avait enfouies dans un nid de fourmis rouges et, s'il réussissait désormais à bouger un peu les doigts, tout contact lui arrachait des grimaces de douleur. Il n'en serra pas moins Juliet contre sa poitrine et tâta doucement sa tête sous son bandana bleu pour comprendre d'où venait ce sang qui coulait sur son visage.

Varian commit l'erreur de détourner le regard de son adversaire pendant une fraction de seconde. Il avait vu du coin de l'œil Gabriel se traîner jusqu'à sa sœur, mais la jeune femme semblait si flasque dans ses bras que le besoin de savoir si la moitié de son crâne n'avait pas été arrachée par la détonation l'emporta chez lui sur la prudence.

Cette distraction lui coûta cher. Il sentit l'acier mordre sa peau et s'insinuer entre ses côtes. Il sauta en arrière pour échapper à l'estocade. Du sang coula de son flanc, imprégnant son pourpoint et le haut de sa culotte. Recalde poussa aussitôt son avantage et le força à reculer, jusqu'à ce qu'il heurte le cadavre de l'immense soldat étendu en travers du gaillard. Il bascula en arrière, pivota pour prévenir sa chute et finit par devoir poser un genou à terre, offrant ainsi sa tête et ses épaules à l'Espagnol.

Debout au-dessus de lui, Recalde leva sa lame, la pointe dirigée vers le haut de la colonne vertébrale de Varian pour lui administrer le coup de grâce.

— Il semblerait finalement que ce soit vous qui flanchiez le premier, *señor*.

— Que tu crois, face de rat ! grommela Juliet.

Recalde pivota d'un bond pour se retrouver face à la jeune femme qui oscillait sur place. Il vit la lame de cette dernière se diriger comme un éclair d'argent bleuté vers le défaut de sa cuirasse, au niveau de l'épaule. Au même instant, Varian dégainait le couteau caché dans son dos, tandis que Gabriel forçait ses doigts gourds à actionner la détente d'un pistolet qu'il avait récupéré sur le cadavre d'un marin.

Recalde tressaillit sous le triple impact de la dague qui lui perçait le ventre, de la balle qui lui déchirait la gorge et de l'épée de Juliet qui s'enfonçait dans sa poitrine. Il recula en chancelant et heurta une partie de la rambarde dont les montants avaient été sectionnés par les chaînes du *Rose*. Le garde-corps céda avec un craquement sonore sous le poids de l'officier, qui tomba à la renverse et mourut avant même d'être englouti par les flots.

L'espace d'un moment, nul ne fit plus un geste. La bataille se poursuivait sur le pont mais beaucoup d'Espagnols rendaient les armes, tandis que les hommes du *Rose de Fer* et du *Valeur* se mettaient à saluer leurs camarades du *Tribut*, du *Vengeur* et du *Colombe* qui avaient pris en nasse les trois galions et les pilonnaient méthodiquement.

Juliet sentit ses genoux se dérober sous elle. Varian vint aussitôt la soutenir. Elle avait une vilaine entaille à la tempe que lui avait laissée le bord coupant du casque de Recalde quand elle avait bondi sur lui. Mais cela ne l'empêchait nullement de sourire. Elle passa un bras autour de Varian et un autre autour de Gabriel – qui se retint de grimacer en la sentant appuyer par mégarde sur ses blessures.

Varian n'était guère en meilleur état. Il avait le flanc troué, le bras coupé, la cuisse lacérée, et une plaie à la tête qui allait nécessiter de nouveaux points de suture.

Gabriel se dégagea de l'étreinte de sa sœur et s'approcha de la rambarde pour contempler les ruines du pont.

— Mon navire ! gémit-il. Regardez ce qu'ils ont fait à mon navire !

Juliet le laissa se lamenter pour échanger un baiser victorieux avec Varian, son épée dans la main droite et dans la gauche le drapeau espagnol qui, l'instant d'avant, flottait au mât du *Valeur*.

25

Simon Dante arpentait la grande cabine du *Rose de Fer* à pas lents et mesurés, les mains dans le dos et le front penché en avant. De temps à autre, il regardait vers la couchette où Nog Kelly était occupé à recoudre la tempe de sa fille.

— Il se peut qu'elle ait une commotion cérébrale, déclara sentencieusement Nog. Elle devrait en tout cas entendre des cloches et se cogner aux cloisons ces prochaines semaines – voire plus longtemps si elle ne garde pas le lit. Son épaule va également lui faire un mal de chien – elle a d'ailleurs de la chance que ce soit juste un bleu – mais tant qu'elle n'a pas l'intention de se jeter sur d'autres Espingouins cuirassés, elle devrait s'en remettre. À part ça, elle a juste quelques coupures et égratignures. Rien de méchant.

— Elle aura tout le temps de guérir à Pigeon Cay, répliqua calmement Simon Dante.

Voyant les yeux de sa fille se lever vers lui, il lui adressa un regard menaçant entre ses paupières plissées.

— Ce n'est pas négociable, la prévint-il. Nathan a un trou à l'épaule, la moitié de ton équipage est blessée, le navire de Gabriel est au fond de l'océan, et ni toi ni lui ne semblez avoir le minimum de jugeote pour savoir quand il faut engager le combat et quand il vaut mieux le fuir. Ce qui m'amène à l'autre femelle écervelée de cette famille...

Il reporta toute la puissance de son regard sur Isabeau, assise sur un coin de la table à cartes.

— Pourquoi a-t-il fallu que je sois affligé de deux femmes qui...

— T'aiment de tout leur cœur, coupa Beau sur un ton égal, et tolèrent tes emportements avec une patience sans limite.

— *Mes* emportements ? *Votre* patience ! Non mais dis donc, qui est-ce qui a volé mon vaisseau pour se porter comme une insensée au-devant de l'ennemi ? Ce faisant, tu as risqué ta vie, celle de mon équipage...

— Pour aller sauver ta fille et ton...

— Pour aller... ?

Il se figea et pinça les lèvres.

— Je devrais te renvoyer à Pigeon Cay, toi aussi.

Elle lui sourit.

— Tu peux toujours essayer.

Il étouffa un juron et préféra s'en prendre à une autre victime. La cabine du *Rose de Fer* était bondée. Gabriel et Jonas se tenaient dans un coin, affalés contre la cloison. Le premier était presque méconnaissable avec l'énorme coquard qui lui fermait l'œil, les multiples bleus qui lui marbraient le visage et des lèvres si tuméfiées qu'elles ressemblaient à deux tranches de viande crue.

Jonas, qui avait suivi le convoi espagnol depuis La Havane en guettant la première occasion d'aller sauver son frère, avait une entaille à la joue, une autre au bras et un sourire qui fendait le buisson flamboyant de sa barbe d'une oreille à l'autre. Il avait passé son bras valide autour des épaules de Gabriel dont il ébouriffait de temps en temps les cheveux, comme s'il peinait à croire que les Frères d'Enfer aient pu s'en sortir indemnes.

— Il y a quelque chose qui te fait rire ? s'enquit Simon avec humeur.

— Oh oui, père ! s'exclama Jonas. D'abord un frangin qui empeste comme une barrique de harengs saurs, ensuite une sœur avec des *cojones* aussi grosses que le rocher de Gibraltar, attributs qu'elle tient d'une mère qui peut en remontrer sur l'eau à n'importe quel satané papiste. Ajoute à cela trois galions bourrés de trésors jusqu'aux plats-bords, et je crois que nous avons largement de quoi nous réjouir. Ah, et j'oubliais : un père assez malin pour se trouver l'épouse qui lui a donné les fils et la fille en question.

Dante le foudroya du regard, avant de se tourner vers Geoffrey Pitt.

— C'est moi qui suis fou, ou bien eux ?

Pitt haussa les épaules.

— Les deux, je dirais.

Les yeux argentés se plissèrent une nouvelle fois.

— Je savais bien que je pouvais compter sur un vieil ami comme toi.

— Allons, viens donc t'asseoir, reprit Isabeau en tapotant l'autre coin de la table. Et laisse Nog te recoudre à ton tour.

— Qu'il s'occupe d'abord du duc. Il a l'air d'avoir plus besoin de ses services que moi.

Varian se tenait coi près de la couchette, son bras blessé replié contre son ventre. Il avait dû ôter son pourpoint sous la pression de Juliet, qui refusait de se laisser soigner avant que Nog ait examiné son flanc. La plaie avait cependant cessé de saigner et la souffrance qu'elle lui causait était devenue supportable.

Quand le charpentier eut terminé de suturer les blessures de Juliet, il s'attaqua à celles de Gabriel. Le trou à l'épaule de Nathan avait d'ores et déjà été cautérisé, et le second de la jeune femme s'occupait avec Spit McCutcheon de rassembler les prisonniers et de répartir les équipages corsaires sur leurs prises afin de les ramener à Pigeon Cay.

Les avaries du *Valeur* étant trop importantes pour être réparées, il avait été sabordé sur place. Jonas avait par ailleurs lancé les trois confrères qui l'accompagnaient – et qui l'avaient rejoint en cours de route après s'être présentés en retard au rendez-vous de New Providence – à la poursuite des deux galions qui avaient été piégés initialement dans le chenal, de sorte que pas moins de cinq vaisseaux espagnols s'étaient rendus aux Dante et mouillaient désormais à l'abri des îlots. L'un d'eux fut offert aux corsaires qui avaient rallié Jonas, un autre fut attribué aux navires qui étaient venus leur prêter main-forte avec le *Christiana*. Ceux-ci reprendraient le guet sur le site de l'embuscade, de même que tous les hommes du *Valeur* et du *Rose de Fer* qui avaient encore envie de se battre, tandis que les blessés seraient ramenés sur le *Rose* à Pigeon Cay.

Des trois prises restantes, l'une serait prêtée à Gabriel, le temps qu'il trouve un digne successeur au *Valeur*. Le *Santo Domingo* n'étant plus bon qu'à servir de leurre, Simon Dante prévoyait de le remplir de barils de poudre et de l'envoyer à la rencontre de la prochaine vague de galions espagnols. L'avant-garde de la *flota* était repartie vers le nord avec une telle hâte qu'elle n'avait dépêché qu'un seul bateau pour prévenir le reste du convoi des guets-apens qu'il risquait de rencontrer en chemin. Le *Christiana*, rasant les flots comme un oiseau pêcheur, avait coulé ce bateau avant qu'il n'ait pu délivrer son message, si bien que d'autres proies ignorantes allaient sans doute bientôt être attirées vers les îlots.

Au vrai, le résultat de la journée dépassait les espérances de Simon Dante. Les dommages subis par le *Vengeur* étaient assez bénins pour lui permettre de continuer de participer à la fête. Avoir attrapé cinq vaisseaux ennemis en n'essuyant qu'une seule perte était un exploit remarquable, et si les frères de la côte poursuivaient sur cette lancée, la *flota* serait bientôt réduite de moitié.

Pour l'heure, il lui fallait toute sa force de volonté pour continuer à toiser d'un œil ombrageux les membres de sa maisonnée : s'il trahissait ne fût-ce qu'un dixième de la fierté que ces têtes brûlées lui inspiraient, il craignait de ne pouvoir se retenir plus longtemps de participer à l'allégresse générale.

Pour raffermir sa détermination, Simon se concentra sur Varian St. Clare, le seul occupant de la pièce qui ne s'était pas mis à caqueter de joie, tel un goéland ayant avalé tout un banc de poissons, et le seul aussi qu'il puisse encore intimider avec le feu de ses yeux clairs. Le duc avait enfin permis à Nog de panser ses plaies. Il n'avait cependant pas quitté le chevet de Juliet, dont il avait tenu la main durant tout le temps où le charpentier l'avait recousue. Le plus étonnant était que la jeune femme avait semblé serrer la sienne en retour.

Deux heures plus tard, le *Rose de Fer* leva l'ancre et s'éloigna juste au moment où les premiers feux de l'aurore rosissaient l'horizon. Nathan avait établi une route qui passait loin à l'est avant d'obliquer vers le sud et Pigeon Cay. Ils étaient escortés par trois petits bateaux qui leur ouvraient le chemin.

Varian laissa Juliet endormie sur sa couchette pour se camper devant la porte de la galerie et contempler les îlots qui rapetissaient dans leur sillage. Il avait mal au côté, son bras l'élançait et, en fermant les yeux, il pouvait sentir toutes les coupures et égratignures qu'il avait récoltées au cours des dernières vingt-quatre heures. Il n'était donc pas mécontent de regagner le repaire des Dante.

L'odeur de la poudre et de la toile brûlée imprégnait encore l'atmosphère de la cabine. Après un dernier regard à Juliet, il sortit sur l'étroit balcon de poupe. Le vent secouait ses cheveux tandis que des gerbes d'embruns se soulevaient au passage du navire avant de retomber en pluie étincelante à la surface de l'océan. Un couple de dauphins les accompagnait, leurs corps souples luisant dans l'eau bleue. De temps en temps, ils traversaient le sillage du *Rose* et bondissaient au-dessus des crêtes liquides avant de replonger.

Entendant un pas dans son dos, Varian se retourna pour voir Juliet se glisser à son tour sur la galerie. Elle se tenait la tête et vacillait légèrement. Il fut aussitôt à son côté et passa un bras autour de sa taille, le front plissé par l'inquiétude.

— Il me semble qu'on t'a donné l'ordre de rester au lit, capitaine.

— Tu n'étais pas là, murmura-t-elle. J'ai ouvert les yeux et tu n'étais pas là.

Il la prit doucement dans ses bras.

— Je suis là, maintenant. Et je le resterai aussi longtemps que tu le voudras.

Elle releva les yeux vers lui avec lenteur, comme si son crâne pesait deux fois plus qu'à l'ordinaire. Elle avait le regard brouillé et les pupilles dilatées sous l'effet de la décoction que Nog Kelly l'avait forcée à avaler. Elle souriait néanmoins.

— Je crois que j'aimerais bien que vous restiez, tous les deux.

— Tous les deux ?

— En fait, je vois double depuis tout à l'heure. J'ai même failli prendre la mauvaise porte pour te rejoindre – enfin, le montant de la bonne porte... de la porte tout court, je veux dire.

Elle fronça les sourcils et voulut lever une main à sa joue, mais la douleur de ses hématomes à l'épaule et au torse l'en dissuada. Puis un détail retint son attention derrière Varian, vers l'est où se levait l'astre flamboyant, promesse d'une belle et chaude journée.

— J'en vois deux aussi.

Baissant les yeux, Varian avisa le couple de dauphins qui continuait à les suivre. Il s'apprêtait à féliciter la jeune femme d'avoir recouvré une vision plus juste, quand il se rendit compte qu'elle n'était pas en train de contempler la mer. Il suivit son regard.

— C'était une condition que tu avais posée, n'est-ce pas ? murmura-t-il, ému. Que deux soleils se lèvent le matin où tu envisageras de m'épouser ?

Elle pencha la tête et considéra ses yeux, ses lèvres qui s'étiraient peu à peu en un grand sourire. Il ajouta :

— Tu ne distingueras cette fois-ci aucune rigidité sur ma bouche, capitaine de mon cœur, mais seulement le pur plaisir de te voir tenir parole. Je dois cependant avouer que j'ai déjà parlé à ton père.

— Vraiment ?

— Comme je te le dis, répliqua-t-il en portant sa main à ses lèvres. Il pense que je serais plus avisé de me marier à un nid de frelons, mais je lui ai répondu que c'était trop tard, que j'étais déjà piqué. Et avant que tu me poses la question : non, je ne m'attends pas à ce que tu vives en Angleterre. D'ailleurs, j'ai fini par comprendre que je serai moi-même plus heureux ici, à cingler en ta compagnie vers les mers inconnues.

— Tu veux donc bien aller pourfendre les dragons avec moi ?

— Jusqu'au dernier, mon amour. Jusqu'au dernier.

AVENTURES & PASSIONS

3 novembre

Lisa Kleypas

Les Ravenel - Un charme diabolique

Inédit

Lady Merritt dirige seule la compagnie maritime de son défunt mari. Un jour, la jeune veuve se voit contrainte de régler un litige épineux avec un client écossais qui possède une distillerie de whisky. La voilà en présence de Keir MacRae, un frustre sans manière, qui entend bien régler l'affaire à son bénéfice. Or, entre la délicate lady et le goujat, l'attraction est immédiate. Cependant, des événements étranges viennent jeter le trouble sur leur passion et font peser de lourdes menaces sur la vie de Keir.

✦

Lorraine Heath

Les Pembrook - Juste un baiser...

Inédit

Lady Anne Hayworth vient d'apprendre que son fiancé a été tué durant la guerre de Crimée et décide de se rendre sur les lieux. Ce voyage périlleux nécessite la protection d'un homme sûr. Aussi, décide-t-elle de faire appel au sulfureux lord Tristan Easton pour l'escorter, moyennant une belle somme d'argent. Mais Tristan exige une autre forme de dédommagement qu'Anne, choquée, refuse catégoriquement. Or, faute de trouver un autre capitaine, la jeune fille doit se résoudre à accepter son offre, sans oser s'avouer que le regard bleu du beau marin a enflammé son cœur.

Mia Vincy

Longhope Abbey - Les défis d'Arabella

Inédit

Pour échapper au mariage avec un homme qu'elle méprise et qui l'effraie, Arabella Larke imagine de fausses fiançailles avec Guy Roth, marquis de Hardbury, une connaissance lointaine. Contraint à l'exil pour fuir un père tyrannique et dépravé, celui-ci refuse à quiconque le droit de diriger sa vie et n'a pas l'intention de jouer la comédie pour les beaux yeux d'Arabella. Que faire ? Déterminée et pleine d'audace, la jeune femme frappe, une nuit, à la porte du marquis qui, désarmé par sa beauté, se laisse entraîner dans un jeu bien dangereux...

✦

Kathleen E. Woodiwiss

Cendres dans le vent

1863. La Nouvelle-Orléans est aux mains des Nordistes. Alaina, ardente beauté sudiste, vient y chercher refuge après le massacre de sa famille. Ses dix-sept ans lui permettent de se faire passer pour un jeune garçon, et c'est sous le nom de Al qu'elle est sauvée par un médecin yankee, Cole Latimer. Bien que tout la porte à le haïr, elle se sent troublée par cet homme courageux, qui ne voit en elle qu'un gamin frondeur. Puis, une nuit, Cole découvre la vraie Alaina, créature de rêve qui lui révèlera le véritable amour et hantera longtemps ses rêves.

Kinley MacGregor

Les aventuriers des mers - Pirate de mon cœur

Jack Rhys a la réputation d'être le plus féroce pirate des Caraïbes. Pourtant, quand il n'est pas sur les mers, le capitaine sait se conduire en véritable gentleman dans le grand monde. Décidé à se venger du cruel amiral lord Wellingford, il kidnappe Lorelei Duprée, la jeune fiancée de Justin Wellingford, le fils de son ennemi. D'abord épouvantée par la dureté du regard bleu acier de son ravisseur, Lorelei ne tarde pas à s'éprendre de son geôlier d'autant, qu'à y regarder de plus près, il n'est pas aussi féroce qu'il veut le laisser paraître...

✦

Johanna Lindsey

Les Malory - Lord Anthony

Pour échapper à son cousin qui veut l'épouser pour la spoiler de sa fortune, Roslynn quitte l'Écosse et se réfugie à Londres. À l'occasion d'un bal, elle rencontre Anthony Malory dont les conquêtes ne se comptent plus. La jeune femme est fascinée par son charme. Malheureusement, il fait partie de ces hommes contre lesquels on l'a mise en garde : les séducteurs. À fuir à tout prix ! D'ailleurs, c'est d'un mari dont elle a besoin, pas d'un amant. C'est bien dommage ! Pourtant, sans le savoir, cette rencontre vient de sceller le destin de Roslynn...

Regency

3 novembre

Mary Balogh

La dernière valse

Inédit

Veuve depuis plus d'un an, Christina, comtesse de Wanstead, mène une vie retirée avec ses deux filles dans son domaine de Thornwood Hall, lorsqu'elle apprend l'arrivée de Gérard Percy, le nouveau comte, pour les fêtes de fin d'année. La jeune femme redoute cette visite, d'autant que le maître des lieux a décidé d'accueillir de nombreux amis, afin de redonner au domaine le faste d'autrefois. Mais ce que redoute surtout Christina, c'est de revoir Gérard qu'elle a éconduit dix ans auparavant. Si les retrouvailles sont glaciales, l'esprit de Noël qui flotte bientôt sur Thornwood Hall pourrait bien faire des miracles...

✦

Manda Collins

Petit guide du crime à l'usage des ladies

Inédit

Jeune veuve indépendante, lady Katherine Bascomb dirige *La Gazette de Londres*, à la grande indignation des bien-pensants qui s'offusquent qu'une dame soit exposée à la vulgarité. Sa rubrique criminelle l'amène à enquêter sur une série de meurtres et, ce faisant, elle s'attire les foudres de l'inspecteur Andrew Eversham qui la somme de ne pas se mêler de ses affaires. Têtue, Kate refuse de se laisser intimider. Le jour où elle découvre un nouveau cadavre, Eversham est bien obligé d'accepter la collaboration de cette enquiquineuse. C'est ainsi qu'entre disputes et baisers, ils tenteront ensemble d'élucider cette étrange affaire.

Sélection

3 novembre

Tracy Brogan

De tout nos cœurs

Delaney Masterson, célèbre vedette de la télé-réalité, fuit la douce Californie pour le glacial Michigan : la diffusion d'une sex-tape lui a infligé une terrible humiliation médiatique. Elle est pourtant tout sauf l'écervelée que dépeignent les paparazzis et veut se faire oublier, dans la bicoque de Bell Harbor qu'elle vient de louer à une certaine Donna Beckett. Dans ce refuge idéal elle attend que cesse l'agitation des journalistes. Jusqu'au jour où... elle découvre un homme nu dans sa douche ! Qui est ce Grant Connely qui prétend être le propriétaire des lieux ? Visiblement un grossier personnage avec lequel Delaney n'envisage pas du tout de passer le reste de sa vie...

✦

Lisa Kleypas

Noël à Friday Harbor

« Cher Père Noël, cette année, je veux juste une chose : une maman »... Lorsqu'il découvre le message de sa nièce Holly, Mark Nolan est profondément désemparé. Célibataire dans l'âme, il a dû composer avec le quotidien de cette petite fille fragile, qui a perdu la parole à la mort de sa mère et dont il est désormais le tuteur. Mark donnerait tout pour consoler sa nièce et lui offrir la douceur d'un foyer. Dans l'espoir de la réconforter, il décide de l'emmener dans une merveilleuse boutique de jouets à Friday Harbor. Ce dont Mark ne se doute pas c'est qu'en ouvrant la porte de l'échoppe, ils vont entrer dans un univers plein de féérie, où règne une jolie rousse, Maggie !

Molly Cannon

Cette petite chose étrange qu'on appelle l'amour

Etta Green doit quitter quelques jours son restaurant de Chicago pour assister aux obsèques de sa grand-mère à Everson, Texas. Là elle retrouve sa sœur Belle, aussi évaporée qu'Etta est pragmatique. Quelle n'est pas leur surprise d'apprendre que mamie Hazel avait entrepris de transformer la maison familiale en Bed & Breakfast et que, pour rembourser Donnie Joe, son associé, il faut lancer l'affaire au plus vite… C'est le moment que choisit Belle pour prendre la poudre d'escampette en laissant sa fille aux bons soins de sa tante. Et voilà Etta en charge de la petite et contrainte de composer avec ce Donnie Joe qui lui tape sur les nerfs !

✦

Ruby Jefferson

Un hiver nommé désir

Alors qu'Amy se rend en Virginie pour un reportage, le GPS de sa voiture l'abandonne au milieu de nulle part, avec un pneu crevé. Perdu dans les monts Allegheny, sans réseau ni roue de secours, elle s'alarme, d'autant que la neige et le froid s'invitent aux réjouissances. La jeune journaliste commence à perdre espoir lorsque les phares d'une voiture surgissent dans la nuit. Elle est sauvée ! Mais, au moment où une grande ombre noire s'approche, elle panique. Et si elle avait affaire à un psychopathe ?

13296

Composition
FACOMPO

Achevé d'imprimer en Italie
par GRAFICA VENETA
le 6 septembre 2021

Dépôt légal : octobre 2021
EAN 9782290262986
OTP L21EPSN002325N001

ÉDITIONS J'AI LU
87, quai Panhard-et-Levassor, 75013 Paris

Diffusion France et étranger : Flammarion